本卷主编◎宋喜坤

戏剧卷⑦

1945—1949年 东北解放区文学大系

总主编◎丛 坤

黑龙江大学出版社

哈尔滨

出版说明

  1945 年到 1949 年的东北解放区，社会风云变幻，文学繁荣发展。当时的文学创作者们以激昂向上的笔触，再现了波澜壮阔的解放战争和轰轰烈烈的土地改革，讴歌了人民军队可歌可泣的英雄事迹，描绘了劳动人民翻身后的喜悦心情，书写了时代的大主题。为了再现这段文学风貌，我们编辑出版了《1945—1949 年东北解放区文学大系》。

  这套丛书大体以体裁分编，计小说卷（长篇、中篇、短篇）、散文卷、戏剧卷、诗歌卷、翻译文学卷、评论卷及史料卷七种，所收录作品以新文学为主。此阶段作品浩如烟海，而部分文字资料因时间久远或受当时技术所限出现严重缺损，考虑到丛书篇幅有限，故仅收入代表性较强的作品。对于因原始资料不全、不清晰而无法完整呈现，或受条件所限未收集到权威版本的篇目，则整理为存目，列于丛书卷末，以备读者参考。

  丛书编辑过程中，多数篇目由原始版本辑录，首次收入文集，也有些篇目参照了此前出版的多种文集。原始文献若有个别字迹不清确不可考的，丛书中以□代替。

  丛书收录作品以 1945 年 8 月至 1949 年 10 月为时间节点，个别作品的完成时间略有延伸。大部分作品结尾标注了写作时间，以及初次发表或结集出版的版本信息。作品编排大体以作者姓名笔画为序（特殊情况除外，如集体创作作品列于卷末）。

就筛选标准而言，所收主要为东北作家创作的主题作品，也有非东北籍作家创作的有关东北解放区的作品。除此之外，还有此时期公开发表的反映抗日战争题材的作品，以及在东北出版的反映其他解放区的、革命主题特色鲜明的作品。需要指出的是，在本丛书的史料卷中，还有一部分作品创作于新中国成立之后，但反映了解放战争时期东北解放区的文学发展面貌，或记述了一些典型事件、代表性人物，亦具珍贵的史料价值，为完整呈现当时的文学风貌，这部分作品亦收入丛书，以"节选"的方式呈现。

需要特别说明的是，此时期的个别作家受时代限制，思想表现出了一定的历史局限性，体现在文学创作方面可能表现为不同程度的瑕疵，这一群体的作品，只要总体导向是正面的、积极的，从保证史料全面性、完整性的角度考虑，我们也将其予以收录。个别作家在解放战争时期是积极追求进步的，但随着社会环境的变化，却出现思想动摇甚至走向错误道路，对于其作品，本丛书只选取其有代表性的、取向积极的篇目，对于其他时期该作家的不当言论、思想，我们不予认同。此外，在当时复杂的政治环境下，还有一些作品中的个别表述可能存在一些偏差，但只要其主题思想是积极进步的，则丛书亦予以收录。

丛书旨在突出东北解放区文学原貌，侧重文献整理，故此在编辑过程中，重点对作品中会影响读者理解的明显讹误进行了订正，对于字词、标点符号以及句法等，尊重原文的使用习惯，不予调改，以突出其史料价值。此外，由于此时期文学作品肩负宣传进步思想的重任,而读者对象大多文化程度较低,创作者亦水平不一,因此创作主旨以通俗易懂为要,一些篇目语言风格通俗、浅白,甚至个别篇目、细节存在一些俚语表达,为遵从原貌,丛书仅对不雅字、词、句加以处理,其余不予调改。本书选文除作者原注外,亦保留原文在初次出版时的编者注,供读者参考。

《1945—1949 年东北解放区文学大系》

戏 剧 卷 ⑦

总　序

张福贵

　　从古至今，东北在中国历史与文化进程中，特别是近代以来都是决定中国社会政治发展走向的重要因素。当然，这种作用不单纯是东北自生的，更是多种因素叠加和交汇的结果。东北文化既是文化空间概念，同时更是历史时间概念，是不同空间、区域的多种历史文化的积累，是一种时空统一的文化复合体。值得注意的是，除了抗战时期的特殊因缘使"东北作家群"名噪一时外，作为东北历史文化和现实社会表征的东北文学特别是东北解放区文学，在相当长的时间里却未得到应有的关注。黑龙江大学出版社在对过去为数不多的东北文学史料进行整理的基础上出版的东北文艺史料集成——《1945—1949 年东北解放区文学大系》，因而可以说是特别值得关注的。

　　《1945—1949 年东北解放区文学大系》内容丰富，除了包括小说卷、诗歌卷、散文卷、戏剧卷之外，还包括评论卷、史料卷和翻译文学卷。这是一个前所未有的大工程，也是一件大善事。正如"总导言"中所说的那样，丛书注重发掘新资料，通过回归文学现场，复现了东北解放区文学的整体面貌。东北解放区文学处于东北现代文学快速繁荣发展的历史时期,在土改文学、工业文学、战争文学等方面代表了 20 世纪 40 年代解放区文学的成就,是对《在延安文艺座谈会上的讲话》所确立的文艺观念的全面实践。对东北解放区文学的系统研究有利于更全面地总结解放区文学的成就,有利于把握延安文艺传统与东北解放区文学的内在联系,以及解放区文学对新中国文学制度、观念、创作等方面的影响。以"历史视角""时代视角"对东北解放区文学,尤其是解放战争时期的土改题材、工业题材的小说和戏剧进行分析,可以勾勒出政治意识形态对东北解放区文学运动、文学社团、文学形态、文学制度、文学风格、文学论争等产生的影响,有利于把握东北解放区文学的历史价值、认识价值、审美价值与当代意义,同时对于挖掘东北地区的文化历史和建设东北文化亦具有现实意义。东北解放区文学是基于延安文艺传统而创作的,对东北解放区文艺运动、文艺理论的全面审视具有重要的历史价值和理论意义。此外,对东北解放区文学进行深入研究,探寻人民文艺理论的历史源头,对于当代文艺创作、审美观念的引导亦具有一定的启示作用。但是,受地域因素、资料整理程度、研究者文化背景等条件的制约,东北解放区文学在中国当代文学史上的特殊地位与价值一直以来并未引起研究者的足够重视。

东北解放区文学无论是在中国大文学史中还是在东北文学和文化发展的历史中,都是具有特殊意义的存在。

虽然现代东北文学在新文学运动初期晚于也弱于关内文学的发展,但是 1931 年九一八事变发生,新起的东北文学及东北作家被国难推到了文坛中心,萧红、萧军等青年作家更是直接受到鲁迅的关注和扶持,迅速成为前沿作家。这一批流落到上海等都市的青年作家由此被称为"东北作家群",他们奠定了东北文学在中国大文学史上的特殊地位。然而,正像全面抗战进入相持阶段之后,中国文坛也变得相对平静、舒缓一样,除了萧红、萧军等人外,东北文学和东北作家也逐渐失去了文坛的关注。应当承认,一些东北作家的文学成就和文坛名声之间并不完全相符,是时代造就了他们,提高了他们的文学史地位。然而,另一方面,我们对其中有些作家及作品的价值却又是认识不足的。对此,我自己也有一个认识转化的过程:过去单纯依据多数东北作家的创作进行判断,感觉某些艺术价值之外的因素在评价中发生了作用,其地位可能有些"虚高";但是,对于20世纪的中国文学史来说,艺术之外的价值判断就是艺术判断本身,或者说,社会判断、政治判断就是中国文学史评价的根本性尺度。因为在中国作家或者说在知识分子的群体意识之中,政治的责任感和社会的使命感几乎是与生俱来的,而中国20世纪风云激荡的社会现实又为这种责任感和使命感提供了最好的生长环境。"悲愤出诗人","文章憎命达",文学创作是与政治、思想、伦理等融为一体的,脱离了这一切,文艺也就失去了时代与大众。所以说,无论是具体的作品分析,还是文学史研究,没有了这些"外在因素",也就偏离了其本质。"东北作家群"是时代的产物,也是时代文艺的产物,20世纪中国文学史中应该有他们浓墨重彩的一笔。作为后人,对历史做出评价往往是轻而易举的,但是这"轻而易举"往往会导致曲解甚至歪曲了历史,委屈了历史人物。"东北作家群"的价值和意义不是单一的,因为对中国现代文学史的评价从来就不是一种艺术史、学术史的评价,而是一种思想史和政治史的评价。正如鲁迅当年为萧军的成名作《八月的乡村》所作的序中所写的那样,"这《八月的乡村》,即是很好的一部,虽然有些近乎短篇的连续,结构和描写人物的手段,也不能比法捷耶夫的《毁灭》,然而严肃,紧张,作者的心血和失去的天空,土地,受难的人民,以至失去的茂草,高粱,蝈蝈,蚊子,搅成一团,鲜红地在读者眼前展开,显示着中国的一份和全部,现在和未来,死路与活路。凡有人心的读者,是看得完的,而且有所得的"。《八月的乡村》不仅是中国现代第一部抗日题材的长篇小说,也是世界反法西斯战争题材的第一部长篇小说,其意义和价值是特殊的、特有的,不可单单以艺术审美的标准来看待这部作品。"东北作家群"的存在及其创作的意义,不只是为 20 世纪 30 年代的中国文坛增添了特有的地域文化内容和东北文学特有的审美风格,更在于最早向全国和世界传达出中华民族抗敌御辱的英勇壮举,最早发出反法西斯的声音。此外,在抗战大历史观视域下,"东北作家群"的创作为十四年抗战史提供了真实的证据。特别是东北解放区的早期文学直书十四年历史的特殊性,这是十分可贵的和独特的。于毅夫的散文《青年们补上十四年这一课》,深刻而沉重地描写了十四年殖民统治下东北人的精神状态和文化演变:

　　这许多现象,说明了东北在十四年殖民统治的过程中,文化生活上是起了很大的变化。翻开伪满的《满语国民读本》一看,真是"协和语"连篇,如亚细亚竟写成アジヤ,俄罗斯竟写成ロシヤ,有的人一直到现在还把多少元写成多少円,这都是伪满"协和语"的残余,说明殖民统治残余的文化还在活着,还没有死去,这在今天不能不说是一件遗憾的事!仔细想来,这也难怪,因为日本的魔手,掌握了东北十四年,今天一旦解放,希望不着一点痕迹,这是完全做不到的,要从历史上来看,它切断了东北历史十四年,这十四年的历史是很黯淡地被抹掉了,十四年来也的确是一个大变化,在这期间多少国家兴起了,多少国家衰落了,多少血泪的斗争、多少波浪的起伏,都被日本鬼子的魔手所遮断! 我回到家乡接触到成千成百的青年,几乎都不大明了这十四年来的历史真相,有的连中国内部有多少省都不知道,连云南、贵州在哪里都不晓得。

难能可贵的是,作者较早地认识到在经历了十四年的奴化教育之后,对东北人民进行民族和民主意识的启蒙是至关重要的。"不过历史是不能停滞的,殖民统治残余的文化必须要肃清,法西斯毒化思想也必须要肃清,既然是日本鬼子切断了东北历史十四年,既然法西斯分子要篡改这一段历史,那我们就应该设法补足这十四年的历史!""要做到这点,我想青年们今天的迫切要求,不是如何加紧去学习英文、代数、几何、物理、化学,读死书本事,争分数之短长,准备到社会上去找一个饭碗,而是如何加紧去学习新文化,如何加紧学习社会科学,如何去改造自己的思想,如何进一步地去改造这遭受法西斯思想威胁的半封建的半殖民地的社会!""因此我向青年们提议要加强你们对于新文化的学习,加强对于社会科学的学习,特别是政治的学习,不要把自己圈在课堂里,圈在死书本子上。""新青年要掌握着新文化,新思想,才能创造起新中国新东北!"(《东北日报》1946 年 10 月 13 日)

在一批最前沿的左翼作家流亡关内之后,东北文学经过了一段艰难而相对平静的发展阶段。在表面繁华而内在凶险的沦陷区文艺界,中国作家用各种文艺手段或明或暗地与侵略者进行抗争,并为此付出了血的代价。这种状况直到 1945 年光复之后才发生根本

性转变,东北文艺创作者们一方面回顾过去的苦难,另一方面表现出对新生活的憧憬,这正是后来东北解放区文艺的心理基础,而日渐激烈的解放战争又为东北文艺的走向和解放区文艺的诞生提供了具体的现实基础。这与以萧军、罗烽、舒群、白朗、塞克、金人等人为代表的东北籍作家的返乡,以及在东北沦陷区留守的左翼作家关沫南、陈隄、山丁、李季风、王光逖等人的坚持,是分不开的。当然,随我党十几万军政人员一同出关的延安等地的众多文艺家,在东北文艺的创设中更是起到了引领和带头作用。这其中已经成名的有刘白羽、周立波、丁玲、草明、严文井、张庚、吴伯箫、华山、陆地、公木、方青、任钧、雷加、马加、陈学昭、西虹、颜一烟、林蓝、柳青、师田手、李克异、蔡天心等。

东北解放区文艺的创作直接继承了延安文艺特别是毛泽东《在延安文艺座谈会上的讲话》精神。在党的直接领导下,东北解放区先后创办了《东北日报》《中苏日报》《东北民报》《关东日报》《辽南日报》《西满日报》《大连日报》《松江日报》《合江日报》《吉林日报》《胜利报》等,这些报纸多为党的机关报,其文艺副刊发表了大量的文艺作品、理论文章及文艺动态。这些报纸副刊对于东北解放区文学的引导与建构起到了重要的作用。与此同时,《东北文学》《东北文化》《东北文艺》《文学战线》《人民戏剧》《白山》《戏剧与音乐》等文学杂志,以及东北书店、大众书店、光华书店等出版机构相继创办,这些文艺刊物和书店对解放区文艺的发展也起到了很大的推动作用。

革命的逻辑和阶级的理论是东北解放区文艺创作的普遍主题。这是一种革命的启蒙,与左翼文艺一脉相承,只不过东北的社会现实为这种主题提供了更为广泛而坚实的生活基础。抗战胜利后,为了开辟和巩固东北解放区,使之成为解放全中国的军事和经济基地,我党进军东北,抢占了战略制高点。可是,在东北,人民军队所处的环境与山东等老解放区完全不同,殖民统治因素加之国民党的宣传,使得我们的政治优势在最初未能完全发挥出来。正如李衍白在散文《黎明升起——巨大变化的东北一年间》中所写的那样:"群众在犹豫中,岁月在艰苦里,这就是我们在东北土地上刚刚开始播种,还没有发芽开花时的现实遭遇。"随着革命形势的发展,革命军队传统的政治思想工作优势又体现了出来。我党在部队中开展了以"谁养活了谁"为主题的"诉苦运动",这颠覆了中国东北乡村社会的封建伦理,提高了官兵的阶级觉悟,极大地增强了部队的战斗力。

这种革命的逻辑在土改题材的作品中表现得最为突出。方青的短篇小说《擦黑》讲述了这个朴素的道理:

"……像赵三爷那号人,把咱穷人的血喝干了,咱们才不得不去找口水喝饮饮嗓;他们喝干了咱们的血没有一点过,咱们找口水喝饮饮嗓子就犯了罪?旧社会就是这么不公平!他们还满口的仁义道德,呸!雇一个扛活的,一年就剥削好几十石粮食,还总是有理!穷人的孩子偷他个瓜吃,就叫犯罪,绑起来揍半天,这叫什么他妈的道德?咱们要讲新道德,咱们贫雇农的道德;就是用新道德来看咱们贫雇农;像上边说的那些犯了点毛病的,都不要紧,脸上有点黑,一擦就干净了,只要坦白出来,都是穷哥儿们好兄弟。一句话:只要是姓穷的就有理,穷就是理!金牌子上的灰一擦净,还是金牌子。家务事怎么都

好办!"李政委讲的话刚一落音,大伙高兴地乱吵吵起来:
"都亲哥儿兄弟么!"

除此之外,还有在"你给地主害死爹,我给地主害死娘……"的事实教育下,认识到了彼此都是阶级弟兄,大家都是穷苦人的"无敌三勇士",他们从此"火线上生死抱团结"。(刘白羽《无敌三勇士》)

土地改革是东北解放区文艺最引人关注的问题。东北解放区文学作品中有许多极具写实性的"穷人翻身"故事,如周立波的《暴风骤雨》、马加的《江山村十日》、白朗的《孙宾和群力屯》、井岩盾的《瞎月工伸冤记》、李尔重的《第七班》、西虹的《英雄的父亲》等文艺经典作品。

方青的《土地还家》描述的就是这一历史巨变给贫苦农民带来的心理和生活的变化:

> 二十年了,郭长发又重新用自己的手来耕作自己的土地了。这是老人留下的命根,叫它长出粮食来养活后代的儿孙:可是二十年的光景,它被野狼吞了去,自己没有吃过它一颗粮食——他想到是旧社会把他的地抢走了。
>
> 现在呢?他又踏在这块地上铲草了。他感到自己已经离开家二十年,如今又回到母亲的怀里,亲切地叫着:"娘!我回来了。"——于是他又感到是:这是新社会把我的地要回来的。他这样想着,不由得拉长了声音跟儿子说:

　　"柱儿！想不到啊，盼了二十年，那时候你才三岁。多亏共产党……记住！可别忘了本啊！"

　　他直起腰来，两手拉着锄把，又沉重地重复着这句话：

　　"柱儿！记住，可别忘了本啊！"

　　佚名的《永北前线担架队速写》则写了老乡们在一天的时间里就组织起了八百余人的担架大队，作者经过和担架队员们的交谈，感受到了新解放区人民的觉悟。大队长问担架队员们："你们这次出来抬担架，怕不怕？"大伙回答："不怕！"大队长又问："为什么不怕？"大伙答："不怕，这是为了自己。"担架队员们相信唯有民主联军存在，他们才能活着。他们说："胜利是我们的，土地才是我们的。""赶走国民党反动派，保卫我们的土地和民主。"这与《白毛女》"旧社会使人变成鬼，新社会使鬼变成人"和《王贵与李香香》"要是不革命，穷人翻不了身，要是不革命，咱俩结不了婚"的主题是一样的。淮海战役的胜利是山东人民用手推车推出来的，而东北解放区的建立和辽沈战役的胜利又何尝不是如此！

　　战争书写是东北解放区文艺中最主要的内容，革命理想主义、革命集体主义和革命英雄主义精神，是东北文艺的思想主题，也是东北文艺的审美风尚。这种简单明了的思想、昂扬向上的精神本身就具有一种审美特质，它奠定了新中国文艺的审美基调。就东北解放区文艺而言，无论是描写抗日战争还是描写解放战争的作品，都普遍具有鲜明而朴素的阶级意识、粗犷而豪迈的革命情怀。

　　蔡天心的诗歌《仇恨的火焰》，描写了在觉醒的阶级意识支配下东北民主联军官兵的战斗情怀：

仇恨燃烧着，

像火一样烧灼着广阔的土地。

听啊——

大凌河在狂呼，

辽河在咆哮，

松花江在怒吼，

在许多城市和乡村里，

哪儿出现反动派的鬼影，

哪儿就堆成愤怒的山，

哪儿有敌人的迹蹄，

哪儿就燃起仇恨的火焰……

……

我们要

用剪刀剪断敌人的咽喉，

用斧头砍下他们的头颅，

用长矛刺穿他们的胸脯，

用棍棒打折他们的脚胫，

用地雷炸弹毁灭他们，

用从他们手里夺过来的武器，

打垮他们，

然后用铁镐把他们埋掉！

我们要用生命，用鲜血，

保卫这自由解放的土地，

不让反动派停留！

"赶走敌人啊，

赶快消灭它！"

让这充满着力量和胜利的声音，

随同捷报传播开去，

让千百万颗愤怒的心，

燃起

仇恨的火焰！

这种激情在东北解放区的散文、报告文学和战地通讯中表现得最为明显，如丁洪的《九勇士追缴榴弹炮》、马寒冰的《雪山和冰桥》、王向立的《插进敌人的心腹》、王焰的《钢铁英雄王德新》等。这些作品内容真实，情感深沉厚重，延续了抗战时期散文书写浪漫主义与现实主义相结合的审美特征。这些既有写实性又有抒情性的东北解放区散文作品在战争中凝聚人心，彰显力量，具有极大的宣传、鼓舞作用。

最为难得的是，面对东北发达的近代工业景观，作家们更多地描写了工人们的斗争和生活，这些作品成为东北文艺中最为独特而珍贵的展示，而且直接影响了新中国工业题材文学的创作。战争期间，沈阳、长春、大连等地的工业设施惨遭破坏。光复之后，为了保护工厂和恢复生产，工人们表现出了忘我的精神和高超的技术。这使得从未见过现代工业景象的文艺家们感动和激动，他们纷纷用笔来描写现代工业生产和城市新生活，从而给中国现代文学带来了前所未有的新气象。大连大众书店于1948年8月出版的

《"工农园地"选集》，就收录了城市工人拥护并融入新生活的历史片段，如袁玉湖《锉股的"火车头"》，郓景明、孙聚先《熔化炉的话》等。此外还有李衍白《工人的旗帜赵占魁》，草明《工人艺术里的爱和恨》，张望《老工友许万明》等。李衍白在散文《黎明升起——巨大变化的东北一年间》中，描写了东北现代工业的风貌和工人们的热情：

> 今日的城市也正在改变着一年以前的面貌，先看一看今天的哈尔滨，代表它新气象的是全部工业齿轮的旋转，是市中心区黑夜中的灯光如昼，是穿插在四条线路的廿五台电车和六条线路上卅台公共汽车，是一万五千吨自来水不停地输送给工厂、商店和住宅。这些数目字不仅超过了去年今日（蒋记大员们劫掠后所造成的混乱情况），而且有些超过了伪满。在紧张的战争中加速地恢复这些企业，同样不是依靠别的，而仅仅是由于工人的觉悟。你想一想，一个工人为了修理一个发电的锅炉，但又不能停止送电，于是就奋不顾身钻进可以熔化生铁、数百度的锅炉高热中，他穿着棉衣，外面的人用水龙朝他身上喷冷水，就这样工作一会熬不住了跑出来，再钻进去，来回好多次，最后，完成了任务。我们有好多这种感人的事例。

我们在这些描写工友的散文里，看到了解放区新生活带给城市工人的希望。他们积极上工，传授技术，加班加点，争着当劳动英雄。这在中国同时期其他地域的文学作品中是极少见的。

　　质朴单一的写实手法是东北文艺的普遍表现方式,这种质朴不单是一种审美风格,更是一种直面大众的话语策略。这一传统与近代"政治小说"、五四新文学、左翼文学和抗战文艺等都是一脉相承的。文艺作为一种宣传和斗争的工具,自然要承担起团结和争取最广大人民群众的历史任务。因此,质朴单一的写实手法、通俗易懂甚至有些粗俗的语言风格,成为东北解放区文艺的普遍表现形式。

　　鲁柏的诗歌《夸地照》用简朴的形式表达了翻身农民淳朴的感情:

　　　　　　一张地照领回家,
　　　　　　全家老少笑哈哈;
　　　　　　团团围住抢着看,
　　　　　　你一言我一语来把地照夸:

　　　　　　长方形,四个角,
　　　　　　宽有八寸长两拃;
　　　　　　雪白的纸上写黑字,
　　　　　　红穗绿叶把边插。

　　　　　　上边印着毛主席像,
　　　　　　四季农忙下边画;
　　　　　　地照本是政委会发,
　　　　　　鲜红的官印左边"卡"。

　　　　　　里面写着名和姓,

地亩多少填分明，

拿到地照心托底，

努力生产多收成。

这首诗歌不仅使用了农民的口语，而且用东北农村方言来直观地描摹地照的具体形状和细节，表达了翻身农民朴素的情感。这种描写和表现方式与中国古代民歌传统有直接的联系。

井岩盾的小说《瞎月工伸冤记》以一个雇农自述的方式讲述自己的悲苦经历和内心感受。当工作队员问他是否受地主老赵家的气，他说："大伙吃他的肉也不解渴啊，都叫他给熊苦啦。"于是在工作队的启发和支持下，他"找大伙宣传去了"："张大哥，李大兄弟啊，咱们都是祖祖辈辈受人欺负的人呀！这回来了八路军啦，八路军给咱们穷人做主呀！有话只管说呀！有八路军，咱们啥都不用怕呀！"这是东北解放区贫苦农民普遍具有的经历和感受，而这种质朴无华的语言也是地道的东北农民的日常语言，具有天然的亲和力。

邓家华的小说《打死我也不写信》从情节到语言都相当质朴，甚至有些幼稚，但是那种情感是真挚的。"我"被敌人抓去，遭到严酷的鞭打，"当时我痛得忍不住，皮肤里渗透出一条一条青的红的紫的血痕，可是打死我也不写信的，他们看到我昏过去了，也就走了。等我清醒过来时，浑身疼痛，我拼死命地弄坏了门逃了出来，可是不巧得很，又碰到了伪军，又把我抓起来了，他们还是逼迫我写信，我坚决地说：'死了心吧！就是死了，我父亲会帮我报仇的。'救星来了，在繁星的晚上，忽然西面枪声不停地响着，新四军老部队来攻击了，伪军们都吓得屁滚尿流地逃走了，啊！新四军救出我了,我很快地到了家里,见了爸爸妈妈,心里真是高兴得流泪了"。

李纳的散文《深得民心》记叙了长春一个米面商人对民主联军和共产党的淳朴情感:"他已经将红旗展开,举到我的眼前,我看到七个大字:'中国共产党万岁!'""'中国共产党万岁!'他重复着这七个字,从眼镜里透露出兴奋的眼睛。这脸,比先前更可爱更慈祥了:'我喜欢这七个字,所以我选择了它。'""大会开始了,人们都向着会场移动,老先生也站起来要走,临走时他问我在什么地方工作,我告诉了他,他高兴地说:'好,都是民主联军。深得民心,深得民心。'"抛开其内容不论,作品文字风格的朴素也显露出解放区文艺在艺术层面幼稚和不甚精致的弱点,而这弱点又可能是许多新生艺术的共有问题。也许,正因为幼稚,它才有更广阔的发展空间。

形式的多样性特别是短小化是东北解放区文艺创作的普遍特点,短篇小说、墙头诗、快板诗、散文、战地通讯、说唱文学等成为最常见的艺术形式。战争的环境、急剧变化的生活和读者的接受水平与习惯等,决定了人们需要并且适应这种短平快的表达方式,而这也是延安文艺和抗战文艺形式的延续。天意的《县长也要路条》描写了两个一丝不苟的儿童团员在放哨时不放过民主政府的县长,硬是把他和警卫员带到乡长那里查证的故事。其篇幅短小,不到400字,但是内容蕴意深刻,语言风趣自然,简直就是一篇微型小说。

小区区的短诗《一心一意要当兵》,将人物的关系、思想、表情和语言都生动形象地表现出来,极具说服力和感染力:

葫芦屯有个小莲青,

一心一意要当兵——

他爹说：

"你去吧。"

他娘说：

"你等一等！……"

他老婆说：

"哪能行?！……"

忸忸怩怩来扯腿；

哭哭啼啼不放松：

"你去当兵啥时还？

为老为少撇家中！"

小莲青，

脸一红：

"小青他娘，

你醒醒：

八路同志千千万，

哪个不是老百姓?！

我去当兵打蒋贼，

咱们才能享太平。"

　　当然,东北解放区文艺中也有许多保留了浓郁的文人气息的作品,这些作品与五四新文学的"纯文艺"审美风格有明显的承续性。例如大宇的诗歌《琴音》：

　　一个琴师

把琴音遗失在幽谷里

滑落在幽谷的谷缝里了

琴音栽培了心原上的一棵草儿

琴音赞咏了艺术的生命

一支灿烂的强烈的光焰

我就永住在这琴音里了

就仿佛身陷于一片梦的缘边

仿佛浴着一片无际的云海

无垠的生旅无限的生涯

何处呀

我摸索到何处呀

琴音丢在幽谷里

滑落在幽谷的谷缝里了

十分明显,这不是东北解放区文艺创作的主流。

《1945—1949 年东北解放区文学大系》的编者耗费了大量精力来做这样一项浩大的地域性文学工程,这不只是对东北文艺的巨大贡献,更是对新中国文艺的巨大贡献。在此之后,东北文艺研究将迈上一个新台阶。

总导言

丛　坤

从 1945 年抗战胜利到 1949 年新中国成立这个时期,对于东北而言是极为特殊的。抗战胜利后,中共中央发布了《建立巩固的东北根据地》的指示,迅速成立了以彭真为书记的东北局,抽调了四分之一的中央委员、两万名党政干部、十三万主力部队赶赴东北,与国民党反动派展开激烈的斗争。在广大人民群众的支持下,中国共产党及其领导的军队从最初的战略防御转为战略反攻。1948 年 11 月,辽沈战役胜利,全东北获得解放。在解放战争时期,在中国共产党的领导下,东北人民反奸除霸,建立民主政府,消灭土匪,进行土地改革,在政治上、经济上翻身做了主人。东北的政治、经济、文化、教育等各个领域都发生了翻天覆地的变化,尤其是在文学创作方面,东北地区取得了不可低估的成就,文学创作出现了前所未有的发展和繁荣的局面。

"东北作家群"的回归、党中央选派的文化宣传干部的到来、文学新人的成长使得解放战争时期东北地区的创作队伍不断壮大。在东北沦陷后从东北去往关内的进步作家中,除萧红病逝于香港、

姜椿芳在上海从事党的地下工作外,塞克(即陈凝秋)、舒群、萧军、罗烽、白朗、金人等都积极响应党的号召,陆续返回东北。1945年9月至11月,党中央从陕甘宁边区和各个解放区抽调一大批优秀的文化工作者到东北解放区。据不完全统计,这一时期来到东北解放区的文化工作者有刘白羽、陈沂、周立波、草明、严文井、张庚、吴伯箫、华山、西虹、陆地、李之华、胡零、颜一烟、公木、林蓝、江帆、李纳、魏东明、夏葵、常工、方青、任钧、李则蓝、煌颖、侯唯动、李熏风、雷加、马加、袁犀、蔡天心、鲁琪、李北开等。① 中共中央东北局宣传部与东北文艺协会在"土地还家"口号的基础上,提出了"文艺还家"的口号,号召广大文艺工作者在与农民同吃、同住、同劳动的同时,领导农民群众参加土地改革运动,帮助农民成立夜校、学习文化、办黑板报、成立文艺宣传队,提高他们的写作能力与文艺欣赏能力,在农民、工人等基层劳动者中培养了一大批"文学新人"。创作队伍的空前壮大为东北解放区文学的繁荣奠定了坚实的基础。

东北解放区文学的繁荣也与当时出版事业的空前繁荣密不可分。东北局宣传部将建立思想宣传阵地(即报刊、出版机构)、改造思想、建构意识形态话语权确定为首要任务。进入东北不久,东北局于1945年11月在沈阳创办了机关报《东北日报》(1946年5月28日由沈阳迁至哈尔滨,1948年12月12日搬回沈阳)。该报面向东北全境的党政军发行,是东北解放区发行量最大的报纸。之后,东北解放区创办、发行的报纸近百种。据《黑龙江省志·报

---

① 彭放:《黑龙江文学通史(第二卷)》,北方文艺出版社2002年版,第354页。

业志》的统计,当时黑龙江地区(5省1市)的每个省市不仅有党政机关报,而且有人民团体和大行业的专业报纸,有些县也出版油印小报。仅哈尔滨出版的大报就有《哈尔滨日报》《哈尔滨公报》《哈尔滨工商日报》《大众白话报》《午报》《自卫报》《北光日报》《新民日报》《民主新报》《学生导报》《文化报》等。这一时期的报纸,无论设没设副刊,都或多或少地发表过文学作品。

东北局还出资创办了东北书店、光华书店、大连大众书店、辽东建国书店、兆麟书店、吉东书店、辽西书店等众多的图书出版机构。其中,东北书店是东北解放区规模最大、贡献最大的书店,在东北全境建有201个分店,发行网点遍布东北全境。除出版、发行图书外,东北书店还创办了《知识》《东北文学》《东北画报》《东北教育》等期刊。这些出版机构大量出版政治读物、教材和文学书籍,促进了东北解放区出版业的发展。仅以东北书店为例,从1946年到1948年,东北书店总共出版图书杂志760种、各类图书1 520余万册。① 东北解放区纸张和印刷质量上乘的大量出版物不仅发行于东北各地,还随着东北野战军入关和南下,成为陆续解放的北平、天津、武汉等地人民群众急需的读物。历史上一向"文风不盛"的东北第一次有大量的出版物输送到关内文化发达之地,这成为一时之盛事。

此外,东北解放区先后创办的文学类期刊的数量是惊人的。如1945年至1947年创办的文学期刊有《热风》(半月刊)、《文学》(月刊)、《文艺》(周刊)、《文艺工作》(旬刊)、《文艺导报》(月

---

① 逢增玉:《东北解放区文学制度生成及其对当代文学制度的预制》,载《文学评论》2017年第4期。

刊)、《东北文艺》（月刊）。1947 年以后创刊的大型专业期刊有《部队文艺》、《文学战线》（周立波主编）、《人民戏剧》（张庚、塞克主编），综合性期刊有《东北文化》（吴伯箫主编）、《知识》（舒群主编）等。其中，《东北文化》与《东北文艺》的影响最为突出。《东北文化》的主要任务是协同东北文化界，从政治上、思想上启发广大的东北青年和文化工作者，提高他们的自觉性，激发他们的革命热情、积极性和创造性，使他们在东北人民解放的伟大事业中发挥应有的作用。《东北文艺》是纯文艺性的刊物，刊载小说、戏剧、散文、诗歌、漫画、速写、报告文学、杂文、书刊评价，以及文学理论、有关文艺运动史的论著等。《东北文艺》聚集了一大批优秀的作者，如周立波、赵树理、罗烽、公木、萧军、塞克、舒群、白朗、严文井、刘白羽、西虹、范政、宋之的、金人、马加、雷加等。在他们的影响下，《东北文艺》还不断提携文学新人，这成为该刊的传统。从创刊到终结，《东北文艺》在新中国成立前后产生了很大的影响，20 世纪50 年代成长起来的许多作家、诗人是从这里起步的。可以说，《东北文艺》在解放战争和革命胜利后对新中国文学新人的培养起到了重要的作用。报纸、文学期刊、综合性期刊和出版机构的大量涌现，为东北解放区文学的发展创造了良好的条件。

与此同时，为了更好地团结广大文艺工作者，东北局于 1946年在黑龙江佳木斯成立了东北文化工作委员会，成员有张闻天、吕骥、张庚、塞克等。此后，若干文艺与文化团体陆续成立，其中最有影响的是 1946 年 10 月 19 日由全国文协的老会员萧军、舒群、罗烽、金人、白朗、草明 6 人在哈尔滨发起筹备的"中华全国文艺协会东北总分会"。这个文艺团体表面上是由文人自由结社，实际上主体是来自延安、具有干部身份的文化人，其中不少人是党员或东北文艺界的领导干部。"中华全国文艺协会东北总分会"对东北解放区文学的发展起到了不可忽视的作用。此外，中苏文化协会、鲁迅文艺研究会等文艺社团相继成立。1948 年 3 月，中共东北局宣传部首次召开了由文学、戏剧、音乐、美术、电影等部门的 150 余名文艺工作者参加的文艺工作者会议。会议对抗战胜利以来的东北解放区文艺工作进行了总结，并制订了随后一段时间的文艺工作计划。此外，中共中央东北局宣传部内部成立了文艺工作委员会，吕骥、舒群、刘白羽、张庚、罗烽、何世德、严文井、袁牧之、朱丹、王曼硕、华君武、白华、向隅、田方、沙蒙、吴印咸任委员，负责指导东北解放区的文艺工作。

1946 年秋，已迁至哈尔滨的原延安鲁迅艺术学院，按照东北局的指示北撤至佳木斯，并入东北大学，更名为鲁艺文学院。同年 12 月，东北局又决定让鲁艺脱离东北大学，组建东北鲁艺文工团。1948 年秋冬之际，随着沈阳的解放，东北鲁艺文工团在经历了三年多艰苦卓绝的转战与工作后进入沈阳，随后正式复名为鲁迅艺术学院，恢复了延安鲁迅艺术学院的学校建制。文艺团体的纷纷建立为东北解放区文学创作队伍的培养提供了组织保证。

为了纪念解放东北这段革命岁月，为了展现东北解放区文学的勃兴与繁荣，我们编辑出版了《1945—1949 年东北解放区文学大系》，分别从小说、散文、戏剧、诗歌、翻译文学、评论、史料等体裁角度进行整理、收录。

一

抗战胜利后的东北解放区文学是延安文艺的延伸与发展，东北解放区四年所发生的巨大变化，都生动、形象地展现在东北解放区的小说创作中。东北解放区小说充分展示了当时的社会生活，塑造了形形色色的人物形象，给人们留下了时代的缩影与历史的印迹。

东北解放区小说创作大体可以分为两个阶段。第一个阶段是从1945年日本投降到1946年中共东北局通过"七七"决议，第二个阶段是从1946年通过"七七"决议到1949年新中国成立。在当时的局势下，中国共产党要最广泛地发动群众，进入东北的文艺工作者便肩负了与武装部队同样重要的"文化部队"的任务。他们用文学作品教育、引导群众，积极参与了粉碎旧的国家机器和意识形态的过程。在党的文艺方针政策的指引下，东北解放区的作家们广泛深入到农村土地改革、前方战斗生活和工厂建设之中，亲身体验群众生活。这使得东北解放区的小说能够迅速地反映生产、生活、军事等各个领域的变化与东北人民精神世界的变化。

从1931年日本发动九一八事变到1945年日本投降，十四年的沦陷历史构成了东北文学不可磨灭的创痛记忆。对沦陷时期东北社会生活的回忆，是这一时期小说的一个重要题材。而抗战题材小说则是对异族侵略者铁蹄下民生困难的真实记录，也是对战争年代民族精神的热情颂扬。但娣的《血族》、陆地的《生死斗争》、范政的《夏红秋》、骆宾基的《混沌——姜步畏家史》等都是这方面的代表作品。

土改斗争是东北解放区小说三大题材的重中之重。在那场深刻改变了中国农村政治、经济关系的运动中，东北解放区作家将强烈的政治使命感与巨大的创作热情相融合，创作出了大量的优秀作品，周立波的《暴风骤雨》、马加的《江山村十日》、安危的《土地底儿女们》等至今仍被读者反复阅读。

小说创作需要一个孕育的过程,相对来说,中长篇小说需要更长的时间来构思和写作,而短篇小说则完成得较快。在复杂、激烈的土改运动中,东北解放区作家们努力笔耕,迅速创作出大量的短篇小说。在这些小说中,我们可以看到东北农民在土改运动中的精神变化,农民经历了几千年的封建压迫,他们身上的枷锁不仅是物质上的,更是精神上的,从奴隶到主人的蜕变需要一个心灵的搏击历程。

反映前线战争是东北解放区小说的另一个重要题材,这些小说真实地体现了军民的鱼水情谊。西虹的《英雄的父亲》、纪云龙的《伤兵的母亲》等都是当时影响较大的作品。1947 年至 1948 年是解放战争中我党从防御转为反攻的时期,随着战事的推进,中国人民解放军(1948 年 1 月 1 日,东北民主联军改称为东北人民解放军,同年 11 月 13 日改称为中国人民解放军)的队伍急剧壮大,部队官兵的成分因而趋于复杂化。为此,部队采用诉苦的办法对广大指战员进行阶级教育,提高他们的政治觉悟和思想觉悟。诉苦教育消除了战士之间的隔阂,为解放战争的胜利打下了坚实的思想基础。刘白羽的短篇小说集《战火纷飞》、李尔重的中篇小说《第七班》等反映了这一主题。

除上述三大题材外,解放战争时期东北涌现出来的工业题材小说,亦可视为中国现代工业题材小说的发端,这也从一个方面证明了东北解放区小说的文学史价值和文化价值。

东北解放区的工业在新中国发展史上占有非常重要的地位。在这一方面,影响最大的是女作家草明的中篇小说《原动力》。这篇小说虽然存在粗糙和简单等不足之处,但作为新中国成立前描写工业生产和工人思想的作品,是值得关注和肯定的。此外,李纳的《出路》、鲁琪的《炉》、韶华的《荣誉》、张德裕的《红花还得绿叶扶》等作品也广受好评。这些小说充分展现了东北解放区工业蓬勃发展的景象,展现了工业生产对人的改造,也开创了新中国工业文学的先河。

东北解放区的相当一批小说,强调小说的政治价值,强调创作为工农兵服务,大多通俗易懂,而缺乏对心理深度和史诗境界的发掘。然而,东北解放区小说明朗新鲜,创造性地继承了延安文艺精神,反映了东北解放区的历史巨变和社会变革中诸多的社会问题,为新中国成立后的十七年文学开辟了道路。

二

散文卷在本丛书中占有重要的分量,真实地记录了解放战争中东北解放区人民的巨大贡献,独特的作品体例亦标示出其在新中国散文创作史中的独特地位。

解放战争时期东北战区的胜利,不仅是军事史上的奇迹,更是人民意志创造历史的丰碑。许多作者都以醒目而直接的题目记录了解放军普通战士勇敢战斗、不畏牺牲的英雄事迹,以真挚的情感,突出了普通战士大无畏的战斗精神和取得战斗胜利的信心。这些作品表现了同一个主题:解放军是人民的军队,中国共产党是全心全意为人民服务的。这也是新中国强大的根基体现。

散文卷中还有一部分作品,叙述了悲壮的抗联斗争的事迹,如纪云龙的《伟大民族英雄杨靖宇事略》、菽沅的《老杨——人民口中的杨靖宇将军》、陈堤的《悼念李兆麟将军》等。英勇不屈的民族气节是抗联英雄所具的崇高品质,也是抗联精神最真实的写照。而东北书店于1948年6月出版的《集中营》,以革命者的亲身经历叙述了大义凛然、为真理献身的革命志士的事迹,让后人真正理解了"头可断血可流,革命意志不能丢"的气节,"永不叛党"是英烈们用鲜血和生命刻写在党章之中的。

从 1946 年到 1948 年,尽管国民党军队在东北重要城市盘踞并负隅顽抗,但是东北农村却发生了翻天覆地的变化。中国共产党在根据地开展土改运动,领导农民推翻了地方统治势力,领导农民斗地主、分田地,农民欣欣鼓舞,迎来了新生活。强大的后方农村根据地为部队供给提供了保障,同时,许多年轻的子弟为了保护胜利果实自愿参加了解放军,这改变了国共双方在东北的兵力布局。《永北前线担架队速写》等作品反映了这一主题。

此外,解放区散文作家的笔下还洋溢着新生活的喜悦,如严文井的《乡间两月见闻》。除了乡村,对于那些在战后重新回到人民手中的城市,我党也开始接管,并进行初步的恢复性建设。在作家们的笔下,新生活带来了新气象。大连大众书店于 1948 年 8 月出版的《"工农园地"选集》,就收录了描写城市工人拥护和融入新生活的散文。在这些描写工厂、工友的散文里,我们可以看到解放区的新生活给城市工人带来了希望。

这些散文作品大多短小精悍,有迅速性、敏捷性和战斗性等特点,具有独特的艺术特征。这与当时许多作家的出身密切相关。如刘白羽、草明、白朗、华山、西虹等作家对战争环境和百姓生活有着敏锐的观察力和真实的体验,他们的作品使得东北解放区 1945 年至 1949 年的散文创作呈现出独特的风格,表现出纪实性和文学性相结合的特点。此外,由众多从延安来到东北的文艺干部组成的随军记者,以大量的新闻报道反击了国民党的舆论污蔑,记录了解放军战士不畏艰险、顽强抗敌的英雄事迹,同时表现了后方人民在解放区土改过程中翻身解放、分得土地的喜悦心情。

　　散文作家记录这些真人真事的报道在东北解放战争中起到了巨大的宣传作用,成为鼓舞人心的强大的精神力量。东北解放区散文也因为内容真实、情感真实而呈现出历久弥新的生命力,往往给读者带来身临其境的感受,也让人忽略了作品本身的艺术特质。实际上,这些散文正是在真实的基础上,以生动与丰富的细节给读者留下了深刻的印象,在真实性的基础上呈现出文学性。华山的《松花江畔的南国情书》就是代表作品之一。

　　细节的生动亦使东北解放区散文具有鲜明的文学性。东北解放区散文将我军战士的大无畏精神写得非常真实、感人。在展示解放区新生活、新风尚方面,许多拥军爱民的片段写得细腻、真实。

　　东北解放区散文在主题内容上具有很高的价值,大量的散文颂扬了东北人民解放军的集体主义精神和英雄主义精神,表现了我军指战员的英勇气概,体现了战士们浩气长存的革命豪情。因此,东北解放区散文具有较高的文学价值,其明朗的表现方式恰恰是后来共和国文学明确表达和高度肯定的。题材广泛、内容真实和情感深厚的纪实性文学,使得东北解放区散文在战争时期凝聚了强大的精神力量。反映中国人民解放军不畏艰险、英勇战斗的长篇报告文学,在风格上激情澎湃,体现出解放军崇高的革命乐观主义精神。这一时期的散文把东北解放历史进程的全貌和战士们的英勇壮举再现了出来,东北解放区散文也因此具有了军事史和共和国历史的资料留存价值。东北解放区散文在创作上因为具有纪实性与文学性相结合的特点,为军旅散文创作提供了新的美学范式。

三

在东北解放区文学中,戏剧具有内容丰富、种类繁多、通俗明了、利于传播等特点,兼之创作群体庞大,故而获得了巨大的丰收,这成为东北解放区文学繁荣的重要标志之一。东北解放区的戏剧具有鲜明的启蒙性、宣传性和战斗性等特征,对生产建设、围剿土匪、土改运动和解放战争发挥着不可替代的宣传作用。

东北解放区戏剧的繁荣首先得益于东北解放区报刊对戏剧的支持。例如,《东北日报》刊发的剧作涉及歌唱新生活、感恩共产党、批判美蒋、拥军劳军、参军保家、歌颂劳模等多方面的内容。1947年5月4日创刊的《文化报》则是东北解放区第一份纯文艺性质的报纸,主要刊载一些文学常识、短文、小诗、书评、剧报等。此外,《前进报》《北光日报》《合江日报》等都刊发了大量的戏剧作品。而从刊载量来看,期刊对戏剧的支持力度更大。在众多的文艺期刊中,对戏剧传播影响较大的是《东北文学》《东北文化》《东北文艺》《文学战线》《知识》和《人民戏剧》等。

从1945年年底开始,东北解放区以各家出版社为依托陆续出版了许多戏剧作品,这是解放区戏剧传播的重要途径。较有影响的是东北书店和人民戏剧社等。在解放战争期间,东北书店出版的各类戏剧作品和理论书籍近百种,形式包括话剧(独幕话剧、多幕话剧)、京剧、评剧、二人转、歌舞剧(广场歌舞剧、儿童歌舞剧)、歌剧、新歌剧、小歌剧、道情剧、活报剧、秧歌剧、小喜剧、小调剧、皮影戏等。其中,秧歌剧超过一半。

文艺团体的迅猛发展是解放区戏剧广泛传播的最终体现。1945年11月以后,东北文工团等数十个文艺团体在东北局宣传部的领导下先后成立。这些文艺团体以《在延安文艺座谈会上的讲话》为指导，坚持走文艺大众化的道路，活跃在东北城市和乡村，战斗在前线和后方。他们创作、表演了一系列以支援前线、土地改革、翻身当家为主题的作品，这些作品受到人民群众的好评。

从内容方面来看，歌颂工人阶级是东北解放区戏剧的一个重要内容。东北光复后，作为解放全中国的大本营，哈尔滨、沈阳等工业城市的作用得以凸显，工人阶级成为时代的主角。从剧作内容来看，第一种是反映工人生活的剧作，如王大化、颜一烟创作的《东北人民大翻身》；第二种是歌颂先进个人无私支援解放区建设、帮助工厂恢复生产的剧作，较有影响的有《献器材》《十个滚珠》《一条皮带》《刘桂兰捉奸》；第三种是歌颂党的政策的剧作，代表作品有《比有儿子还强》和《唱"劳保"》。工业题材戏剧的大量创作，极大地拓宽了解放区戏剧的创作领域，为新中国工业题材戏剧的发展奠定了坚实的基础。

东北解放区戏剧中描写农民翻身解放、分得土地的农村题材的戏剧的比重最大。第一类是反映东北农民翻身解放，通过新旧对比来歌颂新农村、新生活的剧作。第二类是反映粉碎各类阴谋、同复辟分子做斗争的剧作，代表剧作有《反"翻把"斗争》等。第三类是反映改造后进、互助合作，表现农民积极开展大生产运动的剧作，如《二流子转变》。第四类是描写劳动妇女反抗封建婚姻、争取民主权利、积极参加劳动生产的剧作，如《邹大姐翻身》。

东北解放后，群众的思想还比较保守，革命启蒙的任务十分重要，尤其是要帮助东北人民认同和接受中国共产党及其领导的人民军队。在描写军队的戏剧中，既有表现人民军队英勇战争、不怕牺牲、勇于献身的剧作，也有以军民互助、拥军支前为主要内容的剧作,这类剧作完整地再现了东北人民从最初的误解民主联军到后来积极送子参军、送夫参军、拥军支前的全过程。前者的代表作有《老耿赶队》《鞋》《两个战士》等,后者的代表作有《透亮了》《收割》《支援前线》等。

在艺术特点上,虽然东北解放区戏剧的整体水平不是最高的,但是其庞大的作者群体、巨大的创作数量、伟大的历史功绩,使得解放区戏剧创作达到了巅峰状态。东北解放区戏剧因对传统戏剧和西方舶来戏剧的融合而具有现代性,在这种融合的过程中实现了本土化,并形成了民族化、大众化、乡土化的特征。东北解放区戏剧的民族化特征源于延安时期戏剧的"中国化"。而其大众化特征是指具有广泛的群众基础,且创作群体亦十分大众化。东北解放区戏剧的乡土化则主要表现在地域特色上。

在创作方法上,东北解放区戏剧继承了延安戏剧的传统,剧作家们用现实主义的方法把自己身边刚发生或正在发生的事情通过戏剧的形式真实地反映出来,集中表现工、农、兵的日常生活。东北解放区戏剧起到了鼓舞斗志、颂扬先进、宣传政策、支援前线的作用。

在戏剧结构上,东北解放区戏剧的戏剧冲突尖锐而集中,叙事模式多元,表现方式多样。在人物塑造上,剧作塑造了一个个爱憎分明、个性突出、敢作敢为的人物形象。这些人物形象生动丰满、有血有肉,为观众熟悉和喜爱。

东北解放区戏剧在取得较高的艺术成就和发挥重要的宣传作用的同时,也存在一定的不足。然而瑕不掩瑜,民族化、大众化、乡土化的特征,使得戏剧的宣传性、教育性、战斗性的作用得以充分发挥出来。东北解放区戏剧对光复后进行的民众文化启蒙、文化宣传具有不可替代的作用,对解放区的土地改革和解放战争做出了不可磨灭的贡献。

四

东北解放区诗歌秉承了我国诗歌的优秀传统,具有红色革命基因。它一方面与伪满时期的诗歌做了彻底的割裂,另一方面又延续了东北抗联诗歌的革命精神和爱国主义情怀,集中书写了山河易色、异族入侵带给东北人民的苦难和屈辱,书写了受难的人民在共产党领导下的觉醒与反抗,书写了东北人民在艰苦的自然环境与战争环境中形成的坚韧、乐观、幽默的性格。

东北解放区诗歌是中国解放区诗歌的重要组成部分,与其他解放区诗歌保持着一致性和连续性。它之所以能复制延安解放区的文学模式,主要是因为其创作队伍中的很大一部分是来自延安解放区的革命文艺工作者,故在文学制度和文学政策上与全国其他解放区能保持一致。东北解放区诗歌的作者主要有四种身份:一是中共中央派驻到东北的文艺工作者;二是抗战时期流亡到关内的“东北作家群”(在抗战结束后返回东北);三是虽然本人不在东北解放区,但是其作品在东北解放区的重要报刊上发表过并产生了一定影响的诗人;四是来自各行各业的业余诗人。《东北日报》文艺副刊曾陆续发表过很多业余诗人的作品,这些业余诗人中既有宣传干部,又有工人、农民、战士、学生(其中有许多人使用笔名,甚至使用多个笔名,今天有些作者的真实姓名已很难核实)。有一些诗人并不在东北解放区工作,但是其作品在东北解放区的重要报刊上发表过,并对全国解放区的文学发展产生过重要影响,如艾青、田间等。东北解放区的代表诗人有公木、方冰、马加、严文井、鲁琪、冈夫、天蓝、韦长明、刘和民、李北开、彤剑、侯唯动、胡昭、李沅、夏葵、林耘、顾世学、萧群、蔡天心、杜易白、西虹、师田手、白刃、白拓方、叶乃芬、丁耶、孙滨、阮铿等。

从内容上看,东北解放区诗歌主要是反映当时东北解放区的经济建设、军事斗争、农村工作和城市建设等,具有现实性、时代性。从艺术形式上看,诗歌谣曲化、大众化、民间化的特点突出。抒情诗、叙事诗、街头诗、朗诵诗、歌谣、童谣等成为当时最常见的诗歌体裁。东北解放区诗歌具有以下几个显著特点:

第一,诗歌内容具革命性且高度政治化。东北解放区文学是为中国共产党解放东北和建设东北的政治任务服务的,其主要功能和目的是紧密贴近和配合解放区的主流政治运动。很多诗歌是为满足当时的政治需要而作的,充分体现了《在延安文艺座谈会上的讲话》在诗歌创作方面的实践成绩。东北解放区诗歌与中国解放区诗歌在题材选择、审美价值上保持着一致性,并具有东北解放区特有的地域性特点。揭露、批判、颂扬是东北解放区诗歌的三大主旋律,诗人们以工人、农民、士兵、英雄人物、劳动模范等为书写对象,歌颂英雄人物,记录战争风云,赞美新农民,抒发家国情怀。

第二,具有鲜明的战争文学特点。东北经历了十四年艰苦卓绝的抗日战争,接着又经历了五年的解放战争,近二十年间,始终处于战争状态。诗歌也呈现出战时文学特质,记录了艰苦卓绝的战争场景与生活现实。对于重大战役的抒写与记录,英雄主义、乐观精神、必胜信念的情感基调,加之大东北茫茫雪原、天寒地冻的地域特点,使得东北解放区诗歌具有鲜明的东北地域特色。

第三,农村题材也是东北解放区诗歌的重头戏。东北经过十四年的抗日战争,土地荒废,农民思想落后。抗日战争结束后,解放军入驻东北,一方面做农民的思想工作,进行思想启蒙,另一方面在农村贯彻党的土改政策,进行土地革命,让农民成为土地真正的主人。因此,在东北解放区,启蒙农民思想、反映土改运动、揭露地主阶级剥削农民的本质、塑造新农民形象成为农村题材诗歌的主要内容。

第四,工业题材诗歌在东北解放区诗歌中独领风骚。《文学战线》等报刊还专门设立了工人专栏,如《文学战线》专辟"工人创作特辑",作者均来自生产第一线。工业题材诗歌丰富了东北解放区诗歌的样态,也成为东北解放区诗歌的重要组成部分。

第五,叙事诗是东北解放区诗歌的主要体裁。长篇叙事诗体量大,便于完整地呈现人物或事件的变化过程,便于刻画生动、饱满的艺术形象,因此很受东北解放区诗人的青睐。在《东北文艺》《文学战线》等杂志和个人诗集中,带有浓郁的东北民间话语特色,反映土改运动、翻身农民踊跃参军等内容的长篇叙事诗一时间大量出现。

第六,诗歌审美倡导大众化、通俗化。在解放战争时期,文学要担负着团结人民、教育人民、打击敌人的任务,因此,战时诗歌不能一味地追求高雅的诗意,它既要通俗易懂,便于启蒙民众,又要迎合普通大众的审美需求,适应战争时期的宣传需要。东北解放区诗歌的谣曲化倾向突出,诗作大多出自部队宣传干部、战士、工人、农民之笔,以社会现象为题材,具有相当强的时效性,普遍具有语言通俗易懂、直抒胸臆、为群众所熟悉和易于接受等特点,真正达到了为工农兵服务的目的。

东北解放区诗歌也存在一些不足。由于过于强调宣传性、鼓动性和战斗性,重内容而轻艺术,艺术水准较低,东北解放区诗歌未能达到思想性和艺术性相结合的高度。

五

东北翻译文学兴起于 20 世纪 20 年代末,当时的《北国》《关外》等文学期刊上都登载过翻译作品,对俄苏、英、美、日等国家的民族文学作品,以及批判现实主义、"普罗文学"等文艺理论均有译介。但这种生动、活跃的局面随着 1931 年九一八事变的发生而不复存在。1931 年至 1945 年,在长达十四年的沦陷时期,东北翻译文学出现了两块文学阵地:一个是以沈阳、大连为中心的"南满文学"阵地,另一个是以哈尔滨为中心的"北满文学"阵地。辽南文坛在九一八事变以后出现了一股译介欧美和日本文学及其理论的潮流,主要刊发、翻译消极的浪漫主义、自然主义的文艺作品和理论,只刊发少量的俄苏文学。相对而言,北满文坛对俄苏现实主义文学作品及其理论的翻译有着更重要的意义。

解放战争时期的东北解放区文学的传播模式主要是"延安模式"。在翻译文学方面,东北解放区文艺工作者侧重译介的目的性和计划性。从目前了解到的情况来看,当时很多期刊都设有翻译栏目,其中《东北日报》《东北文艺》《前进报》《群众文艺》《知识》等都设立了介绍苏联文学的专栏,经常发表苏联社会主义建设时期和卫国战争时期的作品。此外,侧重刊发翻译文学的报纸、期刊还有《文学战线》《文化报》《知识》《东北文化》等。文学观念是文学创作的潜在基础,规范和支配着这个时代的文学创作。解放区的作家们译介了大量的苏俄作品,其中大部分是社会主义现实主义作品。除报刊外,东北解放区翻译文学的出版途径还有书店。由书店、期刊、报纸构成的媒介场,有效地促进了东北作家与世界文艺思潮的交流,尤其是苏联所倡导的革命现实主义文学创作思想对东北的文艺运动发挥了指导作用。

《东北日报》的译介主要集中在俄苏文艺思想、作家作品方面,其中刊发爱伦堡、法捷耶夫等文艺理论家的作品的数量最多,产生的影响也最为深刻。这些作品极大地开阔了东北知识分子的视野。《东北文艺》每期都对俄苏文学作品、作家进行介绍,较有代表性的是1947年曾连载过的金人翻译的苏联作家华西莱芙斯卡娅的中篇小说《只不过是爱情》。《文化报》介绍了大批的俄苏作家,刊载了一些文艺评论、文学作品等。《文学战线》在刊发原创作品的同时,则侧重于介绍俄苏文学作品和翻译俄苏文艺理论。

东北书店出版了大量的翻译过来的苏联文艺论著和苏俄文学作品,目前搜集到的翻译文艺论著的种类达110余种。其翻译出版的俄苏文学作品具有丰富的题材,包括电影文学剧本、报告文学、游记、书信集、诗歌、小说等。辽东建国书社、大连大众书店、光华书店等也是翻译作品重要的出版机构。

翻译文学的发展有助于文学创作的繁荣与文艺理念的更新,但东北解放区译介作品的内容较为单一,翻译的作品几乎全都来自苏联,俄苏文艺思想、文艺理论和文艺作品得到高度关注,成为文坛的主流。其原因有如下几个方面:

首先,从地缘因素来看,东北与苏联有着天然的地缘关系。东北地区与苏联的东西伯利亚地区有着相似的自然环境,都处于高纬度寒带地区,气候寒冷,地广人稀。自然环境和原始文化的相似为思想的交流提供了基本契合点。

其次,从政治因素来看,俄苏文学在中国的兴衰与中俄之间的政治文化交流有着密切的关系。当时的文人也希望通过译介苏联文学作品来改造和影响人们的思想意识,以及树立新民主主义革命的奋斗目标和未来社会主义的奋斗目标。

最后,从社会现实来看,东北解放区的沈阳、大连等地在中国人民解放军进驻之前已经驻有苏联红军,而且在经济、文化等方面与苏联交往密切,苏联文学作品的翻译、出版自然丰富。

1942年之后,延安文艺工作者主要是对苏联等少数社会主义国家的文学作品进行译介。对于与苏联接壤的东北解放区来说,由于与外界接触困难,能获得的外国文学作品更少,在建设新文学方面,除了以五四新文学和老解放区文学为资源外,苏联文学便是重要的资源。苏联文学对建设中的东北解放区文学具有不同寻常的意义。

六

东北解放区建立后,文学创作繁荣一时。然而,文学创作在繁荣的背后也存在着一些问题,其中一个突出的问题就是创作者的背景复杂,其中有来自抗日根据地的,也有来自关内国统区的,还有本土的。不同的思想意识、价值取向、艺术趣味掺杂在各类作品中,部分作品的创作倾向出现了偏差。这些问题引起了文艺界的关注。东北解放区的主要报刊和杂志纷纷开辟评论专栏,采用编者按、读者来信、短评、述评、观后感等形式开展文艺批评,为确立正确的文艺路线提供思想保障。

初到东北的文艺工作者首先感受到的是新老解放区之间政治环境和文化环境的差异。自清朝灭亡到抗战胜利的三十多年间,东北民众饱受战乱的痛苦。抗战胜利后,虽然旧的社会结构和文化体制已经解体,但旧的意识形态还残留在一些人的头脑中,东北民众与新政权之间存在着一定的隔膜。刚刚到达东北的大多数文艺工作者对东北特殊的历史环境认识不足,尚未做好相应的思想准备,仍然延续过去的创作方法和思维方式,脱离群众和实际。以什么样的形式和内容来服务刚刚从殖民者的铁蹄下解放出来的人民,是当时文艺工作迫切需要解决的问题。

文艺争鸣与文艺批评既是抗日根据地文艺工作的优良传统,也是党指导文艺工作的重要手段。毛泽东同志在《在延安文艺座谈会上的讲话》中指出,文艺界的主要的斗争方法之一,是文艺批评。此时,东北文艺工作者的首要任务就是对旧的意识形态进行批判和改造,从而构建与延安解放区主体同构的新的意识形态场域。因此,在本地区文艺界开展一场广泛的文艺批评运动就显得十分迫切和必要。1945 年 11 月,陈云同志在《对满洲工作的几点意见》中提出了党在东北的几项重要任务:"扫荡反动武装和土匪,肃清汉奸力量,放手发动群众,扩大部队,改造政权,以建立三大城市外围及长春铁路干线两旁的广大的巩固根据地。"这既是党在东北的中心工作,也是东北文艺界所面临的主要任务。东北解放区的文艺队伍自觉地将创作与政治任务结合起来,坚持为人民服务的创作方向,以《在延安文艺座谈会上的讲话》为指导来进行创作。东北这块古老而又年轻的土地上结出了丰硕的艺术成果。这些作品在内容上贴近当时东北的现实生活,在形式上生动活泼,富有浓郁的地方乡土气息,在教育人民、鼓舞人民、组织人民、团结人民、打击敌人方面发挥了重要作用。东北解放区文艺作为革命文艺版图中的一个独立板块开始形成,它既是"延安文艺"的派生,又具备地域文化品格。它不是由内而外自发产生的,而是在改造和清除原有旧文化的基础上通过外部输入逐步确立的。

与"延安文艺"相比,东北解放区文艺自身也出现了一些新的特质,特别是在文艺批评方面,文艺工作者表现出了强烈的自觉性。他们坚持无产阶级和人民大众立场,从不同层面和角度开展文艺界的批评与自我批评,引导东北解放区文艺朝着正确的方向发展。

东北解放区文艺的根本任务与延安文艺的根本任务保持着高度一致,但又具有特殊性。如果简单地照搬、照抄延安文艺的经验,那么东北解放区文艺很难适应革命发展的需要。东北解放区文艺首先具有启蒙的意义,它不仅具有文化启蒙的意义,也具有政治启蒙的意义。为此,东北解放区的文艺工作者以《在延安文艺座谈会上的讲话》精神为指导,树立起无产阶级的文艺大旗,以新文化来改造旧社会,重塑民众的国家意识、民族意识和政治意识,把东北建设成为中国革命的战略大后方。

在延安文艺旗帜的指引下,东北文艺界通过理论探讨和思想整风,统一了广大文艺工作者对革命文学根本属性的认识,东北的文艺工作焕然一新。广大文艺工作者在理论和实践两个方面取得了很大的成就,既继承和发扬了延安文艺思想,也将《在延安文艺座谈会上的讲话》精神与具体实践结合起来。夏征农、蔡天心、铁汉、甦旅、萧军、胥树人等知名的文艺界人士都对这个问题做了深入研究,产生了较大的影响。

与延安文艺相比,这个时期的东北文艺作品主题更丰富,创作者以切身的生命体验为基础,再现了解放战争时期东北所发生的波澜壮阔的革命斗争,以及在这个过程中东北人民的生活与精神面貌。

东北解放区的文艺发展也不是一帆风顺的,它也走了一些弯路。但是,在毛泽东《在延安文艺座谈会上的讲话》的指引下,文艺工作者不仅投身到创作之中,也开展了广泛的文艺批评,营造了一个宽松的舆论环境,作家们畅所欲言,在批评他人的同时也开展自我批评。这为创作的繁荣奠定了理论基础,也为新中国的文艺创作和文艺批评积累了资源和经验。

七

史料卷是大系的综合卷,其编撰初衷是反映东北解放区文学创作的初始背景,呈现当时的政策和文学创作的大环境,通过对资料的梳理,为弘扬东北解放区文学创作的优良传统提供第一手的基础资料。史料卷共分为七大部分。

一是文艺工作政策方针。文艺工作的政策方针是党根据一定历史时期的总路线和总任务确立的文艺指导原则,反映了一定时期文艺创作的总体规划、部署和要求。史料卷旨在呈现东北解放区创作繁荣的大背景下中国共产党对文艺工作的总体规划和实施情况。史料卷主要收录了与东北解放区相关的宣传文件,以及部分会议发言和讲话等内容,其中有出版、通讯、写作的相关规定,也有重要领导对文艺工作的指示要求,同时还收录了部分重要会议成果。

二是重要报纸、期刊。报纸、期刊大量创办是文艺繁荣的重要标志之一。报纸、期刊直接促进了文学事业整体的发展和繁荣,使优秀作品产生了广泛的社会影响。1945年11月《东北日报》创办后,东北解放区先后创办、发行的报纸近百种。此外,在东北局宣传部的统一领导下,地方与军队也创办了数十种文学与文化类刊物。从成人刊物到儿童刊物,从高雅刊物到面向大众的通俗刊物,从文学到艺术,靡不具备。诸多的文艺报刊为文学作品的生产提供了园地,成为东北解放区文学创作的先锋阵地。

三是文艺团体、机构。在东北解放区,多个文艺团体和机构活跃在文艺创作和宣传的第一线,对东北解放区文艺事业的发展发挥了重要作用。东北局先后出资创办了东北书店等众多的图书出版机构,使得东北解放区报刊出版和传媒得到快速发展。1946年,东北局在佳木斯成立了东北文化工作委员会,此后,中苏文化协会、鲁迅文艺研究会等文艺社团也相继成立。东北文艺工作团等文艺团体也迅速发展。在组建大量的文艺团体和文工团之际,军队与地方政府和宣传部门还非常重视文艺人才的培养和文学教育体系的建立,在演出之余,也招收和培养文艺人才。在短短的四年间,东北解放区建立了众多的文艺工作团体与人才培养学校。这体现了我党对教育人民、教育部队和动员人民参与革命的重视。

四是作家及创作书目。从延安来到东北的革命文艺工作者数以百计,此外,20世纪30年代从哈尔滨流亡到关内各地的东北作家群成员也陆续返回东北。这些文化工作者云集黑龙江,办报纸,办杂志,从事广泛的文化艺术活动,使得东北解放区文学艺术以全新的姿态向共和国迈进。史料卷收录了活跃在东北解放区的多位作家的生平和创作情况,当然,由于这一历史时期具有特殊性,作家区域性流动较为频繁,对作家的遴选和掌握主要以创作活动的轨迹和作品发表的区域为依据。

五是东北解放区文学回忆与纪念。为了弥补现有资料不足的缺憾,史料卷特别收录了部分文学界前辈及其家人的回忆与纪念文章,其中既有参加文艺团体的亲历感受,也有对文艺创作细节的点滴回忆。由于年代久远,这些资料的某些细节无法准确、翔实地

体现出来,但这些资料记录了东北解放区文艺工作者的亲历感受,对补充和完善史料卷的内容大有裨益。

六是大事记。为了对解放区文学创作资料进行细致整理,进而为读者提供一个简明的、提纲挈领式的线索,史料卷呈现了大事记。大事记旨在将反映文学活动和文艺创作的各种资料予以浓缩,按照时间线索对史料进行编排。大事记简明扼要地记述了1945年9月至1949年9月东北解放区文学方面的大事、要事,涵盖了部分文艺作品创作、文艺团体成立的时间节点,有助于读者了解东北解放区文学的发展脉络。

七是索引。鉴于东北解放区文学总体呈现出体裁广泛、内容丰富等特点,史料卷以作者为线索,将分散在小说卷、散文卷、诗歌卷、戏剧卷、评论卷、翻译文学卷中的作品整理出来,形成丛书索引。索引以作者为基点,将作者在各卷中的作品情况(作品名称、所在卷册、页数)逐一列出,可以在一定程度上呈现出东北解放区文学的整体情况,亦可以体现出作者的创作风格和特点,进而从不同角度展示出东北解放区文学发展的脉络和趋势。

随着军事上的胜利和东北解放区的形成,东北的政治面貌、经济面貌发生了根本性的变化,特别是文化呈现出前所未有的发展和繁荣的局面。东北解放区在政策制定、政策实施、新闻出版、文艺社团、文艺教育体制、作家培养等涉及文艺发展与繁荣的各个方面,继承、发展和完善了延安文艺体制,对当代文学和文艺制度产生了重要和深远的影响。

尽管东北解放区文学得到前所未有的发展和繁荣,但这份珍贵的文化资料始终没有得到系统整理,有关资料分散在哈尔滨、齐齐哈尔、牡丹江、佳木斯、长春、沈阳、大连等地,加上年代久远,这给编选工作带来了很大的困难。一方面,区域性的文学史料不易引起一般研究者的重视,文学史料的保留和整理工作在通常情况下很不理想,尽管编选者在前期已有一定的资料积累,但是很多工作还需要从头开始。另一方面,由于年代久远,加之当时的出版印刷技术有限,许多资料的保存和整理已经成为一大难题。许多珍贵的文学资料甚至已经出现严重的、不可恢复的缺损,因此,整理和出版东北解放区的文学史料,对东北解放区文学和中国现代文学的研究具有重要意义,同时,对人们了解和认识东北解放区这段历史也具有重要意义。

东北解放区文学创作距今已有七十年的历史,从 20 世纪 80 年代开始,东北解放区文学作为中国现代文学的一部分开始进入研究者的视野,搜集、整理与研究工作逐渐深入,一大批有分量的成果随之产生。其中,具有代表性的成果有两项,一项是林默涵主编的《中国解放区文学书系》(重庆出版社,1992 年出版),另一项是张毓茂主编的《东北现代文学大系》(沈阳出版社,1996 年出版)。这两部著作以文学价值作为侧重点,对东北解放区文学进行了很好的梳理。此外,黑龙江、辽宁与吉林三省的社会科学院文学研究所通力编辑出版的《东北现代文学史料》(共九辑),其价值亦不可低估,当时资料的提供者或为亲历者,或为亲历者之亲友,这从文献抢救的角度来看可谓及时。尽管《中国解放区文学书系》和《东北现代文学大系》对东北解放区文学进行了较大规模的搜集与整理,但由于编辑侧重点不同,这两部著作对东北解放区文学作品只是有选择性地收录,东北解放区文学作品分散在各地图书馆与散落在民间的态势并未改变。进入 21 世纪后,随着时间的流逝,

承载东北解放区文学作品的旧报、旧刊、旧图书流失和损毁的情况日益严重,对东北解放区文学进行进一步搜集与整理的必要性在中国现代文学界达成共识。2008年,东北现代文学研究者、黑龙江省社会科学院文学研究所研究员彭放在主编完成《黑龙江文学通史》(北方文艺出版社,2002年出版)之后,提出了编辑出版《东北解放区文学大系》的建议,这一建议得到了认可。事隔十年,2018年,由黑龙江省社会科学院文学研究所与黑龙江大学出版社联合策划的《1945—1949年东北解放区文学大系》荣获国家出版基金资助出版,这完成了老一代东北现代文学研究者的夙愿。

《1945—1949年东北解放区文学大系》的编者,力求完整地体现东北解放区文学的整体风貌,在文学价值之外,亦注重作品的文献价值,以文学性与文献性并重作为搜集、整理工作的出发点。

《1945—1949年东北解放区文学大系》的篇目编选工作,由黑龙江省社会科学院发起,联合黑龙江大学、哈尔滨师范大学、哈尔滨学院等黑龙江省多所高校共同开展。为了保证学术性,本丛书特聘请多位东北现代文学领域的专家组成编委会,各卷主编均为中国现代文学方面学养深厚的研究者。本丛书的篇目编选工作得到了北京、吉林、辽宁等地多家相关单位的支持。东北现代文学界德高望重的老一代学者亦给予大力支持,刘中树、张毓茂与冯毓云三位先生欣然允诺担任本丛书的学术顾问,本丛书的姊妹著作《1931—1945年东北抗日文学大系》的总主编张中良先生亦为学术顾问。特别应提及的是,张毓茂先生在允诺担任本丛书学术顾问不久后就溘然离世,完成这部著作就是对先生最好的悼念。

本丛书的资料搜集工作,除得到东北三省各家图书馆的支持外,还得到了中国现代文学馆、黑龙江省浩源地方文献博物馆的大力支持。东北红色文献收藏人胡继东、华东师范大学历史系博士崔龙浩,以及华东师范大学历史系高铭阳、雷宇飞等人为本丛书的集成提供了大量珍贵而稀缺的第一手资料。对于他们的无私奉献,在此表示诚挚的感谢!此外,黑龙江大学文学院、哈尔滨师范大学文学院许多在读的博士生、硕士生和本科生也参与了资料搜集工作,在此,请恕不一一列名。

《1945—1949年东北解放区文学大系》除入选2019年度国家出版基金资助项目之外,还被列入黑龙江历史文化研究工程项目,在此谨致谢忱。

戏剧卷导言

东北解放区戏剧创作导论

宋喜坤

东北解放区文学是东北解放战争时期的文学，"抗战胜利后的东北解放区文学，则是延安文艺的延伸与发展"①。随着哈尔滨的解放，已完成伟大历史使命的东北抗日文学在延安文学的指导和改造下，带着余热迅速转型为东北解放区文学。1945年至1949年，来自延安和各沦陷区的知识分子，以及东北地区的革命群众在中国共产党的领导下，创作了大量的东北抗战文学作品。② 戏剧具有内容丰富、种类繁多、通俗易懂、利于传播等特点，获得了创作上的巨大丰收，这成为东北解放区文学大繁荣的重要标志之一。东

---

① 张毓茂、阎志宏：《东北现代文学史论》，载《社会科学辑刊》1994年第2期。

② 东北解放区的戏剧创作数量颇丰，据统计，各类剧目约有332种，已查找到剧目234个。

北解放区戏剧是中国共产党领导下的群众性戏剧,具有启蒙性、宣传性和战斗性等特点。在中国共产党领导下的东北解放区,戏剧对生产建设、围剿土匪、土改运动和解放战争发挥着不可替代的宣传作用。

一

1946 年春天,延安的革命文化机构和文艺团体集中转移到佳木斯,佳木斯成为指导东北文化的中心,被称为东北"小延安"①。在中国共产党的领导下,哈尔滨、佳木斯、齐齐哈尔、大连、沈阳等地的文化运动蓬勃开展起来。东北解放区戏剧种类繁多,内容和题材丰富,创作群体庞大,因此东北解放区开展了大规模的群众戏剧运动,这促进了东北解放区文学的繁荣。

东北解放区戏剧的生成是政治文化和民间文化糅合的结果,这主要表现为党的组织领导得力、多元文化交融、作家阵容强大。组织领导得力是指在党的领导下建立了各级"文艺协会"来领导和指导东北文艺工作。1945 年 9 月 15 日,中共中央东北局成立,在宣传部部长凯丰(何克全)的领导下,东北解放区的文化工作如火如荼地开展起来。1946 年 10 月 19 日,"中华全国文艺协会东北总分会"筹备会在哈尔滨召开。1946 年 11 月 24 日,"中华全国文艺协会佳木斯分会"成立。1947 年 6 月 15 日,"关东文化协会"成立。随着革命文化工作的迅速开展,哈尔滨、佳木斯、齐齐哈尔、长春、沈阳、大连等城市都成立了"文艺协会"等文化组织。这些"文

---

① 王建中、任惜时、李春林等:《东北解放区文学史》,辽宁大学出版社 1995年版,第 63 页。

艺协会"的成立符合当时东北文化的发展状况,这些"文艺协会"所提出的开展"民主的科学的文化运动"与新启蒙思想相吻合。"文艺协会"作为东北文艺的领导组织对东北解放区戏剧的发展做出了不可磨灭的贡献。

东北地域文化的成分复杂,悠久的关外本土文化融合了中原儒家文化,形成了既粗犷又细腻、既豪放又婉约的关东文化。随着中国革命文化大军战略目标的转移,东北文化又融入了先进的延安文化,经延安文化改造后,发展为融政治话语和民间话语为一体的东北解放区文化。东北解放区戏剧文化是党的主流政治文化,兼容了东北民间文化。东北解放区戏剧在内容上以政治话语为核心,在艺术形式上以民间话语为依托,以改造后的东北民间舞蹈、东北大秧歌、北方萨满神舞、民间莲花落子、鼓书等为载体,以东北方言为基础。东北解放区戏剧实现了"旧瓶装新酒"。

东北解放区拥有一支经验丰富的戏剧创作队伍。1946年,有着光荣的革命传统和文化传统的哈尔滨汇集了从延安来的各路文艺工作者。知名的戏剧作家丁玲、萧军、端木蕻良、塞克、宋之的、刘白羽、阿英、草明、骆宾基、严文井、颜一烟、王大化、张庚等,加之陈隄等原东北作家,以及青年学生、部队文艺工作者、工人作者群、农民作者群,形成了一支文化经验丰富、创作热情高涨的规模宏大的创作队伍。这为东北解放区戏剧的发展和繁荣做好了准备。在革命文化指导下生成的革命戏剧,必然要反映时代生活,并为革命政治服务。民间话语和政治话语的融合,以及民间文化和政治文化的糅合,共同促进了东北解放区戏剧的发展和繁荣。

专业剧作者和工农兵群众创作的戏剧由报刊刊载和书店发行后,经专业戏剧团体演出后与观众见面,发挥着宣传、教育和启蒙的作用,促进了东北解放区戏剧的快速传播。

1945 年 11 月 1 日,中共中央东北局的机关报《东北日报》创刊,其宗旨是"通过宣传报道,打破当时在部分人中存在的和平幻想,揭露美蒋制造中国内战的阴谋"①。《东北日报》刊载的文学作品中不乏戏剧作品。据不完全统计,该报副刊从 1946 年 7 月 9 日至 1949 年 10 月 13 日共刊载话剧、广场剧、秧歌戏、快板、鼓词、二人转、小演唱等各类剧作 38 个。这些剧作涉及歌唱新生活、感恩共产党、批判美蒋、拥军劳军、参军保家、歌颂英雄模范等内容,如《支援前线》《唱"劳保"》《军民拜年》《十二个月秧歌调》等群众性作品。1947 年 5 月 4 日,由萧军任主编的《文化报》在哈尔滨创刊,该报是东北解放区第一份纯文艺性质的报纸,刊载一些文化常识、短文、小诗、书评、剧报等。其中有评剧(如《武王伐纣》)、说唱(如《李桂花的故事》),以及一些喜剧评论。除《东北日报》和《文化报》外,《前进报》《合江日报》《牡丹江日报》《关东日报》《大连日报》《西满日报》《哈尔滨日报》《辽南日报》《安东日报》等都刊载了大量的戏剧作品。这些报纸有力地配合《东北日报》宣传马列主义和党的政策方针,对东北解放区的文化启蒙做出了应有的贡献,产生了广泛的影响。

虽然东北解放区的期刊数量没有报纸多,但是其戏剧的刊载量却比较大。在众多的文艺期刊中,对戏剧传播产生较大影响的是《东北文学》《东北文化》《东北文艺》《文学战线》《知识》《人民戏剧》《生活知识》等。1945 年 12 月创刊的《东北文学》以刊载小

---

① 哈尔滨市地方志编纂委员会:《哈尔滨市志·报业广播电视》,黑龙江人民出版社 1994 年版,第 88 页。

说、诗歌、散文为主,偶尔也刊载戏剧作品,如由言的《各怀心腹事》等。1946 年 5 月,《知识》在长春创刊,王大化、颜一烟等都在《知识》上发表过作品,其中较有影响的作品有颜一烟的《徐老三转变》、雪立的《揭底》、李熏风的《把红旗插遍全中国》、田川的《一个解放战士》等。1946 年 10 月创刊的《东北文化》的主要任务就是"协同整个东北文化界,从政治上思想上启发广大的东北知识青年、知识分子以及文化工作者,提高他们的自觉性,鼓舞他们的革命热情,与为人民服务而斗争的积极性、创造性,使之在东北人民解放的光荣伟大事业中发挥应有的作用"[①]。《东北文化》刊载的戏剧作品不多,较有影响的是塞克的《翻身的孩子》。1946 年 12 月创刊的《东北文艺》是纯文艺性刊物,刊载小说、戏剧、散文、诗歌、翻译作品、漫画、速写、报告文学、杂文、书刊评价作品等。《东北文艺》与"东北文协"同时诞生,它的作家阵容强大,其刊载的戏剧作品有冯金方等人的《透亮了》、张绍杰等人的《人民的英雄》、鲁亚农的《买不动》、莎蕻的《拥军碗》、李熏风的《农会为人民》等。这些剧作具有多样化的形式和多元化的题材,具有宣传性和战斗性,充分发挥了东北解放区文学的"武器"作用。1946 年 12 月,《人民戏剧》在佳木斯创刊,其宗旨是帮助解决一部分剧本的问题,提供一些理论和技术材料。在两年多的时间里,鲁艺文工团的创作组和群众作者在《人民戏剧》上发表秧歌剧、独幕剧、儿童剧、歌剧、历史剧等多种形式的剧作 20 多篇,如《参军》《缴公粮》《打黄狼》等。另外,《人民戏剧》还翻译、刊载了《白衣天使》(苏联)、《莆劳伦丝》(美国)等国外戏剧,促进了中外戏剧的交流,显

---

① 《发刊词》,载《东北文化》(创刊号),1946 年第 1 卷第 1 期。

示出了编者们的国际视野。周立波主编的《文学战线》主要刊载文艺论文、小说、戏剧、诗歌、报告文学、人物传记、散文、速写、日记、民间故事、翻译作品和书报评介等。《文学战线》刊载了不少优秀剧作,如田川的《一个解放战士》、李熏风的《把红旗插遍全中国》等。《文学战线》刊载的剧作主要反映人民群众的斗争和生活。

东北解放区在1945年底开始以各级出版社为依托陆续出版戏剧作品,这是东北解放区戏剧传播的重要途径。戏剧作品的出版单位主要是各类书店,较有名气的书店有东北书店、人民戏剧社、哈尔滨光华书店、新华书店、大连新中国书局、大连大众书店、辽东建国书店等。在诸多书店中,东北书店是东北解放区影响最大、规模最大、出版贡献最大的书店。东北书店在东北全境有201个分店,《知识》《东北文学》《东北画报》《东北教育》等都是东北书店发行的刊物。在解放战争期间,东北书店出版各类戏剧作品和理论书籍,发行数十万册。戏剧形式包括话剧(独幕话剧、多幕话剧)、京剧、评剧、二人转、歌舞剧(广场歌舞剧、儿童歌舞剧)、歌剧、新歌剧、小歌剧、道情剧、活报剧、秧歌剧、小喜剧、小调剧、皮影戏等。其中,秧歌剧超过一半。东北书店不仅出版了戏剧作品,还出版了不少有关戏剧理论和戏剧经验的著作,如贾霁的《编剧知识》等。

文艺团体的迅猛发展是东北解放区戏剧传播的最终体现。1945年11月2日,东北文工团在东北局宣传部的领导下成立。后来,东北三省相继成立了数十个文艺工作团体,其中较有影响的有东北文工一团、东北文工二团、总政文工团、东北鲁艺文工团、东北文协文工团、东北炮兵文工团、东北军政治部文工团、东北军政大学文工团、兆麟文工团、黑龙江省文工团、齐齐哈尔文工团、旅大文工团等。这些文艺团体以《在延安文艺座谈会上的讲话》为指导，坚持走文艺大众化的道路，坚持文艺为工农兵服务的原则，活跃在东北城乡，战斗在前线和后方，开展各种文艺活动，宣传革命文艺思想，教育和争取人民群众。这些文艺团体表演了《我们的乡村》《军民一家》《东北人民大翻身》《血泪仇》《二流子转变》等剧作。这些作品以支援前线、土地改革、翻身当家为主题，具有积极的教育意义，在组织群众、支援前线、开展土改运动、发展生产等方面起到了巨大的作用，取得了良好的启蒙效果，受到了人民群众的好评。

二

时代呼唤着文学，文学紧跟着时代，文学是时代的映像。毛泽东在1942年的《在延安文艺座谈会上的讲话》中指出："所以我们的文艺，第一是为工人的，这是领导革命的阶级。第二是为农民的，他们是革命中最广大最坚决的同盟军。第三是为武装起来了的工人农民即八路军、新四军和其他人民武装队伍的，这是革命战争的主力。第四是为城市小资产阶级劳动群众和知识分子的，他们也是革命的同盟者，他们是能够长期地和我们合作的。"①有关戏剧的文艺批评是政治和艺术的统一、内容和形式的统一，要符合政治标准。受到《在延安文艺座谈会上的讲话》的影响，加之作者主要来自延安解放区，东北解放区的戏剧创作从一开始就是为主流政治服务的，东北解放区戏剧成为革命宣传的"武器"。东北解

---

① 毛泽东:《在延安文艺座谈会上的讲话》，见《毛泽东选集》第3卷，人民出版社1991年版，第855页。

放区戏剧的服务对象以工农兵和城市市民为主,剧作内容集中体现了人民群众在东北光复后的喜悦心情和对党的歌颂,展现了工人积极参加生产斗争、农民积极参加土改斗争、军人奋勇参加解放战争等一系列革命政治生活面貌。

歌颂工人阶级是解放区戏剧的一个重要内容。东北光复后,作为老工业基地的哈尔滨、沈阳等工业城市的作用得以凸显,工人阶级成为时代的主角。获得新生的工人阶级当家做主,以百倍、千倍的热情投入到新中国的建设中,谱写了一曲曲拥军爱民、积极生产、支援前线的动人乐章。

从剧作内容来看,第一种是反映工人生活的剧作。例如,王大化、颜一烟创作的《东北人民大翻身》生动地再现了东北工人阶级翻身后的喜悦,反映了东北人民的生活和历史变迁。《二毛立功》是大连锻造工厂工人王水亭以自己为原型自编、自导、自演的一部秧歌剧,集中展现了工友二毛"后进变先进"的思想转变过程,展现了工人自己的新生活。正如罗烽所说:"但它所走的是生活结合艺术、艺术结合生产、工人结合知识分子的道路,它就一定能逐渐完美起来。"①这类描写工人思想转变或描写劳动英雄的戏剧还有《立功》《不泄气》《红花还得绿叶扶》《取长补短》《师徒关系》等。

第二种是歌颂先进个人无私支援解放区建设、帮助工厂恢复生产的剧作。其中,较有影响的有《献器材》《十个滚珠》《一条皮带》和《刘桂兰捉奸》。《献器材》《十个滚珠》《一条皮带》反映的是东北解放后,为了实现早日开工的目标,工厂组织工人捐献生产器材,使得人们明白"献器材,争模范"的道理。独幕话剧《刘桂兰

---

① 王水亭:《二毛立功》,东北书店1949年版,第2页。

捉奸》描写的是在刘老汉将两箱机器皮带献给工厂的过程中,女儿刘桂兰和李大嫂发觉工厂里有潜伏的特务,最终机智地将特务李德福抓获。这些剧作均是以工人无私捐献物品为主线,展现了家人从反对、不理解到支持捐献的思想转变过程。这些剧作虽然有些程式化,但是贴近生活,比较真实。

第三种是歌颂党的劳保政策的剧作。代表作品有《比有儿子还强》和《唱"劳保"》。独幕话剧《比有儿子还强》写的是铁路机务段工人高大爷在新社会有了"劳保",这被大家比喻成多个"儿子"。《唱"劳保"》则是通过写老纪老婆"猫下了"(生孩子)和张大哥工伤这两件事来体现新旧劳保制度的不同。这两部剧作通过比较新旧社会,歌颂了共产党和毛主席,指出了解放区政府和工会是工人真正的靠山,从而激发了工人努力生产、争当劳动模范的热情。在延安解放区戏剧中,工业题材戏剧的数量较少。工业题材戏剧的大量创作,极大地拓宽了东北解放区戏剧的创作领域,为新中国工业题材戏剧的发展奠定了坚实的基础。

在东北解放区戏剧中,描写农民翻身解放、分得土地的农村题材的戏剧所占的比重最大。1946年5月4日,中共中央发出了《五四指示》①,开展土地改革运动,调动农民的积极性,加快东北解放战争的进程。为了配合土地改革运动和加强对农民的思想改造,文艺工作者创作了大量的反映农民翻身的戏剧。这主要表现在以下四个方面。

---

① 即《中共中央关于土地问题的指示》,通称《五四指示》。日本投降以后,中共中央根据农民对土地的迫切需求,决定改变党在抗日战争时期的土地政策,由减租减息改为没收地主土地分配给农民。《五四指示》的制定就体现了这种转变。

第一方面是反映东北农民翻身解放，通过新旧对比来歌颂新农村、新生活的剧作。在这类剧作中，秧歌剧《血泪仇》是最具代表性的一部作品。《血泪仇》讲述了国统区农民王东才被保长迫害，最终逃到解放区获得解放的故事。在剧作中，这种父子相残、妻离子散的故事真实地再现了旧社会农民的苦难生活，通过对比解放区的幸福生活，鲜明地表达了广大农民对翻身解放的渴望。通过描述地主对农民的剥削事件来突出地主阶级的罪恶，借以引起农民对地主阶级的仇恨，从而引发农民对新生活的向往。秧歌剧《土地还家》描写了群众在土改运动中存在的各种问题，农民最终彻底觉悟。剧作告诉人们，共产党、八路军才是农民的救星，封建压迫必须要肃清。除上述作品外，这类剧作还有《老姜头翻身》《永安屯翻身》等。

第二方面是粉碎各类阴谋、同复辟分子做斗争的剧作。《反"翻把"斗争》以东北解放区为背景，讲述了农民群众面对地主阶级的翻把挖掉坏根的故事，凸显了广大农民谋求翻身和解放的迫切心情。《一张地照》围绕土地的"身份证"——"地照"展开叙述，通过对比"中央军"与共产党对土地截然不同的态度，指出只有共产党才能帮助农民实现"土地还家"的愿望。《捉鬼》是一部批判封建迷信的优秀剧作，旨在告诉人们封建迷信是不可信的，要相信共产党，只有共产党才能真正救穷人。值得注意的是，在这些同地主、坏分子做斗争的剧作中，很多作品都设置了这样的情节：地主利用子女与贫苦农民联姻或用金钱收买农民，企图逃避制裁和划分成分。在主题思想方面，这方面的剧作既写出了农民在土地改革后的团结，又写出了被推翻的地主阶级的翻把；既写出了劳动人民的思想觉悟，又写出了反动阶级的阴险和毒辣。这方面的剧作塑造了许多真实的、有血有肉的人物形象。在解放区的戏剧中,地主阶级的伎俩从未得逞。

第三方面是反映改造后进、互助合作、积极进行大生产的剧作。解放区农村题材的戏剧在改造后进、互助合作、积极进行大生产方面起到了抓典型和介绍经验的作用,加速了土地改革的进程,为土地改革提供了政策保障和经验保障。在东北解放后,农村在土地改革的过程中经历了"开拓地""煮夹生饭""砍挖运动""平分土地"这四个阶段。农民当家做主,分得土地,真正成为土地的主人。但在土地改革初期,个别农民思想落后,仍然存在不少问题。《二流子转变》讲述的是"二流子"李万金在生产小组长于大哥等人的帮助和教育下幡然悔悟,最终改掉恶习、投入到"安家底"的生产建设中的故事。《焕然一新》讲述的是耍钱鬼、懒汉子方新生由消极变积极,最后当上区劳动模范的故事。同样成为模范的还有李万生①,李万生说服父亲和家人参与生产劳动,为前线作战的战士提供优质的物资,他最终成为解放区的生产模范。互助组具有重要作用,参加互助组的组员之间的合作态度直接影响春耕的速度和质量。《换工插秧》《互助》《大家办合作》等剧作指出,互助组组员之间的积极合作能调动农民的生产积极性,有利于促进农业生产,有利于提高生产效率和农民的生活质量。

第四方面是劳动妇女反抗封建婚姻、争取民主权利、积极参加生产劳动的剧作。东北解放区妇女解放主要体现在妇女翻身、婚姻自由和男女平等上。《邹大姐翻身》通过讲述邹大姐翻身上学的经历,突出了解放时期劳动妇女打倒地主、反对剥削、翻身解放、追

① 刘林:《生产小组长》,东北书店1948年版。

求平等的观念。在《新编杨桂香鼓词》中,杨桂香的父母被媒婆欺骗,迫于压力将女儿许配给老地主,杨桂香依靠民主政府成功退婚,成为识字队长,后来与劳动模范订婚,并鼓励爱人积极参军。韩起祥编写的《刘巧团圆》后来被改编成评剧《刘巧儿》。巧儿的父亲刘彦贵为了卖女儿撕毁了与赵家柱儿的婚约,后来巧儿和柱儿自由恋爱,经政府审判,一对劳动模范终于走到一起。这些剧作主题鲜明,虽然情节简单,但却将反抗封建婚姻、追求恋爱自由的民主观念根植到解放区人民群众的心中。在东北解放区戏剧中,批判重男轻女、提倡男女平等的作品也颇受欢迎。例如,《儿女英雄》表达了转变落后思想、争取劳动权利、倡导男女平等的观念;《干活好》讲述了妇女分得田地,受到平等对待,在提升地位后成为生产活动的参与者;《夫妻比赛》和《赶上他》通过讲述夫妻进行劳动比赛来表达男女平等、同工同酬的愿望;《一朵红花》《姐妹比赛》讲述了妇女积极参加生产劳动。在这些剧作中,妇女成为生产活动的主要参与者,不再受到歧视,甚至当上了劳动模范,成为美好家园的缔造者和新社会的主人。

在东北光复后,人民群众的思想还比较落后和保守,部分青年人甚至在光复前都不知道自己是中国人。这表明,"在东北青年学生中还有很大一部分没有摆脱敌伪的奴化教育和蒋党的愚民教育的影响,依然还是盲目正统观念,反人民思想在他们头脑中占统治地位"①。因此,对东北解放区人民进行革命启蒙就显得尤为重要。在启蒙的过程中,最重要的就是帮助东北人民认同和接受中国共产党及其领导的人民军队。在东北解放区戏剧中,描写军队

———————————

① 《尽量办好中学》,载《东北日报》1947 年 9 月 4 日。

的戏剧既有英勇作战的壮烈场面,又有拥军优属的动人场景,完整地再现了东北人民从最初误解民主联军到后来积极送子参军、送夫参军和拥军支前的全过程。

第一类是表现人民军队英勇斗争、不怕牺牲、为解放中国勇于献身的剧作。《阵地》通过描写连长分配战斗任务和战士们争当爆破队员的场面,歌颂了解放军战士为了争取革命胜利不畏牺牲的精神。除了描写战斗场面以外,部分剧作还注重描写部队生活,表现战士们在艰苦的斗争生活中团结互助的精神,如《老耿赶队》《鞋》《两个战士》等。值得一提的是,在以战斗生活为主的军队题材的剧作中,出现了以后方医院的女护士照顾伤兵为情节的作品,小型歌舞剧《我们的医院》为充满硝烟的军队题材的剧作增添了色彩。这些剧作主题鲜明,塑造了各类英雄形象:既有孤胆英雄老丁,又有不怕误解、为伤员献血的护士和医生;既有"后进变先进"的杨勇①,又有教导新兵立大功的马德全②。自萧军的"中国现代文坛上第一部正面描写满洲抗日革命战争的小说"③《八月的乡村》后,经抗日战争阶段的完善和发展,战争题材的戏剧作品在东北解放区得到丰富和补充。这为后来新中国同类题材的戏剧创作积累了不可或缺的宝贵经验。

第二类是以军民互助、拥军支前为主要内容的剧作。在东北解放初期,部分群众对共产党、八路军不了解,甚至有误解。因此,

---

① 一鸣等:《杨勇立功》,东北书店 1948 年版。

② 黎蒙:《马德全立功》,东北书店 1949 年版。

③ 乔木在《八月的乡村》这篇文章中写道:"中国文坛上也有许多作品写过革命的战争,却不曾有一部从正面写,像这本书的样子。这本书使我们看到了在满洲的革命战争的真实图画:人民革命军是和平的美丽的幻想,进一步认识出自由的必需的代价,认识出为自由而战的战士们的英雄精神。"

拥军题材的剧作在情节上也表现了从误解到拥护再到踊跃参军、奋勇支前的过程。《透亮了》将"天亮了"和"透亮了"呼应起来,预示劳苦大众迎来了解放,同时预示这种"透亮了"是老百姓精神和肉体的双重解放。《三担水》讲述的是刘大娘对民主联军从最初有戒心到最后拥护的过程,通过比较"中央军"和民主联军,老百姓终于认可了民主联军。《军民一家》描写了人民群众由猜疑、误会解放军到后来拥戴解放军的情景。在误解消除后,人民群众开展了轰轰烈烈的拥军活动。老百姓为部队送军鞋、送公粮,慰问部队。这表现出老百姓对解放军解放东北的渴望与感激。在拥军题材的剧作中,较有影响的是莎蕻的《拥军碗》,作品从战士和群众两个方面表现了军民鱼水情,体现了军民一家亲。《女运粮》则是从妇女能顶半边天这个视角出发,表现妇女在支援前线工作中的重要性。除上述剧作外,拥军题材的剧作还有《劳军鞋》《缴公粮》等。老百姓不仅拥军,而且积极送亲人参军。于是,剧作中出现了"老姜头送子参军"①和"四妯娌争相送丈夫参军"②等感人场景。这些剧作表现了老百姓的参军热情,表现了老百姓对前线解放军的积极支持,突出了人民要将革命进行到底的决心。东北解放区戏剧中也有军爱民、民拥军的戏剧。《军爱民、民拥军》讲述了王二一家代表村民们慰问八路军,为八路军送年货,表达对八路军的感激之情和拥护之心。《收割》讲述了战士帮助农户收割,却不接受农户给予的物品和福利,体现了人民解放军铁一般的纪律和为人民服务的优良传统。《支援前线》表现了老百姓听闻长春、沈阳

---

① 朱漪:《送子入关》,东北书店 1949 年版。
② 力鸣、兴中:《妯娌争光》,光华书店 1948 年版。

解放时的激动心情,在歌颂解放军的同时也体现了军民之间的团结。此外,《骨肉相联》《都是一家人》等作品也都表现了军民鱼水情,表现了人民与解放军一条心,表现了解放军一心一意为人民服务。

东北解放区戏剧以反映工农兵生活为主,很少以知识分子为主题。在现已收集到的剧作中,只有独幕剧《晚春》描写了城市知识女性与旧家庭的斗争。此外,儿童歌舞剧《老虎妈子的故事》采用童话的形式,批判了"老虎"象征的"中央军"反动势力。该剧作与童话《小红帽》相似,既有模仿,又有独创,显示出当时东北解放区文学与世界文学的紧密联系。

三

虽然东北解放区戏剧的整体艺术水平不是很高,但是其庞大的作者群体、巨大的创作数量、伟大的历史功绩,使得东北解放区戏剧创作达到了巅峰状态。中国现代戏剧诞生于新文化运动之中,到延安时期已经比较成熟。东北解放区戏剧继承延安戏剧传统,自然而然地完成了自身的现代化转变。东北解放区戏剧的现代性源于中国传统戏剧和西方戏剧的融合。在这种融合的过程中,东北解放区戏剧实现了本土化,形成了民族化、大众化、乡土化的特征。

东北解放区戏剧具有民族化特征,这种民族化源于延安时期戏剧的"中国化"。毛泽东曾谈道:"使马克思主义在中国具体化,使之在其每一表现中带着必须有的中国的特性……教条主义必须休息,而代之以新鲜活泼的、为中国老百姓所喜闻乐见的中国作风和中国气派。"①这段讲话既点明了马克思主义要实现中国化,又指出了文化和文学也要实现中国化,这在文学领域引发了解放区和国统区关于"民族形式"的讨论。对于民族形式问题,周扬也表明了自己对民族形式的看法,认为民族形式就是民间形式,指出必须对民间形式进行改造。在周扬看来,中国文艺理论没有得到建构的原因就是文艺工作者盲目地追逐西方文艺潮流。文艺的民族化实际上就是文艺的中国化。毛泽东和周扬的观点概括起来就是:文艺要实现中国化,中国化的表现形式就是民族形式,民族形式就是民间形式,旧的民间形式要进行改造。

东北解放区戏剧形式多样,种类繁多。其中既有由西方传入的"文明戏"(话剧),又有传统国粹京剧和评剧;既传承了本土固有的莲花落、大鼓、蹦蹦戏(二人转),又改造了歌剧和秧歌戏。话剧作为一种舶来的戏剧形式,是不同于中国传统戏曲的剧种。话剧在实现本土化的过程中,尤其是在毛泽东《在延安文艺座谈会上的讲话》发表后率先实现了民族化。这种民族化表现在以下几个方面。首先是对戏曲进行改编。如崔牧将传统戏曲与话剧融合在一起,将梆子戏《九件衣》改编成话剧。"虽然多少受了那出老戏的启发,但所表现的人和事,却完全是重起炉灶新创作的。"②虽然《九件衣》是由旧剧改编成的,但是它着眼于地主和农民的剥削关系,因此在进行农村阶级教育方面是有一定意义的。其次是继承传统戏剧的优秀遗产。《老虎妈子的故事》是将三姐妹、老虎和猎人的唱词连接在一起的儿童歌舞剧。整部歌舞剧具有较强的象征

---

① 人民教育出版社编:《毛泽东同志论教育工作》,人民教育出版社1992年版,第46页。

② 崔牧:《九件衣》,东北书店1948年版。

意义:三姐妹象征着底层百姓,是"待宰的羔羊";老虎象征着"中央军",是"吃人的魔王";猎人象征着人民子弟兵,以消灭"吃人的野兽"为己任。三个象征使整个戏剧具有超出戏剧本身的意味:解放军为人民伸张正义,消灭"中央军",解放东北。《老虎妈子的故事》将"大灰狼和小白兔""老虎和小女孩""小红帽"等中国民间故事糅合在一起,以歌舞剧的形式表现出来,凸显出民族化的特征。除话剧、歌剧外,京剧、评剧、秧歌戏、大鼓、落子、二人转、快板、活报剧等本身就是民族戏剧(戏曲),其民族化、中国化主要表现在对旧戏的改造和"旧瓶装新酒"上。这类剧作有很多,如鲁艺根据评剧曲调改编的歌剧《两个胡子》。经过内容和形式的改造,东北解放区戏剧实现了民族化。

东北解放区戏剧具有大众化的特征,这种大众化指的是戏剧具有广泛的群众性。东北解放区戏剧涵盖的剧种较多,不同的剧种所面对的观众群体不同。话剧和歌剧的观众以青年学生、城镇市民、知识分子为主,改造后的京剧、评剧的观众以城乡老派民众为主,地方戏曲为普通工农大众所喜爱,而秧歌剧和新歌剧则受到新派市民的喜爱。在毛泽东《在延安文艺座谈会上的讲话》精神的指引下,东北解放区戏剧创作呈现出全面为工农兵服务的态势,剧作内容主要反映东北土地改革、剿灭土匪、解放战争等一系列革命政治事件。受到当时政治文化语境的影响,东北解放区戏剧创作者的主体意识减弱,非主体意识增强,因此各个剧种的主题和内容自觉地统一了。统一为工农兵题材的东北解放区戏剧得到了各个剧种观众的认可,从而实现了大众化。翻身后的东北解放区人民不只做戏剧的观众,还踊跃参演他们喜爱的戏剧。秧歌剧早在陕甘宁边区时期就已经发展成熟。有着丰富的创作经验的鲁艺文艺工作者到达东北后,将东北旧秧歌中的色情成分剔除,在剧作中加入了反映社会生产、生活的新内容。源于对东北地方舞蹈——大秧歌的喜爱,东北人民非常喜欢这种融民间音乐、民间舞蹈和狂野表演于一体的秧歌剧。在秧歌剧的演出过程中,东北人民被剧作感染,踊跃参加演出活动,"这些节目的演出,增强了东北人民当家作主的自觉性"①。东北秧歌剧具有贴近大众、对演出场地要求不高、适合露天表演等特点,因此这种大众参与、自娱自乐的形式很快就成为东北解放区的重要剧种。在东北解放区,秧歌剧种类繁多:有翻身秧歌剧,如《欢天喜地》《农家乐》等;有生产秧歌剧,如《二流子转变》《十个滚珠》《献器材》等;有锄奸惩恶秧歌剧,如《挖坏根》《买不动》《揭底》等;有拥军秧歌剧,如《拥军碗》《妯娌争光》等;有部队秧歌剧,如《荣誉》《斗争》《谁养活谁》等②。除秧歌剧外,快板、落子等剧种的大众化程度也很高。

东北解放区戏剧的大众化还表现为创作上的大众化,即作者的大众化。东北解放区戏剧的作者阵容庞大:既有来自陕甘宁边区的戏剧作者,又有东北本土的戏剧爱好者;既有文工团的文艺工作者,又有各行各业的普通劳动者;既有成熟的老作家,又有初出茅庐的学生。而各行各业的劳动者创作的戏剧,成为东北解放区戏剧的亮点。工人很爱话剧(包括秧歌剧),很爱从事戏剧活动,工人还善于迅速地把自己的新生活、新问题反映到戏剧创作里

---

① 弘弢:《生气勃勃 丰富多彩——解放战争时期东北解放区的文艺工作》,载《党史纵横》1997 年第 8 期。

② 任惜时:《东北解放区的新秧歌剧创作》,载《辽宁大学学报》1995 年第 1 期。

去。① 群众创作的戏剧有很多,如《二毛立功》就是大连锻造工厂工人王水亭根据自己的经历创作的。除了工人参与戏剧创作以外,东北解放区还出现了农民创作的戏剧。这类工农群众直接参与创作的作品反映的是工厂、农村、部队的真实生活,塑造的形象是他们身边熟悉的人物,戏剧的语言是大众化的群众语言。东北解放区戏剧真正实现了文艺为工农兵服务的目标,成为《在延安文艺座谈会上的讲话》精神在东北解放区得以全面贯彻的典范。

东北解放区戏剧的乡土化特征主要表现在地域文化特色上。1946年,延安的革命文艺团体集中转移到东北,延安文学和东北地域文学在哈尔滨交汇。以《在延安文艺座谈会上的讲话》作为指导的延安文学比东北地域文学更具革命性,这就使得延安文学具有无可争议的合理性和正统地位。根据东北革命文化的发展需要,文艺工作者对东北地方曲艺的各剧种进行了整合和改造,并将其纳入新的革命文艺体系中。在对民间艺术进行改造的过程中,东北大秧歌和二人转是最早被改造的。改造前的东北大秧歌以娱乐为目的,舞蹈多,说唱少,色情成分多,教育意义小,舞蹈多为东北民间舞蹈,音乐多为东北民歌和二人转小调。改造后的秧歌剧加大了情节和台词的比重,内容以劳动生产、拥军优属、参军保家、肃清敌特为主,如《三担水》《参军保家》等。二人转在东北地区拥有大量的观众,民间有"宁舍一顿饭,不舍二人转"的说法。正因如此,二人转的宣传作用非常大。"蹦蹦又名二人转,亦称双玩意儿,流行于东北农村中(俗称蹦蹦戏,其实戏剧的意味较少),流行的戏有《蓝桥》《红娘下书》《卖钱》《华容道》《古城》《王员外休

① 草明:《翻身工人的创作》,载《东北文艺》1947年第2卷第3期。

妻》等。演唱时一人饰包头(即花旦),手中拿一块红手帕,一人饰丑,用板胡和呱啦板伴奏,演员一面轮流歌唱,一面扭各种秧歌舞。舞蹈内容,主要是以逗情逗笑热闹为目的,与唱词往往无关。"①对二人转、拉场戏的改造与对秧歌的改造相同,主要是内容上的改造。二人转歌唱的内容大多源自民间故事或历史传说,如《干活好》就用了两个秧歌调子和一段评戏,其他都是蹦蹦戏。改造后的二人转减少了封建迷信内容和黄色故事情节,净化了语言,增加了拥军、生产等新内容,如《支援前线》《陈德山摸底》等。对东北大秧歌、二人转和拉场戏的改造集中表现在内容方面,而艺术上的改革力度并不大。秧歌继续"扭"和"浪",演员仍然"逗"和"唱",角色还是分为"旦"和"丑",样式还是耍龙灯、跑旱船、踩高跷,步法始终离不了"编蒜辫""十字花""九道湾"。秧歌道具有所改变,红绸子、手绢、大红花、红灯笼的使用多了起来。在音乐方面,二人转的改变不大,音乐仍然是文武咳咳、胡胡腔、快流水、四平调等传统曲牌。秧歌剧的音乐还是以东北民歌和二人转曲牌为主。例如,《自卫队捉胡子》采用了东北民歌曲调"寒江调""铜大缸调""绣荷包调";《光荣夫妻》采用了"花棍调";《姑嫂劳军》《一朵红花》等秧歌剧还采用了二人转的文武咳咳、那咳等曲牌。东北有秧歌剧和二人转等表演形式,它们被东北人民认同,已经打上了乡土文化的烙印,其乡土化特征极其显著。

此外,东北解放区戏剧的乡土化特征,还离不开原汁原味的东北方言的运用。东北解放区戏剧"语言的运用都达到了当时话剧

---

① 肖龙等:《干活好》,东北书店 1948 年版。

创作的高水平"①,尤其是东北方言的运用。受到东北戏剧大众化的影响,原汁原味的东北方言的运用是戏剧被观众接纳和喜爱的重要因素,如嗯哪、老鼻子、下晚儿、眼巴巴、磨不开、个色、胡嘞嘞、膈应、猫下、不大离儿、拾掇、整、自个儿、消停、不着调、疙瘩、硌叽、重茬、唠扯、差不离儿、麻溜、急歪、昨儿个。此外,东北民间谚语和歇后语的运用也不容忽视。在这些剧作中,东北方言土语、民间谚语随处可见,使东北人民感到亲切和乐于接受,拉近了剧作和观众的距离,加强了宣传的效果。

四

东北解放区戏剧是中国现代戏剧的重要组成部分,具有承前启后的作用。它忠实而客观地记录了东北解放战争时期的历史风云,在戏剧史、革命史和社会史方面都具有重要的参考价值。东北解放区戏剧在民族化、大众化、乡土化和革命化的进程中,积累了丰富的经验,形成了鲜明的艺术特色,实现了从现代戏剧到当代戏剧的过渡。

在创作方法上,东北解放区戏剧继承了延安戏剧的传统,除《老虎妈子的故事》运用了象征手法外,其余剧作皆采用现实主义创作方法。剧作家们运用现实主义的方法,通过戏剧的形式把刚发生或正在发生的事情真实地反映出来。这些剧作集中描写了工农兵的日常生活,起到了鼓舞斗志、颂扬先进、宣传政策、支援前线的作用。在戏剧结构上,戏剧冲突尖锐而集中,叙事模式多元:劝诫模式的剧作有《二流子转变》,成长模式的剧作有《杨勇立功》

---

① 柏彬:《中国话剧史稿》,上海翻译出版公司1991年版,第307页。

《刘巧团圆》,误会模式的剧作有《三担水》《比有儿子还强》等。东北解放区戏剧具有多种表现方式,既有多幕剧,又有独幕剧。在人物塑造上,东北解放区戏剧作品塑造了一个个爱憎分明、个性突出、敢作敢为的人物形象,如《好班长》中的刘振标、《二毛立功》中的二毛、《买不动》中的王广生等。这些人物形象生动丰满,有血有肉,观众熟悉并易于接受。

东北解放区戏剧在取得较高的艺术成就和起到重大宣传作用的同时,也存在着不足。第一,东北解放区文学是典型的"革命文学",东北解放区戏剧是典型的"革命戏剧"。导致这种状况出现的原因有两个:一方面,文学具有反映时代的使命,这是文艺的功用;另一方面,受到政治的影响,剧作家创作的自主意识弱化了,而政治意识强化了。《在延安文艺座谈会上的讲话》要求文艺为政治服务,这就使得戏剧创作出现了公式化、概念化的倾向。第二,不少剧作都是因宣传需要而创作的,是应时应事之作,因此创作时间短,艺术水准不高。此外,工人、农民、学生也参与创作,因此一些作品粗糙,质量不高。从整体上来看,专业作者要好于业余作者,鼓词、话剧等剧种要强于秧歌剧,多幕剧要优于独幕剧。第三,反动人物被类型化和丑化,语言也存在粗鄙、不干净的问题,脏话较多。不少剧作对"中央军"、地主阶级、特务等反动对象较多地使用脏话。这类语言的使用者多为革命的工农兵人物,针对的多为反动军队或地主阶级等对立的角色,因此这些粗鄙的语言被作者美化、合理化和合法化,这降低了戏剧语言的纯净度。

虽然东北解放区戏剧有以上不足之处,然而瑕不掩瑜,其民族化、大众化、乡土化的特征,使得戏剧的启蒙性、宣传性、教育性、战斗性的作用得以充分发挥。东北解放区戏剧对光复后东北人民进行的文化启蒙、拥军优属、动员参军、生产建设等具有重要意义,对解放区的土地改革和解放战争做出了不可磨灭的贡献。

（作者系哈尔滨师范大学教授）

◇黎　蒙

马德全立大功

（西江月）

果敢迅速沉着

团结爱兵模范

带翻身农民善战

张班长智勇双全

教育解放战士

思想彻底转变

进行改造苦钻研

功臣榜上他占先

（白）西江月罢，说上一段带翻身农民和教育解放战士的故事，诸位同志细听我慢慢地道来！

（唱）有一个好班长叫马德全

领导着第三连的第五班

他本是扛大活的庄稼汉

四五年在家乡又把军参
战场上讲打仗沉着勇敢
对同志如手足兄弟一般
第五班有一个新来战士
他名字就叫作张氏凤山
张凤山性子粗整年受苦
身板好有力气干活抢先
本是个农村中积极分子
斗地主分土地又把军参
乍一来生活上不大习惯
动作慢不机灵就爱乱串
提起了熊地主咬牙切齿
提起了反动派眼睛直翻
第一次上战场没有经验
不沉着不冷静到处乱窜
马德全在战场耐心管理
领着他战斗中指点一番
打冲锋看地形三三小组
要露活须沉着教育周全
告诉他守纪律八项注意
张凤山进步快记在心间
还有个小毛病未能克服
一说话抬死杠眼瞪溜圆
二憨子发脾气不很听话
马德全耐心地费尽心田

且不表马德全帮他进步

马德全模范事再表一番

整训期部队驻军白泉镇

指导员在队前又把话言

他说是"咱连要来新同志

新同志刚解放来到咱连

大家伙政治上多加帮助

生活上多关心照顾周全"

（白）却说部队整训驻军白泉镇，有一天指导员在队前讲话，说："咱连里来了一批新同志，这些同志却是新解放的。大家在生活上多加照顾，在政治上多加帮助，提高他们的阶级觉悟，听取他们的意见，多想办法，领导上要细心耐烦。"马德全闻听此言心中暗暗地盘算。

（唱）马德全听此言心中盘算

也不知来的人啥样心田

刚解放他一定心里害怕

不了解会宽大受过欺骗

首先在生活上打成一片

思想上慢慢地教育转变

政治上启发他提高觉悟

使得他去顾虑能把心安

马德全回班去动员全体

他号召要争取团结模范

全班人一个个把决心下

大家伙做保证抢着发言

这个说"班长你把宽心放

把炕头让给他往地下搬"

那个说"我送他俩笔记本

外带着有半斤顶好的黄烟"

这个说"他刚来替他站岗"

那个说"买鸡蛋炒上一盘"

这个说"我给他端洗脚水"

那个说"出公差我给分担"

且不言全班人纷纷谈论

张凤山这半天未发一言

马德全见此情心中明白

张凤山一定是又不耐烦

马德全走上前忙开言道

"张同志你有啥宝贵意见"

张凤山未说话眉毛倒竖

脸通红嗓门大开始发言

"咱们班都挺好为啥要他

他一来准又是调皮捣蛋

国民党王八蛋没有好种

一个个下油锅扔上刀山

抓来的孬种兵我就讨厌

在屯下看见过骂他半天"

马德全听此言和颜悦色

叫同志要冷静细听我言

"咱们要好好待解放战士

只要他放武器弟兄一般

他当兵都不是自己愿意

棒子打绳子捆离了家园

有的是士工商各行各业

也有的务庄稼侍弄庄田

耐心地多教育提高觉悟

争取他帮助他就能转变

张凤山对班长说话都信

马德全有道理他不发言

再加上全班人都说是"对"

张凤山低着头默默不言

心里头未想通一劲发闷

不哼声皱着眉头坐在一边

（白）却说马德全同志说服张凤山，张凤山思想上未彻底解决问题，可是自个又说不出个道理来，闷闷不乐坐在一旁。马德全对大家伙说："大伙好好地准备欢迎新同志！"号召大家争取团结新同志的模范，随后又找张凤山同志个别谈话，讲了些道理，张凤山也懂得了，可是心眼里头总不大顺气，没大想通。

（唱）第二天清早起红日东升

大家伙紧练兵一刻不停

早饭后各班长连部集合

马德全来至在连部房中

连部里挤满了解放战士

一个个身体弱倒还年青

在墙角有一个小个战士

低着头坐一旁不哼一声
看样子年青青愁眉不展
闷沉沉好像是心事重重
连首长讲了话分配战士
小个子新战士叫金振声
连首长分配完大家解散
金振声分配在五班之中
马德全走上前叫"金同志
赶快地回班去没要消停"
马德全急忙忙头前带路
金振声心犹豫不吱一声
低着头懒洋洋不大带劲
没精神少力气好像生病
马德全很亲热又把话讲
叫一声"金同志辛苦不轻
你的家住哪里哪省哪县
国民党你当了几年的兵"
金振声哼一句带搭不理
马德全不在意急走不停
霎时间来至在五班大院
全班人在当院等着欢迎
这一个上前来热情握手
来一个举手礼喜笑盈盈
这个说"同志你走路辛苦"
那个说"快洗脸来到房中"

这一个在前边急忙带路
大家伙随在后像一窝蜂
进屋来先递茶赶快端水
"没茶叶白开水给你迎风
要抽烟这有纸自己来卷
要不会我给你一卷现成"
且不言同志们兴高采烈
再把那金振声明上一明
在一旁咧着嘴不是滋味
有时候蹙蹙眉脸上冷冰
张凤山见此情大不高兴
坐一旁嘬着嘴把闷气生
心里想咱班长不听我话
为什么挺热情欢迎熊兵
用机枪欢迎来的国民党
满招待挺高兴他还要熊
咱欢迎来了一个丧门旋
这要是在战场用刺刀捅
咱不言张凤山直生闷气
全班人看这神都把劲松
马德全在一旁心中暗想
这同志一定是思想未通
走上前满脸笑和颜悦色
"金同志是不是身体有病"
班长说"你辛苦心里上火"

金振声找台阶答应一声
马德全帮助他赶快躺下
张凤山在一旁眼睛气红
走上前猛一把拉住班长
急忙忙往外走一步不停
马德全猛然间造了一愣
心想到张凤山思想未通
把班长拉至在大门以外
气得他直哆嗦嘴唇发青
上口气接不住下一口气
眼珠子瞪溜圆好像发疯
等半天他这才开言说话
这样的怪事情我就不通
我说罢不要他你们不信
欢迎来欢迎去这样熊兵
这小子榆木头不开个窍
浆子锅煮元宵混蛋不轻

（白）张凤山把马德全拉到大门以外，只气得愤愤直喘，两双大眼睛瞪得溜圆，浑身上下哆哆乱战，上气不接下气，他说道："这号人叫啥玩意，大家伙好心好意地欢迎他他还耍熊，我看这是瞧不起咱们，这号人还得加点小心，备不住要开小差，他妈跟地主一样，班长我看着他，小心他脚底下抹油给你溜了。"马德全听罢言来，面带笑容，慢慢安慰张凤山说："同志！你不能莽撞，他这会对咱们不了解，心里有怀疑，也许他还想家，咱们得说服教育，慢慢地劝他，同志！你千万不能着急。"

（唱）马德全听罢言面带笑容

耐心地笑呵呵又把话明

"金振声当匪军战场不让

只要他放武器就是弟兄

他今天冷冰冰心里有事

对宽大未了解思想不通

指导员他说过多加帮助

政治上求进步思想打通

张同志对革命忠心耿耿

远处看心胸大要把人容

如今的金振声心里没底

大家伙多劝导大伙加工

咱军队讲宽大优待俘虏

可不要发脾气坏了事情

从今后你应该帮他进步

改造他求进步你立大功"

张凤山听此言低头不语

班长话一句句刺在心中

且不言他二人正在谈话

二排长来通知准备行动

马德全回班去暗打主意

想办法下功夫劝金振声

不管是宿营地行军走路

吃着饭摊勤务脑子不停

不吃饭不睡觉心中老想

要改造金振声得下苦功
行军中吃和住照顾周到
跟全班多谈话道理讲通
他发动全班人都来帮助
大家伙团结他都像弟兄
金振声乍一来想家难受
总想着开小差跑回家中
他又怕抓来了先甜后苦
到以后活剥皮拉去枪崩
马德全在一旁"觉□□□"
就把那大道理给他说清
金振声在家里也是种地
受地主压迫得不能营生
马德全把剥削细给他讲
问道他几辈子为啥受穷
"蒋介石打内战穷人受罪
反动派叫穷人永远受穷
反动派军队里不讲平等
当官的都贪污打仗抓兵
叫穷人全给他支使卖命
不顺心就打骂还把他熊
他们说被抓住活埋枪毙
这都是说鬼话把你欺蒙
咱队伍为人民保家自卫
为了咱穷弟兄不受欺凌

10

要民主要自由争取独立

叫美国快滚蛋永远和平"

（白）马德全说："金同志你刚来，还不了解咱们队伍，咱队伍优待是绝对没有假话。国民党反动派当官的说活剥皮，抠心挖眼睛，流血斗争，全是骗人的鬼话。是叫你卖命，不放下武器，这全是花招。咱们队伍是人民的队伍，讲平等讲民主，保护人民利益的，为人民打天下的。只有打倒国民党反动派蒋介石，咱们才有好日子过。同志！你回家还不是得叫人家抓去再当兵卖命，你别瞎想啦！"

（唱）马德全一件件讲了一遍

金振声犯猜疑心里乱转

马德全行军中更加照顾

背背包背大枪样样周全

平日里常常地和他谈话

宿营地洗脚水端在眼前

金振声常想家心中烦躁

张凤山看不惯吵闹不完

一遇见他二人发生口角

马德全左右劝解决才完

金振声想逃跑心中矛盾

对不起好班长实在为难

全班的同志们常跟谈话

我逃跑对不起咱们全班

左矛盾右矛盾解不开扣

心里头上了火实在熬煎

只为此金振声得了场病
发高烧出冷汗不能动弹
马德全耐心地整天侍候
为了他全班人未少花钱
病重了不吃饭给买鸡蛋
吃一口喂一口亲人一般
全班人都为他忙得够呛
又端屎又端尿谁也不嫌
张凤山常常地半宿不睡
马德全做夜饭整夜不眠
排长们每一天来看几遍
连首长经常来问暖问寒
金振声病体好心中难过
恨自己真糊涂反省一番
叫一声"好班长对不起你
真不该起下了逃跑心田
我想到跑回家永远不干
当了兵总打仗实在心烦
班长你劝导我全都记住
解放区闹翻身全都看见
共产党为人民流血流汗
蒋介石卖国家没有心肝
从今后我再不一心逃跑
干革命干到底不怕艰难
在那边我本是机枪射手

下决心把本事教张凤山"

金振声一边说一边流泪

说完了放悲声痛哭心酸

马德全听完了急忙安慰

好同志能坦白不要心酸

（白）金振声说完以后，马德全急忙安慰劝导，鼓励他进步，从此以后又经过诉苦运动，金振声在会上诉了苦，讲他给地主扛活受的苦处和被国民党抓丁以后的悲惨情形。他认清了敌人，进步更快，耐心地把全身武艺教给张凤山，二人团结得弟兄一般。张凤山一心一意地学习，马德全也常常来指导，金振声教张凤山瞄活三角，压梭子，拆卸机枪，张凤山学习得很好。一天夜晚两点钟，出发作战的命令下来了。马德全和金振声嘱咐张凤山好好地准备。

（唱）马德全嘱咐他"沉着镇静

战场上猛要猛瞎撞不行

到时候不发慌不要乱跑

沉住气打冲锋利用地形

火线上别害怕跟老金走

他到哪你到哪那就能行"

回头来又把那金振声叫

"这一次战斗中你要立功

你带着张凤山随着你走

照顾他别乱跑沉着镇静"

张凤山在腰里装手榴弹

随队伍出了发走不消停

第二天拂晓时接上了火
对敌人制高点发起冲锋
马德全带全班似飞奔跑
金振声张凤山紧紧跟踪
全班人一共就分成三组
三三制端刺刀往上猛冲
张凤山心里边一门直跳
马德全叫卧倒不要心惊
突然间王连长前边挂彩
三十多狗敌人来反冲锋
马德全喊一声"机枪架好"
机关枪架在了坟堆之中
金振声救连长头上冒火
机关枪扫起来像一溜风
狗敌人机关枪离得很近
左一阵右一阵打金振声
金振声咬着牙一阵猛扫
子溜子贴着他像一窝蜂
突然间被打中他的左膀
甩出去几尺远衣服染红
金振声爬起来继续还打
张凤山在后边气得眼红
一顺手在一旁拿手榴弹
马德全喊叫他"赶紧快冲"
张凤山猛跳起急忙快跑

子弹声嗖嗖嗖贴着身形

马德全带一组迂回过去

张凤山跑过去救金振声

金振声大喊叫"快不要动"

快拿来手榴弹不要消停

张凤山赶紧说"有有有有"

掏出来爬一旁把盖来拧

金振声回头说"枪带下去

有人在就有枪绝不能扔

这支枪交给你你要保住

把机枪顺着身快跑不停

机枪扫你卧倒不打再跑"

张凤山细心听连连答应

金振声抱住枪猛打一阵

把敌人打得个眼花头蒙

张凤山抱机枪往回就跑

子弹头在身边直冒火星

又是蹦又是窜机枪带下

回头来又担心那金振声

眼看着狗敌人离二十米

急得那张凤山直骂祖宗

把机枪又架起一阵猛扫

金振声手榴弹一阵轰轰

马德全那一组迂回赶到

对敌人展开了肉搏冲锋

反动派像群羊撒腿就跑

张凤山赶快去救金振声

金振声大喊叫"你别管我

赶快去抓敌人不许消停"

张凤山跟班长直往下撵

看见了狗敌人手榴弹扔

狗敌人抱机枪正往下跑

张凤山喊一声敌人吓蒙

狗敌人腿一软急忙跪倒

崭新的"加拿大"到了手中

战斗完庆功会开三天整

马德全功臣榜记两大功

张凤山金振声作战勇敢

又激动又坚定各记大功

马德全能够带解放战士

这是我解放军优秀作风

讲说服能教育团结友爱

这一个小故事到此为终

东北书店 1949 年 1 月初版

◇ *颜一烟*

农家乐

献给

　　为东北新秧歌运动而牺牲的——大化同志

颜一烟

一九四七年一月于齐齐哈尔

时间：三十五年冬。

地点：西满某农村。

人物：李有亮——翻身后的农民。

　　　张秀兰——其妻。

　　（李有亮愉快地上）

李：嘿！来了！来了！

　　（快板）来了个小伙李有亮，

　　"坷"拉地，满种上，

　　头遍"榜"，二遍上，

　　"蒿"一"蒿""耦"子忙趄上，

七月里，麦穗黄，

打东来了个小铁匠，

打了个镰刀月牙样；

打西来了个小木匠，

砍了个镰刀把狗腿样；

狗腿按到那个月牙上，

急忙拿到了地头上。

我把那"约子"忙打上，

捆了个"个子"酒壶样。

割完地，忙"码"上，

"码"了个"码子"元宝样。

铁轱辘车忙套上，

装了个车九龙九尾一船样，

老板子么二三的鞭子拿手上，

得儿驾，哦哦哦哦，吁吁吁，

连忙赶到了场院去，

"洛子"大垛忙垛上，

"洛子"大垛忙垛上。

青石轴，榆木框，

甘草黄的骡子忙套上。

摊了个场，煎饼样。

杈子打，木铣扬。

张飞来过斗，

周仓把场扛。

大仓装得流，

小仓装得淌、漾。

剩下几斗没扛了,

连忙扛到了集头上。

青蓝白布拿几匹,

抱回家,剪子铰,可身长,

细针细线忙缝上,

你说闹上不闹上?

你说闹上不闹上?

(白)我,李有亮,伪满洲国的时节,给王小扣家扛大活,吃劳金。无冬论夏,起五更带贪黑,当不间儿睡那一会儿觉,整天就是干吧!可到季头一算账,东刨西扣,我还倒欠他的!哎,那些年的罪,真是受老了鼻子啦!春天愁吃的,秋天愁粮谷出荷,说要多少就得交多少,交不上就打,打得鸡飞狗跳墙的——真往死里捅啊!哎!寻思着这可压到底儿了,比碾盘压得还结实!没承想会有这一天啊!

(快板)没承想来没承想:

来了八路共产党!

打走了日本子还不算,

斗倒了王小扣那个活阎王!

他申冤来你出气,

你分地来我分房。

算来了一所小"马架",

还有那黑油油的沙地整五坰。

这些好处打哪儿来?

多亏咱民主政府民主联军共产党!

19

民主政府民主联军共产党！

咱们吃饱又穿暖，

别忘了：政府操心军队还打仗，

还打仗！

九月里，正秋忙，

割了庄稼又扬场。

地里齐上了五色儿粮，

麻袋口，忙缝上，

装上大车，

唧，唧，得儿驾窝吁——

赶到区上去送公粮，

送公粮。

（白）哎，咱们如今——

建国公粮也送上啦，

吃也吃上啦，

穿也穿上啦，

日子真是过得好儿啦，

哎！可人常说——

（快板）"要将有日思无日，

莫到无时想有时。"

共产党帮咱翻了身，

别忘了当年受苦的事！

别忘了当年受苦的事！

（白）哎，咱们今年亏了民主联军帮助咱们翻了身，将日子闹好了，可明年要闹得更好才中哩！对！快把场里剩下这点粮食倒腾出来,预备好籽种,明年我更要好好地待弄我斗回来的这五坰地啊!

(倒腾起粮食来)

(快板)李有亮越看越想越喜欢!

今年侍弄地不比往年!

往年交租又出荷,

今年粮食往个人家搬,

往个人家搬!

李有亮越看越想越喜欢,

手里的木锨一个劲儿地掀!

麸子,皮子,碎末子,

"高"风一吹飞了多远。

撂下木锨我架筛子筛,

簸箕收了我往筛子里添,

土坷垃,石头子儿,碎渣子,

一筛,两筛,三筛,四筛,

一气儿都筛到了筛子外边,

筛子外边。

李有亮越筛越想越喜欢,

今年粮食往个人家搬,

今年的庄稼属上乘,

留下籽种为明年,

为明年!

筛子簸着一回头,

嘿,碎嘴子她呀,又朝这边走。

眉头一皱我来了计：

"猫"在"傍拉"我把笑话逗！

把笑话逗！

（收拾起农具，藏了起来）

　（李妻张秀兰上）

张：哎！来了！

（快板）来了屋里的张秀兰。

张秀兰来好喜欢：

如今咱穷人见了青天！

分了房子分了地。

分了鸡啊、鸭啊、猪啊有一片，

有一片。

（叫鸡）咕咕咕咕咕，十！

抓把谷子来喂鸡，

咕咕咕咕咕！十！

吃得饱饱的好下蛋！

大白鸡，小黄鸡，扎杀毛秃尾巴的老母鸡，

两天一个，三天两个，五天四个——

给我下这么老大，这么老大，

这么老大的鸡蛋！

窝，窝！十！十！十！

这头赶来那头哄，

这头哄来那头撵，

多给你们抓上几把米，

开了春，你们好给我多多下上些个大鸡蛋，

大鸡蛋!

开了春,过了年,

抱个窝,二十一天,

小鸡崽儿,一大片。

叽叽喳喳,咕咕嘎嘎,

炕头炕梢,炕上炕下,炕洞里头绕处钻,

绕处钻!

蛋抱鸡,鸡生蛋,

一窝,一窝,一窝,一窝,一窝,

一窝地没个完,

没个完!

(白)咕咕咕咕咕!十!你瞧你们!谷子苞米地喂着,你们还不说给我好好地吃!这样的粮食,在早先伪满洲国的时节,连咱人都吃不上啊!

(快板)三步两步我又到了猪圈,

(叫猪)勒勒勒勒!嘎,嘎嘎,

猪槽里头我又把猪食添。

豆饼,谷糠,苞米粒,

"烀"熟了的土豆子又把麸子掺。

三百来斤的老母猪,

一窝羔子有十二三。

儿勒勒勒……

喂大了,去卖钱——

一口肥猪就是七八千。

一口,两口……一只,两只……

23

卖猪卖鸡我把家安，

把家安！

买上一匹客马一头牛，

套上铁犁去耕田。

再买下场院里头的家巴什儿，

扫帚，簸箕，杈子，耙子，撮子和木锨。

一样一样都置齐全，

一样一样都置齐全！

买一架纺车来纺线，

多织布来有衣穿。

有吃有穿日子好，

嘿，如今咱穷人把身翻，

把身翻！

（忽然发现有一口小猪不在）

（白）咦，我那个白头心的小猪羔子钻到哪儿去了？怎么不来吃食啊？——嘎，嘎，嘎嘎嘎……（找猪）嘎嘎嘎！

（一下子找到了李有亮藏着的地方，他蹲在那儿装睡觉）

张：（一看见他，又惊又气）咦！这是怎的啦？（推叫他）我说，醒醒！醒醒！——外头下雨啦，屋里睡去吧！

李：（故意惊起）啊！下雨啦？哪儿？（故意装作刚清醒过来）这数九寒天的，哪儿摸雨去呀？你就会糊弄人！

张：（气愤愤地）还是我糊弄人，还是你糊弄人？！

（快板）预备籽种来倒腾粮，

谁叫你跑这儿睡上觉？！

李：（快板）有吃有穿日子好，

　　吃饱了食困就睡大觉。

张："好了疮疤忘了疼"，

　　吃糠咽菜你就记不清?!

李:吃糠咽菜也活了这么大，

　　记住那些个干什么?

张:"要在有日思无日，

　　莫到无时想有时!"

李:今儿个有饭今儿吃，

　　明儿个没有也饿不死!

张:今年吃饱又穿暖，

　　还要明年大发展，

李:管啥明年大发展，

　　咱们仓里溜溜儿满。

张:常说"坐吃山也空"，

　　不管明年怎么能成?

李:"墙上画马不中骑，

　　生铁铸牛拉不了犁"，

　　明年的事儿还没有影儿，

　　今年你可着啥急?

张:"天怕浮云地怕荒，

　　小孩就怕没亲娘!"

　　今年留籽明年种，

　　多下籽种多打粮。

李:要留种来你留种，

　　要打粮来你去打粮!

受了半辈子牛马罪，

如今我要，热炕头上把福享！

张：（怒）我看你是个白眼狼，

有了老婆就忘了娘！

不想想好处打哪儿来，

怎么把它保久长！

李：（装作不耐地躲开）得啦！得啦！

你说了一天零一斗，

完了还装一挂兜。

我是啊——

我是这耳朵听来那耳朵冒，

谁听你——

谁听你哑巴叫猪瞎嘞嘞！

张：（气）没工夫跟你瞎白话，

我问你：到底听不听我的话？

李：咦！常言说：

"女比一层地，

男比一层天。"

听了你的话，

我不丢了脸？

张：说出话来真不害羞！

我问你：真不去倒腾粮食把籽种留？

李：哎！吃饱了食困饿了发呆，

我要去倒一倒来歪一歪。

张：（更气）痛痛快快跟我说：

你到底干活儿不干活儿?

李:哎! 瘸骡子,没跑啦!

死螃蟹,没爬啦!

张:(怒极)句句话都气死人!

我去报告农会主任!

糊个尖帽子给你游街,

看你丢人不丢人?!

看你丢人不丢人?!

(怒走)

李:(急追过去拦住她)

麻利儿叫一声孩子妈,

再叫一声我屋里的她!

才刚我是逗笑话,

可别把它当真话!

(白)哎! 才刚我是"狗长犄角",装羊啦! 你可别当真!(指给她看粮食)你瞧我这不是倒腾了一下晌啦?(到东边抓了一把黄豆给她看)

(快板)东堆上你瞧瞧这个大黄豆,

匀匀净净滴溜圆,

搁①嘴一咬嘎嘣嘎嘣脆,

这么好的籽种还有褒贬?

(张接到手里,看了看,咬了咬,笑了)

李:(又到西边抓了一把高粱,给她看)

———————

① 读"高"。

27

（快板）西堆上你再瞧瞧这高粱，

拿到手里沉甸甸，

红个浸浸，匀个净净，饱个生生，

它比珍珠还好看。

（张接过，掂了掂，看了看，笑了）

李：（白）这不给我糊尖帽子游街了吧？

张：你做啥要开那笑话呢？真把人气得够呛！

李：得了！好我的屋里的啦！你拉倒吧！我这儿赔不是啦！（说着
作了一个揖）

张：（本来早已没气了，故意还板着脸）这么咱不兴作揖了，也不兴叫
什么"屋里的"啦！那都是"封建派"！

李：那你说叫啥呢？

张：这咱咱都是农会会员，你说该叫啥哩？

李：（想了一下）对！我想起来啦！（郑重其事地）"内同志"！你拉
倒吧！敬礼！（恭敬地给行了一个举手礼）

张：（笑了）得了！别瞎白话了，快干正经的吧！

李：对！麻利儿把剩下的这点儿倒腾出来吧！捡成实的留下做
籽种！

张：对！哎！咱明年都种啥呢？

李：你听啊！

（两人一面倒腾粮，一面唱）

李、张：（分合唱）（第一曲）

一种麦子遍地青啊，

长巴巴的麦粒儿匀净净。

磨出面来多吃水，

你吃馒头，我要烙饼。

二种谷子压满贯，

分量儿沉实粒儿溜圆。

一斗能出六个米，

大锅小锅的小米饭。

三种高粱节节高，

黏高粱还比笨高粱好。

晾浆晾他一个月，

秫秸还能当柴烧。

四种黄豆插满山，

一嘟噜一嘟噜梗上连。

磨豆腐榨油做大酱，

剩下豆饼是牲口的饭。

五种苞米胡子拉撒，

结出棒子二尺来大，

苞米楂饭苞米花，

要留籽种晾杆上挂。

六种粳米拔腰贵，

穷人翻身不怕谁！

从今再不抓"经济犯"，

端起碗来笑微微！

七种八种十来种，

土豆子倭瓜大头葱，

黄瓜茄子大白菜,

渍上酸菜好过冬,

渍上酸菜好过冬!

张:(白)瞧!咱们吃也有了,穿也有了,肉也有了,菜也有了,也能说

话了,也不受气了——这个乐可是没比呀!

李:谁不说!这个乐真是没比呀!

张:你看,咱们粮食也倒腾利索了,麻利儿回去吃饭吧!

李:对!走吧!

(二人收拾起农具,走)

李、张:(合唱)(第二曲)

庄稼人忙,庄稼人乐,

庄稼人儿乐呵呵,

庄稼地里出黄金,

就是街溜子他捡不着!

庄稼人乐,庄稼人忙,

庄稼人儿乐洋洋,

如今得了好日子过,

咱们拥护共产党!

庄稼人忙,庄稼人乐,

庄稼人儿乐呵呵,

明年更要大发展,

我帮着你来你帮助我!

庄稼人乐,庄稼人忙,

庄稼人儿乐洋洋,

如今得了好日子过，

咱们拥护共产党！

（同下）

一九四七年一月于齐齐哈尔

东北书店 1948 年 12 月

◇潘 芜

唱"劳保"

人物:老纪——年青工友。

　　张二嫂——普通妇女。

　　(愉快紧张的锣鼓声中老纪上)

　　喜事临门精神爽

　　春风扑面暖洋洋

　　我喜在心里笑在面

　　老婆临盆养个白胖小

　　工厂照顾真周到

　　劳动保险办法高

　　放假四十五天不算数

　　发给补助金二十万元

　　买来了漂白市布整五尺

　　一筐鸡蛋白面和红糖

　　万事不愁心里高兴

迈开大步我走得快

（白）这一阵走得太快了,我坐这块歇一会……

（锣鼓声中张二嫂上唱）

我家掌柜在工厂

一天到晚工作忙

不小心机器挤伤了手

负伤回家来休养

工会给送柴和米

挣的工钱还照常

病人安心去休养

今天我去把他看

伤好用不了两三天

一切不用我来挂

叫我心中好喜欢

张:哟! 这不是老纪吗? 你看你又挎筐又拿鸡蛋给谁下"奶"去呀!

纪:昨天下晚你大妹子又"猫"下了,养活一个小子。厂子里放了一
　个多月的假,又给了二十多万元的生育补助金。正赶上今天公
　休,我就上街买了五尺白布和一些催奶的东西。

张:哎呀! 我怎么一点信也不知道呢? 老纪你喜呀!

纪:同喜,同喜,大哥的伤好点啦?

张:我才打病院看他回来,伤眼看就"封口"啦,再等两三天就能由病
　院出来了。这不多亏劳动保险呀! 歇工也发钱,还给找医院看
　病,工会主任和工厂监委又亲自问寒问暖的!

纪:共产党一来咱们二人真算得好了,你不说别的吧,劳动保险这办
　法,当个女工养孩子工厂还这样优待呢!

张:可不是吗？国民党在这的时候,可把工人"坑"苦了,别说你养孩

　　子呀,大人死了谁管呀。

纪:想起来这些事真叫人心酸啊……

　　(男女二人一上一下唱对句)

　　想起以往事

　　叫人泪涟涟

　　国民党横行又霸道

　　工厂归了"劫收"大员

　　十个机器九个不转

　　上班的汽笛也不叫唤

　　本溪成了活地狱

　　乌云遮日像阴间

　　国民党不干别的事

　　吃喝玩乐"作"得欢

　　剥削得工人实在苦

　　叫咱干活不给钱

　　物价腾腾涨得快

　　一斤高粱八十万元

　　米贵如珍珠买不起

　　想吃谷糠也费难

　　大员吃得肚子"鼓"

　　咱们工人饿断肠

　　喂牲口马料当作配给品

　　长绿毛的豆饼把糠掺

　　吃得工友都跑肚

每天还得把活干

这些苦处还不算

抓兵要税不时闲

抓咱工人修碉堡

鸡飞狗跳心不安

工友闹病没人问

克扣工资不给钱

爬到公司哀告经理

大员一见把脸翻

骂一声臭工人你好大胆

竟敢跑进我的房间

不容分说就一脚

踢出工厂的门外边

生儿养女不如下猪崽

穷人的孩子谁可怜

机器老了留废铁

工人老了往外撵

要是死了芦席一卷

扔到荒郊野狗餐

过河拆桥好有一比

烧剩的煤渣子抛路旁

（二人合唱）

哪曾想有今天

共产党一来把身翻

（对句）

苦难终有出头日

太阳出来见晴天

自从解放后

情景大改变

锅炉生起火

烟突冒黑烟

工厂全开工

大伙有吃穿

当权做了主

工友说话算

文化翻身学识字

工人大学把书念

颁布劳动保险法

白纸黑字写得全

生老病死有关照

工人福利说不完

疾病能去治

残废有恤金

这是咱工人的大喜事

开天辟地头一回

乐得我哈哈笑

喜得我觉也睡不着

干起活来满身都有劲

生产竞赛人人都争先

抡起铁锤叮当叮当响

开动机器转呀转得欢

共产党来了得了好

吃穿不愁把身翻

劳保登记都高了兴

一辈子生活有靠山

（男一人独唱）

庆祝劳保开大会

秧歌锣鼓闹喧天

老年工友台上坐

光荣红花挂胸前

夏魁元老汉讲了话

满面春风笑开颜

若不是来了共产党

我老光棍子哪有今天

如今一块石头落了地

不用提心吊胆把心担

不愁活到老年没人养

劳动保险身安然

毛主席关心咱工人辈辈福

想的办法真周全

我年纪虽老不要紧

献出力量要多生产

（女一人独唱）

从前夏老汉的思想最顽固

他的技术不往外传

教会徒弟师父饿

这样思想存心间

开完大会他变了样

积极生产加油干

谁要有困难向他问

他耐心指导不像早先

（二人对句唱）

年青工友不落后

争取英雄当模范

眼看红五月就要到

开展竞赛大生产

各个工友都努力

有句话儿记心间

要不抓紧时间加油干

享受劳保心不安

纪：光顾说了，把大事忘了。我出来买东西，老婆还等着呢，得快往

　　家走……

张：对！正好我有空跟你家去，看看孩子。

（二人对唱）

人民政府好像一只船

救咱工人出了苦难

这都全靠共产党

斗争胜利有今天

（合唱）

谁甜谁苦认得清

毛主席是咱的救命星

荒草不除根不净

不打倒反动派不太平

军队关里过长江

咱们后方生产忙

看现在想起从前

谁是蜂蜜谁是黄连

多造枪炮和弹药

送上前线打胜仗

打到江南抓战犯

支援全国都解放

新中国壮大又发展

民主胜利万万年

（锣鼓声中二人扭下）

选自《东北日报》，1949 年 4 月 24 日

◇丁洪　唐克

好班长

时间:一九四七年秋末冬初,正是战争间隙中的休整期间。

地点:东北人民解放军某部驻地。

人物:刘振标——班长,二十多岁,强壮,雇农出身。

　　牛景文——战士,大高个,扛活出身,"八·一五"后不久即参军,二十多岁。

　　张得君——新解放战士,十九岁。

　　赵智清——新参军的翻身农民,战士。

　　李富贵——战士,当过跑堂的,二十多岁,小矮个,参军约与牛景文同时。

第一场

(场后唱起了主题歌——《在红色的旗帜下》。在歌声中,班长等五人刺枪上场。在歌声快完的时候,班长与赵智清刺着下场了;李富贵累得支不住,停下来擦汗;张得君也没劲了,但一直支持到歌声完结。)

张:(对李)怎么啦?

李:(气喘地)哎呀,真他妈邪乎!

张:扛不住啦? 嗨,我早就说你不行么!

李:(分辩地)嘿,嘿! 别的我都不怕,这玩意真他妈的——

张:算啦,别吹啦! 你看看人家,(指牛景文,牛还在一旁练刺枪)唉,牛景文,不对,不对! 你的步子太大啦!

牛:我腿长呗!

张:(热心地)再长也用不着迈这么大步子!

牛:(半真半假地)我乐意呗!(故意将步子迈得更大)

张:(认真地)唉,步子大了没有劲!

牛:没有劲? 你来试试看!(将枪向张一晃)×!(将脚步迈得更大,猛力向前一刺,几乎滑倒,姿态十分难看)

李:哈……

张:(胜利地)怎么样? 哈……

牛:(红脸了)笑个屁!(李、张二人笑得更厉害)

牛:(对李)你小子也笑!

李:(立刻收住笑容)

张:(见状更大笑起来)

牛:(大声地)他妈你对,你来呗!

张:(逞强地)来就来呗! 吃饭吃不过你,干这玩意还不比你强?!

牛:(恼羞成怒)你说啥?

张:(不理,很准确地做了一个"预备用枪"动作后,又刺了一枪)

牛:(半自语地)他妈才吃了几天八路饭,就抖得站都站不稳啦!

张:(大声地)你骂谁?

牛：骂谁？我又不是机关枪欢迎过来的,我敢骂谁？

张：（大怒,冲向牛）他妈你——

李：（赶忙隔住）唉——别,别！

　　（班长和赵智清急忙跑上）

班：唉——干么？

牛：咋也不咋！我是个饭桶、笨蛋！

赵：干啥又吵仗？

张：班长,他刺枪步子太大,站不稳,胳臂也使不上劲,（比画了一下）

　　我给他提意见,他不接受,还骂人！

牛：活该！谁叫你小子多嘴！

张：指导员说过,谁对谁有意见都可以提！

牛：你的意见我就不听！

张：你不听就不听,干啥骂人？

牛：骂了你,怎么样？

　　（两人均向前一冲,李、赵急拉住）

班：（大声制止）都不要吵！

　　（场后响起了开饭号）

班：好,先吃饭去！都是革命同志,干啥动不动就吵仗？又不是啥了

　　不起的大事,少说一句不就结啦！（稍停）有意见晚上开班务会

　　再谈！

赵：走,吃饭去！（向后面一望）看,副班长他们都回去了！

李：老牛,走！肚子饿了可是自己的！

　　（众人陆续下,班长走在最后）

第二场

牛：（气愤愤地上,唱第一曲）

牛景文我生来就身强力壮，

个儿又高这腿又长，我牛筋脾气直杠杠，

我牛筋的脾气直杠杠。

从小里我好占强，这有话就讲，

铜对铜来钢对钢，我半斤对他个整五两，

我半斤对他个整五两。

"八·一五"晴了天，这穷人翻身，

牛景文我高了兴，就自动参加了解放军，

就自动参加了解放军。

谁知道同志们他常常批评，

弄得我牛景文别别扭扭不得劲，

别扭得真是不得劲！

刚才间这张得君又给我抬杠，

气得我牛景文这脑子发涨心发慌，

气得我心里直发慌！

×他奶奶！刺枪就刺枪呗，哪有这么些名堂？这又不对了，那又不对了。你张得君才解放过来几天，就鸡蛋里找骨头，尽挑我的刺！还说我的脾气大，他妈谁叫你惹我？我妈生下来就是这副熊脾气，谁惹着我我就骂谁！（烦扰地）唉，真他妈腻歪！哪都一个样：三班给你闹别扭，到八班来还是这样。走，到河沿溜达溜达去！

李：（上）唉，牛景文，要吃饭了，你上哪儿去？

牛：串到哪算哪呗！（忽然想起）唉，走，走！咱俩到河沟里捉鱼去，你小子当过跑堂的，会做。

李：你请假了没有？

牛：请个××,溜号还要请假！

李：你可小心挨批评啊！

牛：批评？枪毙老子还不在乎哩,批评?! 哼,怕批评我就乖乖待在
三班,不调到八班来啦！

李：有种！

牛：告诉你吧,我妈生下来就这副熊脾气——吃软不吃硬,啥时候也
没怕过人！你还不知道吧？"八·一五"头一年,我给屯长郑剥
皮家扛大活。那天,他家那条老牛死了,这怨谁？他妈牛病了舍
不得花钱治,还要我赶着趟地。可狗×的老家伙硬说是我给折
腾死的,要扣我的工钱；我不干,就给他吵起来。我把他的老底
子都给捅出来了！我骂他郑剥皮；骂他阴天放大局,摆赌骗
钱；骂他是吃人肉、喝人血的老混蛋！嗬,这狗×的可急眼了,说
我反抗屯长,拿起马棒子就揍我,两个狗腿子也赶上来帮着揍。
可我还是一个劲地骂！……后来,直打得我浑身鲜血直淌,那老
家伙也累得上气不接下气,才拄着棒子问我："你还骂不骂？"我
说："×你十八辈祖宗！肉是你的,命是我的,打不死你老子还要
骂！"嗬！棒子又打下来了,跟雨点一样……后来我就啥也不知
道了。过了两天,他把我抓去出劳工,工钱也没给我。可是,我
到底把他骂了,我到底没有在他棒子下面服软！

李：好,英雄！难怪你他妈见了谁也不在乎！唉,以后可别跟我抬杠
啊！我可没有你牛景文的牛劲大,抬不过你。

牛：嘿,嘿！咱俩都是一号的,我跟你抬啥？走,走！捉鱼去！

李：不,不！我怕挨批评。

牛：怕啥？有我,挨批评有我！走！（拉李）

李：唉……我不去,挨批评可不是好玩的！（挣脱跑下）

牛：×！这小子真他妈没出息！（唱第一曲）

　　牛景文我生来就啥也不怕，

　　想溜号我就溜号，看你把我有啥办法？

　　看你把我有啥办法？（昂头而下）

　　（班长刘振标与张得君先后上）

张：班长，班长，开饭啦，你上哪去？

班：找牛景文回来吃饭。

张：（微微有些不高兴地）找他干啥？真他妈成了老太爷了！来不几天，尽跟人吵仗，发脾气，啥事都要人伺候！这看着就开饭了，还往外跑，还要班长到处去请他！

班：（微笑地）请他倒没啥，他不刺我就好了。

张：可不是咋的！（抱不平地）唉，班长，也只有你才受得了，人家老给你钉子碰，你还早晚给他谈；要是我啊，早就不撩①他了！唉，这人也太不知好歹啦！八路军这样好，干啥都和和气气的，还要调皮捣蛋；要是在国民党那边呀——哼，皮鞋、耳光有他受的。

班：哎——这共产党还能跟国民党比？我们这是团结友爱么！

张：是啊，那就该好好干啦！就说我吧，一解放过来，心里真说不上有多舒坦，干啥都得劲，有空就喜欢唱歌——这就是大家团结友爱么！可自打这牛筋调来，我连歌都不想唱了！

班：（不想把问题太严重化了，轻松地）哎，歌还是要唱啊！

张：心里不舒坦，唱起来也不是味。唉，你就说前天行军吧，你好心好意地问他落下什么东西没有，他倒横起个脸子："落下个××！"

———————————

① 音"尿"。

班：嘿，嘿！这倒没关系，只要他能进步，我就再怎么也——唉，这个人也太怪了，我帮助过好些同志，可就没见过这么难转变的！

张：可不！咱们连里谁不知道他是老牛筋，是落后的老祖宗！

班：（坚决地）反正我是下定决心要帮助他！他越落后，我们就越要加油！小张，我们不能眼看着自己一个同志往歪道上走！唉，今儿早上指导员还鼓励我，说是要把牛景文转变过来，对咱们全连都有影响！他说牛景文这种人是二懵子脾气，在三班憋上气了，一半天转不过来，只要我们好好团结他，帮助他，多鼓励，少批评，把他那股劲儿给扭过来就好了！

张：班长，我看你对这号人，还要他转变呀，真是瞎子打灯笼，白费一根烛！还是回去吃饭吧！（拉班）今儿练了一天刺杀，够呛啦！

班：不要紧！（拍拍胸脯）小张，你看！（同时将两手攥紧拳头一举）你先回去吧！叫大家先吃，别等我，我就回来。（推张）别急，慢慢来！唉，有空还是多唱唱歌，你是咱们班里的文化干事哩！

张：嗯！（下）

班：（返过身来，舒了一口气，走，准备下）

（赵智清端着菜饭盆从正面上）

赵：班长，上哪去？

班：我就回来，你们先吃着。（忽然停步）唉，赵智清，你抽空多给牛景文、李富贵他们谈谈。

赵：对，我多多帮助他们。

班：唉，老赵！今儿早上，指导员给我谈了一下，我觉着我们这几天对牛景文的帮助团结不够，有时候小张他们还给他一些刺激——再这么干就糟了！

赵：我看——这要咱们全班一齐动手，帮助他们！班长，我保证每天

给他们谈话一次。（欲走）

班：对！（叫回赵）哎，老赵！谈话的时候，注意方式，多征求他的一些意见，自己少讲一点——□可别光讲大道理啊！

赵：这，这不讲一点，就把事情说不明白。

班：好，你注意点就是了。（折身走动）

赵：快回来吃饭啊！（下）

班：对！（停步，想了一下）嗯，我就□□变不过来！（边走边唱第二曲）

刘振标我这里下定决心，

一定要转变牛景文！

人有脸来树有皮，

谁不想落个好名声？

革命同志不怕困难，

指导员的话我记心间：

牛景文落后人人都知道，

他要是转变能影响全连！

（唱完，走向场后。牛景文提着三四尾鲜鱼上）

牛：吓，倒霉，偏偏遇上他！（下意识地把鱼藏在身后）咳，这个人就是不要态度，一开口就笑嘻嘻地给你讲道理，你再有啥牛脾气也要不成啦！可我也讨厌这人，成天就给你讲这讲那。我还不知道？不知道就不来参军啰！（忽然）哎呀！他这么老盯着我，是不是怕我开小差啊？好啊，反正我有点子！怕啥？提几条鱼又咋啦！（将鱼从身后拿出来，唱第一曲）

他那里问一声我答他一声，

他要是批评我，我就碰他个橡皮钉，

我就碰他个橡皮钉!

（唱完,大摇大摆地走过去）

班:牛景文回来啦?

牛:（小声,冷冷地）回来了!（继续走）

班:（和气地边走边说）开饭了,你上哪儿去啦?

牛:（冷冷地把鱼向班一晃）到河沟里捉了几条鱼!

班:（忍住性子,仍然和气地）唉,牛景文,我们吃饭去,道上顺便
　　谈谈!

牛:（哼啊哈的）嗯!（旁白）好,谈就谈呗!反正你肚子里是武大郎
　　卖瓦盆———一套又一套,我可有我的点子!

　　（二人忽停忽走,边走边谈,谈话进行得很冷落而且是断断续

续的）

班:你这两天高兴吧?

牛:高兴!（旁白）高兴个××,高兴!

班:今天刺枪还好吧?

牛:好!（旁白）好个屁,尽给我抬杠,好!

班:唉,牛景文,你对我有啥意见?

牛:没有!

班:你刚才出来,怎么不请个假?

牛:（返身欲言,又止,转身走了）

班:这样不好,牛景文!以后你到哪去,给我请个假——

牛:（截住班）班长,我告诉你老实话吧!这腿长在我身上,你又不能
　　给我带副脚镣子,我要开小差,你还抓得住?反正我早就合计定
　　了:好就干;不好我就脚底板抹油——滑啦!临走我还要先给你
　　个信呢!我姓牛的,明人不做暗事!

班:(心里气极了,但尽量忍耐)牛景文,你别急呀!我不是怕你开小差。你想,你自动参军,干了一年多了,还能开小差?我是看你练了一天刺杀,挺累的,又没吃饭,来寻你回去吃饭的……哎,我给你说,以后你但凡上哪去,都给我吱个声,我一定让你去,遇着有事情集合吃饭什么的,我好有个地方找你。

牛:(旁白,颇以为然地)呃,这话倒还不大离!

班:唉,牛景文,我再给你说句掏心话,我真替你不值!你看你身板又壮,又能干……我听一排长说,几次战斗你都表现得挺不错。这很好啊,该落个好名誉呀!可是好些同志都对你有意见。这为什么?多不值呀!——哎,你干吗动不动就爱发脾气呢?(唱第二曲)

你看一看,同志们多和气,

亲亲热热像兄弟。

我劝你往后别再发脾气,

你有啥意见就给我提。

只要你提得对,我保证给你解决!(接唱)

身强力壮你正年青,

又有胆量又聪明;

只要你把缺点来改正,

一定能为革命立功勋!

牛:(微有所动,但也有些不耐烦)班长,你别老说了。我知道,你们当班长的也挺麻烦,上下为难!你是个好班长,对我也挺干啥的,我也不能给你添麻烦!——以后我不溜号,到哪去管保给你打个招呼。我牛景文说到哪做到哪,你放心。

班:(知道牛一时也难于接受,能这样也就不错了)好!我们走快些!

49

饭都怕凉了,回去热了一块儿吃。

牛:咋的,你还没吃饭?

班:(平淡地)没有。

牛:(感动地)唉——你咋不早说呀! 走,走,快走!

　　(二人快步下)

第三场

　　(寝室。正面有炕,旁边放有三支步枪。张得君垂头丧气地上。)

张:(向场后张望了一下)唉,怎么还不回来?(坐上炕去)真他妈倒霉! 吃过晚饭,都跟副班长练刺杀去了,就我张得君去不成,留在家里给班长和牛景文看枪,等他们回来吃饭——唉,倒霉! 有啥办法? 搁家里练会儿呗!(下炕,取枪,没精打采地刺了四五枪)唉,倒霉,反正倒霉! 要不是他妈牛景文啦——嗨,这老牛筋,在班上尽给人抬杠,闹别扭,还要你成天伺候他! 真他妈得寸进尺! 我就不吃那一套,瞅机会非狠狠地碰他两下不价! 要不啊,就干脆把他调到别班去! 对,待会见了班长,我就提意见,把他调到别班去算啦!

　　(班长与牛景文上)

班:嗬,他们哪去啦?

张:(不高兴地瞟了牛一眼)副班长带着练刺杀去了。班长,你咋才回来,饭都凉了。(回头又看看牛)

牛:(没吱声)

班:我到伙房去热热。

张:就在这儿热吧。

50

班:这儿老乡柴火缺。(走到一旁去取菜饭盆)

张:(对牛,不满地)你倒怪"自儿"啊！溜号逛街的,把鱼都买回来啦！(边说边去放枪)

牛:我乐意呗,你他妈管得着!

张:(生气地)我管你? 班长都管不着你,我管你?!

(牛站起来正欲发言,张亦挺身以对)

班:(急制止张)小张!

张:(负气地)班长,你歇一会儿,我去!

班:(怕他们争吵起来)好!

张:(接过盆,对牛)你牛皮个啥?(气着下场)

牛:(将鱼摔在炕上)×!(上炕,卷烟抽)

(班长欲言,见赵智清与李富贵持枪谈着走来,就不说了,坐在一旁拾掇绑带)

李:哎呀,够呛! 白天练了一天,吃过晚饭又练,真他妈邪乎,连胳臂都抬不起来了!

赵:(诚恳地背诵教条)这算啥? 平时多流汗,战场少流血。练兵学习也是表现为人民服务、表现复仇立功啊! 我们都是有政治人格的工农成分,我们要坚决为人民服务,要彻底练兵,要彻底消灭封建,消灭法西斯蒋介石! 这是人民和党给我们的光荣任务,我们一定要光荣地完成它! 我们坚决反对消极主义,反对落后主义,反对不团结、闹矛盾的表现,反对不努力前进的表现——

(李已很不耐烦,蹲在一旁;牛也转过身去)

班:(感觉这样讲下去不好,企图用话给赵岔开)副班长他们还在练呀?

赵:(越说越有劲地)正得劲呢!(继续向李和牛宣传)唉,我们现在

应该认识到:今天外国和中国的形势都很开展,革命的胜利已经有了很大的光荣前途! 斯大林同志说——

牛:(反感之至,但是低声地)嗬,看你不出,还跑过外国咧!

李:(起身走向赵,故作正经地)唉,对了,你给咱们唠唠,斯大林同志给你讲了些什么?

赵:(老实地)我没见过他,我这是听人家说的。

李:哦,说了老半天,你也跟咱们一样啊! 嘿,我还当你见过斯大林呢!

班:(正欲说话,被牛景文抢先了)

牛:哼,上有连长、指导员,下有班长、排长,还用得着你来给我上课?你他妈扛了几天大盖枪,就摆起来了! (将烟扔掉)

赵:(生气之至,欲言又止)

　　(短短的僵局。张得君端热菜饭盆上)

张:(看了牛一眼,不高兴地)班长,伙夫同志说这儿柴火贵,不给热;说溜号出去的不能浪费大家的伙食钱。我给人家说好话,说班长也没吃,人家才给热的。

　　(在张得君讲话时,班长给以暗示,叫他别讲,但张未觉出)

牛:×! 越有越方便,越冷越打战!

李:(对牛)谁叫你小子溜号,吃不上饭还不是活该!

牛:(把鱼提起)吃不上饭我吃鱼!

李:(搭讪地)对,我会做! 唉——浇汁鱼——(跑堂的腔调)嘿,保险够味。

班:(稍微严肃地)饭都热来了就别说啦! (稍停,和气地)唉,牛景文,来,来,吃饭啦!

牛:(勉强拿起筷子,看着张)我怕不给我吃啦!

班:唉,别说了!

张:(按捺不住地)班长,我提个意见:以后不请假不留饭,谁溜号谁
　　就别吃!

牛:(盛怒)×! 不吃就不吃!(将筷子摔掉)一顿两顿不吃就把人饿
　　死啦?(往外走)

班:(下炕赶去)唉,牛景文,牛景文!

牛:(边走边叫)不吃!(气冲冲地下)

李:好!(跟下)

班:(亦欲跟下)

张:班长,我看你去给连部提个意见,把这个老牛筋调走。在班上成
　　天给人抬杠,闹别扭。他乍一调来,我就猜到要出问题。谁不知
　　道他是落后的老祖宗?!

赵:班长,我同意小张的意见,咱们工农部队要保持纯洁,不能叫一
　　颗老鼠屎搅坏了一锅汤!

　　(牛景文闯门而入,怒视张、赵——僵局)

牛:(突然走向炕去取鱼,回身看着张、赵)×!(急走)

班:(跟上去)唉,牛景文,吃饭啊,上哪去?

牛:不吃!(望着张、赵)这屋里憋气,上外面溜达溜达!

班:好,咱俩一块儿走,随便谈谈。

牛:班长,你先吃饭吧,咱们待会儿再谈。你放心,我不会咋的,明人
　　不做暗事,姓牛的总要对得住你。

班:好!

牛:(急下)

赵:(着急地)班长,你咋不跟上?我看他靠不住,备不住会开小差!

班:不会的。干革命要靠自觉,这一个人,你还能用绳子把他捆得

住？呃,他这会儿正在火头上,你要是跟得太紧,他就要炸了！这种人啊,二懵子脾气,又散漫惯了,得顺着性子慢慢教育,一点一点地来,着急也不抵事……再说,这"百人百性百脾气,一家门口一个天",这人还有一个样的？（对张）好比你吧,参加咱们部队还不到两个月,可你就又听话,又进步得快！（唱第二曲）

五个指头也不是一般齐,

人人都有点小脾气。

赵：（刚才破涕为笑,这下又不高兴了）牛景文的脾气还小啊？（此话插在过门中说）

班：搀着病人上楼可不能着急,

二懵子脾气要慢慢医。

好比说一个病人,都病得快死了,你当医生的该怎么着？你就该先下一服提神的药,把他的命吊住,再给他慢慢治。要是你性子太急,寻思一服药就给他断根,把药下得太猛,病人吃下去扛不住,那不要了人家的命啦?! ——唉,你们说我这比方对不对？

赵：对！

张：（不服地）这——这进步啊,可不比治病,要是他各个不学好,你再有天大的劲也使不上。

班：（想了一想）好吧！我们都是老庄出身,我给你打个庄稼活的比方——好比这一棵刚出土的苗子,长得慢,两三天也看不出到底长了没长。这时候你可不能着急,硬去拔它一下。看样子么,倒像是长高了,可过两天还不就死啦?! 这全靠它自己慢慢长。一个人的进步呀,也是这样,要靠他自己。可光靠他自己也不行,还得我们大家伙帮助。这就好比栽苗子要上粪、浇水、捉虫、打杈一样,要不这苗儿就长不壮,说不定就给太阳晒死了。可你又不敢把粪上得太多,那不几天就把细苗给烧死了？小张,你说这话对么？

张:对倒对——可我看啦,要牛景文这种人转变,不说比公鸡下蛋难嘛,也差不离。

班:那就看我们大家伙粪上得怎样,水浇得好不好啦！（唱第二曲）

只要我们功夫下得深,

铁打的房梁磨成针;

只要咱大家下定决心,

一定能转变牛景文。

张:好吧,班长,看你的！我可是没办法,反正别的啥事我管保落不了后。

班:哎,张得君,你这话就不对啦。我们干革命是为了穷人翻身,是我们大家伙的事,要大家伙都来干,谁有了缺点,也要大家伙来帮助！（唱第二曲）

我们好比是一个大家庭,

革命兄弟亲又亲,

你帮助我来我帮助你,

同心同德打敌人！

张:（半同意地）班长,先前我也这么寻思,可是,可是,就这老牛筋太干啥啦！

班:（正欲说话）

赵:班长,这回让我发表个意见。哎,张得君,这俗话说得好,人有脸,树有皮,长虫到了冬天也得脱层皮咧,这人么,还有个不变的？！

班:唉,对！——好,我现在就去给副班长他们商量商量。咱们全班都动员起来,先突击牛景文,只要牛景文进步了,李富贵就啥问题也没有了。完了我再跟牛景文谈谈。(对张)你先寻思寻思,咱俩明儿再研究。可你得注意点,小张,不要再刺激牛景文。一个人进步,开头总是很困难的,不要让人家觉着自己浑身都是毛病,到处都有人挑刺,失掉了进步的信心。

张:(微微有点勉强地)对!

赵:对,咱们全班动员。我再去跟李富贵谈谈。

班:中!(笑着说)唉,老赵,谈得具体些,就像你这阵给小张谈得就好,别像刚才那样,坚决彻底地,光讲大道理,跟教员上课一样。

(欲下)

赵:嘿……对!

张:班长,你吃了饭再去吧!

班:我不饿,待会儿跟牛景文一块儿吃。(与赵同下)

张:咱班长可真是,啥时候都想着大伙,真是把革命当日子过——可我总不信他能把牛景文转变过来。慢慢瞅吧!(走了两步,有点烦躁地)走,练刺杀去!(看见放在一旁的五支枪)这些枪?——好,干脆,全带上!(将五支枪全背着下)

第四场

(野外,太阳快落山的时候。)

牛:(气冲冲地上,唱第一曲)

张得君和赵智清他存心捣乱,

只气得我牛景文浑身上下直打战,

气得我浑身直打战!

张得君这小子你懂得个啥,

为什么你成天里张起个嘴巴依哩哇啦？

你成天总是穷咋咋！

赵智清你当八路才当了几天，

一开口就教训人，坚决彻底你说不完，

我听见心里就讨厌！

我这里越思越想越是窝火（儿），

倒不如我今夜晚就干脆他妈的开小差（儿），

干脆我就开小差！

他妈拉巴子！这地场就不是人待的，比他妈三班还窝火！一天到晚，七十二只眼睛尽盯着你，七嘴八舌地尽给你抬杠、挑刺！他妈你张得君、赵智清才当了几天八路，上过几回火线？你凭哪一样批评我？我牛景文干了一年多革命，走道也比你两个小子多走几千里！他妈没有功劳，也有点苦劳；没有苦劳，还没有疲劳？我×他妈，真窝火！好吧，反正我早就合计定了：好就干，不好就脚底板抹油——滑啦！（更加肯定地）对，就这么干，今下晚我就开小差！（轻快地向场后一晃，但立刻地）哦，对了，我得给班长吱个声，我牛景文说话要算话。对，找班长去！（往回去，唱第一曲）

来要来得清我去要去得明，

牛景文要开小差，我看你们把我怎么整？

看你把我怎么整？

（忽然止步）哎呀，这可不能，这太对不起班长啦！人家对我这样好，饭都不吃跑出来寻找，我给他要态度，他就从来不发脾气，总是拉开了笑脸劝我。才刚我各个亲口对人家说不开小差，人家信得过我——看，我这发脾气跑出来，班长就没拦我！我今晚要是开了小差,咋对得住班长?(烦乱地走动几步后)对,我不能开小差!就是不能开小差!(突然地)哎呀!上月里才开了诉苦会,我咋就给忘了,就寻思要开小差啦?——想我牛景文,受了半辈子苦啦,为了混两碗苞米楂子,一年到头,东奔西跑,也算跑了不老少地方,可到哪儿也一样挨打受罪,就没过过一天舒坦日子!好容易来了共产党、八路军,我才算翻了个身,才有了个烧锅做饭、搭铺睡觉的地场!去年春天,政府动员参军,我又是自愿报名来的,又不是谁用轿子抬来、用绳子捆来的,今儿要是开小差回去,把这张皮(拍拍脸)猫到哪?怎么对得起共产党?怎么对得起八路军?(唱第一曲,悔恨地)

牛景文我半辈子东奔西窜,

要没有这共产党我哪里能够有今天?

我哪里能够有今天?

唉,牛景文啦,你这个冒失鬼!(唱)

牛景文我真是个冒失鬼,

干啥事都少合计,我莽莽撞撞总不对,

我莽撞的总是整不对!

(烦乱起来)可,可我到底该咋整?(唱)

想要跑又不能跑,待又待不下,

倒叫我心里面乱七八糟没办法,

真是整得我没办法!

(混乱地走来走去)咋整?咋整?(忽然发现自己手里还提着鱼,恨极,用力摔在地上)×!(用脚将鱼踢开)去你妈的!(终于抱头蹲下)

班:(上)牛景文!

牛:(惊诧地)啊,班长!

班:你各个在这儿干啥?

牛:没,没干啥!

班:(蹲下)我们谈谈!

牛:(有点不知所措,完全不像第二场那样傲慢了)唔!

班:我是庄户人出身,老粗,说话直杠杠的,这些天有啥说得不对、做得不对的地方,你有意见都提出来,我好改正。

牛:没啥。

班:真的?

牛:(诚恳地)班长,我牛景文也是个穷得没章程的老粗,说话不乐意转弯抹角,有啥说啥。说真的——我对你可实在没意见。

班:对班上的同志呢?

牛:(脱口而出)有,有意见!(随声立起)

班:(也立起)对谁啊?

牛:(稍停)唉,没啥,没啥!(随声又蹲下)

班:嗳,牛景文,你听我说。(唱第三曲)

人民解放军,好比一家人,

你有错,我帮助,他有错,你批评,

人人缺点都改正,同心同德干革命。

咱们部队讲民主,提意见是帮助别人学好——你还不知道? 就讲错了也没啥! 你讲吧,对谁呀?

牛:(站起)好,我讲! 就是张得君跟赵智清!(唱)

可恨张得君,还有赵智清,

你一句,他一声,又教训,又批评,

外加上几句风凉话,活活气死我牛景文!

59

班：哦，你是生他们的气啊！嗳，牛景文，我这可不是向着他们说话呀！你想，他俩还不是跟你我一个样，都是穷棒子出身，说话直杠杠的，怪难听，可心眼倒挺实在的。（唱）

张赵两同志，都是庄稼人，

庄稼人，心眼诚，干革命，有决心，

就是说话不好听，牛景文你要忍一忍！

牛景文，你想想看：还是像我们大老粗这样实心意的好呢，还是像地主大肚子那样说话哈哈笑，里藏把刀的好呢？

牛：那还用说？我牛景文就恨大肚子那一套——说起话来跟唱话匣子似的，尽转圈！

班：（有力地）对！咱们穷棒子老粗就不兴那一套！咱们今天山南海北地凑在一块干革命，还不就是为了打倒蒋介石这个汉奸卖国贼、大肚子头儿，打倒地主恶霸？那我们干啥为了自家兄弟一两句话就翻脸闹不团结呢？这俗语说，万人一条心，黑土变黄金。你说对不？

牛：（无词可辩，心悦诚服地）对呀，咋不对？！

班：（紧接地）那你还生个啥气？

牛：（强辩地）那，那，那我也是个穷老粗，他们干啥就不忍让忍让？（唱）

他们是庄稼汉，我也是穷苦人，

从小里，受人欺，养成个，坏毛病，

啥事我都爱说两句，他们也该忍一忍！

班：他们都是新同志，毛病还没有全改正。

牛：咱们大伙都有毛病，干啥就光把我来批评？

班：他有缺点他反省，你有毛病你改正。

60

牛:心里有气我讲两句,也不能算啥大毛病噢!

班:千言万语难买好,一句怪话就落臭名。

牛:牛景文生来就好占强,干啥要落个臭名声?

　　干啥要落个臭名声?

班:(有力地)唉——对! 干啥不落个好名声?

牛:(自己觉得无词可辩,决心地)中! 干!

班:(高兴地)对,干!

牛:班长,你给提提,我现下该怎么干,从哪干起! 你看我先从不发脾气干起行么?

班:(鼓励地)中! 有了决心就中!

牛:嗳,班长,你说我是咋的? 这脑瓜就是不开窍,像蒙上层牛皮似的,一碰到节骨眼上,就磨不开,就寻思到歪道道上去了:落后就落后呗,你批评管个屁,反正我"认"了;要不呀,就干脆给他妈个硬碰硬,你又把我咋啦?

班:(安慰地)嘿,这也没啥,以后咱们大伙互相多提意见——唉! 太阳都没影啦,我们回吧!

牛:不,不,正得劲咧! (拉班长)哎,哎,班长,你让我把发脾气的老根都掏出来给你听听! (欲坐)

班:(拉牛站起)好,我们先回去,一边吃饭,一边唠嗑。

牛:(大惊)咋啦? 你还没吃饭?

班:没吃。

牛:(感动地)哎呀,我的好班长! 走,走,快走! (拉班急走)

　　(二人快步走了几步,渐渐慢下来)

班:(边走边讲)这脾气躁也不能光怨你。我们穷人,在旧社会里,尽受人压迫,装了一肚子肮脏气,没办法,只好发发脾气骂骂人。

61

这也没啥，全是叫大肚子有钱人给逼出来的。

牛：对！（刚好从身上抓出一个虱子，用力扼死）把这些吃人血的家
　　伙统统斩尽杀绝，一个也不留，咱们穷棒子也好舒坦舒坦！（身
　　上又痒起来，发愁地）这一天就咬得你怪难受，啥时候才把它们
　　搞得干净？

班：（在前面走，未看见牛的动作）快啦！把蒋介石这个吃人血的大
　　家伙打倒，小蒋介石就断根啦！

牛：中！不把这些狗×的打得趴在我脚跟前给我磕头，我就不歇手！
　　别说现下我们穷人翻了身，人又多，又有枪杆，就是伪满那时候，
　　我一个人给狗×的打得浑身冒血，也没服过软。我就是穷，也穷
　　得有骨头！

班：对！对敌人就不能低头！毛主席说，对敌人就要狠，可是对自己
　　同志就要和，团结在一块儿才有力量，要不就打不倒敌人。你看
　　你那时候，虽说把东家骂了，可一个人到底不顶事，人给打了个
　　半死，工钱还是没捞着，硬给狗×的扣了。

牛：我记住了。毛主席说得对：对敌人要狠，对同志要亲。自己人都
　　闹矛盾，就打不倒这些狗×的家伙！（又痒起来，伸手又抓出一
　　个虱子，狠狠地扔在地下，用脚一踩）他妈又是一个小蒋介石！
　　唉，这玩意真讨厌，老鼻子啦！（耸肩擦背地）

班：我看你把那件破毛衣干脆撂了吧，待会儿我把这件单衣（指内
　　衣）给你。

牛：不，不，不！那哪能？

班：没关系，我还有。走，快走，回去吃饭！

牛：（笑）哈……你看，说着说着又忘了！走，走，快走！

　　（二人愉快而急遽地绕场走）

牛:(指场后)哈,班长,你看,小张他们刺得多得劲!(大声叫)小张,小张!

　　(张得君穿衬衣,持枪上)

牛:小张!

张:(见牛,愣了)

牛:(走向张,亲热地)小张,才刚是我错了,你别干啥的,都是我牛脾气不好!

张:(不知所措,感动得脸都红了)不,不,我,我不对!我不该刺激你。

班:(高兴地)哈,好!刚才都有缺点,这阵都正确了!

　　(三人均笑)

张:(走向班)班长,你说得对,我明白了,以后我保证不给牛景文同志闹矛盾。

班:好!

牛:班长,我给你保证:以后一准学着让步,遇事不发脾气,就是谁在我头上拉屎拉尿,我要是红红脸、吱吱声,也不是我爹搽的!我牛景文再不叫人家骂我是老牛筋,是落后的老祖宗了!——唉,不用说了,以后你们看吧!不拘是行军、打仗、练兵、勤务,我要是落了后,就是,就是反动派!我这人说到哪做到哪,红嘴白牙吐出来的唾沫,不能叫自己把它舐干!

班、张:(同时)好!

牛:唉,我他妈肚子里就存不住话!好,我统统都给你们捅出来!才刚我打屋里发脾气跑出来,心里边这么一窝火,我就寻思:他妈干脆,今晚开小差!

张:(颇惊)开小差?

牛：可不是咋的！唉，班长，我这都坦白了。待会儿你报告连长、指
　　导员去，给我啥处分都没意见。

班：（安慰地）开小差是不好，可只要坦白了，改正了，就是好同志，别
　　说处罚，还要受表扬哩！

张：那该怨我，都是我刺激你的。

牛：不怨你，全是我各个混蛋！我牛脾气一上来，把革命目标全
　　撂了！

班：不要紧，牛景文，别老惦挂这些，认识清楚就好了。走，回家吃
　　饭去。

张：我给你们热去！（欲走）

牛：别，别……小张（耸肩晃脑地）嘿嘿，劲上来了！班长，我们也来
　　两下（比画刺杀的动作），你看人家干得挺干啥的！

班：吃了饭再练吧？

牛：不赶趟，吃了饭该点名了！（要求地）班长，来两下吧？

班：好！我是怕你饿了。

牛：不饿！我取枪去！（欲走）

张：别别，我都带来啦！（边说边跑下，随即抱着枪和自己的棉衣上）

牛：（接过自己的枪）好，脱了干！（解棉衣）

张：班长，叫副班长他们一块来吧？（指场后）

班：不啦！

　　（赵智清与李富贵边谈边上）

赵：（接着前面的话，有些激动地）……唉，我问你，你说我这个比方
　　到底对不对？

李：对呀，咋不对！可给我有啥关系？行军、打仗、练兵、勤务，哪一
　　样也不比你少干点！

牛:(插上话,对李)干个屁！干革命当给地主扛大活似的,光他妈偷奸磨滑,给我一样,还吹个啥?!

李:(想不到牛会来这一手,火了)嗬,你他妈瞎子戴眼镜,神起来了啊!

张:唉,牛景文可是进步了!

牛:(对李)你别讽刺我。告诉你吧,我是再不落后了。

李:啊,看你不出呀,孙猴子耍把戏,说变就变呀!别忘了,才刚是谁拉①我去捉鱼啊!

牛:唉,唉,老李,来,咱俩谈谈。(拉李蹲下,诚恳地)唉,你说咱们是自愿参军的,还是谁用轿子抬来、用绳子捆来的?咱们是来革命的,还是来捣蛋的?干啥不好好干?你看人家都进步了,当组长,当班长,立功,班长还挂上了奖章。你我又不少胳臂缺腿,就不能当组长,当班长,立功挂奖章?(突然站起)你说我进步了,那你就跟我学啊!看看咱们班长!人家给我们吃一样的饭,穿一样的衣,拿一样的津贴,人家干啥操这份心?还不是为了帮助我们大伙儿进步,好为革命多出份力,为我们穷人翻身打天下?要是咱们穷哥们自己都不团结,闹矛盾,还能把蒋介石打倒?唉,你说,我这几句话中不中?

李:(一下跳起)中!他妈咱们俩从前都是一号的老落后,今天你能进步,我就不能进步?好,咱们比一比,我姓李的也不是孬种!

牛:(拍拍李胸)好!(走过去脱衣,准备刺枪)

众:好,李富贵好!

李:嘴说不顶事,以后大伙看吧!

---

① 音"zhe"。

牛:班长,咱们干吧!

班:好!

众:(大声地)好——干!

　　(乐队奏起《刺枪歌》的引子。大家动作紧张,脱衣取枪,上起刺刀,排成一列横队)

班:立正!

　　(引子停,众立正)

班:稍息! 立正! 预备用——枪! 原地直刺,连续动作,通!

　　(全体刺枪,边刺边唱《刺枪歌》,动作整齐有力,歌声雄壮,唱完第二段即停止,立正)

班:稍息!

牛:(脱去毛衣,扔掉)去你妈的!(搔搔光着的身子,很舒坦的样子)

班:(悄悄过去,脱下单军衣,套在牛的棉衣里)

赵:牛景文不赖! 好!

牛:我不行,小张好,带劲! 老李也不孬!

众:老牛好!

班:都好! 同志们,我心里早就有句话想说啦——

众:啥? 班长,说吧!

班:好,同志们! 我们是共产党的队伍,是人民的队伍,我们自己就有啥问题都能解决! 从今往后,我们加油干,互相团结,互相帮助,我们就一定能报仇立功,打倒蒋介石! 我们八班就一定能争取一个模范班,争取每个同志都挂上奖章!

众:对! 争取模范班! 争取挂奖章!

牛:班长,再来个前进刺!

众:对,来个前进刺!

班:好！立正！预备用枪！前进花刺,连续动作,通——

（歌声再起——第三段,边刺边唱,连刺带打,又刺又防,进前后转——刺枪舞。刚刚唱完,点名号响了——可用主题歌的引子代替,后台低声唱起了主题歌《在红色的旗帜下》）

班:稍息！准备集合！

（众高兴而紧张地穿衣、卸刺刀,并彼此称赞谁刺得好,情绪十分高涨）

牛:（发现棉衣里多一件单衣）唉？这是咋的？（想到是班长给他套上的）班长——

班:快,穿上,集合了！

牛:（感动地）班长,你——好,以后你看吧！我再落后——

李:（早就准备妥当,此时一下子从后面钻出来,将二人分开）得了,得了,又不是开检讨会！快走,快走！别叫人家站好队等咱们才砢碜咧！

众:对,快走！

（歌声强起来了,众愉快而有力地边唱边走,齐步下场）

在红色的旗帜下

（很快）（一声沉锣,接着是嘹亮的军号）

我们来自农村工厂

我们来自不同的地方

为了保卫翻身

为了人民解放

自愿参军把兵当

为了保卫翻身

为了人民解放

自愿参军把兵当！

在红色的旗帜下

战斗学习

学习战斗

团结成一家

团结成一家

在革命的洪炉里

锤打火烧

火烧锤打

把旧社会的残渣全去掉

我们锻炼得无比坚强！

把旧社会的残渣全去掉

我们锻炼得无比坚强！

看！看我们的队伍不断地壮大！

看！看我们的英雄不断地成长！

刺枪歌

（一）引子（慢）

（喊声）立正——！

（二）原地直刺（慢）

练一练　大盖枪

练好本领上战场！

上战场　打胜仗！

打到南京捉老蒋！

抓住蒋介石　地主恶霸一扫光！

报仇！雪恨！

嗨！全国人民得解放！

（三）前进直刺、花刺（稍慢）

练一练　大盖枪

练好本领上战场！

上战场　打胜仗！

打到南京捉老蒋！

抓住蒋介石　地主恶霸一扫光！

报仇！雪恨！

全国人民得解放！

（急转快）

练一练　大盖枪

练好本领打胜仗！

嗨！抓住蒋介石

报仇又雪恨

全国人民得解放！

后台轻轻地唱起《在红色的旗帜下》

东北书店 1948 年 9 月初版

◇ 力鸣　兴中

妯娌争光

时间:1946 年 10 月。

地点:东北某地。

人物:老汉——六十多岁。

　　　老婆——六十多岁。

　　　大儿——三十五岁。

　　　大媳——三十三岁。

　　　二儿——三十岁。

　　　二媳——二十八岁。

　　　三儿——二十多岁。

　　　三媳——二十多岁。

　　　四媳——十八岁。

　　　屯长——五十岁。

第一场

（开幕：老婆、大儿、大媳、二儿、二媳、三媳、四媳在场，一面做活，一面齐唱第一曲）

（一）（快中板）

"八·一五"东北大解放哎呀人人喜欢，自从来了人民解放军，受苦人都翻了身，闹斗争，闹清算，斗恶霸，除汉奸，分土地，分粮款，立农会，建政权，想不到咱们穷人也能有今天，挖断了穷根，掌握印把子，（过门中婆拿出地照来叫大家看）当了权。

（二）

婆：（唱）我的好孩子们哎呀你看这是啥？

媳：（齐唱）这是咱们的田和地！

男：（齐唱）这是咱们的命根子！

媳：（齐唱）一家人吃靠它，一家人穿靠它！

男：（齐唱）有了它不受欺，有了它不受压！

男、媳：（齐唱）咱有了土地，吃喝穿戴有办法；咱有了房子，咱就有了哟嗬家。

（三）（中板）

婆：（唱）要想日子好，就要把地保哟，要想人财旺，就要保家乡哟。

（四）（较快）

媳：（齐唱）妈妈说得好，咱要把地保。

男：（齐唱）妈妈说得对，咱要保家乡。

（过门）

（五）（中板）

婆：（唱）保住田和地，枪杆要拿起哟。

（六）（较快）

众：（齐唱）保住田和地，枪杆要拿起。

（过门）

（七）（稍慢）

婆：（唱）保住咱家乡，参军去打仗哟。

（八）（较快）（二次渐慢）

众：（齐唱）保住咱家乡，参军去打仗。

婆：前两天开了参军动员大会，区长说，咱们老百姓参加军队打反动派，保住家乡才能过好日子。你们爹现在到区政府问讯去了，看是几时去，怎么个去法，孩子们，咱们过去的事你们还记得吧？以前咱们受日本鬼子的气，受特务警察的气，把咱家的几垧地也叫人家霸占去了，家里不能过了，才把你们老大家和老二家逼得离开家，叫他们自个想法养活自个去，老三给人家财主家扛活去，我和你爹守着老四，你爹一年到头忙死了，总还是吃不上顿饱饭……

大媳：妈，别说了吧，提起这些心里挺难过的。

四媳：大嫂！（走过去）别伤心吧，咱们现在有了房子，也有了地了，过去的事就少想它吧！

婆：唉！过去的事说上三天也说不完，唉！

三媳：妈！

婆：可是从年时共产党人民解放军来了，在咱村里派来了工作队，把咱村的恶霸地主斗了，选了村长，穷人自己当了家了，给咱分了这一座房子，分了粮，分了六垧地，还分了三十多只羊，这（指地照）是咱们的命根子呀。今年二月才把你大哥二哥都叫回来，咱一家才算是团圆了。

老二:妈! 咱们明年春上就到咱的地里种地了,再也不受人家财主家的气了。

婆:(只顾自己说)谁知道,没有人心的土匪,见咱分了地分了粮,又到咱村上抢人了,把分给咱的两石粮食也抢走了一石多,唉! 真是,怎么咱们就这样倒霉呀! 孩子们,那土匪就是"中央胡子",是蒋介石派来的,如今蒋介石又调大军打咱东北,不想叫咱们过好日子,要把咱分的地分的房子再夺回去,不叫咱活下去了,孩子们,地就是咱们的命根子,可不能叫蒋介石再拿走呀!

(九)(慢中板)

婆:(唱)穷人翻身见青天,反动派一见红了眼,勾结美国打内战,调来兵和将向咱东北来侵犯,孩子们怎么办哟!

蒋介石欺压穷人把权专,勾结美国打内战,调来兵和将向咱东北来侵犯,孩子们怎么办哟!

(十)(快板)

众:(齐唱)打打打,打死反动派,打打打,打死王八蛋,发动大兵打咱们,勾结美国

大哥:(唱)打内战,兄弟们动员起来,

众:(齐唱)保家园,保家园,

大媳:(唱)兄弟媳妇们动员起来保家园,

众:(齐唱)保家园,参加解放军上前线,拿起枪和刀,跟他干,跟他干!

(一一)(慢中板)

婆:(唱)提起反动派,孩子都要打,老婆养儿没白养,个个都是硬疙瘩,

众:(齐唱)哎呀,硬疙瘩哪哟哪嗨。

婆：你们爹走的时候，叫你们兄弟四个都商量一下，看是谁去呀，噢，你们爹还说，这参军可是自愿的，叫你们四兄弟都好好合计合计，看到底是谁去好，那你们就说话吧。

婆：（猛然想起一件事）不过你们四兄弟年纪小，出去我不放心，我看他就不用去了。

四媳：这也是爹走的时候说的？

婆：这……这，你先别管，（问众）你们说吧，是谁去好？

众：我去！（或叫你×儿去）

婆：你们爹说，政府里说不要你们都去，去上一个就行了，剩下三个还要在家做后方工作，准备明年务生产呢。

老大：那么就是我去。（唱）

（一二）（快中板）

老大：（唱）我是老大，受过欺压，反动派把咱当牛又当马，我去参军把他打，嗨嗨哪哟哪嗨，我去参军把他打。

大媳：（白）对！该老大去。

大媳：（唱）反动分子，真是该杀，害老大坐牢打死我的儿，老大去报仇把他打，嗨嗨哪哟哪嗨，老大去报仇把他打。

四媳：（白）我说该老四去，他……

二媳：（白）你慢一步再说吧，大哥家说完了，该我们老二家说了。

老二：（白）对！我该去。

老二：（唱）我是老二，二十八岁，身强力壮啥也能行，快快叫我去参军，嗨嗨哪哟哪嗨，快快叫我去参军。

二媳：（白）对，老二合乎区长说的条件，该老二去。

二媳：（唱）他是老二，二十八岁，身强力壮啥也能行，快快叫他去参军，嗨嗨哪哟哪嗨，快快叫他去参军。

老大：老二,还是我该去,我亲身受过反动派的害,以前我离开家去卖纸烟,他们买了纸烟不给钱,我问他们要,他们打我踢我,皮带抽我,后来还找了个碴,说我不是好人,就把我送到监狱去,把咱那十四岁的孩子也拉走了,孩子想跑回来,他们知道了,给打死了,你说这仇是不是该我去报?!

老二：我还不是日本人在时候叫拉去当劳工,常受谢文东欺负,差一点连命都没有了,谢文东和反动派是一家人,这仇该是我去报。再说你年纪大了,身体又坐狱坐坏了,大哥,还是该我去。

老大：年纪大我也不过才三十五岁,能行!

大媳：还是老大去是正理。

二媳：该老二去!

四媳：你们都说了,人家连一句话还没有说,你们就吵得了不得,咱爹不是叫大家都兴说话?妈,该我说了,叫你四儿子去!

婆：你先等一下。

三媳：老三割靿鞴草去了,今天商量参军的事他不在家,我替他说话。(唱)

（一三）（快中板）

三媳：(唱)他是老三,能扛枪杆,二十五岁,是个大胆汉,真是该他上前线,嗨嗨哪哟哪嗨,真是该他上前线。

能够骑马,又会打枪,身体结实,个子长又长,真是该他上前线,嗨嗨哪哟哪嗨,真是该他上前线。

四媳：(白)(早就等不及了)这回可该我说了,老四放羊去没回来,我替他说。(唱)

四媳：(唱)他是老四,今年十七,年纪轻轻,聪明又伶俐,真是该他参军去,嗨嗨哪哟哪嗨,真是该他参军去。

婆:(白)四媳妇你的话我可不同意哩,要知道你男人是我的老儿子。

四媳:(唱)今年十七,本领可大,不怕风雨,是个硬疙瘩,打起仗来有

　　　办法,嗨嗨哪哟哪嗨,打起仗来有办法。

婆:老四是我的老生子,年纪小不能参军。

四媳:老儿子也是你的儿,你怎么就那么偏情就看不起老儿子呢。

大媳:唔呀!四兄弟媳妇,你这话可不对,咱妈不叫老四去参军,是

　　　痛咱们老四,舍不得老儿子离开家,可不是看不起他呀!

三媳:你才过门两三个月的新媳妇,就跟婆婆顶嘴这可不对,我可要

　　　批评你。

二媳:你才过门两三个月就要送男人去参军,到底是真话呀还是假

　　　话,别看你嘴里说得呱啦呱啦地响,害怕心里还有点舍不

　　　得呢。

四媳:(眼瞪得圆溜溜的)你爱说什么就说什么呗!

二媳:妈,我看还是叫你二儿子去好。

婆:谁去都行,就是不叫老儿子去。

二媳:对了,你看怎么样!

四媳:(又瞪二媳一眼)呸!

老二:妈,叫我去!

老大:妈,还是叫我去好。

大媳:对了,还是叫老大去好,他年纪大些,办事牢靠,参了军,不会

　　　给公家出麻烦。

二媳:不,还是叫老二去好。

三媳:(同时)妈!叫你三儿去,他会打枪。

婆:你们就一个说了一个再说,看你们一齐说,我听都听不过来。

四媳:(拉三媳一旁)三嫂,我看咱们就别在这里和他们争了,我看争

了半天,没有咱爹在也争不出个结果来。

三媳:嗳! 你说得对对的,没有咱爹在家争也没有用。

四媳:三嫂,一会咱爹回来,咱好好跟爹讲讲,你帮我说话,叫你四弟去,你看好不好?

三媳:咦! 我连我还管不了呢,还能帮你说? 我看咱还是各人说各人的吧。

二媳:看你们俩在那儿鬼捣什么? 有话就来这跟大家都说嘛。

老大:妈,你就决定叫我去就是了!

大媳:对,叫老大去!

老二:叫我去!

二媳:(同时)叫你二儿去。

众:叫我去! 叫你×儿去!

二媳:(急大声)妈! 妈! (唱)

(一四)(稍快)

二媳:(唱)叫你二儿去参军,身体好,打仗能冲锋。

老二、二媳:(齐唱)对对对,打仗能冲锋。

大媳:(唱)叫你大儿去参军,有主意,打仗赛孔明。

老大、大媳:(齐唱)对对对,打仗赛孔明。

众:叫我去! 叫你×儿去!

(吵成一团)(老汉上)

(一五)(慢板)

汉:(唱)刚才到了区政府,决定了两桩大事情,第一件担架要快快发动,第二件送子去参军,嘿呀吗嘿嘿,担架要快快发动嘿呀吗嘿嘿,送子去参军。(进房内,群起立相迎)

众:爹回来啦!

汉：嗯。（四下一看）老三还没有回来？

婆：没有。

汉：天都半后晌了，怎么他还不回来？

婆：一定是割完了靰鞡草又打兔子去了，他心老是想着打上几个兔子，今年冬天给你父子们每人都戴上个皮帽子呢。

汉：我说的那事你们商量了没有？

婆：（唠唠叨叨的）咻！商量了半后晌啦，老大说他受过反动派的害，他要报仇去，大媳妇同意了。老二说他叫"中央胡子"欺负了，也要参军去，二媳妇也同意哩。老三没在家……

三媳：他没在家我不也是替他说话了嘛。

四媳：（抢说）我不是也说话了吗！

婆：对，对！三媳妇四媳妇都替男人说话了，可是老四是我的老儿子，我看……

汉：瞧，你瞎鼓动了半天也没有说出个究竟来，大家到底叫谁去呢？

四媳：爹说得对，我们就是瞎鼓动了半后晌，也没弄出个结果来，你老人家一句话决个定就算了，反正弟兄四个都愿意去，叫你四儿去你看怎么样？

二媳：不对，爹，叫你二儿去！

三媳、老大、大媳、老二：（同时）叫我去，我去！（或"叫你×儿去！"）

汉：嗳！（威严的，众不敢作声了）

　　（一六）（稍快）

汉：（唱）别胡乱叫喊，你们个个要参军，结果谁也去不成，争了半天耽误事情，还是由我来决定，还是由我来决定！

四媳：（稍停）爹说得对。我可没有乱叫喊，我看还是叫你四儿子去好。

汉:(略怒)嗯!(吓得四媳退了一步)(稍停)蒋介石过去把咱东北
　丢了不要了,老百姓活活受了十四年的罪,可是如今东北自从共
　产党来了,老百姓翻了身,有了房子也有了土地,穷人有了命根
　子,又掌握印把子了,可他又调了大军来打咱们,咱们要保护命
　根子、印把子,就得有枪杆子,咱们穷人要不拿起枪杆子来,分的
　房子和田地,等反动派打来了,还是会拿回去的,所以咱们就要
　参加军队打反动派。

众:爹说得对!

汉:咱这当兵可是当咱穷人自个儿的兵,是为了打蒋介石保护自己
　生命财产,可不是给别人当兵呀。

老大、老二:爹! 这些我知道。

汉:二儿媳妇,给你男人拾掇拾掇衣裳,再准备上个被子,(向二儿)
　唔! 老二,今天天不黑你就带上东西到自卫队连部去集合,记
　下啦?

老二:(高兴)记住啦!

二媳:四兄弟媳妇,你看!(伸出大拇指自示得意)(对夫)快走!

　　(二人跨出了门)

　　(一七)(快)

老二:(唱)我爹选我去参军,(二夫妻齐)真光荣哎呀真光荣。

二媳:(唱)我爹选他去参军,(二夫妻齐)真光荣哎呀真光荣。

汉:你们都回个人房子去吧。

　　(儿子媳妇们陆续外出)

老大:唔! 你说咱爹为什么不叫我去呢?

大媳:没啥说头,爹叫谁去谁就去呗。(下)

　　(四媳与三媳边走边讲)

四媳：三嫂，你怎么不帮我说话呢？

三媳：咦！我还敢帮你说话。跟你说，一来因为你是才过门的新媳妇，二来因为你娘家的爹是农会主任，受人恭敬，咱爹给你留个脸面，要不是咱爹可要好好教训你一顿呢。

四媳：你看咱二嫂那副神气，我就不服她，我看咱二哥参军去就不如你四弟去好。（走了几步）

汉：（叫）三儿媳妇！

三媳：爹！

汉：老三回来叫他到我这里来！

三媳：知道啦。

四媳：（低声地）喂！三嫂！你说咱爹叫二哥去参军，不是说到区政府集合吗，为啥叫他到自卫队连部集合呢？

三媳：（也有点不肯定地）怕是区政府和自卫队连部在一起吧！

（老婆走出来）

婆：三儿媳妇！你们二哥明个就去参军，今天的饭做好些，炒上点肉，再烙上些饼！

三媳：是哩！（与四媳同下）（老婆走回）

第二场

（老婆坐炕上）（老汉拿口袋装米）

婆：你装米做啥？

（老汉埋头装米）

婆：他去参军还用带米吗？

汉：不是。

婆：他走在路上也用不着带米呀，区政府离咱屯才二十来里路，一会就走到了。

（老汉紧张装米，又将碗筷装在米袋中）

婆：我说的话你听见了没有？怎么又把碗筷也装起来啦？

（下炕，走过来）

汉：嘿！瞧你瞎嚷嚷个啥，不知道的事就不要问。（老汉上炕拿被子）

婆：哎哟！你又拿被子做啥？

汉：看你啰唆个啥！

婆：（急）怎么啦，你不打算过啦是不是？（一把抓住被子，二人扯来扯去）

（一八）（快板）

婆：（唱）老头子，你快快给我言传，是不是咱们家就要逃难？

婆：哎呀！你快给我说，是不是反动派就要打过来，咱们要逃难呀？

（四媳这时走上，听见屋里争吵，就躲在门外偷听）

汉：不是！

（一九）

汉：（唱）刚才到了区政府，决定了两桩大事情，第一件担架要快快发动，第二件送子去参军，嘿呀吗嘿嘿，担架要快快发动，嘿呀吗嘿嘿，送子去参军。

汉：是要组织担架队，去抬伤兵去！

婆：那我问你，你为什么不早说，看你又装米又拿铺盖，我还以为是反动派打过来呢。

汉：这！这哪里话，咱们前线净打胜仗，反动派还能打过来？

婆：那到底是怎么回事呀？

汉：这几天前线打得很紧，咱们的伤兵明天上午就下来了，各区都要赶紧组织担架队抬伤兵去，我从区政府回来，到村长那里去了一下，看见这几天村里公事忙，我就说我来帮忙，不能做重活，跑跑腿的事总还能做，村长就答应了，所以我今天天不黑就要赶到。

婆：你着急啥，等你二儿子明天走了你再去吧。

汉：老二是自卫队，明天天一亮就到自卫队连部去集合，连长带他们抬伤兵去。

婆：你是叫老二抬担架去呀？

汉：对啦。

婆：不是叫他参军去吗？

汉：谁叫他参军来？

四媳：（旁白）我可猜对了，我说嘛，去参军还用到自卫队连部去集合！我再听听看是叫谁去。

婆：咿！那你打算叫谁去呀？

汉：你等我捆好行李，再跟你商量。（捆好）咱们先从小的讨论起。

婆：咱们先从老三讨论起，反正我不叫老儿子离开我。

汉：咱们一个一个地讨论，讨论得周周到到的，看到底是谁去合适。

婆：那你就先说。

汉：你听着！（唱）

（二十）（慢中板）

汉：（唱）咱老四是一个拦羊孩子，在家里只看羊，再不做啥，假若是咱老四送去参军，不耽搁家务事，不误庄稼。

婆：老四参军去，倒是不耽误庄稼，可是咱分的那几十只羊谁放呀？

四媳：（旁白）我早计算好了，若是叫他去参军，他放的羊赶到我娘家羊群里，叫我娘家兄弟给捎带子就放上。对！我就进去说说，（又缩回来）咿！我进去一说，爹不是就知道我偷听他们的话

了吗。(退回)

婆:还是不叫老四去好,他去了羊没办法。

汉:有办法嘛！把羊赶到他老丈人家,叫他小舅子给捎带子就放了。

四媳:好计划！好计划！

婆:不行！说啥也不叫老儿子去！

四媳:咿！老婆子真是个死脑瓜子！

汉:能行！

婆:不行！

汉:行,行！我说行就行！

　　(婆不作声了)

四媳:(喜)好好,我就知道爹是叫老四去,我赶快回去给他拾掇东西
　　　去,哼！我看二嫂再高兴,非气他一下不可,哈哈……(笑
　　　着下)

汉:可是咱先不做决定,再说咱老三,看他参军去合适不合适。

婆:你说吧。

汉:(唱)(曲子及乐器如前十九)

　　咱老三,真能干,彪雄大汉,

　　身体壮,又年轻,都合条件,

　　最大的,好本领,他能放枪,

　　要打哪,就打哪,枪不空放。

婆:他打枪打得准,参军一定是个好枪手。

汉:那咱再讨论讨论老二。

婆:你说吧。

　　(二一)

汉:(唱)咱老二,腿脚长,走路似箭。

婆：（白）老二腿长，走路走得快。

汉：（唱）打胜仗，杀敌人，一定在先。

婆：（白）他参军那也能行哩！

汉：（白）那再说说老大。（唱）咱老大，三十多，办事稳重，又忠厚，又老实，是个好兵。

婆：老大也行哩，你看不是我老婆自个夸口，我养的儿就没有一个赖的。

汉：个个都好，那到底叫谁去呀？

婆：你说吧。

汉：你说吧。

婆：今天你是怎么啦？还是你说吧！

汉：你先说说我听听，看和我想的一样不一样。

婆：（思虑）老大、老二、老三……还是你说吧！

汉：对！那你就先听我说！（唱）

（二二）

汉：（唱）四个儿全都是年青好汉，讲打仗，论参军，要算老三，身体强，会打枪，又能骑马，上战场，杀敌人，他有办法。

婆：（白）对着！

（二三）

婆：（唱）咱老三，会骑马，又会放枪，上战场，杀敌人，必打胜仗。

汉：（唱）咱老三，会骑马，又会放枪，上战场，杀敌人，必打胜仗。

第三场

（二媳妇上，边缝边唱）

（二四）（慢中板）

二媳：（唱）紧摘线来快穿针，千针万针缝得紧，哎嗨哟，缝得紧，缝件褂子他穿呀上,给我爹妈报仇恨。

我的男人去参军,越思越想越光荣,哎嗨哟,越光荣,好汉参军打敌呀人,保卫家乡得太平。

四媳:(唱)紧纳底来快上帮,做好鞋子他穿上,哎嗨哟,他穿上,穿上鞋子走路呀快,打死那些反动派。

二媳:(白)(这段白在二媳唱完以上第一段词"报仇恨"后接讲,讲白时乐器反复轻奏)今年我娘家村里老百姓也都翻了身、分了地、分了房、成立了农会,可是"中央胡子"就到村里抢人,说我爹是通了共产党,不是好人,就把我爹打死了,又把我兄弟给抓走了,到现在一点音讯也没有,把我妈气得眼睛也哭瞎了,如今蒋介石又派军队来打咱们,我公公叫我男人去参军去,刚才我男人给我说,他参军去给我娘家人报仇,咿! 这一下可算出出这口气啦。(接唱上面第二段词)

(下面对话时,乐器可轻轻反复前曲)

四媳:二嫂! 你做衣裳做啥?(俏皮,讽刺)

二媳:(看她来意不对)不做啥。

四媳:你送二哥去参军是不是?

二媳:你知道嘛还要问。

四媳:咿! 瞧你送男人去参军,缝件衣裳费那么大的心思,缝得那么精,那么巧,你担心二哥把你忘了是不是!

二媳:你走开些!

四媳:(报复)可是我跟你说,你白费心事了,咱爹不是叫二哥参军去。

二媳:(惊)啊!

四媳:爹叫别人去,你白欢喜一场了!

二媳:你说叫谁去呀?

四媳:你看(示鞋)谁穿这对鞋,爹就叫谁去。(唱)

(二五)

四媳:(唱)谁穿这对新鞋子,谁参军哎呀谁参军。

　　　　他穿鞋子去参军,咱光荣哎呀咱光荣!

二媳:我知道你是撒谎来气我来啦,跟你说,爹怎么也不能叫老四参

　　　　军去。

四媳:(沉着)你说为啥不能?

二媳:他年纪小,才十七岁,在别人跟前他是个大人啦,可是在咱们

　　　　这些妈妈嫂嫂眼里头他还是个小孩子呢。

四媳:怎么年纪小就不能参军啦!

二媳:年纪小扛不动枪不说,他今年才十七岁,就合参军条件?!

四媳:不合参军条件,也不过只差一岁,你看呗,反正咱爹叫老四去。

二媳:爹不是叫老二去吗!

四媳:爹叫老四去!

二媳:叫老二去!

四媳:叫老四去!

　　　　(二人争个不休)

　　　　(大嫂、三嫂上)

大媳、三媳:你们怎么吵起来啦?

二媳:(向大)大嫂,咱爹不是叫老二去参军去吗?可是老四家硬说

　　　　是叫老四去,我不信,她就和我吵。

大媳:新媳妇就敢和嫂子吵,这可真没规矩。

三媳:她是才过门的新媳妇,咱应该多包涵她点。(向四)你怎么就

　　　　和嫂子吵呢?

四媳:我跟她说,爹不是叫二哥参军去,是叫老四去,她一听就气得
　　　鼓鼓的。

二媳:别听她瞎说啦,爹要是不叫老二参军去,为什么还叫我给他拾
　　　掇铺盖呢?

四媳:那是去集合抬担架去,咱村的自卫队,农会都去呢。

大媳:你怎么知道的?

四媳:我……

二媳:你看她又在说瞎话了吧?!

四媳:瞎话,瞎话能说得这么周到!

二媳:那你说是怎么知道的?(四退一步)

大媳:你怎么知道的?(四又退一步)

三媳:真的,你怎么知道的?(四又退一步)

　　　(四媳下,三个嫂子跟下)

二媳:你说呀,你怎么知道的?

大媳、三媳:你说呀,到底你怎么知道的?

二媳:你说咱爹到底叫谁去参军?

第四场

　　　(外二儿声:噢! 老三! 你怎么这会才回来? 快把草叫我给你
背上吧)

　　　(三儿上,拿着一只兔子一只野鸡,手里又提着土枪,腰挂着火
药口袋)

　　　(二六)(快板)

老三:(唱)老三胆子壮呀,从小就爱耍长枪,我的枪儿打得准呀,瞄
　　　准瞄准瞄准瞄准,一枪一个不空放。

反动派一心要把东北占,打兔子好比打反动派,打呀打呀打呀
打呀,要送他一命见阎王。

（老二背着老三割的靰鞡草上）

（二七）（中板）

老二：（唱）东北出三宝,人参貂皮靰呀靰鞡草,泥河边上长得好,挥
动镰刀,一把一把,老三割得真呀真不少。

老二、老三：（唱）靰鞡草用处大,庄稼人把它割呀割回家,晒干捆好
过冬用,又能垫铺,又能装鞋,庄稼人可离不了它。

老二：老三,你今天割的靰鞡草可真不少,都是这么长的,这个兔儿
和野鸡也都是胖胖的呢。（老汉迎上）看! 咱爹也来找你
来啦!

汉：老三,你回来了,你快回家去换换衣裳,吃了饭叫你大哥送你到
区政府里去。

老三：干啥呀?

汉：参军去。

老三：对!（高兴地）

老二：爹! 你不是叫我去……

汉：你是抬担架去,明天一早你就到自卫队连部集合,你们连长带你
们一块去,（对三）快走,吃了饭就叫你大哥快送你去,这事可是
迟不得的呵!

老三：知道啦!（老汉、老二同下）

（二八）

老三：（唱）我爹叫我去参军,真高兴哎嘿嘿真高兴。

我去参军上前线,打老蒋哎嘿嘿打老蒋。（高兴,扭着下）

第五场

（三媳妇走到台中,被四媳叫住）

四媳:三嫂！三嫂！

三媳:四兄弟媳妇,做啥?

四媳:你把这双鞋给三哥带上吧,三哥的脚跟四兄弟的脚差不多少。

三媳:不要,他去参军还能没鞋穿吗。

四媳:(硬给放手中)你给他带去吧。

（二媳由对面上）

二媳:三妹子！

三媳:二嫂！

二媳:把这件褂子给老三带上。

三媳:不要,他参了军公家会发给他衣裳,不要。

二媳:衣裳不怕多,(硬给她)带去吧,带去吧。

四媳:二嫂！咱俩争了半天,光荣给三嫂得去了。

二媳:老三参军咱们也光荣。（又对四媳)再说你二哥虽然没有当上
正规军,可是他还是个自卫队呢,咱老四连个自卫队也没
当上。

四媳:(瞪了一眼,心中有点不快)你就说吧！

三媳:嗳！咱老四明年十八了,就能当上自卫队了。

四媳:咱爹说了,三哥参军去了,明年地里的活交给你四兄弟照管,
他放的几十只羊赶到我娘家羊群里去,叫我兄弟捎带着放上。

二媳:你提起这个来,我倒想起来了,以前咱们地没地,牛没牛,一年
给人家扛活,连饭都吃不饱,如今地自家的了,牛也有了,明年
咱们一家好好种,咱的光景就过好了,以前咱们就连梦也梦不

到有今天呀!

三媳:老三去参军,二哥去抬担架,咱爹又到村公所去帮助工作,嗳呀,咱们一家人都光荣。

三人对笑:哈哈哈……

　　(老汉背着被子上)

汉:我就走了,(对二媳)明天早起可叫你男人快去集合,抬担架跟参军可是一样重要啊!

二媳:知道啦。

汉:(对三媳)叫你男人快去,叫你大哥送他到区政府里去。

三媳:知道了。

　　(老汉下。三人看着老汉下互相看了一下,嗤的一下都笑了。下)

　　(屯长拿着大红花急忙忙上)

屯:唉……参军的集合啰……

　　(老三、老二拿一小包袱,老大背行李,众随后上。屯长把大红花挂在老三前)

　　(乐队以快速度奏"二七"曲多次,并加打击乐器,后台配以欢呼声、口号声)

　　(二九)(稍缓)

婆:(唱)好孩子,我问你,你去参军为了啥哟?

老三:(唱)武装保卫咱们家,敌人来了咱就打!

众:(齐唱)对,敌人来了咱就打,武装保卫咱们家,保卫咱们胜利的果实,保卫婆媳和小孩。

三媳:(唱)欢送你去参军,保卫咱们的好光景哟。

众:(齐唱)欢送呵欢送,解放军是老百姓的子弟兵,欢送呵欢送,老百姓是全东北的主人,东北是咱们的家,儿子是命疙瘩,拿出命疙瘩,保卫咱们家,反动派的进攻要坚决打垮,反动派的进攻要坚决打垮。

欢送呵欢送,解放军是老百姓的子弟兵,欢送呵欢送,老百姓是全东北的主人,军队在前方打仗,老百姓紧跟上,前方和后方工作都一样,最后的胜利必归咱们,最后的胜利必归咱们。

(最后的主题歌,第一段词齐唱,第二段词二部轮唱)

(全剧终)

哈尔滨光华书店 1948 年 7 月初版

◇于永宽　鲁亚农

喜　报

时间：冬天。

地点：北满解放区德胜屯。

人物：（以先后出场为序）

　　　王琦——担架队员，四十来岁。

　　　刘玉山——担架队员，二十多岁。

　　　陈母——军属，四十多岁。

　　　县政府代表——三十岁。

　　　秧歌队。

开场：锣鼓后，王琦、刘玉山上场。

　　　（快板）

刘：出了担架上前线

王：大小的事情都看见

刘：从东走到西

王：打了吉林又到彰武县

刘：解放军

王：真英勇

刘：百战百胜打的歼灭战

王：国民党

刘：真熊包

王：一打就被消灭完

刘："中央军"一步一步往后退

王：解放军一步一步往前赶

　　担架任务完

刘：咱俩就往回转

王：前方打了大胜仗

刘：咱们到处去宣传

王：眼看国民党要完了蛋

刘：咱们后方翻身要彻底干

合：彻底干

王：老刘兄弟，这回咱们到前方长了不老少见识，得把这些事跟大伙
　　宣传宣传。

刘：对，咱俩在前方，看见咱们屯的陈富立了大功，这回咱们担架在
　　县里开会，看见陈富的喜报也捎来了，咱俩给他妈送个信去。

王：对，说走就走哇。

　　（文咳咳调）

王：咱到前方出担架

刘：赶上秋季大反攻

王：攻打吉林团山子

刘：打下团山子困住吉林城

王:"中央军"扔下了美国枪和炮

刘:武装了人民解放军

王:打到了吉林城外菜园地

刘:转圈围住了吉林城

　　（转武咳咳调）

王:队伍跟担架拔铁路

刘:破了那铁路要断他交通

王:他盼望救兵来不了

　　来了在半道上就消灭干净

　　城里人无粮食马无草

　　走投无路没有救兵

　　十冬腊月天气冷

　　冻得那"中央军"龇牙咧嘴直哼哼

　　吉林城变成了活地狱

　　下晚黑咕隆咚没电灯

　　城外火车走不远

　　只能城北走到城东

　　铁道只剩下十五里

　　火车拉鼻不是好声

　　国民党想跑跑不了

　　活活困住了这些王八龟孙

　　"中央军"那些坏事咱不细讲

　　不觉地来到了老陈家大门（落板）

王:到了,（拍门）开门哪。

　　（陈母上场唱,曲附后）

陈:年前陈富去参军

　　骑着大马挂着红

　　我送他入营心喜欢

　　解放军是咱们的子弟兵

　　转眼日子过得快

　　一晃过了半年零

　　天长日久不见面

　　惦着他热来又怕他冷

　　忽听门外有人叫

　　急急忙忙开开了门

　　（王琦、刘玉山进门）

王:老陈大嫂,你大喜啊。

陈:我有啥喜的呀?

刘:陈富在前方立了大功啦,这还不喜吗?

陈:怎的,你们看见陈富啦? 他在哪立的功,你快说说。

王:你听着（胡胡腔调）

　　上级下命令

刘:哎,发动了那冬季大反攻

　　解放大军齐出动

　　要去攻打彰武县城

　　担架跟着队伍走

　　走了一程又是一程

　　（转武咳咳调）

陈:咱们仗打得怎么样

　　队伍上可有多少人

王：顺着电道往前走

　　多宽的道来多宽的兵

　　不知队伍有多少

　　就像草梢密密层层

　　抬头我往前边看

　　瞅不见二十里外队伍头里的兵

　　回头我就往后看

　　后边的大队数不清

陈：那些兵怎么把仗打

　　怎么上阵去交兵

　　使的武器好不好

　　为什么仗仗都打得赢

王：听我对你说

　　（流水板）

　　头层兵，头层兵是步兵

　　唰唰唰的脚步声

　　三八大盖扛在肩

　　缴来的美国武器打冲锋

陈：步兵我都看见过

　　你说还有什么兵

刘：二层兵，是骑兵

　　马跑尘土飞在空

　　一队一队跑得快

　　马上坐的是骑兵

　　骑兵大队刚过去

炮兵就在后边行

不知大炮有多少

只听得呼隆呼隆像雷声

要问大炮有多大

没有六匹牲口拉不动

王：四层兵开的汽车队

装上炮弹炸药往上送

汽车开起来跑得快

"门儿妈儿""妈儿门儿"前后都是拉鼻声

王、刘：唰唰唰拍拉拉轰隆隆，

轰隆隆拍拉拉唰唰唰

声音震得辨不清

兵山兵海往前攻

（转小翻车调）

王：队伍来到了彰武县

刘：那天下晚要进攻

王：大炮摆得无其数

刘：一层一层又一层

王：头一个炮弹打过去

刘：后边的炮弹腾腾腾地不住声

王：这边的炮弹腾腾响

刘：落在那边轰隆隆

（快）

王：腾腾腾腾腾腾

刘：轰隆隆隆轰隆隆

王:炮弹打出一溜火

刘:炸得尘土飞在空

王:炸得烟气看不见

刘:爆炸手忙着把炸药送

王:只听得轰隆轰隆连声响

刘:炸得刺儿鬼铁丝网飞在半悬空

王:机关枪一旁来掩护

刘:咱们的队伍往上冲

陈:到底打没打进去

刘:不用着急慢慢听

　　二十分钟冲进了城

王:队伍冲进了彰武县

刘:担架就在后面跟

陈:进城我儿去没去

　　打死了多少"中央军"

王:正走之间抬头看

　　看见陈富跟着同志去冲锋

　　冲到大街地堡前

　　只听呼隆响一声

陈:我儿炸坏没炸坏

刘:不用害怕你放心,那本是陈富的手榴弹往里扔,炸得"中央军"直
　　哼哼

王:陈富喊着快交枪,别替老蒋白送命,里边的"中央军"吓破胆

王、刘:他把机枪"出溜""出溜"往外扔

王:活捉俘虏十几个

刘：高高兴兴回了营

　　（转慢）

陈：咱们放复了彰武县

王、刘：开仓放粮救了老百姓

陈：咱们打了大胜仗

王、刘：队伍展开大评功

王：陈富挂上了英雄牌

刘：队伍上给他记了一大功

　　队伍开了庆功会

　　首长给他把酒斟

　　陈富喝酒真高兴

　　同志们给他把花带

　　你看光荣不光荣

　　（转文咳咳调）

陈：陈富他在家"老实巴交"

　　这回在前方"出息"了人

陈：我怕他在外边得了病

　　没曾想他做了

王、刘：（接唱）人民功臣

陈：我问他吃得穿得好不好

王：他傻大黑粗穿上军装真威风

陈：在队上跟咱家有啥不一样

王：练兵习武念书认字打仗的本事样样精通

陈：你们见面说没说话

　　他有没口信捎到家中

王：有啊

（转武咳咳调）

王、刘：战斗完了往回走

陈富托我们把口信捎到家中

王：他说，我翻身参加了解放军

扛起枪杆保翻身

保护咱们分的房子地

也为了解放蒋管区的老百姓

我在战场立下功劳

往后我还要多多立功

跟着队伍往关里打

活捉蒋介石在南京

我在队伍上实心实意干

妈妈你在家只管放心

这本是陈富捎回来的信

没落下一字一句对你说清

（转文咳咳调）

陈：听了你们这一片话

如同看见他的本人

这块石头我算落了地

王、刘：老陈大嫂放了心

陈富在前方他把大功立

陈：儿光荣来娘也光荣

刘：立功的战士真荣耀

王：前方把喜报送到你家中

陈：（白）喜报啥样啊？

（转武咳咳调）

刘：部队给你来报喜

一张喜报送到家中

陈富在那立的功劳

喜报上边写得清

喜报上描上了八个红字

一人立功全家光荣

镶的那镜框银色的边

镶上那玻璃亮又明

上边画的领袖像

朱德司令毛泽东

（这时，外面锣鼓喇叭声响，王琦出门看）

王：啊呀，说着说着喜报就给送来了。

（秧歌队欢腾地舞着上，前面二人拿着喜报和光荣匾，后面有拿礼物的）

（县政府代表，恭敬地走到陈母跟前）

代：老陈大娘，你儿子在前方立下大功了，这是咱们全县的光荣，我代表县长向你道喜啊。（敬礼）

（秧歌队唱，曲附后）

秧歌队唱

大红的花朵戴在胸

英雄的家属真光荣

县政府送来了光荣匾

喜报上面记大功

青布和棉花做棉袍

农民会的礼轻人意重

送来胰子和手巾

吹吹打打送到家中

（完）

东北书店 1948 年 12 月

◇大成　恩奇

老雇农杨树山

第一回　刨穷根

四十二年好苦情,身由中农变雇农,

父子兄弟被逼散,地主就是害人精。

(唱)说得是:

青县城西罗家庄,有一个穷人本姓杨,名叫树山六十一岁,做长工四十二载好惨伤。要问他为何受苦四十二载,列位不知听端详:他幼年光景本不坏,他家有三十六亩地呀八间房,哥儿们排行他是老二,弟弟树合哥哥树堂,那时节家中有人十一口,有吃有穿家道小康。不料想光绪年间闹大水,大水淹了罗家庄,高粱棒子长得好,淹在水里没上场,吃糠咽菜苦度日,春天来到愁得慌,万般出在无计奈,树山出门把活扛,年纪刚刚十几岁,挑起水来直晃荡。财主一见心好恼,骂声小山你好浪当,吃我喝我你不掏劲,你小子安的什么心肠。最可惨,好悲伤,身子有病也得把活干,拧眉瞪眼暗自叫娘。

树山受苦咱且不表,扭头再说皮家庄。皮家庄有一个周地主,周绍锡的名字远近扬,骡马成群三百亩地,一年不离大烟枪。民国十三年闹兵变,大兵来到皮家庄,车马草料按地派,绍锡一见发了慌。独自一人床上躺,抽着大烟想主张。吸口烟来吐口雾,一个烟圈上房梁,喷云吐雾连三斗,一条妙计想在心上。差人去把大舅子请,不多时罗家庄的地主郑德元骑马来到皮家庄。妹夫大舅子见了面,先茶后酒细商量,周绍锡如此这般讲了一遍,郑德元点头称赞好主张。德元开言把妹夫叫:孩子他姑父听端详,这个差事交给了我,管叫你坐享富贵喜洋洋。德元告辞回家转,罗家庄去把乡亲诳。

有一天郑德元吃罢早饭往外走,迈步走进杨家房。财主进门穷人害怕,全家大小发了慌,拿笤帚,忙扫炕,口尊郑爷你老安康。郑德元一屁股坐在炕头上,叫声老杨听端详:恭喜恭喜真恭喜,你家要过好时光。杨家男女低头想:野猫子进宅不大吉祥。德元紧接开言道:皮家庄我妹夫有些好地找佃庄,租佃关系真公道,对半纳差对半分粮,八段好地一顷二十亩,旱涝得收有保障。每亩打粮一石整,六十石粮食你家装。谷满圈、豆满仓,一年存下二年粮。一种种上六年整,你又娶媳妇又盖房。杨家说:郑爷哟,你说这话倒是好,俺家没吃的哪有力量。郑德元开言道:我妹夫这人可好心肠,给你家买上一匹马,要借粮食随便装,打着灯笼遍地走,哪有好事像这桩。我郑德元从小没说过谎,管保你家上不了当。郑德元花言巧语说了一遍,哄信了穷人本姓杨。周绍锡定下了牢笼计,郑德元当了引鱼的郎,杨家租了周家的地,从此倒霉不寻常。民国十四年把地种,杨家搬到了皮家庄。哥俩下地去一望,遍地荒草一尺多长,开荒种地长不好,一亩打了三斗粮。八月中秋那一晌,周绍锡来到打粮的场,先装粮食整十石,扣了杨家借的粮。杨家一见开言道:口尊周爷听端详,春天俺借粮五石整,为什么扣俺十石粮?周绍锡闻听哈哈笑,黑牙一龇开了腔:春天粮价八毛整,现在没有三毛五分的好高粱,一东一伙咱们是朋友,四毛合价你沾光。杨家一听心发冷,激灵灵从头凉到脚跟上。簸箕木斗叮当响,从根到尖上接着装,刮斗以前晃三晃,佃户吃亏不寻常。整袋粮食往周家扛,口袋上的大字是宝善堂,地主扛走二十石,佃户落了连糠带秕十石粮。地了场光把账算,算盘子一打响叮当,人工花销全算上,老杨家赔上了叮叮叮、当当当、又白又亮又沉又重的五百现大洋。

辛辛苦苦的一年整,春天没吃的还得借粮。借一还二加倍利,这个损失没法补偿。万般出于无计奈,加紧生产多打粮,树山辞活也不干了,他也搬到皮家庄。父子三人把地搂,三锄一按干得强,二百四的地头一腰到,贪黑磨晌两头不能见日光。高粱好、谷子壮,一家老少喜洋洋。不料想七月里下了半月雨,下涝了谷子和高粱。爹叫儿,儿叫娘,抱头相哭泪汪汪,虽说个粒没有见,六十亩的花销得缴上。无计奈何去借账,三分行息不寻常。种地种了十一年整,挨了饿,欠下了账,算了算又亏花销又亏粮,一笔一笔全算上,赔上了一匹黑驴、二十六亩地,还有八间泥坯房。

(白)杨树山家种了周绍锡的地,头一年借了周家的粮做本,到秋来被周绍锡一刨,里外一算,倒赔了五百现大洋,第二年杨树山活不干了,也回来一家子种周家的地,七月里赶上下大雨又涝了,弄得又赔了账。一连种了十一年,赔了一匹驴、二十六亩地,还有八间房。杨树山家的小日子就这样一年一年赔光了!

(唱)杨家种了周家的地,年年辛苦年年穷。房屋地土赔了个净,还塌了二百四十块的一个大窟窿,三分利,利滚利,越压越重,压得杨家好苦情。数九隆冬下大雪,老杨家没吃没穿怎么过冬?你说地主心多狠，要租讨债逼得凶，只逼得树山的弟弟下了天津卫，哥哥树堂下了关东。一家人天各一方失散了，丢下树山孤苦伶仃，万般出于无计奈，还给人家当长工，血汗白流五年整，这才填上了那个大窟窿。树山刚说喘口气，不料想，二十八年大水把人坑，皮家庄的庄稼全淹没，房根底下把船冲。地主一见发了水，把树山赶出了他的门庭。杨树山无吃无穿没房住，一家大小放悲声。真是叫天天不应，叫声地来地也不灵，大人哭，孩子喊，好不悲惨，杨树山仰天长叹好几声。树山的儿子小双，才十六，闻言又把爹娘称：眼下咱家难度日，我听说日本鬼子又占了县城，咱们家破国也破，为儿要少尽孝来多尽忠，我要当兵去抗日。树山连说我赞成，好孩子，你要当兵去抗日，千万别去当"中央兵"。"中央军队"像怂蛋，见了鬼子吓发了蒙。你要抗日去当八路，那才是为国救民的好英雄。你要当兵抗了日，千万多杀鬼子兵。家中事情别惦念，咱们穷人不会老受穷。

杨双抗日咱不表，再把树山明一明。没吃没住站不住脚，拉家带口讨饭为生，要一口来吃一口，要不了来束束腰，喝口凉水待到天明。他又到文安洼去把地梨打，地梨当饭把饥充，刨一碗来嚼一碗，刨半升来吃半升，生吃地梨拉不下屎，大人孩子肚子疼。大人凑合着度性命，几岁的孩子哪能行，草根当饭吃不饱，活活饿死了五岁的闺女叫焕生。要饭人连块破席也没有，把孩子的尸首扔在地梨坑，杨树山掉下伤心泪，杨大嫂躺在洼里放悲声。十人见了九人落泪，铁石人儿也伤情。杨树山咬牙跺脚把地主骂，害得俺杨家好苦情，日后我翻身转了运，定和你周贼把账清。

（白）且说杨树山给周绍锡种地，结果弄得家败人亡，好不凄惨。不由得他暗暗发恨，大骂地主无情，诸位明公听了，一定要问，杨树山既然知道是吃了地主周绍锡的苦，上了他的当，为什么当时不反抗,不和他说说理呢?

(唱)要问杨家为什么不反抗,明公不知听端详:论打架,杨家本来弟兄广,挡不住地主的五眼枪,要打官司去告状,那周绍锡上过法政大学堂,有钱有势谁敢惹?何况那国民党的县官个个贪赃,有理没钱是白闹,佃户准得坐班房。封建政权恨穷人不死,虐政杀人似虎狼。明公啊思一思来想一想,这样的社会应当不应当快改良?

第二回　大翻身

共产党八路军来到,人民见了光明,杨树山翻身把仇报,穷人们有了地种。

书接上回(唱)说的是:受苦受难的杨树山,讨饭度日好几年,三十三年落了水,大水一落地里干。落了旱塘能种地,杨树山带着妻子回到了皮家庄,还靠受苦来度日,只挣工资三千元,三千伪钞顶不了事,还不够买双布鞋穿。正在苦头像黄连,活该穷人把身翻,前年冬天真是好,八路军共产党来到这边,领导人民来抗日,增加工资实行合理担负,领导减租又减息,清算恶霸和汉奸,树山也斗出了十一亩地,自种自吃拿不着担负。虽说有了两段地,仍旧不够吃和穿,红契文书在地主的手,杨树山只能耕种没有所有权,地权还在地主手,树山心里不舒坦。杨树山心眼里暗打算,想起往事心发酸,想起受的苦和难,想起全家失散不团圆,仇深似海还没报,此仇不报心不甘,自己的家业都被地主占,反给他流汗这些年,他们吃的是我们穷人的饭,他霸占了我们的好庄田,他们享福我受罪,这事实在真够冤,今天有民主政府给做主,帮助人民把身翻,眼看报仇不算晚,翻身算账在今天。杨树山拿定了老主意,他找来了雇农、佃户、贫农一大班,你一言来我一语,多年的冤仇说不完。这个说:只因种了周家几亩地,自己赔上了好庄田。那个说:借了周家钱十块,利滚利来年赶年,房子地土全卖净,又给他扛活十几年。孙庆义本是个中农户,叫声大伙请听言:虽然我没租周家的地,可恨地主把地瞒,他瞒黑地毁了我,老大的花销替他摊,地主杀人用暗箭,不声不响地害了俺。树山说:只因种了周家的地,房粮地土全赔干,逼得俺全家老少失散了,闺女饿死好可怜。大家伙越说越恼越有气,咬牙跺脚喊连天,今天咱们要算账,报仇雪恨把身翻。

万里无云变晴的天,阵阵秋风不觉寒,阳光普照大地暖,正在八月二十三,翻身的队伍集合起来,大鼓敲得响连天,粗声暴气把口号喊,真好像倒海崩了山。喊的是:我们要把世道变,仇报仇来冤报冤,周绍锡霸占了俺的地,把俺的血汗都喝干,穷人们受气又挨饿,你小子吃鱼挂肉抽大烟,咱们今天算一算,多年的血债要你还。翻身的队伍声势大,撑破了街道震破了天,潮水一般往前走,来到周家大门前。大门以外高声喊,姓周的小子你听言:快快出来把账算,别等着丢人现眼找难看。叫的叫,喊的喊,翻身大队暂且不表,再把地主表一番。周绍锡小子真奸诈,真算诡计又多端,这几天闻听风不顺,他逃之天天在外边。周贼畏罪逃走了,丢下他妈把家看,周老婆正在房中坐,忽听门外喊声喧,伸手拿起龙头拐,叽留格登地来到门外边,开言又把乡亲叫,叫声大伙听我言:咱老辈少辈都不错,你们借粮有粮、借钱有钱,何必大嚷又大闹,可别让外人笑话咱,周老婆甜言蜜语往下讲,气得群众喊连天,胡说八道哄不了俺,今年比不得往上年,快叫你儿来把账算,你别啰啰唆唆耽误时间,周老婆子开言道:众位乡亲请听言,我儿出门把账要,已经出门好几天。群众闻听不急慢,咱们进去翻一翻。树山领头往里闯,里里外外全找遍,不见冤家在哪边,众人急得把脚跺,气坏了老头子杨树山,满想今天出口气,莫非这小子钻了天。周老婆见到群众不好惹,哆哆嗦嗦开了言:要种地来你们随便种,要使牲口棚里牵。众人闻听发了火,周老婆子你胡缠,你家是吃的俺们的饭,你家霸占了俺们的好庄田,不是我们把你的东西要,是你应该把账还,你家没有摇钱树,哪来的砖房好地和洋钱?周老婆子无话讲,叫声乡亲你听言:算账大家看着办吧,要房要地我不拦。群众又把文书要,周老婆子为了难,有心把文书交给大家伙,又怕儿子回来把脸翻,抬头心想一条计,叫声大伙请听言:文书匣子全埋烂,成了烂泥一大摊。群众闻听说不信,齐声呐喊把文书翻,说来人多事好办,搜出了文书好喜欢。这个说,有了把握咱慢慢算。那个说,不算清了不算完。这时迟、那时快,翻身的队伍向右转,又来到地主周绍锡的大门前。怎么样?喊破天。我有心一一说下去,事多嘴笨说不全,总而言之群众的斗争胜利了,算出了好地两项四十三,公平合理分配得好,杨树山分了王家坟上六亩半,他旱涝得收抗属占了先。现在他共有好地一十七亩半,另外还分了一明两暗的房三间,永远为业的文书拿在手,这一回有房有地有吃有了穿。

杨树山翻身转了运,思前想后好喜欢,当牛马、受苦难四十二载,可熬得今天把身翻,剃了头,刮一刮脸,虽说年纪六十一岁,觉着变成了十七八岁的一个青年,走起道来把胸脯腆,解放小曲不离嘴边。杨大嫂也参加了妇联会,生产劳动做宣传,老杨脱下了虱子袄,大人孩子都把新衣穿。焦黄的馎馎雪白的面,不缺油来不少盐。树山下地把活干,眼望着庄稼喜心间,棒子个个粗又大,高粱一望像红山,狗尾巴粗的黄谷穗,山药花生样样全。老杨越看越欢喜,这才叫真正把身翻。四十二年白给人家干,今天干活才是为了咱。打了粮食自己要,谁还敢分我多半边?永远忘不了共产党,忘不了毛主席领导咱,我老杨要不是共产党,做梦也想不到有今天。杨树山干罢活儿回家转,走来了村级干部一大班,每人扛着一袋米,优抗主任在最前,开言他把老杨叫:给你送来了八百斤优抗小米黄又干,这是八年的优抗粮补还前欠,杨双抗日功劳大,一气出去整八年。有了困难你就说话,我们负责办周全。老杨说:求你们给小双写封信,叫他积极作战把心安,如今老蒋又捣乱,告诉他不打败老蒋别把家还。

杨树山把身翻,翻了个透,他当了抗属代表、公会小组长(啊)!一家四口有房、有地、有吃、有住又有穿,丰衣足食,多幸福,快乐生活万万年。

选自《老雇农杨树山·平鹰坟》,东北书店 1947 年 12 月初版

◇ 大粪合作社

穷汉岭①

为什么要演出《穷汉岭》(代序)

方冰　白玉江

去年八月里,大粪合作社的几个人——孙树贵、殷树莱、张全义等说:"我们也成立起一个剧团,演几块戏不好吗?"大家伙很同意。

自从前年讲理清算,组织生产,成立大粪合作社以后,大粪合作社的人算是真正翻了身了,吃饱了,穿暖了,自然大家想弄点玩意儿。当初只不过是想来文化娱乐一下,并没有什么其他的目的。恰好那时关东社教团的一个工作队来到寺儿沟工作,得到他们的帮助,就真的搞起来了。

去年正月里,大家看过春生街西坊剧团演出的《吴大狼》,看过以后,大家说"我们的戏演出来要比他们的有意思得多哩"。现在谈

---

① 本剧由白玉江、孙树贵、赵慧深、田稼执笔。

到演什么,大家就想起春生街西坊剧团演出的《吴大狼》来。而且大家都是大老粗,大老粗从来只知道弯着腰干活受苦,不管别人的事,也不知道别人的事,演别人的戏是不成的,演外国的戏更不成了,于是只好演自己的戏。几十年来,大家——穷汉岭的老百姓——在敌人及汉奸狗腿子徐峰云、齐世陞……的压迫下,吃尽了苦头。"八·一五"以后,大家在民主政府的领导下翻了身,报了仇,日子过好了,这真是一出有血、有泪、有哭、有笑的动人的好戏,于是大家就决定演自己的戏。

为了不妨碍生产,起初只打算小搞,从徐峰云、齐世陞过去许多熊人的事情里,捡出几段比较精彩的,连起来,起了一个总的名字,叫作《祭瘟神》。这时候,就不单是为了文化娱乐了。一面编、一面排,都是以大粪合作社的人为主,排了十来天,排得很好,引了很多人来看,江厅长也来了,嘱咐说:应该很好地搞搞,多花一些力量,当作一个群众创作的方向来试试。我们正想多找几个人,多找一些材料,但因征粮工作,关东社教团的同志忽然接到命令要到乡下去做征收工作,走了主要的帮手与指导者,没有办法,只好停下来了。

一停就停了将近两个月。十一月初教育厅专门委派了赵慧深、田稼两同志来到大粪合作社,并且把行李也搬来了,下定决心,要把这个戏搞好。有了这么两个热心的名手做指导,于是大家的热情又鼓起来了。

材料搜集好了,写出提纲,经过详细讨论,觉得前面太重,后面太轻,主要的是暴露徐峰云、齐世陞等的罪恶了,翻身的情形写得太少,应该加强后面,叫老百姓从这个戏里清楚地认识到自己从苦到甜的这一全段路。于是一面排,一面编,一面修改,全体演员将近两个月的努力,戏现在上演了。因为《祭瘟神》的名字已不适合,遂改成《穷汉岭》。

从这个戏里大家可以看到：日本帝国主义怎样利用中国人来统治中国人；汉奸狗腿子徐峰云、齐世陞等怎样仗着他们的洋爸爸——日本人的势力，压榨穷苦的中国同胞发家；中国穷苦同胞怎样在日本帝国主义及汉奸狗腿子徐峰云、齐世陞等的压榨下过着地狱般的生活；"八·一五"以后，齐世陞等怎样摇身一变，钻民主政府的空子，又当上了坊长，继续欺压人民；人民怎样在民主政府的领导下认识了自己的力量，团结起来把徐峰云、齐世陞等汉奸狗腿子打倒，自己真正当了主人。

这个戏教育过去当过汉奸狗腿子的那些坏家伙们，赶快悔过自新，向老百姓赎罪，不然老百姓是不会轻轻放过去的。同时也教育老百姓，认识自己的力量，团结起来，翻身做主人，才能过好日子，要警惕在我们的队伍里还隐藏着过去喝我们血的那些坏家伙，在破坏我们，做反动的内应——这就是要演出《穷汉岭》的真正目的。

时间："八·一五"前两年多至苏军解放大连后一年多这中间的
    一段。

地点：大连东沟穷汉岭下的老虎屯。

人物：（以发言先后为序，并注简称）

    小孩甲、乙（甲、乙）

    老杜（杜）

    老范（范）

    许老妈妈（妈）

    许子（许）

    许女（女）

    老王头（王）

王老婆（婆）

齐世陞（齐）

工头老王（头）

穷朋友（穷）

徐峰云（徐）

徐妻（妻）

童仆（仆）

巡捕（巡）

马大爷（马）

刘景堂（刘）

魏化南（魏）

老范的朋友（友）

高老妈妈（高）

老隋（隋）

日兵三人

劳工一群

妇女儿童一群

抬花轿的，吹鼓手，提红灯笼的……

群众若干

老道头儿（道）

老道四人

白玉江（白）

工作队员（工）

第一幕

第一场

景:老虎屯的一角(外景),很多乱七八糟的破房子,它们是用破草包烂铁皮等等东西搭架起来的,叫人一看就知道是一个最穷苦的贫民窟。

幕:傍晚时分,天上有晚霞,正是深秋的时候。老杜在钉着一个草房子,他的两个儿子(甲、乙)在地下打弹子玩。另一边许子也在钉着房子,许老妈妈在洗衣服。

（不时有放工回来的人穿场而过）

甲:不动、不高、不让乎!（这是小孩打弹子的俗语）

乙:全带的!

（甲打弹,打响了）

甲:响了!

乙:(故意不看,放赖)响了么? 我怎么没看见。

甲:不行赖的。

乙:谁赖啦?!

甲:(要去拿他打赢的弹子,乙不许,打起来)赖疤子!

（二人边打边吵,一不小心,推到他父亲身上）

杜:小杂种,起开这个地方,挡碍扒拉脚,吃饱了撑的,不知大人心里什么滋味。

（小孩起开。老范上）

范:杜大爷! 你在那里拾掇房子么?

杜:不拾掇怎么着住啊,你干活才回来了么?

范：早住下了，我打新京来了个朋友，我到火车站去，迎朋友去来。

杜：噢……

（范下场）

妈：(回头看看抓住屋顶上钉房子的儿子)快钉吧，不要叫他们看着，回头又给咱扒啦。

（叹气)唉！我说不闯大连吧，您偏要闯大连，不听老人的话啊，你看看，来到这个大连，下晚连个睡觉的地场都没有。你看看，刚盖起个房子，巡捕来了就给咱扒啦。

许：(停下活儿)人家都说大连街好哩，谁知道是这样，要早知道这个样，饿死在海南家里也不来闯大连。

妈：您不是不听老人的话么，您要是听老人的话哪能到这一步田地呀！

许：(火了，把钉锤一摔)人家干活干得怪累的，你别吵吵了。

杜：(上前劝他母子俩)许大嫂，您和孩子们吵吵什么，已经来都来啦，有什么法子，光这个穷日子就够你过的啦，少说两句吧。

妈：唉……您杜大爷呀，您不知道，他们就是不听我的话，把我都气糊涂了，他们要是早听我的话，哪能到这步田地哩。

杜：好啦好啦，不要吵吵了，好歹拉拔这两个孩子慢慢地过吧。

（杜与许继续钉房子，许女出现在门口）

女：娘，那个墙怎么着糊啊？

妈：还糊个什么，就那样吧。

女：不糊还好看么？

妈：好看？要好看干什么？一会人家来了就给咱扒了。

女：(跺脚)扒就扒吧，扒我也糊。（转身欲下）

妈：回来，把我洗的这个衣裳拿去晾晾去。

116

（女回来在洗衣盆里把手上的糨糊洗干净）

妈：（又疼爱又气愤地）我成天就叫您两个龟羔子把我气死了。

（女端着衣服下）

（山坡上的草棚子里钻出一个老头，嘴上叼着烟袋，这是王老头）

王：（慢悠悠地）杜大弟呀，你又在那里忙活了。

杜：不忙活怎么哪，不忙活哪有地方住？

王：（叮嘱）你光忙活不要紧，要好好地长点眼色留心看着点，来了巡捕好跑啊！

杜：我知道。

（王向街上走去）

妈：唉……还是穷人知道穷人的苦处啊！

王：许大嫂，咱都是一样的。

（王老婆从屋子里出来站在坡上大声地说话）

婆：（向王）你又得上哪？饭都做好了，你成天都不在家，没闲住的时候。

王：（回头）你吵吵什么，我一会儿就回来。

婆：告诉你，你回来晚了可不给你留饭吃。

王：（撅起来）少操那份心吧，不留我就不吃。

婆：你这个老×养的！（下）

妈：您看看，您老夫老妻都这么大年纪啦，成天价吵吵什么？

王：咱成天就是这个样。（下）

（齐世陛上，他是老虎屯屯长徐峰云的腿子。工头跟在他的背后上）

头：没有旁的，齐大哥，房子这个事情全靠你帮忙了。

齐：你尽管放心，这一点事情我满能替你办到，你"秦"①好的吧。

头：是啊，全仗着三立成的徐老头跟你多照顾。

齐：你放心，在这个老虎屯里，有徐大爷一天就有我，无论什么事情都能办得到，你"秦"好的，就俺爷们一句话就行，你自己去看看吧，哪个地场好咱爷们一句话就成。

　　（工头去看房子，选了几个地方都不如意，最后看中了许家那个地方）

头：（走过去向齐）齐大哥，我看这个地场合适，那个房子还没有门牌，地方又宽拓，我还想多盖几间房子哪。

齐：（正在抽烟）好，我给你看看去。

头：齐大哥，你多费心啦！

齐：（走下坡来正看见两个孩子在道上打弹子，踢了一脚，骂道）起开这个地方，别在道儿上挡碍扒拉脚的！（小孩们大惊逃走，走向许家的房子，许老妈妈看见他连忙站起来，许子也从房上爬下来）这是谁盖的房子？

妈：齐先生，这是我盖的。

齐：你盖房子对谁告诉啦，这个地场就没有主了？ 谁爱盖就盖么？

妈：（以手拦住了想上前说话的儿子，一面说）齐先生，我看人家都盖，所以我也在这个地方撑了一间破房子。

齐：他妈勒个×的，人家都死，你怎么不跟着去死啊！ 谁家盖房子不去通知三立成的徐大爷一声？你好大的胆，告诉你，快给我扒了。（伸手做要钱状，许女出现在门口）

妈：（不懂他的意思，央告他）齐先生，我才打海南家来，您行行好吧，

——————————

　　① 这是等的意思。

您不看我,您还看我拉拔这两个孩子,行行好吧!

齐:(生气)你长眼不看事么?(伸伸手)告诉你,赶快给我扒了!(又伸伸手)

妈:(从腰里掏出两张破票子)齐先生,我才打家里来,没什么钱,家里就剩下这一点了,您要不嫌乎少就拿去买双鞋穿穿吧。(把钱塞在齐的手里去)

齐:(掂一掂分量,看也不看它)这是多少?

妈:家里就剩下这些啦,也不知道是多少。

齐:(也没看看是多少就把钱往口袋里一塞,说漂亮话)你们这些穷人真没有治,盖就盖了吧,往后可别随便盖啦。(他早已注意了站在门边的许女,这时候走过去盯着看她,许女躲进屋子里去,许老妈妈挡住他,许子在一边看着敢怒不敢言)

头:(走上去拍齐世陞的肩膀)齐大哥,你给我掂对的地场怎么样?

齐:呃,呃,呃,你别急,这么大的一个老虎屯,还给你找不出个地场来盖房子么?

头:(无可奈何)是,是,是。

齐:(走去看老杜那个房子)这是谁盖的?

杜:先生,是我盖的。

齐:你盖房子告诉谁啦?

杜:(傻了)我谁也没有告诉。

齐:他妈勒个×的,你这个老×养的快给我扒了,(又伸手做要钱状,老杜也不懂)真混蛋,这个地场没有主么?快给我扒啦。

杜:齐先生,你可怜可怜我吧,你看我拉了这一帮孩子,要是扒了上哪儿去住?你可怜可怜我。

齐:(伸出去要钱的手缩不回来,大怒,顺手就打老杜一个耳光)他妈

119

勒个拉×的,你眼睛瞎了么? 快给我扒啦。

杜:齐先生,你可怜可怜我吧……(两个孩子在旁边吓得哭起来)

齐:(狠命地把他们搡走)滚滚滚滚,(杜与他的儿子只好躲开,齐世陞一脚把他撑起来的破房子踹倒,对工头)老王,你看看这个地方怎样,行不行?

头:(去看)这个地场赶不上那一边宽拓,要是往外开一开也行,就是费一点事。

齐:行啊,行啊,将就一点吧。

（这时候有一个从前和齐世陞在一起打"卯子工"的朋友走来）

穷:齐大哥,您吃了?

齐:(瞟了他一眼,从鼻子里哼了一声)嗯!

穷:齐大哥,您现在真是个忙人,一天到晚给穷人跑这个腿,要是别人,半天也干不了。

齐:哼,这个事谁爱干就干呗,我干这个事也是三立成的老头看得起我,拉拔我。

穷:是是是,齐大哥,没旁的,我有个事求求您,我住的那个房子,房东一个劲地朝外搡我,光大人还不要紧,就是小孩们没有办法,我寻思坡上这个房子,好不好求您上三立成老头那里说一说,借着住几天行不行? 看在我们老朋友的交情,求您帮帮忙吧。

齐:(斜眼看一看穷朋友)哼,就是你呀,一张纸画了个鼻子,你好大的脸呀你,人家花钱都赁不着,你尽想好事,你没看看那个房子已经住了五六家子啦?

穷:就那个房子? 四边用草包那么一堵,就要往外赁钱。

齐:你看不着么? 啊? 人家不指房子赁钱,就指着这玩意(指门牌)赁钱,要没有这个玩意你能报得上户口吗? 领得出粮来么?

120

穷：（没有办法）唉！穷人简直就没有办法。

（这时候，老虎屯的屯长——三立成的老板徐峰云上，未见其人先听其声）

徐：（在内）呃咳！

（在场的人都一惊，穷朋友、许家母子、老杜等纷纷逃避）

甲：三立成来了快跑。

（齐世陛一听此言赶快把嘴上的香烟摔掉，毕恭毕敬地站在一边）

徐：（上，在坡上四边看了一看，从眼镜框子上头，看看齐世陛）齐
　　世陛！

齐：（赶快跑过去）干什么，徐大爷？

徐：我叫你给老王找个地方找到了么？

齐：找到了，徐大爷。

徐：在哪儿？领我去看看。

齐：（用手指刚才老杜那个地方）在那儿。

徐：（两边一看，指着许家那个地方）为什么这边有个现成的地方，怎
　　么不叫他在这里呢？（命令）叫他挪过来。

齐：（窘住了）嗯……

徐：嗯什么？

齐：嗯……这边……

徐：这边怎么啦，你快说。

齐：（实在没有办法，只好把刚才敲诈来的钱掏出来）这一边给了一
　　点钱。

徐：好啊，你这个东西，你还想割我的耳朵哪！我要是不来，这个钱
　　你就不是捞下了么？你他妈×真混蛋！

（暗转）

第二场

景：街道的一角。

（齐世陞垂头丧气地上）

齐：他妈的，真倒霉，上小衙门去刻戳，没刻上，还挨了两个耳刮子，真倒霉。

（王老婆背着一个篮子神色慌张地上，看见了齐世陞扭头就跑）

齐：住下！（上去一把拉住她）

婆：干什么，齐大哥？

齐：你叫谁齐大哥？

婆：噢……齐先生。

齐：你手里提溜着什么？

婆：嗯……

齐：你到底提溜着什么？

婆：齐大……噢，齐先生，我刚打松树屯来，捎来一点虾皮……

齐：虾皮？（抢过篮子来）你不知道这个玩意犯私么？

婆：（哀求）齐先生，原谅原谅吧，咱都是中国人……

齐：混蛋！你是中国人，我还是中国人么？

婆：是是是，齐先生，你可怜可怜我吧，我这么大年纪，俺掌柜的又没有活干，没有办法，可怜可怜我，给我吧。（想去拉篮子）

齐：不行，（一掌把王老婆推倒在地，王老婆藏在怀里的一块猪肉掉下来）这是什么？

婆：（连忙爬起来抱着猪肉）啊……我在松树屯带了几斤猪肉。

齐：猪肉？你好大的胆，敢弄这个玩意，你不知道猪肉是军用品么？

婆:齐大爷,你饶了我吧,求求你!

齐:走……(捉住她)跟我上三立成去。

婆:唉呀! 齐先生,东西我不要啦,你饶了我吧!

齐:不行! (拖她走)

婆:(哀告)齐先生,齐先生……

　　(暗转)

第三场

景:三立成的客厅。

　　(徐峰云坐在椅子上咳嗽)

徐:茶叶壶里冲上水了么?

妻:(在内应)早冲上了,给你倒上一碗?

徐:不不不,焖一焖着再喝。你看看这个地下的脏劲儿,桌子上尽是灰,齐世陞这个东西,也不知上哪儿去了,他也不拾掇拾掇。

妻:(端着茶壶上)你怎么忘啦,你不是叫他到小衙门刻戳去了么?

徐:去了好半天啦,他怎还不回来,这个东西他是吃饱了,要叫他饿得三根肠子闲着两根半,他早就回来啦。

妻:我叫个人去找找他去?

徐:不用找,看他回来不回来,去给我倒碗水去。(妻倒水)

齐:(拉着王老婆上)你的胆子真不小,还敢弄这个? 好,你在一边等着,(走进去)徐大爷!

徐:你怎么才回来?

齐:不不不,我在外边抓着个老娘们,她带着虾皮还有猪肉。

徐:(看见来财了,也不生气了)你把她弄哪去啦?

齐:在门口等着哪。

徐：去把她弄进来，去！

齐：（去拖王老婆）你滚进来吧。

婆：吃了饭啦？徐大爷。

齐：就是这个娘们带着虾皮带着猪肉，我一看见她，她还想跑哪，叫
　　我上去一把就把她抓住了……

徐：好了，好了，你少说话吧，（问婆）你在哪儿住？

婆：我就在前面屯子里住。

徐：啊？你在我这个屯子里住，还敢去弄这个么？你不知道这个玩
　　意犯私么？你去弄了几回啦？

婆：我不知道啊，徐大爷，这是我头一回。

徐：你干点什么不好，单去弄这个。

婆：徐大爷，您不知道，俺掌柜的那么大年纪，找不到活干，又拉拔着
　　这么些孩子，没有办法，您可怜可怜我吧。

徐：（装腔作势）哼，我告诉你，今天，你要不是在我这个屯子里住，我
　　就对你不客气，下回还敢不敢了？

婆：徐大爷，我再也不敢了，您抬抬手饶了我吧。

徐：不敢了？好，把东西留下，你走吧。

婆：（哑着嗓子）谢谢您，徐大爷。（看看虾皮和猪肉，很难受，可不敢
　　哭出声来）

徐：滚吧。（婆走出门）

妻：唉呀！（提起猪肉）这块肉能有五十多两。

齐：（巴结地）少不了，少不了，准能有。

妻：正好吃完又送来啦，真是……

徐：你真是小庙里的鬼，这点东西，就看到眼里去么？快拿下去吧，
　　（本来很高兴的徐妻被他一骂噘着嘴拎着篮子就走）齐世陞你去

干了点什么？怎么尽着不回来？

齐：我，我……

徐：饿饿什么？你是吃饱了！我不是叫你上小衙门刻戳儿去了吗？

齐：我去来！

徐：去了怎么着，刻上了没有？

齐：没刻上。

徐：怎么没刻上？你没有提我吗？

齐：我提你哩，不提还好，一提你他就把我撵出来了，还打了我几个
　　耳光。

徐：（一惊）怎么？不是那个朱巡捕朱先生了吗？

齐：不是。

徐：不是，是哪个？

齐：不认得。

徐：你没有见过一回吗？

齐：没有，我打听来着，说是个新换的。

徐：他姓什么？

齐：他姓王，我打听他还有个外号，叫王大鼻子。

徐：（装面子）噢！新换了王大鼻子，新换人怎么不来通知我呢？他
　　们这个事儿办得真粗鲁。你打听来了么，他在哪儿住啊？

齐：在巡捕大院里住。

徐：你没打听他有几口家？

齐：（献殷勤）我打听了，他家里有个老太太，到后天上寿。

徐：（想）嗯！到后天上寿……

齐：（赶紧地出主意）徐大爷，咱不能借着这个事儿去跟他串通串
　　通吗？

徐：不得要钱吗？

齐：咳，徐大爷你老人家怎么糊涂啦?! 这样的事儿还用得着咱爷儿们花钱吗？你没看看老虎屯还有那么些孙子替咱拿！

徐：（点头同意他）好，好好，那你就收吧。（拿嘴里没有抽完的烟盖赏给齐世陞）

齐：（接了烟头，高高兴兴地走出去，正碰上工头走来）

头：齐大哥，你忙啊？

齐：成天闲不着。

头：徐大爷起来了？

齐：起来了，在屋里呢，你去吧！（下）

头：（进去）徐大爷，你吃啦？

徐：你来干什么？

头：我还是头回那个事情，为了房子的事情我来求求你。

徐：你的房子怎么了？

头：我的房子盖起了多少日子了，可是门牌还没有下来，没有人敢去住。我来求求您，徐大爷您到小衙门去把我的门牌给办出来吧！

徐：（拿架子）我现在事情太忙了，没工夫，也不知道你那个房子是什么号头，住几天再来，你先回去吧！

头：（从腰掏出一个信封来，里面装着一叠钱票，双手送过去）徐大爷，我已经把你上一回抄给我的房号带来了，你老人家看看。

徐：（接信封，看钱，改口说）噢，噢，你先稍等一等，前天齐世陞打小衙门捎了几个门牌来，还在后面抽屉里搞着呢，我叫你大娘拿来看看，（向内叫）宝儿他娘啊，你把齐世陞前天从小衙门拿来的那几个门牌，拿出来看看。

妻：（在内应）就来！

头:你老人家多费心吧。

徐:没什么,坐坐!

头:您看,徐大爷您这么大年纪了,身板儿真挺脱啊!

徐:呃,不行啰! 这几年光给那些穷人操心就操不完哪。

妻:(拿门牌上)你看看这一些,我也不认识哪个是,你看看去吧!

徐:(接过看)啊哟! 正好,你来巧啦,你这个门牌倒下来了,快拿回去钉上好把房子赁出去。

头:(接门牌)好,谢谢你徐大爷! 你老人家多操心了,我得走了!

徐:(应声)你走吗? 闲着再来啊!

头:我走了,徐大娘!

妻:你得走吗? 闲着来玩啊!

头:好吧,我走了。(下)

妻:(见工头一走,马上急着问)他给了多少钱?

徐:你打听这个干什么?

妻:他在红房子当苦力头,有的是钱,不能便宜他!

徐:(瞪眼)我早知道了,你娘娘们们的知道哪个山上出猴子? 要谁拿多少我心里还没个数吗?

齐:(上)徐大爷,我把钱收齐了。

徐:一共收了多少?

齐:一共收了一千八百九十元。

徐:咦,怎么才收了一千八百九十元呢? 前回不是有两千多么?

齐:前几回还有几家煎饼铺,他们可以多拿几个,现在煎饼铺都黄了,还有几家不愿意往外拿。

徐:怎么的? 有几家子不愿拿,谁家?

齐:在东南角上那个老范家,他不拿。

徐：他说些什么？

齐：他说咱爷儿们专门指着这个做买卖哩！

徐：好，好，好。

齐：（鼓动）我说，徐大爷！这样儿的趁早我去把他提溜来吧！

徐：（一边数钱，一边说）等我回来再说，回来再说吧。（自言自语）要去上寿哩，不能给他拿个齐头数的钱，给他装上八百九十块钱就不少。齐世陛，你拿个信封去。（齐下）宝儿他娘，你把这一千块钱搁到箱子里去锁起来。

妻：啧！怎么给他那些啊！咱好不容易收来的，给他五百块钱还少吗？

徐：你悄悄儿的吧，你娘娘们们的哪来这么多话，你不看看咱吃的是什么？

妻：给他多少是多啊？

徐：你不看看这是给谁吗？他们不是会日本话吗？要是咱有什么事情求求他，替咱通话不是痛快吗？你他妈的你得彪①到多咱？快去拿我的大褂去！

（妻下，齐取信封上）

徐：齐世陛，给我把眼镜擦一擦！

齐：是！

（齐世陛擦眼镜，徐妻取大褂上，侍候他穿衣，齐擦好眼镜替他戴上）

徐：我的文明棍儿呢？

（齐回屋赶快去拿来）

---

① 傻的意思。

徐:我告诉你们,要是有人来找我,就说我上小衙门去了,无论什么
　　要紧的事儿,我不回来不许办!

妻、齐:(同应)是,是!

　　(徐摇摇摆摆,甩头□腔地走下去,齐世陛跟在他身后替他掸
灰,拍马屁)

　　(暗转)

第四场

景:巡捕家。

　　(童仆在打扫屋子)

巡:(从外面回来,腰里挎着洋刀,大马靴发出很大的响声)

仆:王先生回来啦!

巡:唔!

　　(童仆侍候他脱下制服,换上的协和服和木屐,童仆想去挂他
的刀)

巡:呃,这东西你不能动,你知挂在哪里?(他自己谨慎地把它挂在
　　正中"天皇像"下,然后倒在沙发里,童仆端过一杯茶来)把我学
　　日本话的书拿来!(童仆又去拿来,他就读起日语来)ワタクシ
　　タチワ……我们是……

　　(徐峰云上,后面有人问:"徐大爷,你上哪?")

徐:我得上小衙门呢。老张,你从哪儿来啊?

声:我上菜市去哩!

徐:(走到巡捕家门口看看门牌号数,想进去,忽然想到拿着文明棍
　　不大好,赶紧退出来,可又找不着地方搁它,就叫刚才和他答话
　　的人)唉! 老张,你把我的文明棍儿捎回去吧,他妈的,走得太急

乎了把文明棍也带出来了。

声:(从幕边上伸出来接棍子)徐大爷,您这么大年纪了,带着不是方
  便些么?

徐:呃,不,不,坠得手腕子怪痛的,你替我捎回去吧!(于是又走到
  巡捕门口去,忽然又回身出来摘下眼镜藏起来,转身正跨进门
  去,冷不防童仆迎面出来,推了一把)

仆:老头儿,你找谁?你也不看看这是什么地方,你怎么就瞎闯呢?

徐:(连忙赔不是)对不起,老兄弟,我头一回来不知道,对不起!

仆:你找谁?

徐:在小衙门当班的王巡捕王先生是在这儿住吗?

仆:是的,你在哪里住?

徐:老虎屯。

仆:你在老虎屯干什么?

徐:我在老虎屯当屯长,我姓徐,徐峰云就是我啊!

仆:好,你在外边等一等。

徐:(给小孩的威风吓住了,乖乖儿地退出来在门边站着)是,是!

巡:(还在低声地念日语)我是……ワタクシ……

仆:(进来,小心地报告)王先生,外边来了一个人,说是要见见你,叫
  他进来吧?

巡:他是个干什么的?

仆:他说他在老虎屯当屯长。

巡:好,叫他进来吧!

  (仆去叫徐)

仆:好吧,进来吧!(徐呆站在一边,没听见)喂,老头儿,叫你进来听
  见没有?!

徐:（连忙答应）是,是!（脱帽躬身随仆后进室）王先生吃饭啦?

巡:唔,你是干什么的?

徐:（点头哈腰不迭）我听说王先生到这个小衙门来当班,也没倒出工夫来拜望拜望你。

巡:（见他这副相貌,已经不耐烦了）你还有什么事?

徐:我听说老太太到后天上寿,我寻思去买点东西给老太太送来,又怕老太太心里不如意,所以带了几个钱来。（把腰里的钱掏出来双手恭送过去）

巡:（见钱眼开,和气些了）啊,我告诉你,老头儿,往后别弄些这个,我是不大喜欢的,知道吗?（一边说一边把钱收起来）

徐:是,是,是!

巡:（用脚踢一踢搁脚小板凳）你坐下吧!

仆:（拉过小板凳来）老头儿,叫你坐下。

徐:啊? 谢谢! 谢谢!

巡:（自己口渴）倒碗茶水来!

仆:（弄错了意思,把茶送给徐）老头儿,喝茶!

巡:呃!（用指阻止并示意端给自己）

徐:（讨了个没趣,又从袋里取烟卷送过去）王先生,请抽根烟吧!

巡:（接过来一看烟太坏,顺手一甩丢掉了）老头儿,你那个屯子里怎么样? 穷人都听说吗?

徐:有一些听说,有一些不大听说。

巡:那些不听说的都是些干什么的呀?

徐:都是在红房子里干活的苦力。

巡:我告诉你,尽管敞开儿地干吧,有什么事情尽管指使他们,他们要是不听你说,你上小衙门来告诉我,我马上派人去把他们

131

抓来。

徐：是，是，以后我就全仗着王先生帮忙了！

巡：你尽管敞开来去做，大胆地去做吧，有什么办不了的事尽管来找！

徐：是，是，是！

巡：徐老头，今天我有个要紧的事情要对你告诉，你要不来，我也要打发人去找你去，州厅下来了一个公事……

徐：（知道有好处了，凑近去）啊，啊，啊？

巡：最近，英国和美国不是和日本皇军开了仗了吗？又听说是八路军来了一些放火的，你没看见吗？那一天甘井子"满洲石油"着火啦，夜来一号码头皇军仓库也烧啦，所以要清查户口。我们开了一个会，想了一个办法，要划区，区下分区，分区下边又有干事，要这样就可以把户口调查清楚了。

徐：啊？是，是！

巡：（郑重其事地）以后食粮不准随便买卖，统统归配给。徐老头我告诉你，要是有钱的话，把大米洋面多买些存下吧，恐许往后你有钱也没场买了。（又加重语气）我这话是对你个人说，你可不要回去满处里乱说啊！

徐：（感激之至）是，是，是，我哪能啊！

巡：好，没有什么事儿你回去吧。喏！（授以公事）你把这个公事捎着，回去快一点办，上面限三天要办完！

徐：（捧着公事）是，是，王先生你忙吧，我走了。（又点头哈腰地退出去，在门口看见童仆在那擦皮靴）老兄弟你在那忙吗？（童仆连声也不作，正眼也不瞧他一下，又讨了个没趣）我走啦！（一走出门变了一种神气，从腰里把眼镜又掏出来戴上，大摇大摆地迈步而行,忽然觉得少了一样东西,不大舒服,才想起手杖来)唉,他妈的,怎么把文明棍儿捎回去了呢?

(暗转)

第五场

景:回第二场。

(齐世陛在扫地,收拾屋子)

妻:(坐在上边)齐世陛!

齐:什么事? 徐大娘。

妻:什么时候啦,你徐大爷还不回来? 打早出去也没吃饭,你去看看你大爷去。

齐:好,我迎迎他老人家去。(走)

徐:(上,在门口遇见齐世陛)

齐:哎,徐大爷回来啦,俺大娘不放心,说您早晨出去也没吃饭,叫我去迎迎你呢。

徐:他妈的,她就多余了不放心,到那儿还能饿着我吗?!

妻:(让座)你怎么这时候才回来呀?

徐:(坐下后觉得要在齐世陛面前吹一下)我打谱着早回来哩,王巡捕拉着我不叫我走,非让我在那里吃饭,喝了点酒,弄了不少的菜啊,(越说越神)又是鱼,又是肉,还吃了上海草包大米干饭,呃!(做出打饱嗝的声音来)呃!

妻:喔唷,你可吃了好的回来了!

齐:徐大爷,您没把咱爷儿们的事提一提?

徐:齐世陛,我像你哩,到那儿尽"卷颜子"? 告诉你有咱爷儿们一天,你尽管敞开地去"造"吧!

齐:是,是,是!

徐:我还带来了一个公事。

齐:什么公事?

徐:悄悄儿地,不用打听,到时候你就知道了,去!把你马大爷找来,还有老魏,啊!

齐:是,是!(动临走)

徐:嗳!回来,附就着把刘景堂也叫来啊!

　　(齐应,下)

徐:(见齐走后马上叫妻进来)今天早晨剩下干粮没有?

妻:干什么?你不是吃了饭啦?

徐:剩下没有?快弄点来我吃吃。

妻:(恍然大悟)我当你真格儿吃了呢,一点儿也没剩啊,还得现做呢!

徐:快,快,快去做去!

妻:唉,你这个老东西呀!(下)

　　(马大爷上)

马:徐大哥吃饭啦?

徐:唔,坐下吧,你遇见齐世陆啦?

马:没有,有什么事儿吗?

徐:我叫他去找你去了,正好你也来了,告诉你,今天管着咱的小衙门换了一个巡捕,他一来就打发人把我请了去,去了说了一半天的话……

马:徐大哥,这个巡捕过去和你认识吗?

徐:(一想,忽然吹起牛皮了)咳!我跟他是老交情啰!这一回他来……

134

齐:(这时候跑回来)徐大爷我都去对他们告诉了,喔,马大爷您倒先
　　来了,我找你没在家。

马:我刚来不一会。

齐:徐大爷,(把徐拉到一边)我刚才去找刘景堂,打老范家门口走,
　　看见他家里来了一个人,穿的黄衣裳,样子很不详细。

徐:哪个老范家?

齐:你忘啦? 就是头回叫他拿钱不肯拿,还说怪话的那个,开煎饼铺
　　的老范家。

徐:唔,就是他?

马:徐大哥,像这样儿的赶紧把他□□来再说。

徐:好,齐世陞,去把他弄来!

齐:(得令后飞奔而去)好,好,好,(在门口正遇见刘景堂、魏化南)你
　　们都来了?

魏、刘:(同时)来了,徐大爷在家?

齐:在,马大爷也来了,你们去吧,我有点要紧的事儿办一办,就回
　　来。(下)

魏、刘:(进屋)徐大爷,吃了?

徐:吃了,你们都来了,好,坐下坐下。

　　(互相又和马打招呼)

魏、刘:找我们来有什么事儿吗?

徐:今天有点要紧的事儿,管着咱这个小衙门哪,派人来请我……

马:徐大哥,刚才你的话还没说完呢,那个巡捕他姓什么?

徐:他姓王,跟我是老交情了,这一次他到咱这里的小衙门来当班,
　　(索性当众大吹起来)我还没捞着请他,他倒先请我吃了一顿,
　　咳,到那里弄了好些个菜,又是鱼又是肉,喝了好多的酒……(说

得正在兴头上)

妻:(端了一盆菜饭上)饭做好了,搁哪里吃啊?

徐:(大怒,赶紧把老婆撵下去)去,去,去!

妻:这是什么事儿,一会儿要吃,一会儿又不吃,赶人都走了还得吃!

(下)

徐:(不免有些不好意思)唔,唔……

众:怎么? 徐大爷还没吃饭吗?

徐:不是,不是,你们不是要来吗? 我叫她去烫壶水来喝,她做了饭来了,这老娘们的耳朵不好使唤哪!

齐:(抓了老范的朋友上)徐大爷,我把他弄来了。

徐:(□发)你批①哪里来?

友:我打新京来。

徐:你干什么的?

友:我是做买卖的。

徐:做买卖? 看你这小子的样儿就不是个好人,他妈的,你不是八路军就是个放火的。

友:我,我,不是……我确实是好人哪!

徐:(打友的耳光)混蛋! 你他妈是好人? 你要是好人那把我们(指大家)这班人搁哪里呢? 齐世陞,把他吊起来!

齐:(动手)好,喂,你们也来帮帮忙。(刘、魏等上前一齐把范友吊起来打)

友:咳唷,别打呀,我确实是好人哪! 老范可以保我,老范可以保我……

————————

① 意为从。

136

徐:(听说老范可以作保,叫大家)住下,别打了。(问范友)老范可以保你吗?

友:老范可以保我,他是我的朋友,可以保。

徐:齐世陞,去找老范去。

齐:好,我去!(下)

徐:(对大家)别管他了,咱还是来办咱的正事儿吧!(众就座)这一回,管着咱的小衙门下来了一个公事……

众:什么公事?(一齐紧张地站起来)

徐:你看看,你们哪!坐下坐下听我说。(众坐)这个公事啊,是叫咱这个屯子成立一个区,区下有分区,分区下有干事,这是个很要紧的公事啊,因为现在日本皇军和英美打开仗了,还有最近不是满处里有人点火吗?所以要划分区调查户口……

众:(紧张应)怎么划区呀……谁当分区长……干事谁当呀……

徐:你看看,你们这一班的人啊,有点什么事儿就忙乎不开了,都坐下坐下!(众又静下来)告诉你们,这个事儿还不是咱爷们说了算吗?这个分区长、干事还能叫别人当?就咱这几个人分一分就行了。你们可知道,别寻思这是个容易的事儿啊,就是我替你们想办法啊!

众:是,是,是,啊!全仗徐大爷拉拔!你老人家……

徐:你们知道就行。

　　(齐领老范上)

齐:徐大爷,老范找来了。

范:吃啦?徐大爷!

徐:刚才你家里那个人从哪里来呀?

范:从新京来。

徐：他是个干什么的？

范：他做买卖，是我的朋友。

徐：他是好人吗？

范：是好人。

徐：你敢保他？

范：（想）我不保他，他又不认得别人，我就得保他。

徐：你可知道，现在可不是个时候儿，挺紧。你知道保人的道理吗？
可不能白保啦。

范：（徐峰云这一套是老虎屯的人熟知的手段，知道自己拒绝拿钱在
前，这一个是逃不掉要坑一个大的了，为难起来，看看朋友，低头
想……）嗯……

徐：怎么样？

范：（决心）徐大爷，没法子，我家里还剩两间房子，我去把它卖了，来
保他出去吧。

徐：好吧，你回去快办，少了不行，顶少得一百五十块，马上送到。来
晚了我就把他送衙门里去当八路办。

范：好吧，徐大爷，我……（又看看朋友，决心地走出去）我就回来。
（下）

徐：再来办咱的事儿，（对大家）这一会，我这里算个第一分区，你马
大爷那里算是第二的，老魏，你算第三分区怎么样？

魏：谢谢徐大爷！

徐：刘景堂，你算是第四的。

刘：谢谢徐大爷拉拔！

徐：还有齐世陞，他在我这里跑了好几年的腿，趁着这个机会我也要
拉拔拉拔他。我寻思也给他安个地方，神石头南边那一大帮穷

人交他管着,算是第五分区。可是有一样,齐世陞连自己的名儿也不识,你们大伙得帮扶着。(齐在一边听说,高兴起来)

众:徐大爷尽管放心,错不了!

马:齐世陞,你可知道,你在你徐大爷这里跑了这么几年,可没白跑了,往后管听到什么都得对他老人家告诉啊……

徐:不要紧,他要是不听我说,我就把他撵出去……

齐:徐大爷,您老人家拉拔我这个恩典,我还不知道吗?您老人家待我的好处,我下一辈子托生个畜类也报不过恩来啊……

徐:好了,别说些那个了,你只知道就行了。

范:(卖了房子上)徐大爷,我把房子卖了这些钱,您收下吧!(齐世陞赶忙地接过来交给徐)

徐:这是多少?

范:徐大爷,就卖了一百五十块。

徐:你这个小子,就怕拿多了,告诉你,这是你来保啊,错过别人这么点钱办不到。

范:谢谢你,徐大爷,我一辈子也忘不了你啊!

徐:好,齐世陞,把他放下来!

(齐去放范友,范也帮着,徐在圆桌密谈)

友:(放下来以后,一把抓住老范,感激地)老范,我真对不起你了,你为了我把房子都卖了。

范:我不能白看着你遭罪啊,谁叫咱是朋友呢。

友:唉!真是,只有穷人肯帮穷人哪!

(幕急落)

139

第二幕

第一场

景：齐世陞家。正是冬天，室内生着火炉，锅上热着鱼肉之类的食物。

（齐世陞从外面回来，腋下夹着一大摞"灶王爷"的神碑，手里照着电棒，开门后扭亮电棒，看看火炉，坐下）

齐：这一回，也该我齐世陞展扬展扬了，没想到我齐世陞也有今天，当上了分区长，唉唉！（颇为得意）这也是三立成徐老头看得起我，昨下晚我到三立成去，老头儿说："齐世陞快好过年了，你不想弄几个钱压压腰吗？"我说我哪有办法啊，他就给我出了个主意，（拿灶王爷）什么主意？就是这玩意儿，（向观众）快好过年了，谁家不得要？你们别看这玩意儿不起眼，我上买卖家去要的时候，刚费了不少好事呢，买卖家真瞧不起人，我说我是小衙门苗爷（办事）的伙计，他不信，我把腰里的片子掏出给他一看，吓！他赶忙就给了我一"刀"。你看看，老虎屯这一片有两千多家，我一家给他一张，他要也得要，不要也得要，就冲我这个面子一家也落不了。这一回，我可以过个好肥年了！（抽烟，得意忘形）

（敲门声）

齐：谁呀？

杜：（在外）是我，分区长！

齐：（开门）你来干什么？

杜：（进来）分区长，没别的，就是为了拔劳工的事儿，（把劳工票放在齐面前）您看，我家里就指着我挣饭吃，挑了我的劳工，一家人不是要饿死吗？

齐：这个事儿是衙门的公事，你敢违抗吗？

杜：（拿出钱来）分区长，没有别的，我就只有这几个钱了，给您，求求你再另找一个人去干吧！

齐：（嫌少）这两个钱还行吗？下面老张家煎饼铺里，我拔了他儿的劳工，给了五十块钱我才另替他找个人……这两个钱……

杜：齐大爷，我不跟他们一样啊，他开煎饼铺我打小卯子工，哪来那么多钱呀，您就原谅原谅吧！

齐：（看看实在敲不出钱来了）好了，好了。（收下钱一边又说）把那玩意儿拿过来！（杜在桌上把灶王爷拿给他）你也捎着一张。

杜：谢谢你，分区长！（转身想走）

齐：嗳，你就白拿走了吗，这是花钱来的！

杜：我寻思分区长您送给我的呢。

齐：你他妈的尽想好事儿，也不要你多，给五块就行了。

杜：五块钱？我拿不起，我家里有了，我不要！

齐：混蛋，这玩意儿多要两张怕什么，今年不使唤，过年不好使唤吗？

杜：分区长，我实在没有钱了。

（高老妈妈领着许女来，在外敲门）

齐：谁呀？

高：（在外）是我呀，您齐大哥开门吧！

齐：等一等，（对杜）怎么样？

杜：这样吧，分区长我该了你的吧，等我打卯子工挣了钱再还给你吧！

齐：他妈的，我头一份买卖就弄你一个赊账的。好，反正你也瞎不了我的钱，我告诉你，你早早儿地搞在家里预备着，我上你家去拿。

杜：好，好……

（齐去开门，杜拿着灶王爷在一边待着，嘴里就念叨着："这就要那五块钱吗？一袋洋烟，一袋洋烟五块钱……洋烟……"）

齐：高大娘，来吧！

高：（领着许女进来）好冷的天哪！

齐：（叫她坐到火炉处）高大娘，这儿坐，暖和暖和。（一回头见杜尚在）哎，你这个穷小子怎么还不走啊。滚，滚，滚！（撵杜走，老杜嘴里咕□着下）

高：您齐大哥，您看看，我在外边叫了半天的门也没个人来开，当了分区长，公事又挺忙，家里连个看门的也没有，我看，我真应该替你保媒说个媳妇儿哩！

齐：（虽是三十几岁的人了，可是提起这事似乎不大好意思，嘴里支吾着，转过头去发现许女在角落里站着，连忙站起来让座）嗳，你来暖和暖和！

（许女不敢坐）

高：（对许女）您大姐，坐下吧。（拉她，仍不坐）

齐：高大娘，有什么事儿找我吧？

高：您看看，说了闲话就忘了正经的，您看看，前边老许家这一回挑了他儿的劳工，他娘还有病，好歹地找着我，来对你说说……

齐：哪个老许家？

高：喏，不就是你前边的老许家吗？（指许女）不就是她哥哥吗？人家就指着她哥哥一个人，要是挑了他的劳工……

女：齐大爷，求求你……

齐：（注意地看她几眼）唔，唔……

高：（在一边瞅着，看出齐世陞不怀好意了）您齐大哥呀，您看看，人家这个可怜的样儿,还有我这个老面子,您就另掂对一个人去干吧。

齐:(假装)啊呀! 这个事儿我办不到,这是衙门的公事,谁敢抗违吗?

高:您齐大哥,这个事儿还不是你说了算吗? (上去拉许女,暗示她去求齐)去,去,去!

女:(拿着劳工票)齐大爷,求求你!

高:(把劳工票拿过去给齐)您齐大哥,您就把这个劳工单子收下吧。

齐:(犹疑)呃,先别留下,这个……办法是有的,不过……(想了一下)好! (拿劳工票交给许女)你先回家去等着听我一个信儿,啊!

高:好吧! 您齐大爷多费心了,丫头子,我们走吧! (许女无声地随高走)

齐:(注意看女,忽然)您高大娘先别走,等一会儿,我有几句话和你说说。

高:好,(对女)你大姐先回去吧,回去叫你娘放心,住一会我就来。
(又去烤火)

女:是,高大娘! (走)

齐:哎,你先别走,(高与许女以为又起变化了,那□这□□桌上拿起电棒来打亮)外面漆黑不好走,我给你照着道儿,小心掉沟里去!
(送女出门,高在一边□□□□奸笑)小心哪,沟就在那里,小心……(女下)

高:(见齐送女归来,打趣说)您齐大哥,我还是头一回见你拿电棒子送人哪,大概太阳今天打西边出来吧!

齐:噢,噢,高大娘,你怎么说些这个呢,咱说正经的吧。

高:好,有什么事儿你说吧!

齐:(未免难于启齿)呃……您高大娘,您刚才不是说过吗?我现在当了分区长,公事又挺忙,朋友来往又多,我一出去就得把个门儿锁着……

高:啊,你真是要我替你说媳妇啦,好,您齐大哥放心,您打听打听我给人家保了多少媒,人家保媒都不保养孩子,我给人保媒管保就养个大胖小子……

齐:嗳,高大娘真格儿的,别说笑话!

高:是真格儿的呀! 您尽管放心,慢慢地等着我替你说个相当的吧。

齐:噢,噢,高大娘,眼面前儿不是有一个挺相当的吗……

高:眼面前有一个? 哪个呀?

齐:高大娘,您别装糊涂了。

高:(真装糊涂)我真不知道啊!

齐:(凑近她)您刚才领的那个闺女不是挺合适的吗?

高:噢,是她呀! 这个事儿办不到,您想想,人家一个十七八岁的闺女,肯跟你四十多岁的老头子吗?你这不是叫我找着去"卷颜子"? 我可不去说这个媒。

齐:高大娘,这个事儿全仗着你老人家费心了,要是说成了,我不能叫你白说呀!

高:(目的已达,乘机提出条件)不能白说?你可知道,我这么大的年纪了,天挺冷的,一趟一趟地替你跑,可不是个容易的事儿啊!

齐:好,好,好,高大娘你给我说成了,我替你做一件新大棉袄,穿着好过年。

高:(得寸进尺)过年? 过年我家里连点猪肉也没有,你可得要给我买个大猪头!

齐:(一口应承)好,好,好,我给你买一个大猪头,只要说成了,不光替你买猪头,另外还给你几个钱儿。

高:你可别说了不算哪,"媳妇上了床,媒人就靠南墙"啦!

齐:错不了,高大娘你尽管放心吧,你打听打听,我齐世陛多会熊①过人哩?!

高:好吧,我去替你说说看。(走)

齐:高大娘,您多费心吧!

高:(走到门口,忽然想起,站下)嗳,你怎么不拿电棒子送送我呀?

齐:啊哟,忘了,好好好,(赶紧用电棒照着送她出去)高老大娘当心,小心掉沟里去,我给你照着……(高老妈妈下。他就手把门一推)他妈勒个×,这个×养的高老妈妈,真财迷!我求她一点事她还"拿把"起来了,又要大猪头又要大棉袄,他妈勒个×的,谁跟我做一个大棉袄啊!她寻思我的钱多得淌出南天门去了,说成了再说吧!

(又有敲门声)

齐:(正没好气)妈的,谁呀?

穷:(穷朋友在门外)是我,齐大哥!

齐:没关门,进来吧。

穷:(推门而入,也没有关门)齐大哥吃了?

齐:(指门)你这个穷小子,就怕夹了尾巴!(自己去关门)

穷:(想不到老朋友现在这样抖起来了,低声地唉了一声)唉嘶!(在齐世陛烤火的凳子上坐下)

齐:(关门回身来,推穷朋友)起开,上那边去坐着!

————————

① 意为欺骗。

穷：这不是一样吗？

齐：谁说一样？这是我坐的地方。

穷：（无可奈何，只好让座，叹了一口气）唉！（换了凳子以后，看见齐世陞手上的烟卷，还当是从前在一起时一样，伸手想拿过来抽几口）齐大哥，我抽抽！

齐：（不给，瞪了一眼）……

穷：（接连碰了几个钉子，想提提从前的事，套套老交情）齐大哥您现在当了分区长，混好了，不是从前咱一块儿辫上堆儿打卯子工的时候了……

齐：（想起当年，不禁大怒）你这个穷小子，怎么"哪把壶漏你提哪一把"，啊？尽给我说些透气的，去！（搬凳走开）

穷：是，是，是。（停一会，见齐气平了些）齐大哥，有这样相当的事儿，也给我找一个。

齐：咮，你没看看你那把穷骨头，你能干这个？我告诉你，"狼走到天边吃肉，狗走到天边也是吃屎"，你配干这个？

穷：（大窘）齐大哥，你看，现在你当了分区长了，管哪场都好，就缺少一个大嫂来侍候着你，这么大年纪了……

齐：别说了，这个事儿你就多操了一份心，我早就有主意了，指你想着管什么都耽误了个屁的了！（他想起）嗳，你来得正好，省下我一趟腿，（拿一张灶王爷给他）来吧，你捎着一张回去。

穷：（一看）这不是灶王爷爷吗，你给我这个干什么？我家里连口锅都没有，我把它贴哪儿？我还能把它贴在脊梁上？我不要！

齐：你知道，这是我的老规矩，无论谁家都得要啊。

穷：咱们是老交情啦，免了罢！

（高上敲门）

146

齐：谁呀？

高：（没有好气）开门哪！

齐：（听出声音,赶紧去开）高大娘,进来吧,快烤烤火,这边坐,暖和暖和,（拉凳给她坐）天怪冷的……（一见穷朋友尚未走）嗳! 你这个穷小子,怎么还不走？

穷：你家里怪暖和的,我想在这里暖和暖和。

齐：你他妈×的,真不长眼色,滚,滚!（硬推他出去）

穷：（被关在门外）他妈的,这小子三天不要饭,放下了棍子就打要饭的,嗨! 真是!（下）

齐：（虽然听见,但急于想知道高老妈妈说媒的结果,不去计较小事了）高大娘,那个事儿怎么样了？

高：（进来之后堵着嘴,始终没有出声,这时听说,站起来就走）……

齐：嗳!（拉住她）高大娘,你怎么啦!

高：咳!

齐：别上那么大火儿,坐下（倒水）喝杯茶水吧。

高：可把我气死啦!

齐：到底是怎么回事呀？

高：你尽叫我去做蜡呀!

齐：高大娘别上火,有什么事慢慢地说吧。

高：我去啦,人家她娘无论如何高低不允,说住一两年回家去找婆家呢!

齐：你没提我吗？ 你说我现在当上分区长,又有钱又有势,你没说吗？

高：我都说啦,人家就是高低不允。

齐：高低不允？ 有她允不迭的时候,没想着这些穷人还有这么点志气。

高：你别看人家穷啊，骨头倒是挺硬的。

齐：好，没有别的，高大娘你再去跑一趟腿。

高：我高低不去了，还去找着"卷颜子"吗。（走）俺哑巴儿好回来了，我得家走替他做饭去！

齐：（拉住她）这个不要紧，（掏钱，高老妈妈在一边看着）喏，你拿着这个，回头给你哑巴儿买点东西吃。

高：（接钱，口气变了）可是，这一回我去怎么说呀？

齐：这一回你去先跟她说好的，我随后带着人在外边等着，她要是再不允，我马上进去把她儿抓起来，想安他一个罪名还不容易吗？

高：好吧，我再去说说看，您齐大哥，这是你呀，错过别人我是高低不去的了。

齐：好，好，高大娘你费心吧！

高：（走到门口又回来）您齐大哥，可别忘了我那个大棉袄啊！

齐：错不了，错不了！

高：（这才放心地走出去）

（齐随后收拾了一下，带着电棒和手铐，扭黑电灯，走出门去）

第二场

景：许家破草房里。

（许老婆婆病卧在炕上，一家三口唉声叹气地互相埋怨）

妈：您看看，不听老人的话呀，我说不闯大连不闯大连吧，您偏要闯大连，现在可好啦，今天挑劳工明天挑劳工，还不算，现在又弄出这么些事来，您们看着怎么办，您们去办吧！

许：谁知道大连街是这个样儿，早知道死在家里也不来，反正是没有穷人好过的日子,您看看,您这么大年纪了,三天两头还有病,还有一个妹妹,要是我一个人,挑我的劳工我就去干劳工,我他妈的捆上了这一块。

高:(上,在外敲门)许大娘开门哪。

许:娘,这个老×养的又来了,给她开门不开?

妈:你就开开吧。

　　(女去开门)

女:高大娘进来吧。

高:许大娘,我又回来啦!

　　(许子见她进来不理她,到一边去)

妈:高大娘(拍拍炕沿)坐下吧!您高大娘又有什么事吗?

高:我还是为头回那个事来的……(女一听此言低头走开)

妈:(看看女儿)唉,您高大娘,您就不用操心了,孩子是高低不同意呀!

高:您可别想不开啦,您这么大年纪可别跟孩子们一样糊涂啊!您不看看人家齐世陞家里吃的是什么,穿的是什么,又当了分区长,又有钱又有势力,成天这个送礼那个送礼,吃都吃不完。(越说越有劲)您看看,他家又没有公公又没有婆婆,没人给气受,这一进门就当家,跟他有多好啊!我就没有闺女,我要是有闺女,早就给他啦!

　　(站在旁边的许子,早就听不进去,想发作被妈用眼阻止了)

妈:您高大娘,我商议孩子了,她就是宁死也不跟他。

高:唉!(走去把许女拉过来)我说,丫头子呀,打着灯笼也没场找,你别"潮"啦!你跟他有多好啊,有吃,有穿,你娘还少遭了罪,你哥哥还拨不着劳工,这有多好啊?啊!你跟了人家齐世陞不是掉进福囤子里去了吗？

女：（忍了半天，发作）你看他好，你跟他去，我是不去的！

高：（大怒）咳哟！您看看，这是说的什么话？我这是为你们好哪，这不是"好心□了驴肝肺"吗？往后我不管了，再要拔你们家劳工我可不管了！

许：（大喝一声）不用你管，你他妈的还来装不错的呢，拔劳工我就去干劳工，不用你管。

高：（被他这一骂，突然沉下脸来，冷冷地）这可是你说的呀！往后有事可别来找我，我走啦！（这句后三个字是她暗示室外的齐世陞的，因为齐世陞已经带人在门外等着了）

齐：（一脚踢开大门，许子闻声迎上去，被齐世陞的电棒照着脸，睁不开眼来）你这小子在哪儿干活？

妈：（这时室内早已惊乱，她也下了炕）齐先生，他是我的儿，没地方干活，打卯子工。

齐：妈勒个×的，定规不是好人，（叫带来的打手）把他铐起来！

（狗腿子上来铐人，高老妈妈一边冷眼瞅着）

妈：（跪下）齐先生，这是怎么一回事呀?！

齐：你这个老混蛋，什么事儿你还不知道吗?！（一脚踢开她）带走！

（狗腿子把许子抓走，齐临出门示意高老妈妈，继续进行）

高：（点头会意，齐下）啊唷！这是什么事儿啊，（装好人，扶许老妈妈）快起来吧！这一会抓去，可够他的呛了，我得走了！

妈：您高大娘，您高大娘！你不能走啊！

高：（许老妈妈拉不住她）您不是说过不用我管吗？（走）

妈：孩子，你快拉你高大娘去！

女：（追上去，拉住她）高大娘，高大娘！

高:没我的事儿,您不是说不用我管吗?叫我干什么,叫我干

什么……

（她嘴里说不管,腿可就随着走回来了）

妈:您高大娘,您不能和孩子们一般见识啊,千不看万不看,看在咱

老姊妹脸上啊,（哭着）你不可怜我们谁可怜我们呢?

高:（拿把）你不是不用我管吗?

妈:唉,高大娘,你……

高:好,（加重语气）可是,你叫我怎么去说呢?

妈:（为难,看女儿）闺女儿,你看怎么办呢?（许女伏娘肩哭）唉!

（下了决心,牺牲女儿救儿子）好,高大娘,我把闺女交给你了,

（把女儿推过去）您看怎么办就怎么办吧,只要叫我的儿回来就

行啦!（母女抱头大哭）

高:喔,到这回你才想开啦,你要早这么说哪能有这回事儿呢……

（一想之后,郑重其事地进逼一句）你可知道,这是你求我去说

的,你自己愿意,往后可别说我强逼你的!

妈:（实在没有办法,只好口头应承）那哪能啊,高大娘!

高:好,话要先说在头里,你儿我保险把他放回来,不过要等你闺女

进了门,你的儿才能放出来!（拉过许女来,奚落她）丫头子,这

回到底是你跟他呢,还是我跟他呀?

女:（被她这一说,失声痛哭）娘啊……

（在哭声中,高老妈妈脸上浮起胜利的、阴险的冷笑）

（暗转）

第三场

景:同第一幕第一场——是破晓尚未天明的时候,舞台上全部变暗,

仅留天幕上有迷离的亮光,高坡上有一个持着钢枪的日本兵在那站岗,许家门口停着一顶花轿,隐隐地可以听到远处的大哭小叫声、鞭子声,这一切,在黑暗中成为一个剪影的画面……

日兵甲:(对押着劳工的日本兵问)ミソナキシマダカ?

日兵乙:(押着劳工)ハイ!

(一群穷苦老百姓被押着过场,随后有他们的妻儿老小哭叫着,日本兵乙用鞭子赶散他们,劳工押定后,沿着街上坡去,站岗的哨兵朝着群众开了一枪,全场哑然,于是日本兵都走了,剩下这些老婆孩子们哭叫着。另一边,从许家的房子里走出两个小孩提着红灯笼,吹鼓手响着乐器,高老妈妈扫看穿红棉袄的许女,许妈妈随后上)

妈:我的闺女呀!(哭)

高:别哭啦,你的闺女要不跟齐世陞,你的儿不是跟那些劳工一样吗?(把许女推入花轿,叫轿夫)抬走,抬走!(自己领着红灯笼走在前头,赶开路上哭着的女人孩子们)走,走!

(迎亲的行列远去,台上仅留下一片哭声。许老妈妈站在坡上,和那些邻居们一起望着远去的花轿……)

妈:孩子,孩子……

众:喜儿他爹……哥哥……爸爸……

(在哭声中,渐渐地低下去,黑下去,声音咽哑……)

(幕慢落)

第三幕

第一场

景:徐峰云家中寿堂。

　　（徐峰云正在作寿，点着一对大寿蜡，墙上挂着大红寿幛，开幕时，刘景堂、魏化南、马大爷、齐世陞正在给徐峰云祝寿，围着一个桌子在大吃大喝，划拳，又争着向徐峰云敬酒，齐世陞在给大家斟茶）

马：你们别吵吵别吵吵，让我来跟大家说两句话，你们以为我喝醉啦，我的酒是喝在人肚子里没喝在驴肚子里，我今儿喝这个酒真高兴，我说徐大哥你得带着咱爷们多喝上几杯。

众：对对对！应该，徐大爷领着多喝几杯。

徐：单看你们有福没有福啦！我要多活上三十年五十年，你们喝酒的日子还长远去了呢。

魏：徐爷们，你看你这个棒实劲儿，三十年五十年还不定规哪，你看你的身板多挺脱，二十来岁的小伙子都赶不上你。

徐：不行了，不行了！您看我的胡子老长了。

齐：看徐大爷的模样顶多不过四十岁。

刘：对对对，你看马大爷比徐大爷少了好几岁，可是看那样子徐大爷至少比马大爷少个二十多岁。

魏：你们看看今天这个天气多么好，再看这一对烛点得这个好，纹风不动，多顺序！徐大爷的福气还在后头哪！

刘、齐：对对对，还有蜡花……

　　（众人齐声附和，正在热闹的时候，老杜擦眼抹泪地上）

杜：齐先生在这儿么？

刘：（对齐）齐世陞，你管的那个分区，又来了一个送礼的啦，你快去快去。

齐：（到门口向杜）快进来吧，快进来吧，你送的什么快拿出来吧……
　　（杜拿出户口本给齐）你拿户口本来干什么？

杜：俺家，俺娘死啦！我要找你起票。

齐:他妈个×的！你瞎了眼么？你不看看今天什么日子？你娘什么
　　时候不好死，单单在这个时候你来死！你不知道我家吗？你单
　　土这个地方来找我，你没看见徐大爷上寿吗！

杜:分区长，俺找你两三天也没找着，俺娘打前天就死啦，俺住那个
　　院里死了七八个啦，死人比活人还多哪，再不抬就不行啦，天
　　又暖……

齐:（大怒打杜）妈个×的，你还说你还说，你简直给我丢人嘛，来这
　　么个丧门儿，滚你妈个×的，滚滚滚！

　　（杜被齐打走，拭泪下）

徐:齐世陞你在那儿吵吵什么？嗯？

齐:（惶恐回到桌前）嗯……

刘:齐世陞你这是弄些什么事？你怎么专门弄些这个。

马:你到底是不行啊，齐世陞你还是太年轻。

魏:（指着齐的鼻子）齐世陞你天生是个没有翅膀的鸡，爬大桌子
　　的货！

齐:徐大爷（自己打自己的嘴巴）我真该死，我，我……

徐:算啦算啦，我这么年纪啦，也不在乎那些啦。再说呢，这样的事
　　也怨不了你，死人的事是常常地有哇，我看这人以后死得还
　　要多。

　　（齐这才放心坐下）

众:对，对，对，这一气死得真不少……

徐:那是真格的，你们看看他们吃的是什么，就吃那些橡子面还吃不
　　饱，还能少死了吗？（顺手拿筷子夹起一块鸡）就像咱们吃这个
　　饭还能死吗？

众:对啦，整天价吃橡子面还能活得成吗！

154

徐:(心里在打主意)你们都没有算算,这一个礼拜你们那个分区都死了多少人?

马:咳,可不少! 我那个分区呀,这一个礼拜就死了六十二个。

魏:你那儿还不多,我那个区一礼拜就死了七十八个。

刘:我那个区也差不离,也是七十来个。

齐:你们三个分区搁在一块儿还没有我这一个分区死得多,我这个分区这一个礼拜,你们猜猜死了有多少?

魏:有多少?

齐:这一个礼拜死了有二百二十六个,嗳,再加上刚才那一个,一共是二百二十七个。

刘:啊哟,可不少!

魏:齐世陛,这不是就数着你发财吗?

齐:没有意思! 你看忙这么大半天嘛,没有什么意思,起一个死人票,顶多就是三块五块的,没有意思……

徐:嗯? 死了这么些人,咱爷儿们还弄不出零花儿来么?

齐:(跑到徐面前)徐大爷,今天我有句话,要对徐大爷说说……

徐:你说什么,说吧。

齐:死这么些人,咱爷们还弄不出来个零花,得想个好办法……

众:对,对,对,对!

徐:你么,有什么办法可想,你要能够想出办法我就能做主。

齐:徐大爷,这一回有个好买卖可以做。

众:(都围过来)什么好买卖?

齐:现在死这些人,咱不好就说是瘟神打灾,叫大伙凑钱祭瘟神;这么一来,咱们也有吃啦,也有喝啦,还能赚两个钱。

众:(高兴赞成)对,对,对,对。

徐：(点头赞许)不过,咱们说干可就干啊!

众：怎么不干,咱这就去收钱……

徐：你们把钱收来交给我,得听我分派。

众：是是!

徐：祭瘟神,咱得预备些什么东西?

众：(乱说)要买猪,还要羊,还要鸡,蜡烛、香、纸,还有老道……

徐：(拦住他们)你们悄悄的吧! 都听我说,要买那些东西干什么,那
得多少钱哪,买上一只小鸡,那不就行了吗?

刘：徐大爷那可不行,到那一天看热闹的一定很多,不买点东西,挡
挡穷人的眼可不行。

徐：那还不好办吗,蒸几个小馒头,给小孩分分就行啦。

马：徐大哥,祭瘟神没有老道可不行。

徐：好,那咱们就弄上一个老道。

齐：这个事情哪有弄上一个老道的,顶少也得八个。

徐：(不耐烦了)你少说话,八个老道那得多少钱哪,弄上几个钱一遭
儿都要花光么?

刘：徐大爷,一个是不行,顶少得六个。

徐：六个,那得多少钱? 咱闹两个吧。

魏：两个也太少啦!

徐：那么弄三个吧。

马：徐大哥,老道哪有三个的,这玩意儿不是六个顶少要五个。

徐：(没有办法)好好好,就闹上五个吧,我给你们分派分派谁去干什
么,叫你马大爷去买鸡,叫老魏去借家巴什儿,刘景堂去买香烟,
齐世陞你到红房子大庙上那儿去弄上五个老道来。

众：好吧……

马：收了钱，我们附就着去买东西吧。

徐：不不不，多送到我这来，买东西先不给钱，叫他开条子上我这儿来拿。

（众面面相觑，无可奈何）

徐：好，你们就去吧。

众：徐大爷我们走啦。

（马、刘、魏出门）

刘：咱鬼不过这个老×养的！

魏：可不是怎么的！（同下去）

（齐还坐在椅上纳闷）

徐：齐世陞，人家都走了你怎么还不走？

齐：（忙立起）是是，这就去。（出门骂）他妈的，好事没有我的，叫我去请老道，我还能赚个老道捎回家去！

徐：（对着门口骂）这些东西，鬼头蛤蟆眼的，你们总鬼不过我去，鬼不鬼的，刀把都攥在我手里呢。

（暗转）

第二场

景：同第一幕第一场，老虎屯的一角。

（灯光转明时，坡上坡下挤满了看热闹的老虎屯的居民，刘景堂、魏化南、马大爷、齐世陞等狗腿正在布置祭瘟神的香案，很多穷孩子围着香案向那些鸡、鸭、小馒头等祭品咽唾沫。穷朋友、老杜、老范、许子等穷人蹲踞在一边悄悄议论）

穷：他妈了个×的，祭什么瘟神哪！这都是吃那个橡子面把人药死的，还赖上瘟神哩。

范：什么祭瘟神，他们是想钱花啦，不用祭，他们就都是活瘟神！

杜：这一回祭瘟神，上俺家去收钱，拿少了还不行，我没法把床被子当了给他们。上一回俺娘死了，我去找齐世陞起死人票，他还嫌我丧门儿，把俺打出来啦。这一回指着死人发财，他们就不嫌乎丧门啦？

（王老头从坡上下来，在旁听了几句，也分开众人，挤上来说）

王：（拿着旱烟杆指指点点地）什么神不神的，我就不信这个。要是有神，怎么这些专门熊人的倒吃得雪白大胖胖的，一个也不死呢？专门就死穷人？

婆：（在后面听着老头子发议论，赶忙插进来拦他）你这个老东西，尽胡说些什么？看叫那些活瘟神听见，了不得呀！

王：（推走他老婆）你吵吵什么？去去去！

婆：（被推走，气得又回头指着老头子）你这个老婊子儿！

（众笑）

穷：你老两口子吵吵些什么？

范：你这两口子这几天吃饱了吧？

杜：俺们这两天饿得怪难受的，你两人叫橡子面撑饱了吧？

（众狗腿赶散围着桌子的孩子们）

齐：离远些看，离远些看！看把桌子挤倒了，叫瘟神大仙生了气，叫你们一个个都得死！

（一个最小的孩子正糊里糊涂跑过来，被刘景堂一把抓住）

刘：（指着孩子骂）你这个小×养的啊，这是给瘟神吃的，你还捞着吃吗？（一掌把小孩打个跟斗，小孩吓得爬起就向孩子群跑去，一个大些的孩子忙拉他到身边）

（徐峰云在坡上咳嗽一声，众男女忙忙分开让出道来。众狗腿

也都恭敬候立）

徐：（戴着眼镜，拿着文明棍，一摇一摆地从坡上慢慢下来，走到香案前）都预备好了吗？

众腿：都预备好了。

徐：都预备好了？（上前检视）怎么老道还没来？（向齐）齐世陞你怎么弄的？你这个东西办不出一点好事来，快去快去，去把老道给我找来！

齐：是是是！

刘：（趁此排挤）齐世陞，怎么就你出纰漏！

（齐憋着一肚子气，向坡上走，把拦路的孩子们使劲一下子推开，正推在徐的身上，徐被推得向前一冲）

徐：（把文明棍朝地上一顿，发脾气）叫他们靠后站！

刘：（忙向前赶孩子）靠后，靠后！你们这些小×养的！

（徐慢慢地走到香案前，把文明棍倚在案旁，摆好架子，理理胡子，咳嗽一声）

众腿：（进前向群吆喝）不要说话，悄悄的，屯长要讲话了。

（全场静默）

徐：我告诉你们大家，今天我们为什么要祭瘟神呢？就是这几天我们这个老虎屯，死的人太多了。为什么会死这么些人呢？因为我们屯子里人心都不好，瘟神见了怪，所以才打灾。我为这个事可操心不小，黑夜白日都睡不着觉，这都是为的你们这些穷人啊！还有一些人不知道好歹，说是吃橡子面药死的，这都是胡说！日本皇军配给给我们这个橡子面，吃了是顶有补养的，你们看看我整天价吃橡子面，我怎么没有死呢？这都是因为我的心好。以后不准再胡说八道，都要听我的话，听见了没有？

（众不语）

刘：屯长讲的话，你们都听见没有？

众：（有三五个，无可奈何地）听见了。

徐：咱今天把这瘟神祭奠好了，以后就不能再死人了……

（五个老道敲敲打打地上场，齐在前赶开众人，众都挤上来看老道。徐借此收场。老道走到香案前做法事，徐上前上香，打躬，退立一旁，老道乱七八糟地念经，念了一会，徐大烟瘾发作，打呵欠，擤鼻涕，不耐烦地向齐做了个手势，齐点头会意走到老道头子跟前）

齐：（催他）快点，快点！

老道：好，好，好！（生了气，把手铃向香案上乒地一放，走到香案上首立定，潦潦草草地画符，烧纸，又到案前捣了一阵鬼，退立，徐上前叩头，众腿也随之叩头。居民中有些妇女也随之下跪）

徐：（伏地祷告）瘟神大仙哪，俺们这个屯子里的人也不知道怎么得罪你老人家啦，叫我们这屯子里死上这么些人！没有旁的，这一回我领着大家伙来祭奠祭奠你，你保佑我们这个屯子里往后太太平平的，往后俺们还得常常地祭奠你……（起立）

众：（吃惊）还得常常地祭奠？

（齐忙吆喝众人）

齐：别胡说，悄悄的！

（老道又捣一阵鬼，法事就此结束。老道头子脱外罩八卦衣交给小老道，走到香案前拿起供品的那只鸡就走）

徐：（忙上前抢鸡）这个你不能拿走！

老道：（不肯放手）这是我们的规矩！

徐：（一把抢过来塞一个小馒头给他）什么规矩，这才是你的规矩。

（老道火了，扔回不要。众老道上前排解）

160

众道:算了算了,我们认倒霉算了!

老道:(无可奈何,只得转向齐)那么,钱呢?

齐:待一会儿给你送去,瞎不了你们的钱。

（众道不高兴地下。徐指着骂）

徐:哪儿弄来这些老道？没听说还有这些规矩!

（众小孩一齐上前要祭品,穷人们也随之拥上）

徐:(忙忙摆手)你们都回去吧,都回去吧,现在完了事了,这一回祭了瘟神,往后再不能死人了。

（众小孩不肯散,嚷嚷着要吃的）

徐:把几个小馒头给他们分了。（众腿执了几个小馒头给孩子们,孩子们仍不肯）走走走,把这些东西都抬到我家去。（徐大摇大摆向坡上走,众腿抬着东西随后,稍后,众穷人一齐指着他们大骂）

（幕）

第四幕

第一场

景:同前——老虎屯的一角。

（正是"八·一五"日本投降的后一天或两天。因为大连被日本统治了四十余年,所以前一两天虽然这万恶的统治者已宣告投降,但在大连的中国人,尤其是穷老百姓的耳目仍然被封锁着,就是有人偶然听到了一句半句,也还是不敢相信真有这么一天）

幕开时:是大连初秋时特有的晴朗天气,黄昏的落日晚霞把老虎屯这个贫民窟映照得金红烁亮。一些穷孩子正在那里玩得起劲,老杜两个孩子在领着头,又爬又滚又翻跟斗地闹得一片欢腾，似乎表示着穷汉岭上这四十来年凝结着的愁云惨雾，今日已被一道光明冲破了。

（王老头同老杜两个人一面谈着一面走下坡，看见这些孩子闹得太厉害，老杜就过来揪住自己的孩子要干涉）

杜：（对儿子）走走走，别在这儿闹。

甲：（挣扎开父亲拉他的手）等一会，等一会嘛！（站直了，对他的部下发号施令）立正！（孩子们垂垂地马上站齐了队）向右转！（一齐向台右转身）开步走！（孩子队全部开走了）

（两个大人也不由得看着他们高兴）

杜：（笑着）这些孩子们闹得真欢！

王：可不是，真欢活！

杜：（向坡阶蹲下）王大哥，吸袋烟吧。

王：好。

（两人掏出烟杆吸起烟来。忽然穷朋友自坡那边一路喊着一路跑上，像出了什么大事，一见他们两个，径直跑过来）

穷：（跑得上气不接下气）王大爷，王大爷，听说日本人完了国啦！

王：（吃了一惊）你听谁说的？

穷：我在甘井子大华家听说的，码头上他们都在那儿说……

杜：（先也吃了一惊，后来想了想，泄气了）咱不管他完不完的，没有咱的什么东西，谁来了咱不一样干活？！

王：（大不以为然）杜大弟，你说那个太不对啦。你说谁来了都一样的话，你忘了你盖了一间房子，怎么让人家给扒了呢？

杜：（被说着了痛处）我寻思起来那些东西，我就恨得牙根疼哪！

王：杜大弟，还是换着俺中国人好哇！

穷：那是啊，到底是王大爷多识几个字，看事看得长远。杜大爷就像你似的,"猪圈门上的对子——吃,喝,拉屎,睡觉",你管什么也不是!

（杜被说得脸上磨不开,气得蹲到一边抽烟。这时王工头已经搬到自己盖的原来出赁的那所房子里去,即第一场老杜房子被扒的那块地,这时正从门口出来,听到他们在谈论的事,便住了脚,装着在门口闲溜,偷听他们的话）

王：（接着说下去,又劝老杜）我对你们说说吧,日本人这一完了国,穷人就不能受气了。

穷：（高兴地）这会儿日本人完了国,咱就好啰!

杜：（也不由得转过身来,笑了）是啊是啊! 这就好啰!

（齐世陞穿了一件崭新的绸夹长衫,甩搭甩搭地上来）

齐：你都吃了饭了吗?（众不理他）

穷：（故意又对老王头说）我看日本人早就该完了国,又多拖了这两三个月才完哪。

齐：（听他们是在谈论这个,赶忙过来替他"主子"辩护）你们不知道哇,日本人不是亡了国,我听说是跟美国英国讲和啦,不打仗啦。日本人还有亡国的吗? 啊? 你看南山顶上那个大炮,一根一根的;海里的兵舰,一只一只地朝里开;还有那个飞艇,轰轰地满天飞。你看日本人这个国不是铜帮铁底的吗? 这还有个完吗?!（看看大家仍然不理,只得再吹下去）我有句实话告诉你们吧,别说日本人还亡不了国,就是亡了国那一天,他能把东京"□×□"啦,也不能把大连"□×□"啦。

（齐说了半天,王、杜、穷三人丝毫不理。齐世陞也明知道"主子"已经垮台了,也不敢再使威风,正在□得没办法,王工头赶忙把他拉过去,两人正要进到王的屋里去,忽然台的左面轰起了一片笑

嚷的声音,接着在工厂干活的许子、老范、老隋大说大笑地上来)

许:(三人乱七八糟地你一句我一句)咱们这下子可出了气啦!

隋:这个洋鬼子可叫咱们打熊啦!

范:他怎么打咱哪? 咱这回打他个痛快!

隋:那个洋鬼子,还同从前一样在那儿摆手哪,叫我一洋镐把就把他
　　打倒了。

　　(原来在场的三个朋友赶快围过来,杜家两个孩子听了这边热
闹也跑出来在大人后边听)

杜、王、穷:什么事? 什么事? 你们说的什么?

隋:今天哪,我们那个厂子里的洋鬼子不叫俺们走……

许:(抢着一齐说)今天我们打了洋鬼子啦……

范:(也同时大声嚷嚷)这一下出了气了,出了气了!

穷:到底听您谁说的是?

许、隋、范:(又一齐)今天我们把厂子里……

杜:(急了)你们倒一个个说哇!

许、隋、范:(笑了,互推了一下)你说,你说,还是你说……(前后推出
　　许子来)

许:(指手画脚地)好,我说说,日本人不是完了国了嘛,我们在工厂
　　里听着别人的厂子里都不干了,我们也要走,那个洋鬼子说不
　　行,还在那里摆手呢,叫老隋过去一洋镐把就把他打倒了,我们
　　大伙过去把他按在地上就叮叮当当好一顿打——这一回可出
　　气了!

杜:(惊喜地)日本人真完了国吗?

许:可不是怎么的! 你隔着"红房子"近边边的,你没看见"三和盛"
　　把账本都烧了吗? ……

164

（消息证实了，大家更高兴，七嘴八舌地说起来，齐同王工头在许等上场后本来掩在门后偷听，这时齐忍不住又要尽一尽奴才的义务）

齐：（过来问许）怎么？你们胆子真不小，把洋鬼子都给打啦？（许背过身去不理）这个祸可闹得真不小！你们知道，日本人没有亡国，就是国亡了人家人没有亡呀，打还行吗……

（在齐说话时，白玉江同着几个老虎屯的朋友上来，在坡上听了两句，便走过来，两个孩子看见他，一齐拉着他的膀子高兴地跳，大家一回头看见了）

众：（高兴地）老白来了，老白来了！（齐一见白，正想溜走）

白：（拦住他，拍拍他的肩）怎么，我刚才听你说，日本人并没有亡了国？

齐：本来是没有亡国么。

白：你说说我听听。

齐：我是听说因为美国有了原子弹，所以日本人不打仗了，同英美讲了和了。

白：不对，我是听说北边"大鼻子"出了兵，所以日本人害了怕，投了降了。

（大家一齐围过来）

众：什么，"大鼻子"？

齐：（赔笑）反正谁来了在咱都是一样，谁来了还不是一样地干……

白：（气得啐了他一口）呸！一样，一样就没有穷富！

（众人过来拉白）

众：别理他，我们问问你……（大家围着老白，七嘴八舌地问"大鼻子"怎么出兵的事）

165

（齐世陞趁此开溜,正要溜上坡,杜家两个孩子正同第一幕第一场一样,拦着路口在地上打弹,齐习惯地举起脚要踢,忽然一想,这时儿吃不得了,忙收回了脚）

齐:（向杜子)起来,别挡在道上挡碍!

杜子:（一齐昂起了头,大声地)你还唬人呢,你的日本爹都完啰!

（众人鼓掌大笑,齐抱头鼠窜,开跑上坡,忽然一大群提包袱的、扛着小铺盖卷的人闹嚷嚷地上来,齐忙回头改路溜走）

众:（发现了上场的人群,大喜)劳工回家了,被日本人抓去的劳工回家了!（一齐拥上去围着那些劳工问长问短,乱成一片）

白:（拉住一个劳工)你们怎么回来的?

劳:（欢喜得几乎说不出话来)"小鼻子"完了国。是"大鼻子"把我们放回来的……

（这时杜家两个孩子早去分头报信,一些父亲母亲来欢迎儿子,妻子来接丈夫,小孩来叫爹,连跑带跌的愈来愈多,欢呼震天——这是穷汉岭上四十余年来第一次的欢笑……）

（暗转）

第二场

景:齐世陞家,仍同第二幕第一场景,不过炉子撤掉了,多加了几个凳子。

（灯光再明时,王工头正在替齐世陞擦洋火点香烟,因为现在是齐世陞的天下了,王工头也变成了齐世陞的狗腿）

齐:（架着二郎腿,坐在椅上,神气十足地喷出一口烟)喂,你在那儿听着些穷小子都说些什么?

头:我听着老白这个×,还有王老头这个老家伙在那说"人家工厂里都参加了工会了,都把工头同洋鬼子弄到工会去算了账了,咱们这个屯子里也要组织个会儿"……

齐:(注意)组织个什么东西?

头:说要组织个屯工会。

齐:组织屯工会干什么?

头:我听着说是屯里打卯子工的,会上给他们找活干;有些做小买卖的没本钱,就借本给他。

齐:肏他妈的! 你不要听他那一套。看他们那个熊架子,他还能要组织屯工会? 我怎么看他们那个头,就像小些似的……

头:(赶忙附和)我看他们的头也不大!

齐:哼!"屎壳郎能驾辕,人家就不买大骡子啦。"你尽管别听他嚷嚷,他们爱说什么说什么,先叫他张罗着……他这又快到咱手里来烧香了!

头:(注意)齐先生,什么事儿?

齐:(得意地)今天区政府又打发人来递我告诉,叫咱们这儿选坊长。

头:怎么的,要选坊长?

齐:那还用说啦,肏他娘,"癞蛤蟆能咬人的话,人家谁还怕黑瞎子"!

　　(魏、刘上,在外叩门,齐注意地听了一会,点点头,去开门)

齐:进来吧,进来吧!(魏、刘进)你们往我这儿来,后面有人看着吗?

刘:没人看着,你叫我们来干什么?

齐:坐下说坐下说……

　　(众人坐下,工头给大家倒茶)

刘:(严重地)你没到下边"三立成"老头那儿去一趟?

齐:没有啊,怎么的?

刘:"三立成"的老头叫红房子那帮子苦力给弄去了,吊了好几点钟,

167

回来就吓死了。

头:(吃惊)真的吗?

刘:可不是怎么的!

魏:(叹口气)唉,可惜"三立成"老头多么好的一个人哪……

齐:(先听到刘的话也吃了一惊,沉默了一会,这时忽然开口)别说了,别说了,死了就死了吧,咱还说咱的。

魏:(明白齐世陛现在的地位,忙转口)对对对!什么事儿,你说说吧。

齐:今天早晨小衙门——啊,不是,是区上来递我告诉,说要选坊长……

刘、魏:怎么的,选坊长?

齐:对了,我寻思把你们找来,大家想个办法,咱把这个坊长弄过来。这么一来,还不是和从前日本人那时候一个样吗?什么事还不是咱说了算吗?!

众:对对对!不过,选坊长,怎么选法?

齐:我听着这样:这会儿选坊长,是干伸手的……

众:(不懂)伸手的?

齐:嗳,谁伸的手多,就是谁的坊长。

魏:(点头同意)哦,就这么个选法!(有了主意了)那还不好办吗!(问齐)你没听说到多会儿选么?

齐:到后天就选。

刘:上哪儿去选啊?

齐:就上新房子那个贫民学校去选。

魏:到后天选哪?这个事儿好办。你们来来来,(众聚过来)明天咱在家里对着咱自己的人说一说,叫他们多去两个。差不离那些穷人就不要告诉他们,他们知道什么选不选的!(对齐)赶着说出你的名字那工夫,俺大伙儿都伸手……

齐:(假客气)别别别,我不行啊,我连个字都不识,还是老魏你吧!

魏:不不,还是你行,你对待衙门的公事活变,还是你来。再说你干还不是和我们干一样吗?

众:对对对,(向齐)还是你干……

齐:(不再装蒜了)只要这个坊长叫咱们干上,我听说还有配给粮,咱们就有办法了。

众:还有配给粮?

齐:(得意地点头)配给粮一到咱们手上,那不是爱怎么着就怎么着?! 好,你们先回去吧,去对他们告诉告诉。(众向外走)慢着慢着,先看看外边有人没有。

头:(□□地)我去看我去看!(开门探望)

齐:(对刘、魏)我告诉你们,要再来的工夫,别吆喝,就把我这个门砸四下子,我就知道是你们来了。因为这一会儿外边不大好,老白这个×领着人到处抓人,你们都得小心点儿……

头:外边一个人也没有。

齐:好,你们走吧。

(众告别向外走……)

(暗转)

第三场

景:老虎屯的一角。

(灯光再明,是老虎屯的夜景,月亮刚照在树梢,远远地有数声犬吠,杜家两个孩子正在月亮光下面捉迷藏,忽然右面一道手电的光照射过来,两个孩子伸头一望,忙躲在暗处。接着有人说话的声音,上来了齐世陞与王工头,王工头还背着一大麻包东西)

齐:(拿手电四面照了一下,将要照到两个孩子躲的地方,孩子们已经溜上了坡。齐看看没人,才开口)老王,你看看是听我的话好呢,是听老白的话好啊?咱长着眼是看事的,长着耳朵是听事的。这一会儿粮食,哪一会也没落掉你吧?(这时两个孩子把王老头拉了出来,躲在坡上暗处偷听)俺他妈!他们这些穷小子不是听老白的话吗?他们就捞不着粮!可是我有一个事儿要递你告诉告诉,你要是在屯子里的时候,那些穷小子要在那儿商议事儿,你好好地听着,听着什么马上来递我告诉。

头:(在齐拿手电搜索的时候,已将背上沉重的麻袋放下歇气)是是,齐先生你放心吧!我要是听着什么还能不递你告诉吗?就是听不着的话,我还去想办法给打听打听哪!(王老头同孩子们回到屋里去了)

齐:(点头)你这算看开了事儿了!你要能这样,你这个粮食还能吃得长远点儿。

头:是是是……

(台右有人声吵嚷!齐与工头向那边一看,赶忙溜到工头家里,在门口,齐又悄悄地嘱咐工头)

齐:你就在这儿,听听他们讲些什么,要是不对的话,你就添上两句。

(齐踏进去,工头装着没事,倚着自己的大门)

(内:老白,你不是……粮食怎么办……乱七八糟地嚷嚷着上来了一群人,白玉江,许子,老杜,老范,老隋,穷朋友,还有几个老虎屯

的老百姓,大家都围着老白)

许:老白,你今天叫咱参加工会,明天叫咱参加工会,咱参加了工会,
　　怎么一点儿粮食也没分着? 人家齐世陞那一帮子怎么分了好几
　　回了呢?

众:(七嘴八舌地)是啊,怎么咱参加了工会的都没配给粮?

白:(请大家静下来)老许,你啊,看事得看长远点儿,他们这些坏蛋,
　　不能长远的。我这一回已经上外边打听好了,你们不来找我,我
　　还得去找你们哪。

众:到底这个粮食是给谁吃的?

白:政府规定是给咱穷人吃的。

杜:我不信,要是给穷人吃的,怎么他们那些开煎饼铺的都摊着了,
　　俺们反摊不着呢?

众:是啊,给穷人吃的,怎么俺们摊不着呢?

白:你们别吵了,这事儿好办!

众:好办? 怎么办?

白:先看咱们大家伙齐心不齐心。

众:齐心又怎么着?

白:要是齐心,你们别望着齐世陞就害怕,你们把他拖到区政
　　府去……

众:(吓了一跳)上衙门? ……(有个吓得走开了)俺们不敢去……

白:回来回来! 我递你们告诉,(大家又慢慢地回过来)你们不要听
　　着衙门就害怕,现在的政府不是在早"小鼻子"衙门那个样子,现
　　在的政府是给咱老百姓办事的。你们没听见吗? 东边那个坊里
　　的坊长,为了分粮食分不公平,叫大家伙把他拖到区政府去了,

区政府要押起他来,他吓得没办法,从打这回,粮食就分给穷人了。

众:(闻所未闻)真的吗?

白:可不是个真的么,东沟儿的人谁还不知道?!

众:那咱这儿怎么着呢?

白:要是你们齐心,就把他拖到区政府去,给他讲讲理……

许:(闻之有理,来了勇气)好,俺们去找齐世陞去!

众:(一呼百应)走走走,找齐世陞去!找那个×养的去!(一齐拥上坡)

(王工头见事不对,忙过来拉住走在后面的老杜)

头:杜大爷,我看这事拉倒吧,咱别去无事无非地去找事儿,咱少吃点粮食就少吃点吧。你可知道,那个齐世陞可不是好惹的,在日本人那时候当分区长,这会儿又干上坊长,人家好样儿的还是好样儿的。(在工头拉杜说话的时候,大家已经回身停步看他说什么,这时听了这些话,大家不耐烦地正要走,工头又忙拦住大家说)我因为什么才说这句话呢?这都是咱自己的爷们,怕你们出去栽了跟斗,于我脸上也不好看……

白:(忍不住了,上前对工)用不着你担心,俺们要怕他就不去找他,要去找他就不怕他!

众:对对对,俺们去找他就不怕他,走走走……

(王老头听见嚷嚷带着杜家两个孩子出来张望,一见他们就迎上来)

王:你们都上哪儿呀?

白:巧了,俺都想去掰乎你哩。

王:干什么?

许:王大爷,俺们要去找齐世陛那小子,问问那个粮食。

王:不用找不用找!(一面说一面回身走下坡来,众也不由随后)他没在家,(指工头家)他在这儿呢。

头:(惊,一把拉住王)嗳,王大爷王大爷,你怎么摸着什么说什么呢?他没在这儿,你见他多会儿上我这儿来过呢?

许:王大爷,你看见他来了吗?

王:(生气)我这么大年纪,我还能撒谎吗?

白:好,咱们进去找找去。

　　(众向工头家走,工头急得乱转,此时齐世陛已在内偷听了大半天,一见众人要来翻,知道躲不过去了,只得挺身而出)

齐:(赔笑)兄弟爷们,不用翻不用翻,我在这儿呢。咱爷们还有什么过不去的事吗?

白:(先拦住他的话)你先别忙,(把工头拉过来)你不是说他没在这儿吗?(指齐)他是从哪儿来的?

头:(结结巴巴地)这……我……

许:你这个×养的,什么我不我的,都是一样的货!

白:看起他来!(马上过来两个人把工头夹住)

头:(哀呼)齐先生齐先生……

齐:你吆喝我干什么,谁知道你弄些什么事儿!

白:哎,你少说话!我问问你,这一回政府下来的粮食,你怎么分的?

齐:嗯……那个粮食……

众:(怒声)你嗯什么? 你快说!

齐:(还想赖过去)这一回这个粮食下来得不多,一家子分不上几斤……

范:(大声斥问)怎么一家子分不上几斤? 那些养着几个大肥猪的都

分着了,俺们分不着?

杜:(也抢过来拉着齐吵)怎么那些煎饼铺都摊着了,俺们摊不着?

众:(都围着齐大声嚷起来)对了,对了,怎么这些人都分着,咱没有?

许:(过来指着齐)你别再赖了,快说,那些粮食你弄到哪儿去了?

众:对对,快说! 弄到哪儿去了?

齐:这事怨不得我,上边政府里这么规定的……

　　(正吵得热闹,忽然杜家两个孩子过来拉住老白)

白:政府这么规定的? 全该你小子的事,都是你捣的鬼!

杜子:白大叔白大叔,刚才(指工头)他背着一大麻袋粮食往家里去啦。

许:(拉住王老头)王大爷,是真的吗?

王:可不是真的? 我亲眼看着的,不信你进去翻翻。

杜子:(也跟着唧唧嘈嘈地说)是真的,是真的,我们都瞧见的……

许:好,进去翻!

　　(老白一把把齐世陞的手电抢过来,递给许,许拿着同两三人进工头家,一会儿就把一袋粮食拖了出来)

白:齐世陞,这粮食是哪儿的?

齐:(垂头丧气)这嘛,嗯,嗯……

白:不要嗯了,你赶快地说吧……

众:快说,快说,这粮食是哪儿来的?

白:你要不说,咱一块到区政府去问问。你今天把事看差了,今天这个政府,不跟“小鼻子”那个衙门一样了,今天这个政府是给老百姓办事的,你还像在早那样儿,是不行的了。

齐:(只得告饶)白先生,这个事儿,我已经做错了,您得原谅我! 这个粮食你看着怎么分分就怎么分分吧。

白:你家里还有没有啦?

齐:我说这一麻袋……

众:问你家里,问你家里还有没有?

齐:(知道众怒难犯,只得全盘托出)我家里还有三麻袋……

白:好,把这一麻袋背着,一堆儿上他家去分去!

众:(一人把这麻袋背上,押着齐与工头,许用电筒照着路,向坡上一拥而去,一路欢呼)走啊,走啊! 分粮食去呀! ……

（幕）

第五幕

第一场

景:同前。深秋,阴天。

　　(王老婆儿在大门口洗衣服)

王:(从屋子里出来)做好饭了吗?

婆:衣服还没洗完呐,你这个老东西就只想着饭。

王:什么时候了还不做饭? ……

　　(老两口正又要吵吵起来,许子从屋子里出来,老杜从街上回来)

杜:老许,老许,给你打听个事儿?

许:什么事儿啊?

杜:夜来咱这个屯子里来了一帮子一帮子的,是些干什么的? 说话嘛南腔北调,咱一点儿也听不懂。

许:喔,他们哪,他们是来调查房子的。

　　(众多注意)

杜：调查房子，干什么？

许：听说是调查调查咱这个屯子里有多少住破房子的，有多少是下雨漏的，有这样儿的吗……

婆：（发问）查这个干什么？

许：调查调查有那样下雨漏的，房子窄拔的，都给换大楼住。

王：（拉住许子去看自己的房子）老许，老许，您看看，我这个破房子，这一回十有八九我也能摊上了吧？

许：恐许能……

婆：你这个老娭子儿，尽想好事儿，你在"做梦说媳妇"啊，你看看，我活了这么大岁数，从根儿也没遇见过这样的事儿，你尽想好事。

穷：（他在一边悠闲地插嘴说）王大娘，这个事儿是真的呀！

婆：（将信将疑）真的？

穷：真的，人家邱家屯已经搬了好几家子啦！

婆：啊？搬了好几家子啦？我怎么不知道？

王：你看看你这个熊架子，人家要不告诉你，人家还不敢搬哪?!（众大笑）

（这时高老妈妈鬼头鬼脑地出现过一次，她远远地看见工头在院子里就走过去）

高：（叫工头）老王，老王！我跟你打听一个事儿。

头：什么事儿呀高大娘！

高：夜来咱这个屯子来了这么一帮子人，叫这个搬家，叫那个搬家，到底是个什么事儿啊？

（她这么大声地一吵吵，大家就注意了，特别是王老婆，其余的人和许子在一起，看着）

头：他们哪，你别信那一套，都是假的，他们那是熊人哪！

高:(二人一吹一唱)喔,怪不得! 我说呢,哪有这样的好事儿啊(拉拢王老婆)大娘,你说,做梦也没有这样的好事儿啊!

婆:(弄糊涂了)是呀,恐许真是熊人的吧? 我活了这么大的岁数,也没见过一回……

头:快别听那一套,住那样的大楼得花多少钱哪,电灯钱,脏土钱,水道钱……

高:(接过去)是呀,咱这些穷人哪能拿这许多的钱呀! 再说呢,那样好的大楼肯让咱盘煎饼炉子吗? 咱要不盘煎饼炉子,吃什么?

婆:(有点真信了)真是呀!

头:楼上楼下的,小孩儿拉粑粑也太不便易了!

高:可不是怎么的,咱天生是个穷命,就别去想那样的好事儿啦!

　　(许子正想上去抢白一顿,齐世陉领着工作队员和白玉江来调查房子了)

齐:(赶开大家)去,去,闪开点儿! 去!

工:(和白玉江□□出来)老白,他们就是不懂我的话啊……

白:可不是怎么的!

　　(齐恭敬地鞠躬迎接)

工:嗳,嗳,齐坊长,我跟你说过多少回了,别这样客气,现在不行这一套了!

齐:是,是! (许多人围着老白问长问短)

工:齐坊长,为什么你这个屯子里的老百姓,他们都不敢写房子呢?

齐:先生,他们这些东西啊,是"人领着不走,鬼领着'秃秃'地跑"啊!

工:(大不以为然)齐坊长,这话不应该这么说的,他们哪,实在是不懂我的话。

齐:哎! 先生,是人说话他们不懂的……

工：齐坊长（□□的□□）你这话不应该，我是南边人，说话他们自然
　　不懂啊！

齐：不是的，先生，为什么从前日本人说话他们都懂得呢？

工：（不愿意再和他争执下去）好，好，这个问题以后再谈吧，我们再
　　去写几家看看。

齐：好，好！（趁着他在口袋里□□□的时候，示意高老妈妈上前）

工：（对高）老大娘，你在哪儿住？

高：前边。

工：你住的房子小吗？

高：（故意做作）不小！顶宽敞的。

工：下雨不漏？

高：不漏！

工：老大娘，不见得吧，你听我告诉你，民主政府看着你们住的房子
　　太坏啦，就把从前"小鼻子"和汉奸的房子挪出来，动员你们去住
　　大楼，我替你写上一个，搬到那儿去住不好吗？

高：我不去，我住不起那样的好房子。（转身就走，顺便把王老婆也
　　带走了）

工：（看见工头正在和老杜嘻嘻哈哈，他走上去，见老杜叔的衣服破，
　　就问他）老大爷，你住在什么地方？

杜：（真不懂）啊？

工：我问你住在什么地方？

　　（白玉江上前来翻译）

白：他就在这里住啊。

杜：噢，我就在这场住。（指王老头的房子）

工：（看）老大爷，你家里有些什么人呢？

杜:啊?

白:(向杜)问道你有几口家?

杜:我五口家。

工:你这个房子是自己的还是租来的?

杜:啊?

白:他说,你这房子是自己盖的还是赁的?

杜:噢,我吃都没得吃的,哪有钱盖房子啊,这是我花钱赁的。

工:好,老大爷,刚才我说的话你听见了? 政府动员你们去住大楼, 我给你写上一个好不好?

杜:啊?

白:(推他)写吧!

杜:好,好,好。

工:对了,搬到大楼上去住比这里强得多啊。(正在动手写的时候, 王老头抢上来)

王:(自动地)先生,给我写上一个不好吗?

工:(高兴)好啊,老大爷,你在哪儿住啊?

王:(指杜)我和他报"同居",就住这一□块儿(指房子)喏!

工:你有多少……(学习会了,所以改口)你几口家?

王:四口家……(没有说完,他老婆被高老妈妈挑唆着上前拉他)

婆:你这个老东西,还敢写房子! 你没听说刚才那些话么? 告诉你, 你写了你去住,我高低是不去的。

工:(走上去和颜悦色地劝她)老大娘,为什么生这么大的气啊? 我 告诉你吧,叫你们搬家是不会叫你们吃亏的,政府非常地关心你 们,政府……

婆:(不懂)什么叫政府啊?

工:政府……嗯……政府就是政府……这个……

白:（又来翻译）你真是瞎活了这么大的年纪,政府在"小鼻子"那工
夫叫衙门。

工:对了,老大娘,衙门衙门!

婆:我不管什么政府不政府,衙门不衙门,我高低是不去,不去!

工:老大娘,你别上火,听我慢慢地说,你这样不愿接受政府的好处,
是不是你对政府有什么意见?

婆:（又不懂）衣件?

工:嗯,意见!

婆:我有几件衣裳都穿在身上了。

工:呃,呃,老大娘,你听错了,我问的是意见,意见!

婆:一件? 一件也没有啊,（越□越糊涂）在早还有几件余富衣裳,在
"小鼻子"领橡子面那工夫,家里没钱当当铺里去了!

工:咳,咳!（对白）老白,我真不行,我说话……

齐:（上前拉工作队员）先生,拉倒吧! 他们这些东西天生住不起那
样的房子……

　　（这时老杜被工头拉在一边说话动了心,后悔了,赶紧上来拉工
作队员）

杜:先生,刚才我写的房子我不要了,我不要了……（回身就走）

工:（追上去）老大爷,老大爷!

齐:（又拉住他）先生,我说你就拉倒吧,你看,你费了这么多的心,他
们都不乐意去。他们这些东西天生就是些爬狗窝的货……

白:你说什么? 怎么是爬狗窝的货?

齐:天生是爬狗窝的货嘛……

白:（二人要吵起来）你说什么,你?

工:（从中调解）别吵,别吵!

白:（把工作队员拖到一边去）先生,我们先回去参考参考,商议一个办法,有这个×养的在这里,（工示意他轻声说,他就小声说）他们是些坏蛋,害得老百姓都不敢写了。我们回去参考参考。

工:好,好。（过去对齐）齐坊长,今天看样子是动员不起来了,我先回去想个办法,请你留在这里劝劝大家,我说话他们不懂,你说的话他们一定懂,你劝劝他们。

齐:是,是,是,这是我的责任。

工:（对大家）诸位,我告诉你们,民主政府的确是非常关心你们的,叫你们搬是为你们好,去住那个大楼不比这里住破房子强吗?大家好好地想一想,我明天再来……

　　（有几个人答应"好"！这时,白玉江和老许等几人商量事情,见工作队员讲完了就拉着他走）

工:好,再见!

许等:再见!

齐:（恭恭敬敬地弯腰相送）先生,您好好走,好好走!（见他们去远以后,突然转了身子,换了一副面孔,朝着他们下去的方向）俞他妈的,哪来这么一帮子山猫野兽,说话南腔北调的,人还有懂的吗?

头:（在一边搭腔）可不是,谁懂得他们说什么,真熊人!

杜:是呀,他们说的话我一句也不懂啊!

许:嗳,他们说的那一大些话,我倒懂得两三句……

众:什么?

许:就是说咱们这些住破房子的,下雨漏的,统统都给换大楼住……

齐:你听懂得这两三句,这两三句就是假的!

许：那你怎么懂得呢？

齐：笑话，我要不懂得还像话吗？我在衙门里办了这么多年的公事，哪场的话我不懂？

高：对了，他要不懂能当坊长吗？

王：齐坊长，你刚才领的那个人，怎么问道人家的房子的事情还要问道人家的衣裳呢？

齐：问道你的衣裳，吓！问道你的衣裳就没安好心……

　　（这时天上早已闪电了，并可隐隐地听见雷声）

许：（截断他的话）大家们，您们别听他嚷嚷，政府是不会熊咱们的。

众：对！（也有人不大信）

齐：你怎么知道不会熊人？

许：不有现成的事搁着吗，上一会下来的粮食，你不给我们，我们瓣伙儿地拉你上政府讲理，你就不敢去，为什么？

众：（大家想想粮食的事情，可也真对，于是大家就纷纷谈论起来）对呀，这个事儿……对呀！

齐：（见势不对，登高一呼）嗳，嗳！你们别寻思错了，慢慢儿地等着吧！他这是先给你一个甜枣吃，苦的还在后头呢！（见大家注意他的话了，于是又严重地对大家说）我告诉你们实话吧，他们是在北边叫“中央军”打得够呛了，要来大连街招兵，招兵又没有去的，所以才想出这样一个熊道道儿来……

许：（大声地）不对，要是挑兵不去，他们为什么不可以来抓呢？

齐：抓也要有人去呀！

许：大家别听他那一套！

齐：好，好，你们尽管搬，搬到那个大楼去住吧，我告诉你们，搬了进去就搬不出来啦！你们都得去当兵，当兵！

众:(信以为真)当兵?!

　　(天上一阵霹雷)

众:啊呀! 好下雨啦,快回去预备东西接水吧! 回去……(走散)

　　(雷声不断,闪雷大作)

齐:(见众人走散)他妈的!(望望天)什么时候啦还打雷? 天真的要
　　变了!(一声大雷,震得他抱头鼠窜而去)

　　(在雷电中暗转)

第二场

景:□□。

　　(雨过天晴,天上现出一道大虹。屯子里的老百姓们都在修理
被大雨冲坏的房子,到处都是钉锤打洋铁皮的声音)

穷:(他现在和老许这一家"同居",住在一起)他妈的,(把钉锤一
　　摔)这个×养的房子,真没治,你看看,外面大下,里边就小下,外
　　面不下了,里面还吧嗒!(形容□水声)

杜:(也在收拾房子)唉,咱这些房子都差不了哪儿去啊! 你看看我
　　这个×养的房子,后墙上(用手比大小)这么大小一个窟窿,那个
　　水啊就咕咚咕咚一个劲儿地朝里灌。

穷:(走去拉他过来)我说,杜大爷,上回吆喝着说是往大楼上搬,也
　　不知道是真的呢还是假的,弄得我心里稀里子糊涂的,要是真格
　　儿的,杜大爷,咱就不再在这个倒霉房子里受这个罪啦!

杜:是呀,不知道能实在不?

王:(从屋子里钻出来)唉,我俞个妈的,这个破房子是真没法住了!
　　您看看,我那个炕上除了盆子就是碗,我接了一黑夜也没捞着
　　睡觉。

穷：怎么的王大爷，你不好和王大娘倒着班接接水吗？

王：（火了）他妈的×，这个老东西可把我气死了，她一黑夜也没有来家，也不知她上哪儿去"浪串"去啦！

穷：唉，王大爷，你还不放心吗？她这么大的年纪了，又不是个小媳妇，她还能给你出去做些不露脸的事儿吗？（穷和杜二人笑起来）

王：（被他这么一俏皮有些没奈何了）嗨，嗨，你这个孩子，怎么说些这个呢？！

杜：您俩别吵吵啦，快收拾房子吧，赶住会儿下雨又要遭罪了。

王、穷：对，收拾房子吧！

齐：（上）怎么？下这么点小雨，就收拾房子吗？

杜：这房子不收拾怎么着住啊？

齐：咦！我这个房子是个新的。

穷：（现在不大怕他了）老朋友，你打哪个地方看这房子是个新的呢？

齐：嗯，我盖起来那工夫啊！

杜：齐坊长，你盖了多少年岁啦？

齐：年岁不多，才十七八年呀。

杜：噢，噢，噢，不多不多！

王：齐坊长，刚下过雨地上胶黏的，你不在家里出来蹿什么？

齐：你这个老家伙，还装没事的呢，今天不是三十号吗？

杜：喔，你是要来收房钱吗？

齐：唔，可不是怎么的，收房钱！

穷：老朋友，人家西边双聚福那个大楼都不要房钱了，就冲着你这个破房子，你还要收房钱啊？

齐：呃，你怎么说那个？！啊，不收房钱，我成天不干活我指着什么？

你嫌乎我这个房子破,我不是用红白喜帖请你来住的,你有钱你尽管搬大楼上去住好了。可是有一样,他那个大楼不要房钱比我这个要房钱的厉害还多,一个月又是电灯钱,脏土费钱,水道钱,杂七抹格儿的算起来,一个月就得好几千块啊!这个不去说吧,你搬到那个大楼上去有我这里便易吗?你看看,又是煎饼炉子,又是锅台又是炕,人家那个大楼上还让你们这样拾掇吗?

杜:他要是让我们去了,我们爱怎么拾掇就怎么拾掇,他还管着吗?

齐:哎!(白玉江领着一批人上,正好听见他说)人家西边港湾里干活的老马家,不是搬了进去又搬出来了吗?有这么件事情瞪着,我还糊弄你们吗?

白:(上去拍他的肩膀)哎,哎,哎?我说哪个老马家搬回来了?

齐:(想不到把戏马上戳穿)嗯……

许:他妈的,你又在这里摆坏开了!上一回人家来调查房子,你说搬进去搬不出来,又说要抓兵……

王:(认真地拉住老白问)老白,抓兵这个事儿到底是真的吗?

白:你这个老家伙,人家抓了你这么大年纪的去供养着你啊?(众人大笑,齐世陞大窘,想溜走,白拦住他)齐世陞,你说抓兵,你到底是听谁说的?

齐:(语塞)嗯,嗯……(只好抵赖)谁说来着,谁说叫他死,肏他祖宗!

众:(一齐追问)咦!上回不是你说的……(对白)他说的……我们听见的……

白:齐世陞,你别"磨"不开啦,庙还是那个庙,就是换了神了,你再烧香也不灵了!

(众人大笑,齐世陞狼狈而走)

工:(与另一工作队员乙上)啊哟,正好,(和齐碰面遇见)齐坊长,我们找你好半天了。

齐:(支支吾吾)啊,啊,什么?

工:走,走,我们一起写房子去。

齐:(假装)哎唷! 不行不行! 我肚子痛得要命,我要家走趴趴去!

　　(飞快地捧着肚子溜下)

工:(莫名其妙)肚子疼?

　　(众大笑)

白:(上前与工握手)差不离了!

　　(另一边工作队员乙也和群众闲话起来,这时王老婆老远地看见了工作队员,一路喊着上来)

婆:先生,先生,快给我写上吧,这一回我高低得搞了……

王:(拖住她问)今黑夜,你上哪儿"浪串"去来?

婆:(听说"浪串"二字,不大顺耳)你这个老东西呀,我这么大的年纪了,你还不放心吗?

　　(众人一听又大笑起来)

穷:嘿,嘿,您老两口是怎么的? 上一回吵吵也是您,这一回吵吵又是您?

许:嗳,这一回跟上一回不一样了,上一回写房子她是怎么的也不肯写,这一回你看她隔老远地就抢着写,咱也不知道她犯了个什么病。

婆:(喘喘气)哎呀,你不知道啊,我今黑夜上邱家屯老郝家去了。

王:你上老郝家去干什么?

婆:他不是搬到水楼子南边那个大楼上去了吗?

　　(众人一听都围拢来听消息)

穷:王大娘,那个大楼怎么样啊?

婆:(赞美不迭)哎唷！那个大楼是真好啊,锃明瓦亮的呀,墙上都能照出人影儿来,地下还铺着地板,在那个房子里住啊,能多活二十年哪!

杜:王大嫂,你没看见煎饼炉子盘在哪?

婆:煎饼炉子? 人家煎饼炉子可不就盘在屋里,真便易!

　　(杜听说后赶紧就去找工作队员写房子)

穷:王大娘,有地场拉屎吧?

婆:人家那地场更便易,粑粑栏子①就在屋里呀!

穷:粑粑栏子就在屋里,那不是挺臭的吗?

婆:(大不以为然)嗨,人家那个粑粑栏子上有水龙管子,一冲就淌啦!

　　(众人纷纷抢着写房子了)

王:噢,噢,(拉住老婆)还有些什么东西?

婆:(见众人写房子,急了)我不说那个了,别耽误我写房,你看人家先生没工夫了。(挣脱了他的手,抢上去)先生,先生,快,快给我写上!

　　(一片吵声,缠得两个工作队员忙不过来了)

工:大家别抢,大家别抢,大楼有的是,有的是大楼啊! 你们先别抢,慢慢儿地一个一个来,都能摊上。

婆:先生,你高低得先跟我写。

工:老大娘,就是你性子急,好好,我替你写吧,我记得你是四口家对吗?

婆:对,对,对,先生,你的记性真好,你真好!

---

① 茅厕。

187

（正在写的时候，老范匆匆地上）

范：（拉住工作队员）同志，我告诉你一件事情！

工：什么？

婆：你别搅乎我写房子。

范：（急得不得了）人家有要紧事，你别搅乎我吧！

婆：我写房子要紧！

范：我要紧！（二人争起来）

工：（调解）好好，老大娘，房子一定是你头一个，说了算数，先让他说
　　要紧事吧。（对范）你说吧！

范：我看见哩，高老妈妈那个老×养的，住的房子不坏，她把自己的
　　门牌撬下来，换到对门被水冲坏的房子上去了。

白：什么？

众：这个老×养的。

范：她住的房子不坏，糊弄了工作队，搬上大楼去住了……

众：真的吗？

范：我还能撒谎吗？

众：可不能让她这样……这个老家伙不知害了多少人啦……不配住
　　大楼……

白：田同志，你去看看吧。

工：对！我去调查一下，真是这样非让她搬回来不可。

众：对，叫她滚出来！

工：（预备走，被王老婆拉住了）

婆：先生，你怎么说了不算哪？

工：老大娘，我去调查一下不是就回来的吗？

王：对了，人家先生有要紧的事儿。

婆:(固执)不行,高低得给我写上再走。

工:好好,老大娘我替你写……(很快地写了)

婆:(这才开心了)哎唷,你先生真好,真好!

工:(对老范)领我们去看看!

范:好!

工:(回头对大家)我们去一会儿就回来。

　　(大家很热闹地送着)

　　(等工作队员们一走,大家又转向白玉江了)

众:老白,多亏你对我们告诉啊……要不是你我们可不敢写哪……
　　稀里子糊涂地上了当……

白:那么上一回你们怎么不敢写呢?

众:(纷纷说)还不是听了齐世陞的话……这个×养的真熊人……脏
　　土钱……水道钱……抓兵……

白:(止住大家)你们听谁的话不好啊,怎么单听他的话呢?齐世陞
　　是个干什么的?他不愿意咱穷人搬到好房子上去住,咱都搬走
　　了他这个破房子赁给谁呢?

众:对呀……刚才他还来收房钱呢!……可不是怎么的?

许:您大家看看,他到这时候还他妈的熊人呢!

白:他熊人是熊了一半天了吗?

众:远儿去了……老了鼻子啦!……橡子面……挑劳工……灶王
　　爷爷……

白:对了,他这个×养的熊我们的事儿,老了鼻子啦,在"小鼻子"那
　　工夫他仗着三立成的茶杆儿,咱盖间小房不告诉他,他就去给砸
　　了!咱家里死了人不把他手上花几个钱还不许抬去埋……事儿
　　远了去啦,数不过来了!

众:对呀！（纷纷□□当年受的苦）

许:（登高一呼）有这种×养俞的,就没咱穷人的好儿！

众:对！

许:（动员）我看,这种×养的为什么不去把他抓起来！

众:（也有说对的,也有怕惹事的）……

杜:齐世陞人家不是当坊长吗？

白:（急上前说服）咱怕他那个坊长干什么？现在民主政府听咱们的话,咱说了算啊。咱叫他当坊长他就捞得着当,咱要不让他当,他就得滚蛋俞的！

众:对了……（纷纷说）上一会的粮食……房子……熊人……

许:走！咱去抓这个×养的！

众:走,抓他去！走！

（许子领着大家蜂拥而去,台上仅留下老杜尚在犹疑）

白:（已经走了,又回来）杜大爷,你怎么样？

杜:（想一想,下决心）走！抓这个×养的！

（暗转）

第三场

景:舞台就是群众大会的演讲台,上写"清算讲理大会",左"有仇的报仇,有冤的报冤",右"杀人的偿命,欠债的还钱"等斗大的字。中悬斯大林、列宁、孙中山像。

（白玉江是大会主席）

白:（以台下观众为参加大会的群众）诸位兄弟爷儿们,我们今天这个大会就是个"清算讲理大会",我们和谁讲理呢？跟齐世陞讲讲理。齐世陞是个干什么的,一般兄弟爷们都知道,不用我说。

可是,为什么今天跟他来讲理呢? 就因为是换了民主政府了,我们算是见了青天,见了青天我们就要说良心话,我们这不是欺负他,是他欺负了我们几十年哩,所以,我们要和他算算账!

　　(这时,齐世陛头戴光顶大纸帽,上写"走狗齐世陛"几个字,用红笔圈了圈,被两个武装警察押着,有人敲着锣,由一群老虎屯的穷人推着,由剧场门外进来,穿过观众的座位,走上台去)

众:(台下,以后同)我们要那个汉奸上大桌子上去跪着,给我们
　　看看!

白:齐世陛,听见吗,上去跪着!

齐:(看看台下,只好自动地爬上桌子)

众:举起手来! 抬起头来!

　　(齐照做)

白:诸位兄弟爷们,就是这个家伙,他就是齐世陛,我们今天要有仇
　　的报仇,有冤的报冤! 杀了人的要他偿命,他欠的债要他还钱!
　　兄弟爷们,咱憋在肚子里几十年的苦水,不在这时候往外倒一
　　倒,要赶多会儿往外倒啊?!

婆:(在台下)我和这个×养的有几句话讲!

众:上去讲!

婆:(穿过观众上台)齐世陛,你认识我吧?

齐:(望了一眼,可怜地)王大娘,我怎么不认得你,我打小儿在你眼
　　面前长大的。

婆:你这会认得我啦? 不是我带虾皮带猪肉的时候了? 那时候,我
　　说我这么大年纪了,你可怜可怜我吧,咱都是中国人。你说你不
　　是中国人,齐世陛我问问你,你到底是不是中国人?

齐:我怎么不是中国人?

婆：中国人有你这×养禽的！（一个耳光打去）

杜：（跳上台去）齐世陉！（揪着他的耳朵）你也有今天哪，我盖小房
　　子的工夫，你怎么硬砸我的……啊！（恨极，用鞋底扇他）

范：（在台下跳起来）兄弟爷们，我有几句话讲！

众：上去说，上去说！

范：（上台）诸位大家们！有一年，我打新京来了一个朋友，齐世陉这
　　个×养的告诉他三立成的爹，说我家窝藏八路，硬逼着我把房子
　　卖了才算拉倒，这个仇我应不应该报？！

众：应该！

　　（范解下腰里的皮带，没头没脸地抽过去）

众：嗳，齐世陉他老婆来了……齐世陉老婆来了……

　　（许家三口相依在一起，扶着许老妈妈上台）

齐：（以为他老婆来看他）你来干什么？

女：我来干什么你不知道么？你怎么把我弄来的？

齐：我怎么把你弄来的？

女：你个×养的，你打发高老妈妈那个老×，一趟一趟地去提媒，俺
　　不允嘛你就抓俺哥哥的劳工……

众：这种×养禽的，没做点人事啊！

　　推下来吧！

　　打死他吧！枪毙！

白：兄弟爷们慢一点！（对齐）齐世陉！你不是说"屎壳郎子驾不了
　　马车"吗？怎么样，屎壳郎子多了连活人都捆起来了！

众：别跟他说那个了，推下来！打！枪毙！

　　（台上的人也恨极了，有的打，有的用牙咬，齐世陉大喊"救命"）

白：呃，呃，呃，别真打呀！

　　（大家才停手）

192

白:（跳上桌子去用身子护着演齐世陞的演员）好了好了，别再打了，可不要把他打死了。（对观众）这个齐世陞是个假的呀！他是我们大粪合作社的挑大粪的孙树贵，（走到台上去）那个真的齐世陞在牢狱里押着呢，民主政府前年就判了他的罪了，还是个无期的徒刑，他就是想到这个台上来演演戏也捞不着来呀！诸位，我们这不过是排了块戏，可是这块戏确实是个真事儿，因为有了民主政府我们才捞着搬出来演一演，因为我们想想从前比一比现在，从前"小鼻子"在世，拔劳工、吃橡子面的那工夫，老虎屯的死人都数不过来了，换了民主政府这二年，还有路倒的没有？

众:没有！

白:所以我们的日子就是过好啦，可是我们还要过得更好，我们这个大粪合作社也和大家一样，要准备着迎接四八年的大生产！我们呢，都是些挑大粪的，不会演什么戏，演得不好，请大家多原谅！（鞠躬！）

（幕落）

新中国书局 1949 年 4 月初版

◇ 之华　果刚

好同志有错就改

时间：整顿官兵关系过程中。

人物：七班长

　　　温友福

　　　指导员

　　　战士代表甲、乙

第一场

（合唱团唱第六曲第二段词开场）（温友福上）

温：（唱一曲）刚才我在会上发表意见，惹起了一、二排大大不满。

　　开完会咱班长找我谈话，我正在气头上不愿和他谈。（白）刚才
　　我在全连军人大会上发表了一个意见，说是在打窑洞的时候，我
　　们三排吃了亏，刚说完一、二排马上起来反对，弄得心里别扭透
　　了，开完会我们班长又来找我谈话来了，我简直一句亦听不进
　　去，（台后七班长叫"温友福"）他又来了……（欲下，班喊上）

班：温友福、温友福。

（温站住）

班：你刚才怎么一句话也不说就走了呢？你听我跟你说嘛。

温：不用说，我早知道了，反正是我的不对，是不是？

班：看你这人，怎么一说话就噎得人喘不过气来呢？你听我跟你说嘛。（唱二曲）你说三排打窑吃亏，这个意见实在不对。你不仔细看看一、二排，人家比咱更多出力。

温：在打窑洞的时候，尽分咱们三排土硬的地方，土里尽是石头疙瘩，那时候就没人言声，吃了个哑巴亏，今儿个在会上讲了讲，他们就马上起来哇啦哇啦地反对。

班：打窑洞又不在一块儿，你光看见咱们三排那里土硬石头多，人家一、二排那里也有嘛，可你就不管三七二十一说三排吃了亏，当然人家要说话嘛。

温：这简直是不让我讲话嘛。

班：是人家不让你讲话呢，还是你说过以后就不让人家说呢？（温不语）（唱二曲）民主本是大家伙的，会上说话都有权利。清清楚楚和你来讲理，分个谁是与谁非。

温：我当了几年八路军了，还不懂得这点讲民主的道理？

班：懂得就好嘛，再说，（唱二曲）全连打窑人人努力，一、二排比咱更加积极。大家打窑大家来住，说不上吃亏占便宜。你说三排打窑吃亏，人家自然不服气。提出意见摆出事实，清清楚楚和你讲道理。

温：讲理，叫他们讲去，以后我一句话也不说了。

班：有话还是要说嘛。（唱二曲）弄清的事情会上来讲，还没弄清来问班长。有啥意见不要隐藏，反正有你说话的地方。（白）你看我说的对不对？（温不语）以后嘛，把事情弄清楚了再在大会上发言，弄不清楚的可以问我，我弄不清楚的，就去问上级，免得像今儿个似的，你不知道一、二排打窑的情形，就说三排吃了亏，这恐怕还要妨碍排跟排的团结……

温：妨碍团结？好一顶大帽子呀！

班：我一点都没有给你戴大帽子，我是说恐怕妨碍团结，是说叫你以后讲话别再不管不顾的……

温：（唱一曲）任你说，任你讲，有错不改，我就这一副死赖脾气，死赖脾气。

班：（唱同曲）这同志，怎这样，不讲道理。

温：（接唱）不讲理，不讲理，就不讲理。

班：你没把事情弄清楚，你在大会上放什么大炮呢？人家还以为你是代表咱们全排的意见呢，你在会上逞什么英雄呢？

温：什么叫逞英雄？你给咱解释解释？

班：人家好心好意来劝你，你把人家好心当成驴肝肺啦？

温：好，你骂人？你刚反省了又骂人？

班：我说你把人家的好心当成驴肝肺就算骂你啦？

温：你说你骂谁，官兵关系正在反省，你骂谁？

班：（唱三曲）气得我火上升，心里想骂人，官兵关系刚刚反省，坏毛病不该叫它再发生。那么可怎么办？真叫我好为难，这样的战士我没法来管理，我实在没法领导这个班。（欲下）

温：你说吧，你在骂谁？

班：我就没骂人！

温：你就不敢！

班：好好好，我没法领导你，我去见指导员，要求到别的班当战士去。

196

（下）

温：活该，当你就去当去。（停片刻后，唱一曲）正在我气头上，他来
　　谈话，说得对与不对，我没听下，我没听下。

　　（七班长抱着被子过场）

温：(望着他的背影，片刻后)(又唱一曲）一时间坏毛病冒上来了，只
　　气得咱班长没法把台下，没法把台下。（白）刚才在大会上弄得
　　心里怪别扭的，为什么跟班长又发了脾气呢？唉，我这坏毛病又
　　犯了。（下）

第二场

　　（七班长抱被子上）

班：报告！

指：进来。

　　（班进门，敬礼）

指：什么事呀，你抱着被要到哪去？（班不语，把被子放在凳子上）究
　　竟怎么回事呀？说呀！

班：刚才他一顶我，我的火就上来了，唉！我不说了……

指：说清楚嘛，究竟怎么回事？

班：我当不了这个班长，我领导不了。

指：怎么咧？不是搞得好好的吗？在搞"官兵关系"中，都说你反省
　　得很好，进步得很快，过去都还能够领导，现在反不能够领导了？

班：指导员，今儿个你也看见了，我们班的温友福在大会上发言，惹
　　起一、二排的不满意了，我就赶快告诉他，以后讲话要弄清事实，
　　哪里晓得他，他，（紧接唱三曲）他不但不接受，还跟我胡嘛哒，他
　　说我给他戴了大帽子，因此我们俩人吵了架。我脾气也不好，没

197

办法领导他,要求指导员把我调个班,当战士我也不说什么话。

指:就是为这件事吗?(唱四曲)七班长平平气不必难过,我想法帮助他改正过错。组织上交给你班长任务,你还是回班上好好去做。(白)这件事情好解决嘛,刚才我已经跟你们排长讲过了,叫他跟一、二排解释一下,一、二排已经没有什么意见了,你和温友福吵架顶嘴的事情,我一会想法跟他谈谈,帮你解决,班长还是要当,是不是?

班:我看是不好搞。

指:什么不好搞呀!

班:我过去好发脾气,好骂人是不对了,现在说服教育又行不通,指导员,我看你还是把我调个班吧!

指:说服教育怎么行不通呀?

班:不行,不行嘛,你不知道温友福他又不讲理嘛。

指:你一个人说不服他嘛,两个人来嘛,两个人不行嘛,三个人来嘛,再不行大家来讲理嘛,现在正在搞"官兵关系"啥,不是各班都选出了代表,组织了"评判委员会",评判"官兵关系"中发生的问题?究竟谁是谁非,这就是大家讲道理的办法啥——对了,我看这件事就正好交给"评判委员会"来解决——(向后台叫:"通信员!"应声:"有!""叫七班的代表王德成到连部来一下。"应声:"是!"回头向班)你是个班长啥,你是个战士嘛,温友福在你班上住了这么久,你还不了解他,他就是那个脾气,过一会他自己都知道他自己不对了。那时再去找他谈,你这个班长要教育他嘛,动不动就和他吵起来,工作怎么好做呢!

班:……

(代表上)

代：报告！

指：进来。

代：（进门，敬礼）指导员，什么事？

指：你们班上温友福跟你们班长吵架了，你们知道吗？

代：知道了，大家正在议论，都说温友福不对，不该跟班长吵起来。

指：不要光说他不对，看这件事情怎么解决好呀？

代：我看开会吧！

指：不，先别开会，你们找两个代表，先个别地跟他谈一下，态度要好，跟他把道理讲清楚，现在正在搞"官兵关系"啥，有事大家说理嘛，动不动就吵起来多不好……

代：好！（向班）班长，咱们一道去跟温友福谈吧！

班：（尴尬地）我，我这儿找指导员有事……

指：对，你们班长在连部还有点事。那你们就去找他谈吧！

代：是。（敬礼，下）

指：（转向班）你看这样解决怎么样？

班：好是好，我看温友福那个脾气呀，代表们去准会跟他碰起来。

指：对了，他不要又跟代表们吵起来了，那我先去跟代表们研究一下，怎样具体地跟他谈——你自己好好想一下，不当班长不对啊！除了不工作外，要工作就会有困难嘛，我碰到的困难比你多吧！要是一碰到困难就不干工作了，那工作让谁来搞呢？何况工作又不是跟他一个人搞的，班长还是要当啊。（下）

班：（唱三曲）（清唱一句，乐器奏一句做过门，较慢）为什么不当班长，只因为抬了杠，刚才我两个就是这个样，为这点小事情实在不值当，（白）真是不值当！刚才我就跟他那样地吵起来了，我就把被子一抱，就到连部来了，可不就是这么回事。（又唱）指导员对我讲,班长还要当,上级交下级的工作任务,再怎样我不该把它撂在一旁。(白)对,对,刚才我在气头上,不管三七二十一,把被子一抱就到连部来了,可我要是指导员,见了这种情形,不又要生气了?可是我们指导员不但没有生气,反叫我想想,(停)我错了嘛!(唱同曲)指导员对人好,他劝我别心焦。不当班长本是我错了,回班去再把工作好好搞。(抱起被子欲走,停住)(白)不行,我这个样子怎么回去呢?同志们见我抱着个大被子一定要问我,我可怎么说呢?唉,(又唱同曲)一时间好糊涂,抱被子到连部。现在回班抱着个大被子,同志们要是问起可怎么说出口?(白)没关系,反正大伙儿都看见了。(欲下又回)不行,要是代表们没有跟温友福谈好,我回班去还是跟他搞不好,这怎么办呢?(徘徊)(指导员上)

指:我又跟几个代表研究了一下,怎样具体地去找他谈,现在有两个代表去找他谈了,我看这个问题好解决的——唉!你站在这儿干什么?

班:指导员,我想了一下。

指:想得怎么样?

班:我想通了,是我错了,我不该不当班长。

指:想通了就好,不怕工作中有错误,就怕有错误不改,有错就改,就是好同志。

班:那我回了。

指:好!这回去就好好地搞,以后碰见什么事情要放冷静一些,不要急躁……

班:是!(敬礼,到门口又回来)指导员,我看两个代表去找温友福谈,我看是去十个代表也谈不通。

指:谈得通的。

班:准碰钉子。

指:碰了钉子再想法子嘛。

班:我就是怕碰钉子——指导员我看要不就把他调一个班。

指:唉!那不是好办法,这样他更不会进步了,对这样的同志呀,打
骂我们坚决反对,老一套行不通了,就要耐心地说服教育。(接
唱四曲)有道理,就能够把他说服;要耐心,要仔细,要下功夫。
谈不通,先叫他自己想想;他想通,再去谈,一说就服。搞领导,
要学会,应用民主;大伙儿,多商量,办法不愁。要民主,要耐心,
说服教育;新方式,新作风,就在这上面出。(白)你看对不对?

班:对!不过我看,说服教育对谁都行得通,就是对温友福行不通!

指:我听见好多不耐心的人就这么说,说:"说服教育在别人身上行
不通。"其实是自己的思想没有搞通,不信你等着看这一次吧!
看行得通还是行不通。(后台叫:"指导员开饭了!")我看你就在
连部吃饭吧!(同下)

第三场

(代表甲、乙上。互相推让着说"你先说"。温上。"他来了!")

甲:(向温)你说的我们都听明白了,我看就是你不对。

温:我为什么不对啦!首长说过嘛,错误的意见也可以在会上发表
嘛,你们当代表的可得要弄公平一点。

甲:我看七班长进得就够快了,要是我的话,我是十句也骂上你了。

温:让他骂骂看,你看我改得了改不了。

乙:自己有错不改给上级赌气有什么好处?(拉甲在一边,向甲说)
你这样不对啊!指导员叫我们好好耐心地说服他,看你一来就

跟他吵起来了。（向温）温友福你说咱们三排打窑洞到底吃亏了

没有？

温：起初我不知道一、二排也挖了难挖的地方，后来在会上一讲我就

明白了。

乙：那班长给你讲你为什么不听？

温：首长说过嘛，错误意见也可以发表嘛！

乙：首长是说过"言者无罪听者足戒"，可是，你自己都知道是错误的

意见，你还发表什么呢？！

温：当时我又不知道。

乙：班长给你一说你就知道了。

温：……

乙：你看你这样一发言，弄得一、二排对三排都有意见了，（唱二曲）

班长恐怕妨碍团结，叫你以后说话注意，他的本心是好意，你不

该和他硬顶嘴。

甲：（向温接着唱同曲）就算班长说得不对，当时也该缓一缓气，有啥

意见以后再提，什么问题全好解决。

乙：你说，要是把这事放在你身上，你要是班长，该怎么办呢？（唱上

曲）咱们的干部，都是模范，吃苦耐劳和咱一般，有了任务领着头

干，操心费力胜过咱。

甲：他说得对，你看咱们干部哪一点不比咱们强，工作比咱们干得

多，这还不是为了咱们大家好，为了革命。

乙：你忘了，上次你有病了，七班长怎样照顾你？人家真做到对同志

的友爱了。

温：我没有忘，他一走后我就想起来了，我心想给大家伙发脾气不好

发，给自己班长发发不要紧，其实这更不对了，（唱一曲）一时间

不明白气坏班长,这件事倒叫我没了主张。

甲、乙:你去找你班长承认错误就没有事了嘛。

温:(接唱一曲)我有心找他去承认错误,又恐怕咱班长不能原谅。

乙:七班长是个直性子人,你给他把这事情一说清楚就没有了。

温:他现在还在不在连部?

甲:在在在!

温:找他去!(走,不下场!绕场)(甲想跟着去,乙把他拉住)

乙:让他们谈去,你不要去了。(同下)(接第四场)

第四场

(指导员上,与温碰面)

温:(敬礼)指导员!我们班长在不在连部里?

指:在咧! 温友福,代表们跟你谈过了?

温:谈过了。

指:你觉得怎么样?

温:是我的不对。

指:你现打算怎么样……

温:找班长承认个错误去。

指:好! 不怕有错误,就怕有错误不改,有错误改了就是好同志。温友福,你们班长过去在领导上是有毛病的,可是这次在搞"官兵关系"中,他反省得很好,在实际上也改正了,那你就该好好地听班长的话,服从班长的领导,这样随便跟班长吵起来不对咧!

温:是! 现在我就找班长承认错误去。

指:好——(温走,把他叫回)对了,你班长的被子还在连部呢!我看……

温:我跟他抱回去。

指:好!（两人分头下场）（温拿碗筷跑上）

温:（唱一曲）急忙忙来到了连部门口,听一听窑里面没有人声,不知道咱班长在也不在,先去找咱连长问个明白。（白）报告!
（班上）

班:谁?

温:这是咱班长的声音,连长不在,说不定班长还在生气呢!我把他叫出来吧?对!（张开口刚要叫）不,他要听出是我的声音他自己走出来就好了。（望着门,未见班长出,只得张口又叫,但又不肯出声）嗳呀! 这怎么叫呢?（犹疑不决）

班:（在室内）啊! 是温友福。嗳,我怎么不早回去呢? 叫他来叫我,这么怎样办呢?（也犹疑不决）（乐器奏第五曲）（俩人同时踱来踱去）

班:（不犹疑了）温友福!
（同时出）（同时叫）

温:（也已决定）班长!

班:你找连长啊? 他到一排去了。

温:我找到你了就不找他了。

班:你找我干什么?

温:（不知说什么好）班长,听说你在连部吃饭没有碗,我给你送碗来了。

班:（意外地）吃……吃了。

温:班长,咱们俩今晚一块儿看戏去吧?

班:（旁白）哎呀! 他叫我去看戏,你说不去吧不好,去吧,我这一摊子可怎么办呢?

温:哎,班长,刚才的事都是我的不对,代表们都跟我谈明白了。你再不要生我的气了吧!

班:哎,事情过去了就没什么了,就是你以后说话要先想想再说!

温:对,班长,以后我什么都听你的,把事情弄清楚了再说话,唉! 你的被子呢?

班:在……

温:是不是在连部? 我给你抱去。(跑下)

班:哎,不要,我自己来……(跑下)

　　(两人在后台争执声传出:"我来吧!""算了,我抱。"争着上,各拉被子一端)

班:我怎么叫你拿呢? 给我吧!

温:嗨,是我惹起你生气你才抱来的嘛……

班:给我吧!

温:不行,不行……(唱一曲)在会上我生气本不应该,更不该耍态度拿话顶你,拿话顶你!

班:(唱同曲)再怎样我不该不当班长。

温:(紧接唱)这件事全部是由我引起。

班:(接唱)我说话正碰在你在生气。没等到你想通问得太急,问得太急。

温:(接唱)批评我你本是一片好意。你的话我当时没听进去,没听进去。(两人正在争夺之际,战士甲上)

甲:唉! 指导员,快来看,他们搞好了。(指上)

　　(两人都放手不争,被子落在班长手里,两人不好意思起来)

指:(唱六曲)错误好比一点泥,沾到脸上就要洗。有错就改一刻不迟疑,好同志改正错误心欢喜。

班:(白)指导员,你刚才给我讲的领导方法,我牢记在心里了,遇见困难就克服,耐心地说服教育,再不像过去那样,没有办法了就发脾气!

指:(又唱六曲)说服教育是好领导。你的思想搞通了,人人行得通、人人办得到,要记牢平心静气莫急躁。

温:指导员,我今后一定服从我们班长的领导。

班:指导员,今后我一定爱护同志们!

指:(唱六曲)有错就改是好同志,毛主席名言记在心里。地要常扫脸要常洗,免得那灰尘沾身不干净。(战士乙跑上)

乙:指导员,看戏去呀!

指:走,咱们一道去!

　　(齐唱主题歌)(第六曲)共产党领导八路军,政治坚强团结得紧,上级爱下级,下级尊重上级,要做到官兵一致亲又亲。(锣鼓起)

乙:指导员,快呀,开戏了。

温:(夺过班长手里的被子)班长,我给你拿回去。(跑下)

班:嗳!

乙:快走吧!

众喊:温友福快来呀!(温上,齐下)

(完)

选自《部队剧选》,东北民主联军总政治部1946年12月

◇王拙成　程思三

十个滚珠

　　据各地工友反映,为了庆祝解放、响应生产建设和支援全国战争,今年旧历元旦到元宵这期间,各工厂都要自己演戏、闹秧歌,他们要求发表一些可供排演的短脚本。我们特将此剧刊出,作为送给工友们的一个小小的礼物。

编者

人物:于秀兰

　　　秀兰母

　　　秀兰父

　　(秀兰在锣鼓声中上,她刚从训练班回来)

秀兰:(唱)解放军大炮响连天,东北的蒋匪都被歼。

　　　从此百姓当了权,翻天覆地大转变。

　　　工厂烟筒冒了烟,劳动人民吃饱饭,

　　　我爸在工厂把活干,我妈妈在家把门看,

　　　咱上训练班勤学习,革命道理记心间,

方才班里开大会,献材运动大开展。

(白)我叫于秀兰,过了年十九岁,我们家就三口人,我爸爸是工人,耍了一辈子手艺,国民党在的时候,因为我爸爸年纪大,工厂就不要啦。

这回共产党来啦,工厂马上就复工了,我爸爸又到工厂上班啦,吃的烧的都不愁,我这参加了训练班,懂得了很多革命大道理。方才班里开会号召献器材,叫工厂完全恢复起来,多多生产支援前线,早日活捉蒋该死,咱们好过好日子。大会上第一个我就把我们家里十个大滚珠报上啦!这十个滚珠是在国民党的时候,我爸爸从工厂里拿回来的。这回解放啦,工厂是咱们工人自己的啦,就应该把它献出来,给大家伙多造幸福啊。

(唱)工厂就是工人的家,大伙起来建设它,

回家把滚珠挖出来,把咱们工厂建设大。

(突然想起来)

哎呀……献器材倒是一件光荣事,就是怕我妈不答应,这回我得好好劝劝她老人家,帮助她开脑筋。

(唱)心里有事走得快,出了小巷到大街,

见了妈妈说明白,土里的滚珠挖出来。(下)

(秀兰母上)

母:(唱)我老婆今年活了四十三,像今天世道从没看见,

自从打共产党把咱解放,工人们真是一步登上天,

国民党害得咱没柴没米,解放军一进城什么都贱,

秀兰爹到工厂活还没干,工厂就借给钱十万元,

每个月又领煤又领米,不愿意要米也可领钱,

工人还成立职工会,另外还有劳动保险。

(白)咳,共产党这一来呀,可真啥都变样啦,就拿腊八那天来说吧!秀兰爹在街上买了三斤大黄米,还买了点糖,这要搁国民党那时候,连一个大黄米粒你上哪摸去呀?我要寻思起那咱来呀,可真把人恨坏啦,秀兰她爹从打被裁下来就失业了,只好跑到小市上捣登破烂去。他一个耍手艺人,脾气挺"将"的,哪能干的了?后来只好又去蹬三轮车。咱们天天吃些豆饼、糠……唉!这若不是解放军打进来,早就都饿死啦。这回解放军一进城,秀兰爹就到工厂上班去了,秀兰还进上了训练班。提起秀兰这丫头,早就有婆家啦,就是为着年景荒乱没过门,这回解放啦,人家婆家就要娶呢!我也没啥给买的,我寻思那十个大滚珠还能值个五百万六百万的,我跟前就这么一个丫头,我就该把滚珠刨出来卖了钱买点嫁妆好陪送她。(低头刨)

(秀兰上)

兰:(唱)连跑带颠走得快,不觉到了家门前,

迈步就把门来进,妈妈低头刨得欢。

(白)妈,你刨啥呢?

母:这死丫头你吓我一跳,往出刨滚珠呗!

兰:刨滚珠干啥呀?

母:这你还不知道吗,还用问?

兰:(自语)哎呀……我还说回家动员我妈呢,没想到她老人家先挖起来啦,我在训练班几天没回家,我妈就进步这快呀,我得帮她去挖,别把她老人家累坏了。(对母)妈,来我帮你刨吧!(秀兰接过刨)

(母见秀兰刨心中高兴)

母：（唱）秀兰女拿镐头刨得有劲，不由我老婆心里喜欢，

　　　　不管这滚珠卖多少万，都给我女儿做嫁妆钱，

　　　　阴丹士林布我买上二十四尺，好给她做两件可身的大布衫，

　　　　在我家这么大啥也没穿过，这回留着她过门时候穿，

　　　　顶好的梳妆台买它一个，再买它一套茶壶带茶碗，

　　　　还买它一床大红被子，褥子里头要多絮点棉花，

　　　　我老婆越思越想越高兴，只见那秀兰累得满头是汗。

　　（白）哎呀……你看都累出汗啦，快拿给妈刨吧！

兰：妈我刨吧，一点也不累！

母：怎么不累，都出汗啦，快拿给我吧！（把镐拿到手又刨）

兰：（见母亲又刨高兴地唱）

　　　　我妈妈把镐头抢在手边，不由我秀兰面带笑颜，

　　　　我猜想她一定舍不得献，没承想她老人家还占了先，

　　　　新社会可真是啥都变样，咱一家三口人都不落后，

　　　　这滚珠挖出来献到工厂，多建设生产支援前线，

　　　　前线的战士们作战勇敢，打蒋匪抓战犯解放全国，

　　　　受苦人一个个都得解放，咱也给老百姓出了贡献，

　　　　想到这里止不住乐，回头看我的妈累得喘气。

　　（白）妈！拿我再刨吧，你再歇一歇，赶快刨出来好献去呀！

母：（把镐头给了秀兰，秀兰刨，母打了打腰说）线，可真是的，我还把

　　它忘啦，你说咱还是买青线，还是买白线呢？

兰：什么青线白线的，妈，你看你这一岔打哪去啦。

母：那你可说的是啥呀？

兰：我说是赶快把这滚珠刨出来，好献到工厂去。

母：献到工厂去，那怎么能行啊，你这个傻丫头，你听妈告诉你：

（唱）你妈今年四十三，就你这么一个在我跟前，

滚珠能卖五六百万，都给秀兰你当陪送钱，

等一会刨出来拿街上卖，回头到大商店看上一看，

如看中了什么咱们就买，这回看你喜欢不喜欢。

兰:（唱）秀兰我一听心中打战，我妈妈原来还这样落后，

事到如今把妈来劝，叫一声妈听女儿言，

咱把这滚珠献到工厂，安到那机器上能多生产，

解放军在前方消灭蒋匪，咱工厂多生产加紧支援。

母:（唱）秀兰你赶快听妈劝，这件事可不能这样办，

你若是把滚珠献到工厂，没嫁妆你爹妈脸不好看。

兰:（唱）叫一声妈你别为难，没嫁妆那才是小事一段。

只要是给人民多造幸福，女儿决不要什么嫁妆钱。

母:（白）秀兰，你这丫头心眼怎么这么不开窍呢！你若把它拿到工厂里去，人家背后说这说那的，你能受得了啊?!

（唱）秀兰你千万不要胡搅蛮缠，小孩子你才吃几年咸盐，

咱要把这滚珠献到工厂，人要说偷来的多不好看。

兰:（白）妈，这个事你就不用害怕。

（唱）训练班这事大家都谈，国民党在这里该往家搬，

现如今咱解放都得了好，献出来那就是光荣模范。

母:（白）你这丫头，我怎么说你就怎么对付，再说，工厂恢复也不在乎这么几个滚珠啊！

（唱）秀兰你怎就不听妈话，再不听你把妈活气死啦，

国家的工厂也有天大，这几个滚珠可算了个啥？

兰:（白）妈，你看你，这个也不在乎，那个也算不了啥，那工厂得哪天能建设好啊？

（唱）你不拿我不拿他也不献，咱工厂怎能够壮大发展？

卖了钱陪送姑娘多么现眼，提起来谁都说咱家顽固。

（急）（白）真是的，妈你怎么就这么落后呢？说啥也算不能听。

母：你这个丫头，落后不落后的，我还不是为了你吗？

兰：（跳脚说）什么为我，为我就应该把它献出去！

母：献出去，可真是你的啦？那你过门就啥也不买啦？

兰：我啥也不要，献到工厂去就行！

母：你不要，我也得替你买呀！

兰：（哭声）我不要，你自己要吧。

　　（兰哭，母气，都不吱声）

　　（秀兰父由工厂回来吃饭）

父：（唱）如今工厂工人掌权，工友们个个干得欢，

　　我回家赶紧去吃饭，今天晚又自动加个夜班。

　　（一进门见都不吱声问道）

　　秀兰，你们这又怎么的啦？

母：（白）对喽，这不你爸爸回来啦，（抢白）你听我告诉你！

　　（唱）秀兰要把滚珠献，我说不献她变了脸，

　　眼瞅着就要过了门，卖了好当陪送钱。

兰：（急唱）爸爸爸爸听女儿言，我妈的脑筋太封建，

　　不把滚珠献到工厂，硬要做什么嫁妆钱。

　　（白）爸爸你看我妈就那么落后，说啥她也不听，非要把滚珠卖了

　　不可。

父：（白）秀兰你不要生气嘛，你妈这也是为了你呀！

兰：（白）怎么爸爸你也不愿意往出献哪！（急得跳脚哭）

母：对喽，这不你爸爸也听着啦，你说，妈还不都是为你打算吗？难

212

为你活了十八九啦,一点好歹也不懂,还倒把你哭得这个样子。

父:行啦,别说啦,你还寻思你做对啦!

母:我这怎么又不对啦?

父:你那完全是早先头那一套落后思想,你听我说:

　(唱)如今工厂不像以前,咱工人自己掌了权,

　秀兰自动要献滚珠,这是她进步的表现。

母:(急唱)进步、落后,咱先别谈,眼看就到过门那天,

　她女婿定把嫁妆取,啥也没有就看不起咱。

父:(唱)提起她女婿真不善,小伙子在工厂带头干,

　什么工作都不藏尖,还自动献出他的旋盘。

　她女婿思想这样进步,咱为啥还这样封建。

　不但女婿不乐意,还给工人阶级丢脸。

母:(不吱声了,沉思了一阵说)你们说的都有理,只是秀兰出门连点

　嫁妆都没有……

兰:(白)这你都不用愁啦,(对父)爸爸,那我赶快把它刨出来吧。

　(拿镐去刨)

父:别刨啦,快做饭去吧!

兰:爸爸,那你又不愿意啦?

父:不是不愿意;我都献出去啦!

兰:(惊喜)献出去啦?

母:献出去啦? 我怎么不知道多咱刨出去的呢?

父:这也怪我,没早告诉你。

　(唱)那天你上街去买盐,秀兰上了训练班,

　工厂号召献器材,我就刨出来把它献。

　价钱能值五六百万,工厂说咱献得多,

奖给东北券三十万,这钱就留秀兰用。

就当给她陪送钱,回来我忘和你们讲,

你们娘俩吵翻了天。

兰:(唱)爸爸爸爸别这么办,咱们不要这个钱,

滚珠本是工厂的,今天拿回去理当然。

父:(唱)秀兰不要再为难,事情可以这样办,

这是工厂一点心,就是给咱们的奖励钱。

母:工厂也真是为工人着想,三十万元钱给秀兰买嫁妆,也能买几样

了,就是少点。

父:现在,咱们还在打仗,咱们一切都节省一些,等抓住蒋介石那个

卖国贼,全中国都解放啦,工厂一天一天发展起来啦,慢说你姑

娘的嫁妆要买呀,就连你的嫁妆也要再补充一些,这回你明白

了吧!

兰:(看了看妈妈和爸爸,噗哧笑了)

父:你看你明白啦,秀兰就乐了。

母:这回对她心眼啦!

父:明白啦,赶快做饭去吧!

兰:妈,我去做吧!

母:(故作生气不用)你哭去吧!

兰:妈生气啦,我去做吧。

母:我不用!

兰:我去做吧!

父:你看你们娘俩又争起来啦,谁做还不行,来,我也帮你们做。

合:(唱)十个滚珠滴溜溜圆,送到工厂去生产,

献器材,争模范,支援前线咱当先。

人人都把器材献，建设国家要靠咱，

国家壮大又发展，老百姓江山万万年。

（锣鼓声中下）

附注：曲可自由配。

选自《东北日报》，1949 年 1 月 31 日

◇王卓　冯明

小英雄陈金山

爱国自卫保田，人民群起参战；

解放大军下江南，英雄事迹千万。

四句附言道罢书归正传，

表的是战斗英雄陈金山：

陈金山年纪不大十七岁，

松江省宾县乡下有家园，

翻身后自愿参军来部队，

在连队当了一名通信员，

平日里工作学习都努力，

同志们一致赞扬称模范。

这些事暂时按下且不表，

单说说解放大军下江南：

那是在五月五日那一天，

总司令发出命令往下传，

人民的大军要把松江跨，
解放那蒋区人民出苦难。
一听说过江消灭蒋杜匪，
喜坏了全军各级指战员，
为人民立功的时候来到了，
一个个精神抖擞喜心间。
且不言解放大军把江过，
再把那磐石蒋军表一番：
他听说九二部队来到了，
只吓得战战兢兢心胆寒，
好一似耗子见猫麻了腿，
好一似兔子见鹰钻进山。
蒋家军一心逃命跑得快，
解放军毫不放松撵得欢，
同志们打起仗来真勇敢，
真正是以一当十百当千，
下决心不让敌人跑一个，
大家伙斩钉截铁发誓言：
跑上天也要赶到灵霄殿，
钻入地也要追到鬼门关。
同志们齐心努力往前赶，
赶到了马蹄崴子屯子前。
那时节敌人已把屯子占，
四处里机枪大炮声相连，
一连的同志一见红了眼，

上好了刺刀蜂拥冲向前，
只听得呀呀呀的几声喊，
吓得那蒋家军溜的溜来窜的窜，
剩下的三百多名当了俘虏，
乖乖地缴了武器投降咱。
这一场追击战斗打得妙，
缴获的各种武器数不完，
机关枪榴弹炮都是美造，
多谢那"中央军"替咱运搬。
同志们打胜仗兴高采烈，
那一旁指导员又把令传，
叫一声陈金山来听命令，
指导员详细地指示一番：
这里有四个彩号须要照顾，
还有那三百俘虏也交你管，
要防备敌人残余前来捣乱，
完成了这些任务你再回连。
指导员说完话转身走了，
领队伍追敌人继续向前。
在这里只留下小陈一个，
不由得在心中暗自盘算：
这任务不算大可也不小，
怎么就留下我一人来担？
一边走一边想急得直转，
想不出好办法真真为难。

这时节忽听高粱叶子响，

唰啦啦响声惊动了陈金山，

陈金山举目留神仔细看，

（嗳呀！不好了！）

原来是敌人援军到眼前。

一个个贼眉鼠眼四处看，

一步步仗着人多摸向前，

机关枪嘎嘎嘎地连声响，

打起了一溜土烟遮满天，

陈金山心想这回不大妙，

也只好拼着性命干一番。

但又想自己牺牲不要紧，

丢下了彩号俘虏可咋办？

陈金山左思右想无良策，

只急得嗓子冒烟满头出大汗。

正在那低头思量干着急，

忽然发现两个手雷在身边，

陈金山捡起手雷往前赶，

准备和这帮敌人拼一番，

干掉他一个两个算够本，

炸死他三个四个更不冤。

陈金山迈开大步向前走，

脚底下又有什么把他绊，

低下头仔细一看心花放，

却原来柴堆底下还有手榴弹，

装满了口袋又往腰上别，

乐坏了年青的英雄陈金山，

找了个墙角自己隐蔽好，

手雷的套环扣上手指尖。

这时节小陈伸头往外看，

眼看着敌人爬到土墙边，

一伸手三个手雷打出去，

正好就打在敌人队伍间，

只听得轰隆隆的一阵响，

炸得那敌人抱头向回翻。

小英雄一看此情不怠慢，

飞快地一个箭步跳到外边。

一个敌人手举一挺轻机枪，

跪在了小陈面前直打战，

叫一声八路长官饶命吧，

我不是从心自愿打内战。

陈金山接过机枪高声喊：

叫一声同胞不必心胆寒，

只要你放下武器缴了枪，

八路军优待俘虏无谎言，

你要革命解放区人民极欢迎，

你要回家发给路费盘缠钱。

残余的敌人一听放了心，

一个个钻出高粱地外边，

忙把那各般武器全放下，

高举着两只胳膊走向前。

一个人俘虏敌人二十多，

缴获了冲锋枪、六〇炮还有机枪、手榴弹，

这一番喊话效力实在大，

陈金山眉开眼笑心喜欢。

这时候太阳渐渐落了山，

同志们打了胜仗往回还，

陈金山完成任务功加功，

大家伙一致称赞英雄汉。

这一场战斗到这算结束，

再表表六月二十那一天：

那一天全体同志开大会，

一中队小陈立功最当先。

会场里锣鼓喧天真热闹，

小英雄一朵红花挂胸前。

人民的功臣人人都称赞，

英雄的美名万古长流传。

陈金山主席台上来宣誓，

你看他不慌不忙走上前，

台底下一阵鼓掌雷声动，

口号声东起西落连成片。

陈金山开言先把首长唤，

又叫声众位同志听我言：

我从今下定决心加油干，

平日的练兵学习不偷闲，

和同志团结友爱要做好，
对群众不拿一针和一线，
还要把三三战术学周全，
战场上猛冲猛打要占先，
为人民一心一意立大功，
即便是自己牺牲也情愿。
只要是大家齐心努力干，
不怕那顽固蒋军打不完，
保卫咱民主自由解放区，
争取那反攻胜利早实现。
我这里说到此处算一段，
愿同志人人争取英雄做模范。

选自《东北日报》,1947 年 10 月 4 日

◇王卓　萧汀

花　　鼓

人物：刘大锁

　　　王二春

　　　刘妻

　　　王妻

地点：解放区某地。

时间：一九四七年。

（刘大锁手持小锣，刘妻身背花鼓，于音乐锣鼓声中愉快地扭秧歌花样上场）

（唱第一曲）

刘：新年过得好红火，

妻：高高兴兴来唱歌，

刘：我打锣来你敲鼓，

妻：我敲的鼓来你打锣。

（第一曲）

刘：咱们来唱东四省，

妻：人人过得好光景，

刘：吃得饱来穿得暖，

妻：民主自由大家庭。

　　（转第二曲）

刘：松花江水放呀放光明，

妻：民主的花儿遍地红又红，

刘：民主好比松花江水流，

妻：江沿上的草儿生来绿油油。

　　（第二曲）

刘：桃李花开杨呀杨柳青，

妻：男女那个老少喜呀喜盈盈，

刘：没有剥削没有压迫，

妻：工农士商好呀好营生。

　　（刘与妻扭下）

※　　※　　※

　　（王二春与王妻手持锣鼓于乐声中扭花样上）

　　（唱第一曲）

王：新年来到大街以上，

妻：看见人人乐呀乐洋洋！

王：没有愁来没有苦，

妻：解放区真是个好地方。

　　（第一曲）

王：解放区到处是光明，

妻：山又高来水又清，

王：共产党和毛主席，

妻：他是咱人民的大救星。

　　（刘与妻接上）

刘：（白）啊！老王今年年过得好吧？

王：（白）像这样快活的年头，俺还是头一回呢！

刘妻：（白）你们老家怎么样呀？

王妻：（白）唉！提起俺老家真倒霉。

　　（唱第三曲）

王、妻：提起俺老家沈阳城，

　　　　天天挨饿受苦穷，

　　　　哪有解放区这么好过，

　　　　思想起来好伤心！

四人合：（唱）唉嗨唉嗨哟，思想起来好伤心！

刘：（白）乡亲别这样难过啦！

　　（第三曲）

王、妻：这一边来那一边，

　　　　穷人的生活不一般，

　　　　南边乌黑北边明，

　　　　一个天来半边晴！

四人合：（唱）唉嗨唉嗨哟，一个天来半边晴！

王、妻：（唱第三曲）

　　　　中央胡子国民党，

　　　　横行霸道似虎狼，

　　　　要拿他和解放区来比，

　　　　真是个地狱和天堂。

四人合:(唱)唉嗨唉嗨哟,真是个地狱和天堂!

（第一曲）

刘、妻:我们这儿讲民主,

　　　老百姓选举好政府,

　　　政府和人民是一家,

　　　政府为人民谋幸福。

王妻:(白)咱们老家别说什么民主啦,

　　　就连自己也做不了主。

（第三曲）

王、妻:特务分子太狠心,

　　　白天黑夜抓壮丁,

　　　老百姓不如一条狗,

　　　狗还能叫,人可不能哼一声。

四人合:(唱)唉嗨唉嗨哟,狗还能叫,人可不能哼一声。

（接转第一曲）

刘、妻:咱们这儿可不同,

　　　东西南北好通行,

　　　你要经商就有钱赚,

　　　你要种地就有收成。

（接转第三曲）

王:提起生产我是个好劳动,

　　　就有收成也不行,

　　　苛捐杂税样数可不少!

　　　逼得咱老百姓寸步难行。

226

四人合:(唱)哎嗨哎嗨哟,逼得咱老百姓寸步难行。

　　(转第一曲)

刘、妻:民主联军是自家人,

　　　　他和咱百姓是一条心,

　　　　坚持和平有功劳,

　　　　保护咱百姓享太平。

　　(转第三曲)

王、妻:沈阳城里国民党,

　　　　杀人好比宰猪羊,

　　　　小孩流落无人问,

　　　　老人饿死丢路旁。

四人合:(唱)唉嗨唉嗨哟,老人饿死丢路旁。

刘:(白)老乡你说沈阳城里国民党为什么那样坏呀!

　　(第一曲)

刘、妻:美国反动派来横行,

　　　　帮助老蒋动刀兵,

　　　　挑拨中国打内战,

　　　　一心害咱老百姓。

四人合:(唱第一曲)

　　　　蒋介石他不要脸,

　　　　揪住头发要上天,

　　　　高奉美国他干爹!

　　　　出卖了中国大主权。

　　(转接第三曲)

王、妻：蒋管区的老百姓，

　　　　好比黑夜盼天明，

　　　　争取自由和民主，

　　　　好比黑夜找明灯，

四人合：（唱）唉嗨唉嗨哟，好比黑夜找明灯。

（转第一曲）

　　　　有道是水往低处流，

　　　　全中国都要民主自由！

　　　　众人拾柴火焰高，

　　　　人民的力量壮大了。

（紧接第四曲）

　　（一）朱总司令下命令，

　　　　　百万大军齐出动，

　　　　　消灭蒋军的无理进攻

　　　　　民主的旗帜飘扬在天空。

　　（二）民主的旗帜红又红，

　　　　　全国人民齐欢腾，

　　　　　建立民主新中国，

　　　　　独立自由富强又繁荣。

　　（三）老百姓要翻身，

　　　　　大家团结一条心，

　　　　　共产党领导咱向前进，

　　　　　新民主主义一定要完成。

　　（四）新年鞭炮响又响，

满地红光出太阳，

民主自由万万岁，

庆祝的歌声传遍四方！！

（四人于锣鼓声中扭花样跳下）

（剧终）

一九四六年十一月十一日夜于五常松江文艺工作团

选自《东北日报》，1946 年 12 月 7 日

◇东北文艺工作团

我们的乡村①

人物：长顺——民兵甲

李福海——民兵乙

二虎——民兵小组长

二虎妻——妇救会青妇部干事

银秀——村姑，长顺未婚妻

羊倌老九——村文化娱乐干事

二老爹——二虎父亲

李大娘——海子母亲

日军官

伪军

日兵

李奎武——地主，汉奸

---

① 本剧由李牧、颜一烟、王大化执笔。

地点：晋察冀解放区某地。

时间：正是春暖花开时，尚有一点冷。

景：一个村庄的村头，正斜面是一个小马王庙，偏右面是一个临街屋的背面，墙上写着"空室清野要经常，快割快打快收藏"的大条标语，庙左侧面是一间屋子的房墙。在右正面标语墙前有一棵百来年的中国槐树，树左面一口井，上面有辘轳，小庙的左右是两条街，树左是通邻村的大道。

幕启时：拂晓前，东方才露出些微鱼肚白的光亮，从微弱光亮里衬出了这个村子的轮廓，隐约可看出两个人影，时常探出头来，向大道那面瞭望。

福海：（下简称海）（一个粗壮的庄稼汉，闭着嘴，跷着脚跟，走到小庙台的暗影中去，隐蔽着自己身子向顺）等了大半夜了，顺子，有动静了吧？

顺：（用手一摆）没！

海：没有动静，就不用看了，过来抽口烟吧！（打了个哈欠）

顺：别，（故作警状）听，听……

海：（急上前一步）怎么？有动静了？

顺：（急往前趴在地上听）别作声，好像二老爹那块地里有人。

海：（也急忙趴在地上听）

（二人在地上趴了一会儿）（顺子慢慢地站起来，看看趴在地上的海子觉得好笑）

海：（仍然一本正经地趴在地上）长顺，怎么没有声音，我看你是听差了，连个土耗子也没有，（长顺忍不住笑了）你这个家伙是跟我开玩笑。（以手拂脸上的土）

顺：（哈哈）看你打哈欠了，叫你精神振一振！（正经）不过咱们还是小心点好，天快亮了，启明星都快上来啦！我看咱们可是提防着点，下庄子就住着鬼子，离咱们这儿才五里地，说来就来了。

海：不怕，沉住气，反正前面有咱们二虎哥坐探呢，一有动静就会回来报的，站了大半夜了，真是有点累了，抽袋烟提提神吧！

顺：海子，你可别轻敌观念，二虎哥的本事，咱们是知道的，他一个人也敌不住二三百鬼子，万一鬼子使个诡计从东山梁上翻过来，二虎哥再赶不上送个信回来，那咱们这一大村大人小孩不都完了，出了事你负责？

海：我负责，我李福海哪回站岗出过岔儿，我可不是夸口。

顺：别他妈的吹大气了。

海：嗨，你别小看人呐，别看咱长得不济，可是眼睛耳朵顶管事，鬼子他娘的再鬼也鬼不过我的耳目。

顺：好，咱村里谁也鬼不过你。

海：干么呀！知道你好，谁也比不上你，要不银秀就喜欢你啦！

顺：海子，你他妈的扯到哪儿去了。

海：对，不让咱提银秀咱就不提她，这村人别人出了事我海子完全负责，可是银秀要有个好歹，我海子可担当不起。

顺：海子！（生气地）真是狗嘴里掏不出象牙来，我……（欲打）

（鸡叫）你看天大亮了，咱们可得多加点小心哪！

海：天大亮了就没事，我说没事就没事。

顺：（推海）还是去瞭着吧！小心点好。

（二虎妻由左担水桶上）

海：（发现她）长顺你看虎子媳妇这么早就出来担水啦。

顺：虎子不在家可真难为她了，海子你一个人瞭着，我去帮她担一担水。

海：你不提我倒忘了，昨夜虎子哥临走时我还告诉他说我给他家担水呢，（向里）二嫂我给你挑吧！

媳：不用了，我能担。（上场）

海：来吧，嫂子这事我应该干的，谁知道站岗把事耽误了。

媳：昨夜是你俩站岗，困了吧。

顺：不困，困什么，为了大家的事呛！你家二虎哥黑夜白天的不睡一会儿，不是比我们还累吗？弄得叫二嫂子还出来担水真难为你了。

媳：长顺呐！你算是好说了，他是整天价不在家，咱家里也不打算他做些什么，只要他在外面一心一意地打鬼子保住咱村子太太平平就行了。

顺：二嫂明白的道理真多，咱村的妇女部工作比咱自卫队的工作可深入得多咧。

媳：别见笑咱妇女部了，咱们妇女夜班起不了什么作用，还不是得你们自卫队（特意对顺子说）给咱们另外上课呢。

海：（大笑）二嫂的嘴可真是厉害，这一下可一针扎到长顺哥心眼里去了，银秀能有今天这样进步，还不亏了长顺哥帮的忙。

顺：你们可又把话扯到哪儿去了，嫂子你别听他那傻话。（海子正去打水）

海：傻话，咱海子是真心话。

顺：缺德家伙小心掉到井里淹死。

海：淹死是活该，反正没有人痛我。

媳：你可不能那样说，你整天价在外面无昼无夜东奔西跑地打鬼子……

海：（抢说）那又算得了什么，这是因为怕鬼子来杀人放火把咱家的房子烧了,我娘要我跟大伙儿一起干。

媳:这就对了,你为了咱们村的房屋财产,为了你娘,挺身出来干,这
　　就每个人都会喜欢你。

海:对,我有全村人喜欢我。有我妈喜欢我,(指顺)你也喜欢我,你
　　也喜欢我? 哈! 哈!

媳:(同时)

顺:对,我们都喜欢你……(海子打完水)

海:这担水我替你担回去了。

媳:你放着吧,我能担。(望树那边)

海:二嫂你看什么?

顺:(小声)二嫂在想虎子哥呢。

海:(欲上前叫,被顺子拉住又忍不住叫了一声)嫂子。

媳:(不好意思)啊! 时候不早了,该回去了。

顺:二嫂放心吧! 二哥手疾眼快,机智大胆,不会出岔的。

媳:我是惦记他昨儿黑夜出去,就没吃口饭,带了几块干粮走的,这
　　会肚子……

顺:这你就别操心,这附近五十里方圆哪个不喜欢虎子哥,哪个不爱
　　虎子哥,到哪儿不给弄点好吃的,海子快帮二嫂把水担回去吧。

媳:还是我自己担吧,你们留心岗上别出了事。

　　(海子与二嫂抢担子,二老爹上)

老:二虎家我找了你半天,你在这儿呢? 哈哈。

顺:二老爹起得早啊!

海:二老爹你看二嫂子要抢我的桶,你说你管不管。

媳:我的桶怎么说你的桶呢。

老:(看懂了其中道理对媳)你原来是来打水的,可是你怎么不早说

一声呢,我这几根老骨头挑担水还行呢。

海:二老爹你也不用担,以后虎子哥不在家,你们叫我一声就行了。

老:昨儿黑夜得到什么情报没有?

顺:没有。

老:鬼子到了哪儿去了?

顺:昨天来的情报说:南坡头,山谷口,咱前村的下庄子都住上鬼
  子了。

老:鬼子到了下庄子了,海子! 长顺! 咱村子里都准备好了吗?

海:来吧! 准把他打个稀里哗啦的。

老:可是也得小心点,你们年轻人我知道,那股火劲上来了,什么也
  不管啊,我年轻的时候也跟你们一样,想当年闹义和团的时候,
  我也跟洋鬼子打过仗啊。

海:你老人家不必担心,咱们是武在面上灵在心里啊,你看上回二虎
  哥带着我们去打北庄子的炮楼,他一个人就领了五支三连往炮
  楼上冲,鬼子的机枪打得像雨点一样,我爬在坡上连头都不敢
  抬,可是二虎哥还是一股劲往上带。

顺:后来呢?

海:后来一进一退把鬼子打得呀呀的,扑通咔嚓把炮楼就给夺下
  来了。

顺:这就对了,要不是二虎哥带着五支三连不怕死地往上冲,这个炮
  楼,我看到现在也拿不下来,要都像你这样机枪一打得紧就连头
  都不敢抬,那就别干了。

海:可是我那一会也没有说不干啊。

顺:说你不干啦,我是说二虎哥在最紧的时候能够机智大胆。

老:顺子说得对,青年人不能光凭一股火劲儿,要大胆细心地干。

海:(打嘴)就是,咱们这个嘴不争气,咱本来也是那个意思,可就是说不出来。对,要细心大胆地干。

　(这时天已大亮,公鸡叫几声)

老:只顾说话了,快回去吧,牲口还没喂哩。

海:说了半天这担水,我还没有担呢。

老:放着我来担吧。

媳:(上前把水担起就走)

顺:二虎嫂真能干。

老:自从八路军,到了咱们这儿,成立了抗日民主政府,连妇道人都大改变了!你看我这个媳妇,可顶个大小子使唤呢!下地锄草,喂牲口,做饭,担水,哪样不像个大小子呀!这世道大改变了。

　(哈哈地笑下)

海:世道大改变了,从前哪儿见过这样的好媳妇呀!说理有理,说干活就干活!真是一个模范的抗日妇女部主任呀。

顺:这都是抗日政府领导得好,(忽然听到空中飞机声)喂,你听!

　(突然飞机声大作)

顺:飞机。(二人卧下)

海:飞机?

顺:他妈的,瞧!(指小山坡)飞得那么低。

海:妈的,日本鬼子王八蛋,就欺侮咱没有飞机、高射炮,老子可有大枪。(准备打)

顺:别,别打,小心暴露了目标。

海:你看,那鬼子我都看见了,我这一枪准能打中他。

顺:万一打不中他,他下个蛋来,那全村不是都要遭殃了。

　(飞机声又近)

顺：别尽管看飞机，小心地下的，他每次都是上面用飞机吓唬人，下面就来了兵了。

海：瞧瞧飞机尾巴上掉下东西来了，别是蛋。

顺：不是，是传单。

海：妈的，又来送窗户纸了。

　　（村里小孩子捡传单的小孩声）

海：下来了，下来了。（往传单的地方追下去）

　　（台后海子和小孩子抢传单的声音）

孩：海子你别抢我的鬼子画。

海：谁抢你的了，那边不是还有一大堆。

　　（海子上）

海：长顺哥你看。

顺：（看了半天）

海：什么？ 八路军？ 投降？

顺：日本军？ 八路军……

海：什么王八画符……鬼东西，八路军抗日最坚决的还会投降他？

　　（李奎武上）

李：你们看什么？

海：看鬼画符。

顺：咱们俩看了半天，也没看明白，你给我们看。

李：（拿传单，拿出老花眼镜戴上）

海：上面说些什么？

李：八路军投降不杀——这是一张投诚票。拿这张投票去投诚，皇军说可以大大地优待的。

海：什么？

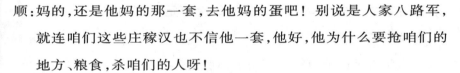

顺：妈的，还是他妈的那一套，去他妈的蛋吧！别说是人家八路军，就连咱们这些庄稼汉也不信他一套，他好，他为什么要抢咱们的地方、粮食，杀咱们的人呀！

李：嗳！顺子你别这么说，人家皇军到中国来是帮助统一中国的呀，你说皇军杀人抢东西，就是叫你们这些什么游击队弄的。人家本来是实行王道乐土，就凭你们一条破枪，几个烂地雷，能抵上人家飞机大炮重机枪了吗？我看你少瞎胡闹吧！这几天风声紧，我听说这儿的八路军全叫鬼子消灭了。就靠你们这几个人有什么用，别成事不足害事有余，惹得皇军来大烧大杀。

顺：李奎武我看你今天黄汤喝多了，家里面几块地，佃户把你喂饱了，你倒给敌人做宣传工作。

李：酒倒是喝了两口，这话可都清楚，这都是金玉良言，信不信可就在你们了。

顺：什么金玉良言，你说日本军队到中国来，是实行王道乐土。请你看看，咱们村里的房子是谁烧的，老路家媳妇是谁强奸的，老路家又是谁杀的，这就叫王道乐土？

李：这话说起来可就长了，总括一句话，咱们村上有了一群害群之马，害得咱们村昼夜不安！所以皇军就要来征服他们，那就得用武力了，用武就得伤害老百姓。可是那些老百姓还是愚昧无知，真是中毒太深。

海：闹了半天你是要宣传我们，走你的吧！别误我们的事。

李：好，我走，可是你们得好好儿地想想。

顺：我不用想，我都想过了，你说我们是害群之马，要是咱们村上没有我们民兵，怕连你这点财产也叫鬼子抢去了。

李：民兵，民兵，就是站岗防防小偷还可以，打日本人我看可不顶用，埋地雷又炸不死人,这又是何苦呢。

海:照你这么说,咱们该在这里等死。

李:天下大道只有一条,由你们选择吧,我还要吃饭去呢。（下）

顺:按你的话说,就是亡国灭种。

　　这家伙越来越不像话了。

顺:我看咱们还得注意点。

海:放他妈的八辈子臭狗屁,亏他吃了几年墨汁,把他抓起来送到抗
　　日政府去。

顺:别,海子,咱们现在没抓到人家证据,抗日政府规定,不许随便抓
　　人,要保障人权,等找着他确实证据的时候,咱们再抓他也不迟。

　　（海子娘声）

娘:海子! 海子!

顺:海子,你娘叫你呢。

海:娘,干啥?

娘:饭做好了,快回去吃吧,熬了一夜了。

顺:海子! 你去吧,我一个人在这儿瞭着就行了。

海:不! 娘你先吃吧,我这儿还走不开呢。

　　（大娘上）

娘:海子快回去吃吧! 熬了一夜了。长顺也在这儿,昨夜是你们俩
　　的岗呀! 你两个一块去吃一点吧! 怪累的,一夜了。

顺:别,大婶我不饿,我这儿还有点干粮呢。

娘:长顺! 别那么客气啦,你们俩都去吃,我在这儿给瞭着吧!

海:娘! 这回可不比平时,放哨查查行人还可以,鬼子就在下庄住
　　着,你胆小,还是跟人家到北坡去躲躲,这儿有动静,我就去告
　　诉你。

娘：怎么，鬼子已经到了下庄了，你怎么不早告诉我呢？（立时害怕起来）海子呀！你不知道你娘，一听见这个，腿肚子就软了吗？

海：娘！你别怕，这儿有我和长顺在，还有这个宝贝。（指枪）

娘：对，（喜）有海子在，还有长顺在，还有这个宝贝，海子！叫你娘看看这个"散把枪"。

海：三八枪。

娘：三八枪，我一夜没看见它了，娘一看到它就什么也不怕了。

海：咳！长顺哥，你看，谁来了。（故作惊慌）（娘一听也就慌起来）

娘：谁？（急走到大树边）

海：（看到他们这样子笑）看！谁来了，哈哈！（银秀提罐上）

娘：哎呀！可把我吓得腿都软了，我只当是鬼子上来了呢！是银秀呀！可勤俭啦！倒早早地把饭做好了送来了。

银：大娘！你比我还来得早呢。（笑）

娘：好刁的丫头，我没你的心眼灵，想得周到，把饭做好送来了。

银：看大娘，（羞）我又没惹你，一大清早一见我就……

娘：大娘上了年纪了，连这事都没有想到，海子站了一夜岗，我就没想到做好了给他送来，还是你心眼灵，想得周到。

银：大娘！（扭身子）你又来了！（把罐子一放）

娘：对！不说了，不说了，来，我给你送过去！（罐子送到长顺面前）给你，长顺。

（长顺不理，故作瞭望状）

海：（哈哈大笑）长顺哥，望到哪里去了，（长顺不理）还装聋啊。

娘：快吃吧，人家银秀好心好意地给送来，别等凉了，白白辜负了人家的心，海子，你等着娘也给你拿去啊！

海：娘！快点吧，我早就饿了。

娘:好!（欲下）银秀,你还不招呼你长顺哥吃啊!哈!哈!（下）

　　（银秀见长顺不吃心里急,但又不好意思上前去叫）

海:（故意上前）好热的棒子面贴饼子呀!（看银秀）

银:（只好借题转移）海子哥,你饿了先吃吧。

顺:（借机会过来）海子你先吃点吧!

海:这是人家给你送来的,我吃什么,一会儿,我娘就给我送来啦!

银:那还不是一样的,（对长顺）怎么!你还不吃,吃完了我还得收拾
　　收拾上山呢。（把饼子往筐里一扔）

顺:（见她这样就蹲下来取饼子吃）海子!你也来吃吧!

海:对!（咬了一口）这比我娘做的还好吃呢。

顺:少磨牙吧,吃完了饭还得上山呢。

海:对!

顺:（对银）你们家吃完饭没有。

银:还没吃呢!

顺:怎么还不早早吃了上山去,你不知道这两天紧呐!

银:（害羞地）我娘叫我先给你送来叫你先吃了,要有个情况就不怕
　　挨饿了。

海:（见二人谈话忍住笑,但不由得一下又笑出来,把含在嘴里的一
　　口饼子喷出来）

银:（生气地）你不好好地吃饭,你笑什么?

海:我（急掩饰）我叫一口饼子给噎住了。

银:噎死你。

海:噎死我!你们一大清早,你们就咒我,可我死了光留下你们两个
　　有什么意思。

顺:（见他急了）海子长命百岁,不会死,海子还要人痛呢。

海：我不要你们痛我。

顺：你看你娘多痛你，你娘给送饭来了。

银：快别惹他了，大娘来了，我受不了。

（大娘上）

娘：海子！娘给你送来了快点吃吧。

海：（把手里半块饼子一扔，蹲下来就吃）

娘：怎么啦！

海：刚才你不在，他们俩都欺负我。

娘：（故意打趣）好！我一会儿不在，你们小两口就……

银：大娘你怎么啦！你别听海子哥瞎说啦！我哪敢得罪他呀！

娘：（笑开了）别怕，得罪了也不怕，我这个海子是个没有人痛的孩
　　子，不像长顺。

银：大娘你又来了。（扭身要走）

海：银秀！（拦住去路）你还敢欺负我不。

（这时远处一阵枪声）

海：怎么哪来的枪响。（急忙放下碗筷抓起枪）

顺：听听是不是信号。（又是一阵）

海：不是，不是。

顺：海子！你看北山坡上那一群是什么？

海：在那儿！在那儿。

娘：哎呀！海子，是怎么回事，是鬼子下来了。

银：大娘！咱们快走吧，别在这儿。

（又是一阵枪声）

娘：啊！是鬼子来了。

银：大娘！别怕。

银:(拿起几块饼子给长顺)留下给你,当干粮吧,饿了可以垫垫饥。

娘:银秀快走! 别在这儿蘑菇了,快扶我走。

顺:你快去叫村里人们没走的快上山呀。

海:(向街里的人们)乡亲们,没走的快上山呀! 鬼子打北山坡上下
　　来了。

海:娘别在这儿啦! 快走吧!

顺:唉,海子,怎么又有一个人从北大梁上滚下来了。

海:是不是虎子哥。

银:(也上去看)可不是二虎哥,在那儿跑呢。

娘:银秀! 你看你胆子真大呀! 快走吧!

银:大娘! 别怕,不是鬼子,是虎子哥回来了。怕什么呀!

顺:对,就是虎子哥,他那一块红绸子包枪布我认得。

海:(大喊)嘿! 你们瞧,虎子哥扛着个是什么东西呀! 黑嘟嘟的一
　　大堆。

银:可不是吗? 那是个什么呀。

顺:真的是什么呀,口袋不像口袋,枪又不像个枪。

　　(二老爹,虎媳上)

老:长顺,海子,前面有情况啦! 是鬼子吗?

媳:爹,快把那口袋粮食扛到咱们地里坚壁了吧! 别真是鬼子来了。

顺:不是鬼子,是二虎哥回来了。

老:是二虎! 那刚才那一阵枪声是怎么回事呢?

海:二老爹,你瞧,他还扛个东西呢。

老:还扛着个东西,(瞧)可不是,那是个什么呀! (拭了拭眼去细瞧)
　　哎! 别是打了条狼吧! 唉! 我那个孩子就是有这么股冲劲,不
　　管什么狼哪虎呀就没有他怕的。

顺:你们看,二虎一股劲儿往回跑,我看一定是有什么情况发生,你们大家快回去,别在这儿,快上山吧!银秀!快跟着老爹扶着大娘到后山坡去吧!

娘:银秀!二虎家的,咱们娘儿们还是早点走吧!别管他们爷儿们的事吧!在这儿碍他们的事。(后台吆唤一阵)(羊群叫唤声)

羊倌:(后台声)他娘的贼羔子。你上哪儿去,还不快走,鬼子来了,叫洋鬼子吃了你这个贼羔子。

海:(向后台)羊倌老爹,你怎么还没上山呢,前面有动静了,别把羊给喂了洋鬼子呀!

羊:(上场)这群羊是李家的,人家不放心,把羊放山上,每天得往村里赶,(向里)小三!你快赶着上山坡呀!我还得拿点干粮呢。

顺:二虎哥,二虎哥。(吆唤地)

海:二虎哥怎么了。

羊:谁,二虎回来了?

银:你瞧二虎跑得满头是汗。

顺:(吆唤)喂!二虎哥你跑什么呀!前面有什么情况发生啦?

虎:噢!长顺,海子。

海:喂!二虎哥,鬼子到哪儿了?

虎:还在北庄呢,(上)(四面看看所有的人)怎么你们都没有上山呀!

(扛着机关枪上)

虎:怎么你们都没有上山呀?

(满头是汗敞着胸)

海:你们看,这是什么,哎呀!机关枪真是宝贝呀。

顺:机关枪,这真是个宝贝呀!(海子把机关枪放下)

老:哎呀我还说是打了一条狼哩,闹了半天是扛了杆机关枪回来啦!

媳:你怎么弄来的呀?

羊:还是你们青年小伙子能干,有种。

海:嗳! 咱们游击小组,有了这家伙更抖起来了,鬼子一来,嗖! 一梭子就打死他好几十!

银:对了,有了机关枪,咱们就更不怕鬼子啦!

娘:这机关枪做什么使唤的呀?

海:(冲冲地)打鬼子的! 这么一个顶这玩意(指步枪)好几十个,娘你真是没开过眼,不懂你就别问了,怪丢人的。

娘:你开过眼。你的眼开得有多大呀,丢人,你娘给你丢人啦!

海:娘! 瞧,人家都是高高兴兴的,你说这些干吗?(娘还说)

老:得了,你们这是干什么呀!

顺:都别说了,快叫二虎说说,他怎么弄来的这杆机关枪吧!

羊:对! 对! 二虎,你快说,快说怎么弄来的啊。

虎:对! 我从头跟你们说吧!(擦头上的汗)

海:(给他搬一块石头来)坐在这儿吧! 大伙都听得清楚。(虎坐,其他人也有的坐下,有的站着,有的蹲着)

虎:话说起来可长哩,昨儿个我打这儿走了以后,咱们中队部就集合了各村的民兵,要扰乱下庄的鬼子,叫鬼子们一夜不能好好睡觉。

海:对,扰乱他们狗日的。

虎:商量好了之后,傍黑的时候,我们八个人就出发了。

海:你们才八个人,那下庄的鬼子有多少哩。

虎:约莫有一二百。

海:咱村的王岭儿去了吗?

顺:海子,别老问这,问那的,听虎子哥说吆。

虎：到了离下庄不远的地方,我们就分成了四个小组,分配了任务,规定了集合地点就分散了,那时候我跟马家村的马寿子,就爬到了下庄的后山顶上,朝着村子里打枪,嘿,(说到兴奋处忽然站起来了)我们一个人才只打了两枪啊！王八窝的鬼子可就都炸了,呼呼的又是机关枪,又是步枪,足足地打了有一个来钟头。

娘：(担心地)哎呀！那你们怎么办哪。

虎：(不在意地笑)我们,我们就抱着枪扒在山坡上,又是看,又是听,——嘿,简直比过年看花炮还热闹。(众笑)

娘：哎呀！我的小王爷,你们的胆子真不小呀。

海：娘！别怕,我们常这么干。二虎哥快接着说,后来呢？

虎：后来,就听着他们四面机枪声停了,我们南山坡上的小组就又接上了,噼啪几枪,鬼子就毛了,嘿！稀里哗啦又打了一大阵子,等他刚一停西边的就是几枪,西边的过去了,东边又来了,东边过去了,北边又接上了,就这么东西南北四面八方。我们八个人闹了他半夜,弄得鬼子简直是弄不清我们开来了多少兵马。到了后来鬼子们真急了,就到村北范家的那块打麦场上集合了。

羊：集合了,是要出来吗？

虎：哼！他不出来我还叫他出来呢！那时候我就跟马寿子商量,我们要引敌人出村,跟着我一声信号枪,我们四个小组就一齐朝着村子里打枪,果不然,敌人就让我们给引出来了,在下庄北山坡那个庙台上架上了机枪,朝着我们就是一阵。

羊：那个小庙台,我常在那息响。

海：那你们,那时候转移了没有？

羊：海子！别插嘴,叫二虎子说嘛。

海：(翻着眼睛)准你插嘴,不准我插嘴。

顺：别吵,别吵,听二虎哥接着说。

虎：鬼子的机枪响了老半天,停了。我就又打了两声信号枪,我们就偷偷地转移到小庙台的东面,这时候启明星都起来了,山谷峪的栓子提议摸鬼子的机枪,他问谁敢去摸,我说我敢去!

娘：呀快别去,鬼子的机枪,可不敢随便摸呀! 叫他知道了,可就没有命啦!

海：娘,你瞧你,人家摸都摸回来了,这不是瞎操心吗?

娘：好,我又多说了话了,我这个老碎嘴子。

海：娘,听吧,听二虎哥怎么摸机枪——二虎哥快说。

虎：这时候,天已经快亮了,鬼子有好大一阵子没有动静了,我们游击小组也一点动静没有,我就脱了鞋,蹑手蹑脚的,从小庙东边转到小庙后山坡一看!

老：(关心急切地)怎么样叫鬼子发觉你了?

虎：不是鬼子发觉了我,是我看见了有十来个鬼子,趴在庙后头那块洼地里,我心想这个可没法挨近他了。

顺：真是得小心,这可不是光凭一股劲儿就能办事的。

虎：那时候我一想对了——

海：怎么?

虎：小庙台下面,不是还有一个坡吗?

羊：对了,那是个阴坡。

虎：我就打定主意,从那个阴坡边爬上去,鬼子就是发觉了我,也没法打着我的。我就慢慢又爬到了那个阴坡边,我用耳朵贴在阴坡上一听!

顺：鬼子在上面?

虎：可不是吗! 鬼子在打呼呢!

海：鬼子睡着了。

虎：对了，呼呼的一股劲儿打呼呢，叫我们闹了他们一夜也该他们累了，这时候我就偷偷乘机上去一摸，就抱着那机枪就往回跑，我刚下坡，那个鬼子就醒了，呀呀呀地直鬼叫，我就一劲儿地往回跑。

顺：鬼子没开枪呀？

虎：怎么没开！小庙后的那三个鬼子就直往下追！在我的后脑上，就是一阵排枪下来了，亏我赶紧弯下腰来，子弹飕飕地打我脑袋上飞过去，我赶紧一滚，连枪带人滚下来了。

海：(这时他被故事感动了)好！二虎哥能干。

虎：这下我想他追不上我了，他妈的谁知道村北的鬼子也上来了，一阵机枪就把我给截在那山坡后了，这时我心里真急了，心想这下完了，死活就看这一回了，我把机枪抱得紧紧的就往山坡上爬，向下是不成了，他妈的小庙后的那个鬼子，又从后面追上来了。

娘：二虎！你就扔了机枪跑就算么，命还救不过呢！还扛着那好沉的机枪干啥呀！

虎：我下了决心，有我就有枪，只要我不死，这杆机枪说什么也不能扔。

海：好，二虎哥！

虎：(紧接)鬼子在后头追得挺紧，我掏出我这个王八盒子想给他两枪，可是……

顺：怎么？

虎：打了一夜，子弹打完了。

媳：(不觉失声叫出)哎呀！那怎么办呢！

虎：在这九死一生眼看着就要叫鬼子抓住的时候我倒笑了。

老：你怎么有心笑啊！傻孩子。

虎：对啦！我就是笑我太傻了。抱着这个机枪跑了一路,怎么就没想起使唤它呢？想到这儿我就翻过身子,照着那些鬼子,呼呼就是一梭子,亲眼见着前头倒了五六个,后头再不敢上来,我抱着机枪,回过头从北山坡大梁上,一口气就跑回来了。(这时才松了一口气)(众人也跟着松了一口气,后面就立刻又欢跃起来)

老：好孩子！真是你爸爸的好孩子。

海：(同时)好小子有种。

顺：(同时)真是咱们游击小组的光荣。

娘：可是,哎！你瞧瞧虎子那股劲儿,真是天不怕地不怕了,这不是拿命闹着玩儿吗？

媳：不怕,大娘你看虎子不是好好地回来了吗？再说您想,咱们游击小组有了这杆机枪,又能多打死多少鬼子啊！

银：二虎哥！你真能干呀！

羊：好,二虎,好小子,干得有劲,干得好,有出息,你们父子俩,老子英雄,儿好汉,都出在你们家了,哈哈！(父子笑)哼！鬼子,看你还能王道几天,我跟你们说,别看鬼子厉害,架不住咱们乡亲们一条心跟他干。

老：(向虎)嗯哪,你羊倌叔刚才的话说得对,只要咱们一条心地干,咱们就能有安生日子过的,可是虎子往后你也要多加小心,日子还长着呢,咱们乡亲们还要你们都多做点事呢！

娘：对了,乡亲们都指望着你们这些年轻人呢！

银：二虎哥,还没吃饭吧,来吃一点吧,这里还有点呢。

媳：银秀妹,别,咱家已经做好了,就是等他回来呢,这回好了,回家去吃点吧,爹也回去吃点吧！

娘：（发现二虎光着脚）呀！二虎怎么连鞋也没穿。

虎：跑得太急了，连鞋也没来得及穿！扔在那山坡上了。

媳：回家把那双新鞋穿上吧！

虎：（回头）海子，长顺，你们小心着点呀！鬼子怕要报复我们呀，现在咱们村三面都有敌人，说不定鬼子要向咱们村扫一下呢！前天北庄子鬼子吃了一次亏，叫八连在黑夜给摸进去了，鬼子现在到处找咱们的主力呢！

海：二虎哥，咱们队伍现在转移到哪去了？刚才李奎武，这老家伙还在这儿宣传了半天，说咱们的队伍全叫鬼子消灭了，叫咱们别干了。

虎：咱们的队伍正在向鬼子四面包围，咱们负责村里的事，吃完饭都得上山，村里一个人不许留，李奎武这老家伙顽固不化还没上山？

顺：没呢！哪次敌人来了，总是堵着叫才走的。

虎：好，你们瞭着点吧！有动静就叫我，我回去吃点饭就来，李奎武那个老家伙，咱们都注意点，大娘，银秀，村里没有事，就快上山吧！别到鬼子一来就跑不及啦！

海：（见他下之后）二虎哥真是胆子大，硬的敢夺鬼子的轻机枪。

顺：要没有这点胆子，就敢上去了？我看你就没有这个胆子干！

海：长顺哥，你别小看人，我不敢，你看这三八大盖哪儿来的。

羊：哈！哈！哈！小伙子都能干，我这是老了，不顶用了，我要是再年轻二十年，我也一样地和你们干，我看你们这样，真是高兴，我是老了……

海：羊倌老爹来坐下，给咱们说说，你们老辈子打洋鬼子的事给咱们听听。

羊：哈！哈！哈！那些往事，上了年纪，都记不清了。

顺：就说说你和二老爹闹义和团打洋鬼子的事。

羊：那时候，我跟虎子他爹都还年轻，我们就跟你们现在一样，一股劲儿地跟洋鬼子干哪，那时候的洋鬼子，可不是现在的小日本鬼，是什么美国德国的大洋鬼子。

海：那他们比日本小鬼厉害吧？

羊：厉害也不行啊！你们看，就在那棋盘蛇顶上，洋鬼子用的是洋枪洋炮，咱们拿的土枪土炮跟他们干，别看洋鬼子厉害，可是他爬不了山，穿着皮靴腿肚子打不了弯，哈！哈！哈！咱们就在山顶上搬着石雷往下滚。那一回啊！洋鬼子在这个棋盘蛇上足足地死了有六七百，嗯！还是刚才那句话，别看小鬼子厉害，可架不住咱们一条心跟他干。

海：可是那时咱们中国不是打败了吗？

羊：那是那个清朝昏君把咱们出卖了的。

海：卖了？

羊：嗯！他那个昏君跟洋鬼子订了条约，为了要洋鬼子保住他做皇帝，就把咱们中国的土地大块大块地送给洋鬼子。听说是那回什么庚子赔款就是好几万万呢，那不是出在咱们老百姓身上？

海：妈的，那些反动派卖国贼，真该打倒。

羊：那时候他们还说什么"宁赠友邦，不与家奴"。你说可恨不可恨。

海：那话是什么意思啊？

羊：那就是说，把咱们中国的土地财富，宁可送给洋鬼子，也不给咱们老百姓。

海：他妈的，真可恨！

顺：这也跟咱们中国现在的事一样的，上回咱们队伍上一个同志，不

　　是说那些反动派也是喊着什么先安内而后攘外吗？

海：这话我懂，这意思说那些反动派不打日本鬼子专打咱们老百姓。

羊：对了，要不说，那回闹义和团，打洋鬼子，虽是多年的事了，可也跟现在差不多，就说咱们这地方吧，要是民国二十六年前伪政府就能抗日，这地方不就不会叫日本鬼子占了吗？再说要不是咱们八路军把咱们这地方从鬼子手里夺回来，给咱们这儿成立了抗日民主政府，咱们哪能享这个福。

海：嘿！我想起来了，这些家伙就像咱们村的李奎武一样样地一天吃饱了不下地，自己不干还不让别人干，还给敌人做宣传，他妈的真该杀死他们。

顺：对啦！所以我们就得好好地保住我们的村子，不让李奎武那个王八蛋出卖了。

羊：对！洋鬼子也快啦！只要大家伙一齐起来，把洋鬼子打走，咱们就永远享福了。

　　（后台声音）哦！长顺！鬼子出动了。

顺：（向台里）到哪儿啦？

　　（后台声）鬼子的马队从北大梁翻下来了，大家准备下吧。

顺：海子！快到村子里面叫唤一声，快叫没走的赶紧上山。

海：是！

　　（虎子，虎子妻，虎子爹，三人上）

虎：（急上）怎么，长顺，鬼子到哪儿了？下庄的鬼子出动了吗？

顺：不是下庄子的鬼子，是南坡头的鬼子马队，从北大梁翻下来了。

海：（向村里）乡亲们，快走吧！南坡头的鬼子下来了。

虎：你们俩快走吧！

媳：给这块饼子留下做干粮吧！

252

虎：不用了，你们带上山去吧！爹你把辘辘和水桶拿到山上去，给乡亲们说别着急，这儿有动静，我赶着上山给你们送信。（虎子爹和虎子妻下）

虎：海子，快把咱们的地雷拿出来！（一阵马蹄声）

顺：（从小庙里拿出地雷）他妈的老子等你一夜了。

虎：海子，在那个路口上埋一个，长顺，你把这个给下在井台上，我把这个下在庙台阶上。

海：成了。（就要下）

虎：把雷管塞紧点，一碰就着，叫他娘的鬼子死得快点！

　　（马蹄声紧）

海：（急上）虎子哥，快走吧！鬼子上来了。

顺：别急，海子，别把雷白埋了不响。

海：不会的，不信你检查一下。

　　（远处枪声马蹄声大作）

海：听！虎子哥咱们走吧！村后北山梁的鬼子也下来了。

虎：别急！你先走吧！我去看奎武叔走了没有？

顺：虎子哥你走吧！我去看看。

海：看他干什么！他不走叫虎子杀了他算了。

虎：鬼子杀了他倒是一件好事，就是怕鬼子不杀他，要他把咱村的地窖，粮食，都说给鬼子。那就糟了。所以我每次叫你们看着他点，鬼子来了一个人也不让在村里躲，都得走，这样的人叫敌人捉住了，谁保得住他不给敌人说，好，你们先走吧！我叫他一声。

顺：好，我们在后山坡上等你。

虎：海子，先把歪把子给带上山去，长顺，你给咱队伍送个信就说鬼子出动了，到了咱村。

（顺，海，急下）（虎子下后台虎声）

虎：奎武叔！奎武叔！鬼子下来了，鬼子下来了，快开门，快开门，快
　　上山吧！（急敲门声）

虎：他妈的，这家伙，成心要当汉奸呢。

羊：呀！二虎你还在这儿。

虎：羊倌老爹，你怎么还不走呢？鬼子上来了。

羊：我回家弄点干粮，没听见你们吆唤。

虎：羊倌老爹，别走西大场，鬼子已经从南坡头下来了。看小心地
　　雷，这台阶已经下上地雷了，来，你随着我走。

羊：好！（街中一片吆唤声）

　　（二虎先在树后射击后准备走又打枪，当再拉枪栓时发现子弹
已经没有了，迅速地把枪丢在井中，两面伪军和日官二面夹上）

伪：举起手来。（二虎沉着地举起手来）

日官：（命令伪军）去检查！（伪上前，虎子突然把他抱住，二人搏斗，
　　　日兵刺枪伪军爬起）

日官：绑起来！（二人将虎子绑在树上）

伪：妈的×，好小子，给我乖乖地说吧！（绑）

虎：（气喘不理）

日兵：土八路干活。（端枪欲刺）

日官：不能杀！这个人很重要，这的村子都找了吗？

日官：八路军的明白。

伪：皇军问你八路军到哪儿去了？

虎：不知道。

日官：八路军的知道和土八路的知道？

虎：不知道。

254

日官:土八路的土雷的知道吗？

虎:地雷?

日官:对,地雷!

虎:地雷! 咱们这儿周围到处都是地雷。

日官:啊! 大大的,地雷大大有!

虎:是的。

日官:(狞笑)良民的干活! 你的好好说! 地雷的哪边的有,老百姓的村落里的没有?

虎:(不语)

伪:太君给你说话呢,问你有没有老百姓,地雷埋在哪里了。

虎:(瞪他一眼)妈那个×。

伪:好小子。(欲打)

日官:(止住)喂,(伪住手)(挨住二虎身边)你的害怕的不要,你最好交代,你好好说的话,皇军优待优待的你的明白。

日官:(掏钱引诱他)你的说了的,金票的给你! 明白?

伪:皇军抬举你哪,别他妈的不识相。

虎:(啐他一口)老子见过钱,不像你他妈的昧了良心见钱眼开,给日本当奴才。

　　(伪军上前虎子用脚踹他)

虎:妈拉个×我李二虎叫你们这股王八蛋抓住了,就没打算活,你们别打算在我嘴里套出一句话来,你们爱怎样就怎样,来吧! 来个痛快。

伪:好小子,我看你有几个脑袋瓜子。

日官:好!(狞笑)你的年轻的有,你的人好,(对伪)他的不好良心坏了坏了的,说了的(捏金票)给你多多的! 不说的,死了死

255

了的！

虎：（踢他一脚）去你妈的吧，你少打我二虎的主意。（日兵向前）

日官：好，好！你的说，哪边的？

虎：到处都是！

日官：这个浑蛋！简直是个笨蛋！（将手中皮鞭交日兵）打！

　　（日兵以皮鞭打）

虎：来吧！尽管来吧！老子不含糊你们，老子要在你们面前哼一哼，

　　就算不上是个民兵。

日官：给他个厉害！

日兵：你的说八路的那边有？

兵：四面八方已经把你们包围住了，你们这些王八蛋死到头上，还不

　　知道呢。

兵：浑蛋。（用枪把重打他的头，虎晕过去了）

兵：（向官）报告！人死了。

日官：死了！（向伪）死了死了的？

伪：（近前摸虎的头）报告！死了死了的没有，头晕了晕了的。

官：（向兵）去村子里找。

日兵：（向伪）你的辘辘的找的。

伪：我的？皇军叫你的去的。

日兵：我的不去，地雷大大的有，我的怕，你的去。

伪：我的也怕地雷的，我的不敢去。

日官：浑蛋！你去！

　　（伪军不得已以枪探路下）

日官：土八路良心坏了坏了的——（打）

　　（伪军带着李奎武上）（李奎武提着水）

256

伪：报告，这个良民大大的好。

日官：良民的？

伪：大大的良民。

李：（九十度鞠躬）大大的良民，大大的。

日官：好，好！（哈哈笑拍李肩）

李：不知皇军驾到，未曾远迎失礼失礼。

日官：哈哈（大笑），这儿的老百姓统统坏了坏了的，你的良心的好。

李：此地老百姓，愚昧无知，都是受毒太深，不明皇军实施王道乐土
　　之大义，请皇军多加宽恕。

伪：李大爷别客气，皇军一向是宽大为怀的，只要多给做点事就成。

日官：好！好！你们统统的，帮助皇军共同建设"大东亚共荣圈"；我
　　都好好地记住了。他的（指二虎）你的明白？

李：（发现二虎）他？

日官：你的认识？

李：认识！认识。

日官：他的什么干活？

李：民兵的干活。

日官：哦？民兵！

李：土八路的干活。

日官：土八路的干活！土八路太过分了！北庄的，炮楼的，他们打
　　的吗？

伪：皇军问北庄的炮楼是他打的不。

李：对，那就是他带着那些民兵干的。

日官：昨晚，下庄子的人做的。

伪：昨天在下庄子扰乱了皇军一夜，也是他们吧？

李:是的,是的,也是他带着各村的民兵干的。

日官:畜牲! 我的机关枪被抢了,皇军死了六个人! 他们做的吗?

伪:抢了皇军的机枪还不算,还打死了六个皇军。

李:抢机枪,还死了六个皇军,那我可就不知道了。

日官:太过分了! (向李)他的大大的厉害。

日兵:杀了他怎么样? (欲杀)

日官:稍等一下,(向李)要问他的话的,八路军的,他的知道?

李:知道,知道,他跟八路的,通气通气的。

日官:嗯! 嗯! 叫他说了说了的。

李:是! 是!

日官:地雷的,他的他的知道。

李:知道,知道,地雷,就是他带着八路军埋了埋了的。

日官:他的埋了的,你的问他的。

李:是! 是! 一定为皇军效犬马之劳。

日官:(命令兵)弄醒他。

兵:是! (提起水桶向虎泼去)

日官:(对李)你的说,皇军的大大的优待。

李:是! 是。

日官:你的问他的,八路军的哪里的,地雷的哪里的有,我给你很多的金票。

李:是是,(走近说二虎慢慢醒,李拉叫)二虎! (二虎苏醒过来,但因伤重、手又捆住,很吃力,起不来,李扶他)来! 我扶你起来。

虎:(挣开他)不要你们扶,鬼子,汉奸,王八蛋。 (自己挣扎欲起,李一面还是帮助他站了起来,一边说"别骂人哪,二虎细瞧瞧这是我,是你奎武叔")

258

虎：（果然回身睁大眼细瞧一看是他）啊！是你，你什么时候来的？

李：（赔笑）刚来，刚来！

虎：你跟他们说了些什么啦？

李：嘿，什么也没说，皇军问八路军在哪儿，地雷埋在哪儿，这我都不知道啊。

虎：（冷笑）哼！亏得你不知道。

李：二虎别傻了，你看你受这个罪，这个图个什么呢？我早就跟你们说了"成事不足""败事有余"，这下闹到自己头上来了吧。年青青的什么不能干，偏偏干这个。快说吧！地雷埋在哪儿，八路军哪里去了，再惹祸别把皇军惹火了把小命都送了。

虎：你快给我滚，不要脸的东西，中国怎么出了你这么一个坏种，咱们李家村怎么出了你这么一个脓包！情愿认贼作父，我早就看出你了。

李：唉！虎子！你可别这样，我是好心好意地劝你，论起辈来，我还是你叔呢，你可不能出口骂人呐。

虎：骂你，骂你还是好的，我还要揍你呢。（挣扎）

（这时日官把指挥刀拿出来）

李：还不快说！（二虎不理）

李：二虎快说吧。

虎：没有什么说的，不像你这样情愿认贼作父。

李：皇军大人！这小子年轻不懂事，都是受八路军的毒害太深，让我慢慢地劝说二虎。（又回到二虎身边）你可想想你爹那么大年纪了，再说你就不想想你那青年的媳妇。

虎：李奎武，你真不是个东西，连一点中国人的味都没有，先前你在咱们佃户头上拉屎还不算，现在你又帮助日本鬼子来祸害咱们？

我死了不要紧,咱们乡亲们不会饶你的,抗日政府不会饶你的。

李:皇军!这个人,我也办法的没有了。

日官:(拿起刀要打他)你的,用的没有,你的他的通通的死了死了的。

李:哎呀!皇军您别生气,我的再去问的。

日官:你的,他的说话,老百姓的土八路的,到底去哪了?

虎:李奎武,别忘了你是中国人,你不能出卖乡亲们。

日官:你的知道的,你的快给我说!

李:是,(看了虎子一眼)还是为他们好,(转向日官指点)这里的老百姓都藏到北山坡去了,你瞧,顺着这小道翻过那道梁再往西一拐,顺着那个小山沟上去就在那里头藏着不少人哪。

虎:李奎武!好小子!真心当汉奸呀!中国人不会饶你们这些汉奸狗腿子的。

日官:(向李)你的一起去,带路!

李:是是,你跟我走!

日官:(令日兵)跟上。

日兵:是。(与日官随李走)

虎:(机智)等一等(又停)李奎武!我先问你,你光知道咱们乡亲们都藏在北山坡?可你是知道不知道,从这儿到北山坡,这一路上我都埋了地雷了吗?

李:这个(一想他的话又怕起来了)(急问日官)哎呀皇军这个地雷大大的有,我的不敢去。

虎:(一阵冷笑)哼哼哼!带路去吧!

日官:(走向虎)喂!你的带路的。

虎:(扭过身子)我不认识路。

日官:你的说地雷的通通那边的有。

虎:不知道。

日官:(思索了一阵踱来踱去然后喊)你的再不说,(喊一二三)死了
　　死了的明白?(对日兵)一。(日兵与伪军举枪)

李:(冷笑)说吧命要紧,胳臂扭不过大腿去。

日官:(更大的声音)二。(日兵伪军作射击式)(日官故意停)

虎:好,我说!

日官:(令日兵伪军)停,(日兵伪军放下枪)(问虎)你的快说。

虎:你们不是问我地雷埋在哪儿吗?好,都跟我来吧。(英勇地先
　　走,日、伪、日官、李随)

虎:(走到小庙台阶前埋雷处大喊一声)地雷就在这儿呢。(自己先
　　触雷,雷果然轰炸,日兵伪军李奎武均被炸倒)(李奎武未炸死,
　　只伤了腿)

羊:(从小庙内出来)二虎!二虎!怎样了?醒醒二虎。

羊:二虎!二虎!醒醒,是我二虎,是我,你羊倌老爹。

虎:(看了一会知道是羊倌)羊倌老爹,是你,乡亲们呢?

羊:还在山上呢,你伤得怎么样,炸了哪儿啦?

羊:(知道他是真不行了,不觉落下两滴热泪)唉!好虎子,你爹虽然
　　不在你身边,有我也是一样的。

虎:劝我爹……想开一点……

羊:嗯嗯,劝你爹想开着点。

虎:给我哥哥捎个信……叫他……在队伍里……好好地干。

羊:嗯!嗯!给你哥哥捎个信,叫他在队伍里好好地干。

虎:告诉我媳妇别难受,小心自己的身子,为了……为了李家的
　　后代……

羊：我一定告诉你媳妇要好好地保重身子，为了你们李家的后代，好！好！你都放心吧！（虎子死）

虎子！虎子！……

嗯！我知道啦！刚才的事我都听见了，李奎武那小子一定要除了他，哼！这些汉奸狗腿子不除了，咱们村子是不能过安生日子的！（忽然枪声大作）

枪！枪！咱们队伍……打来了！鬼子就要完蛋了！鬼子就要完了，虎子！虎子！（见虎子已经死了）虎子！虎子！你真是咱们李家村的战斗英雄！

（转暗，枪声不停）（第一场完）（暗场中羊倌把敌伪死尸和枪支拖在大树边和井台上）

第二场

（灯光渐明，大阵枪声停，只有远处有稀落的枪声）

羊：（站在敌伪军的死尸边上）虎子，羊倌老爹给你报仇去！（正要走后台人声起）

后台群众声：乡亲们！回来吧，鬼子叫咱们给消灭了！

（海子长顺欢叫着上——海子扛着虎子的机关枪）

长海：乡亲们！回来吧！鬼子全叫咱们给消灭了！

海：（看见羊倌欢叫）羊倌老爹，你还在这儿呢？告诉你，鬼子全叫咱们消灭了！

顺：二虎哥不是叫我给咱们队伍送信去吗？我还没有到，咱们队伍早就开过来啦！把南坡头，山谷的鬼子全都包围起来了！

海：（兴奋地）羊倌老爹，二虎哥不是叫把这家伙扛到山上去吗，可是我一听见枪响，心想这多窝囊呀！我抱了这家伙就往山下跑，一

262

下山就碰上一群日本鬼子叫咱们队伍追着跑呢！我端起这家伙

就是一梭子,嘚里啪啦,一下就倒了十来个！唉！羊倌老爹！这

家伙我还是头一回使唤呢！真痛快极了！

顺:羊倌老爹,这下可好了,鬼子死的死,活捉的活捉,全完蛋了！

羊:好！好！二虎,给你报了仇啦！

海:咦！羊倌老爹！你说什么?

顺:(也才想到没见二虎)什么?羊倌老爹,你说二虎?——二虎哥,

怎么啦?

海:羊倌老爹！你说呀！二虎哥,怎么啦！说呀！

羊:(痛苦地)哎！二虎为咱们大伙儿,他先走啦！

海、顺:啊！二虎哥死了?（哭叫)二虎哥！二虎哥！

海:二虎哥！你没看见你这机枪打死了多少鬼子呀！二虎哥,你怎

么死了啊！（哭)

顺:二虎哥在哪儿呢?

羊:(指)我把他背到那草房子里去啦！（海,顺正要去看二虎)

（后台乡亲们回来了,吆唤声一片)鬼子完蛋啦！这下可好了！

鬼子叫咱们队伍给消灭了！鬼子叫咱们兵打跑了！

（二虎爹,二虎妻,银秀,大娘抱着一只母鸡同上)

娘:哎呀！鬼子可真完蛋啦！这下可解了气啦！哈！哈！这死日本

鬼子,害得我这老母鸡都跟着受了洋罪啦！去吧,哈！哈！

（放鸡)

（众人见此情景,都哄然大笑)

海:(又急又气地)你们还笑呢！二虎哥都……

众:二虎?怎么啦?（少顷)

海:(悲痛地)二……虎……哥……死了！

（众低头哭泣！二虎妻啜泣不出声）

羊：哎！都别哭了，哭会子不也是……（然而自己不觉又落下泪来）

老：（沉痛地）咳！想不到这孩子倒走在我的头里啦！（这才哭出声来）虎子他在哪儿？让我再看他一眼去！（顺扶老羊倌送虎尸的方向起去）

娘：（望他们走去，痛哭）哎！我的好二虎啊！你这年轻的人倒先走了！留下我们这些老废物可干什么呀！……让我替了你去吧，我的好二虎啊——

海：娘！你也别哭了——羊倌老爹，你看见二虎怎么死的了吗？

羊：哎！我都看见了，真是，我羊倌活了五十多，还没见过这好样的！真是咱们李家村的英雄！

海：（才发现地下的尸身）咦！羊倌老爹，鬼子也都炸死了？

娘：（拭泪）怎么，鬼子也都炸死了？

羊：嗯！这都是二虎的命换来的呀！

海：这都是怎么回事啊？

银：二虎哥叫鬼子撞上了吗？

羊：哎！二虎就是为了怕李奎武留在这儿跟鬼子说什么，去叫李奎武，让他上山，就这么误了，没跑及，鬼子就从两边上来了。

海：他妈的，李奎武王八蛋！你害了二虎哥了！我非得给他报仇！羊倌老爹你说完。

羊：鬼子千方百计，又是软又是硬，叫二虎说出八路军在哪里，咱们乡亲们藏在哪里！可是咱们二虎真是好样的，临死不屈，一个字也没说出来！

娘：好！二虎有骨气，给他爹争了气啦。

海：（同时）二虎哥好样的！

银:后来怎么样呢?

羊:后来鬼子把二虎哥打昏过去了,就叫汉奸狗腿子去找水,汉奸狗腿子回来就把李奎武带来了。

海:李奎武,没出村?

羊:老混蛋就是准备支应敌人的! 他来了就帮着鬼子劝二虎,二虎还是不说,后来老混蛋就告诉鬼子,乡亲们都藏在后山坡了。

海:啊? 他告诉鬼子了!

羊:嗯! 鬼子叫他带路,那个丧了良心的王八蛋,带了鬼子就要往后山坡找咱们乡亲们去!

娘:啊! 李奎武要带鬼子找我们去? 那咱们这一村人不就都完了吗。

羊:二虎一看急了,赶紧说这一路上,他都埋上了地雷,吓得李奎武这小子就不敢去了。

娘:好! 好! 二虎有主意! 咱这一村人的命都叫他救了啊! ——哎! 这么好的孩子,怎么就……(难受起来,说不下去)

羊:哎! 是啊! 后来鬼子就叫二虎带路,二虎不带,让他说地雷在哪儿,他也不说,鬼子就架起了枪,说,叫一,二,三,再不说就打死他。

海:那二虎哥怎么样?

羊:鬼子叫到"二"的时候,二虎心一横,想着就是死也要换他几个——他就带着鬼子踩了地雷了!

银:(低沉地)他就跟鬼子一块被炸死了……

羊:(坚毅而沉痛地)哎! 二虎这辈子也值得了! 当了这几年民兵,领着大伙打下来了鬼子多少炮楼? 连打带地雷炸,弄死了有多少鬼子啊!

海：是啊！昨晚上还拿这家伙（指机枪）扫了五六个呢！

娘：瞧！这地下还躺着三个呢！这一条命换这么些条命，虎子这孩
　　子真行啊！

羊：可是，哎！怎么就没炸死李奎武这个王八蛋呢？

海：他妈的！我早就看出来这家伙不是个好东西！我找这小子去！
　　（跑下）

娘：唉！咱们李家村怎么出来了这么一个坏蛋啊！这死不了的贼骨
　　头，还要他活着干什么？

　　（众人都嚷）

　　（长顺扶二老爹上，二妻饮泣随上）

老：（一面仍恋恋地回顾着）哎！让我再看他一眼吧！

顺：（劝慰）别看了，二老爹，再看不也是——没法子了吗？

老：（泪声）嗯，不看了！不看了！（但仍频频回顾）哎我的好孩子！
　　年轻轻的……

顺：二老爹您也别难受了！（其实他自己也很难受）我知道，二虎哥
　　这样为大家伙牺牲了，他心里也很高兴——您看他脸上不还笑
　　着哩么？

老：嗯嗯我知道他心里高兴，他尽了他的责任啦！（回忆地）自打他
　　参加民兵那天起，他就跟我说，只要能打走了鬼子，就是死了也
　　不怕！你们看，这几年，他天天不都是无昼无夜的，不怕死地跟
　　鬼子干吗？

顺：是啊！二虎哥也常跟我们说："要打鬼子，就不怕死！"

老：哎！有时候还像开玩笑似的跟我说："爹呀！有一天我要是叫鬼
　　子打死了，您也别难受！当是没生我，只生了我哥哥一个吧！"
　　哎！谁知道真就有这一天啊！

羊：二虎他爹！想开着点吧！哎！咱们这白了头发的人，倒给黑头
　　发的人送了终，真是谁也没想到啊！

老：哎！他羊倌叔！他就那么走了吗？一句话也没说？

羊：哎！我还没顾上告诉你们哪！我出来的时候他还有点气儿，就
　　断断续续地嘱咐了几句话……

老：（急问）他都说了些什么？

羊：他说叫长顺海子他们领着大伙儿更加劲儿地干！

娘：嗯我那个海子，没错！能顶上他二虎哥！

羊：（对老）他说叫我劝你想开着点，说你有这么一个儿子，也该
　　高兴！

老：嗯！我是该高兴！我有这么一个儿子，为了乡亲们，为了咱们村
　　子，为了把鬼子打出去，死了——死了也是光荣的！嗯！光荣
　　的！连我这个老头子都光荣啊！（虽如此说但痛子的热泪仍不
　　住地流落下来）

羊：（也不觉擦了擦眼泪）哎！还叫给他哥捎个信，让他在队伍里好
　　好地干。

老：嗯！我那个大小子，在队伍里更错不了，一定能给他兄弟报
　　仇的！

羊：还说叫告诉他媳妇……

娘：（急叫二妻）虎子媳妇！虎子临终的时候，给你留下话了，快过来
　　听啊！

银：（一直在二妻旁劝她，这时就说）二虎嫂，别难过了，过去听听啊！
　　（一面快过来）

羊：虎子媳妇，虎子说，叫你别难过，好好保重身子，为了你们李家的
　　后代……

二妻:(抽咽地)嗯嗯我知道……

娘:(惊)怎么? 虎子媳妇你……

二妻:(微羞地点点头)嗯!

娘:哎呀! 怎么还瞒着你大娘啊! 哎这就更别难过啦! ——你们李
　　家有了后啦! ——谢天谢地!

　　　(正说着后面李奎武声音)

奎武声:海子,你别拉我,我腿受伤啦!

海声:你死了也没人管你! 走!(海子拖李奎武上)

李:(对羊等)你们看这小子,不是要造反? 简直没大没小啦! 你这
　　是要干嘛?

海:干嘛? 你上哪儿去哪?

李:我没上哪儿。

顺:那你的腿怎么受伤?

李:这个是日本人给我打的。

羊:打的? ——崩的吧?

李:你,你说什么?

羊:我说什么,我说你丧尽了天良,认贼作父,帮着鬼子说话还要给
　　鬼子带路。

李:我,我没有呀!

羊:我就藏在这马王庙里,刚才的事我听得一清二白的,你还想赖!

李:我! 我……

娘:咱们全村人的命,差点儿都送在你手里啊! 你这老浑蛋! 我吃
　　了你也不解气啊!

银:你昧心给敌人指路,帮助敌人杀害咱们抗日干部。

老:我儿二虎,就是叫你给害了!

顺：你拿着敌人的传单替敌人宣传，你还说我们埋地雷不顶用，你看现在怎么连你的狗腿都炸了？

羊：要不是二虎拼了自己的命，踩了地雷把鬼子炸死了，长顺，海子他们又跟咱们的队伍一块儿在村里把鬼子打走了，咱们全村的人就都叫你给卖了，你简直就不是中国人啊！

（众人激愤喊揍死这个老浑蛋，海子上前揍他一个耳光）

海：你说是咱们游击小组害了咱们乡亲们，还是你害了乡亲们？你说！

众：□□打！打！叫他说……（众打）

顺：不要打了，乡亲们！听我说！这是一个甘心情愿为敌人做事的奴才，是咱们李家村的败类，我们消灭这些败类，才能过安生日子，才能保住咱们的田地财产，光打走鬼子不行，还要消灭藏在我们当中的内奸，只有咱们乡亲们一条心团结起来，彻底消灭这些内奸，才能保卫住咱们的村子！——现在我提议把他送到我们的民主政府去，大家同意不？

众：同意！

海：二虎哥，我们给你报了仇啦！

顺：对！二虎哥，你要安心吧，我们要学着你的样儿，更加劲地干呀！（向老）二老爹，您别难过，有我们大家照顾您哪！

海：对！我们像二虎哥一样地孝顺您！

老：好！好！我不难过，我早就把我这个儿子，交给全村啦！哎！他死了，有你们也一样！（但似禁不住滴下痛子之泪）

海：好，二老爹，真想得开！

顺：二虎嫂，你也别难受！我们都帮助你，政府也要抚恤你哪！

银：我们妇救会也一定帮助你！

海：咱们自卫队也帮助你！

妻：嗯，我也不难受，他是为了大家伙……（抽咽拭泪）

羊：我说二虎是咱们李家村的战斗英雄！

众：对，对！

老：（转悲为喜）真是谢谢乡亲们的好意哪！——哎，大家可别为我
们一家子的事耽误咱们全村的事哪！——咱们这块儿的鬼子叫
八路军跟咱们民兵给打走了，这一回真是保住了咱们的身家性
命，保住咱们村子啦。咱们这个村子四面离敌人的据点都是只
有十来里地呀，虽然北庄南坡头的鬼子全打走了，可是下庄子离
咱们这儿只有五里地，今天鬼子吃了这么大个亏，一定会来报复
的，咱们还是准备下吧！

顺：嗯，鬼子一定会来报复的。

　　（《八路军进行曲》的歌声由远而近，唱着：向前！向前！向前！
我们的队伍向太阳，脚踏着祖国的大地……向塞外山的岗）

海：你们听咱们的队伍开来了！

顺：唉！咱们的队伍这忽儿往哪儿开呀！

海：瞧！那不是王连长吗？（喊）王连长！连长！你们往哪儿开呀？

　　（连长偕警卫员上）

连：长顺，海子呀，我们队伍往下庄子开。

海：是打下庄子鬼子去吗？

连：是的，你们村的游击组还没通知吗？上级来了命令，叫咱们队伍
乘胜，一下攻下下庄这个炮楼，南坡头和进攻你们村的鬼子全叫
咱们给消灭了，现在咱们这一块儿就剩下下庄子这个据点了，只
要咱们军民再努一把力，把下庄的鬼子消灭了，那这一次敌人分
区大扫荡的计划，在咱们全分区党政军民一致努力不怕牺牲的

精神下就完全粉碎了！长顺,海子,你们村也快准备下吧！

顺:好,这回再把下庄的鬼子打走了,那咱们这一个分区就太平了。

连:所以这次的战斗是非常重要的。

海:那咱们再配合咱们队伍打去！

顺:连长,这儿没有外人,你给咱们分配任务吧！

连:好！现在南坡头山谷峪都没有问题了,就剩下庄子的鬼子了,你们注意着村北的那条小道,鬼子退的时候,一定是从这条道往任家屯那方面跑,你们游击小组就负责任在那里堵截,他们要往那儿跑,我们就前后夹击,在那儿把他们消灭干净！

海、顺:好！痛快痛快！

连:你们留下来的自卫队更要提高警惕性,加紧站岗放哨啊！

海:没错！

连:好！你们再帮我们找两个向导来吧！

顺:对！我去！

连:好,今天后半夜就要动手,你们准备好了,就到下店子来集合吧！好,我走了！

娘:别走,别走,王连长,再说会话么,好几天没有见你吧,真是打心眼里想你呀！唉！(拉住连长)你等等,我回去给你提点水来喝。

连:不,李大娘,我们还有任务,改天再来跟你说话吧！

海:娘！王连长这会没工夫,要打鬼子去啊！

娘:(不得已放开)好,好,打完了鬼子来啊?

连:对！对！好！我走了,再见。(下)

海:对,我给集合担架队去——把这家伙(指李)送到咱们的民主政府去！

顺:我给咱队伍找向导去！

老：好，长顺，海子，你们虽然丢了一个二虎哥，可是也别灰心丧气，还是要更加劲儿干呀！

娘：那还用你说！

顺：对，咱们全村的男女老少都动员起来，粉碎敌人的扫荡！走，海子，到中队部集合去！

海：对，走！（欲走，听老讲话又停）

老：好，好，我虽然上了年纪，可是打鬼子还行，我替我的二虎打鬼子去！

羊：好，好，二虎虽然牺牲了，可是咱们村里人都接着他干哪！有长顺，有海子，有锁儿，有栓……还有我羊倌——你们别都当我们这上了年纪的人不顶用，真的，我们这么两个，（指老）加到一块儿，就算顶不上一个二虎，难道还顶不上半个吗？哈——

老：就是说哪！（拿日兵枪）来！羊倌老爹！拿上这个，（又把日官的刀交给羊倌）再拿上这个！（这时羊倌戴上日军的帽子）再拿出四十年前闹义和团跟洋鬼子干的那股劲，跟日本小鬼干去！（举着枪）这也是我那个二虎换来的啊！

羊：嗯！咱们的枪炮子弹就是这么得来的啊！

顺、海：（大喊）拿敌人的武器消灭敌人，保卫我们的乡村！

（幕急落）

东北画报社 1946 年 11 月

血　债^①

人物：杨敬轩——伪满时之 A 县 B 区区长，兼协和会干事，在特务股
　　　　做情报工作，是一个忠实于日本法西斯的汉奸，"八一五"
　　　　后，被国民党反动派委任为 A 县县党部委员。三十余岁。

　　　杨妻——二十五六岁。

　　　广田——（日本人）伪满时 A 县特务股股长，"八一五"后，被
　　　　国民党反动派委任为"中央第一先遣军"的参谋长，三十
　　　　余岁。

　　　张敬亭——伪满时 A 县协和会会长，是一忠实于日本法西斯
　　　　的汉奸，"八一五"后，被国民党反动派委任为 A 县县党部
　　　　书记长，三十余岁。

　　　李殿臣——伪满时 A 县 B 区牌长，四十岁左右。

　　　贾二秃子——杨敬轩手下之狗腿，二十余岁。

---

①　本剧由李之华、侣明执笔。

王老太太——A县B区的贫民,一个六十三岁的老寡妇。

王大海——王老太太之大子,矿工,三十余岁。(不登场)

大海妻——因缴不起"飞机献纳金"被杨敬轩强迫拉去做女
　　　仆,三十余岁。

百岁儿——大海的儿子,十一二岁。

王二海——王老太太之二子,劳工,二十六七岁。

王三海——王老太太之三子,劳工,二十三四岁。

刘大叔——矿工,送"遗骨匣"的人,五十余岁。

老张——杨家仆人。

伪警察——甲,乙。

民主联军战士——甲,乙,丙,丁。

周县长——民主联军解放A县后人民选举的县长,三十余岁。

清算大会主席,记录。

群众——若干人。

时间:一九四五年"八一五"前后。

地点:A县B区

第一幕

时:"八一五"前三个月某日午后。

地:杨敬轩家中。

景:杨敬轩家中的客厅,正中一门,通前院,右边一门,通内室,左边
　　一门,通后院。这是一个古老的房子,经过重新修理,刷新,染上
　　一层非常不调和的日本气味,壁上挂着镶在玻璃框里的"表彰
　　状"和"国民训"。在内室的门楣上,悬着一块广田赠送的匾额,

上面写着"模范可嘉"。右壁上挂着一幅珠笔钟馗"大条山",两边是汉奸郑孝胥写的一副对联:"溪云初起日沉阁,山雨欲来风满楼。"在"条山"下面放着一个檀木茶几,几上摆着一个铜香炉,几旁有两把檀木椅子。客厅当中一个小圆桌,一对小沙发,一个矮几上放着电话机。左边还有一个大沙发斜斜地放在那里。

(幕启)阳光斜在门窗上,微风拂动,花影摇曳片刻。王大海妻端着托盘从内室走出,盘内放着刚吃完的残羹剩饭、碗盏家具,她正打算把它送到厨房去。

内室杨妻声:漱口水! 告诉过你几次了,吃完饭先端来漱口水。天
　　生的小家子货! 没规矩,伺候人都不会!

(大海妻把托盘放在桌上,端起早已预备好了的漱口水,正打算送进内室。内室门边突然伸出一个妖冶的女人头——杨妻的头)

杨妻:(以下简称妻)听见了没有?

王大海妻:(以下简称王)听见了。

妻:听见了为什么不答应?

王:你老要漱口水,我这不是给你老端来了吗?

妻:(几乎冲出)你还敢"犟嘴"? 听见了就应该先答应"是,太太",
　　再端来。

内室敬轩声:漱口水为什么还不端来!

妻:区长生气了,还站在那儿干什么? 快着!

王:是!(杨妻缩回,王妈端漱口水进内室退出,轻轻将门关上,内室
　　门忽然又开了,王妈慌忙一回头)

内室杨敬轩声:漱口水这么凉!(泼出一碗水在王的脸上,王擦水)

杨敬轩:(以下简称杨)不许擦,再舀来!

(王接碗,杨砰地把门关上,大海妻隐泣出声)

内室杨妻声:不许哭! 丧气鬼!

　　(王把泪往肚里咽,端水到门内室前把泪擦干,才进去,旋即退出,手托盘走向左门欲出)(百岁上)

王:(惊)这孩子你怎么敢到这儿来!

百岁:(以下简称百)妈,你怎么哭啦?

王:我,我没哭,孩子。(泪水随声而下,抽噎)

百:妈,你又挨他们打了,他们打你哪儿啦? 我给你吹一吹,一吹就不疼啦!

王:小点声,你快走吧,要叫他们看见不剥了你的皮,你怎么闯进来的呀?

百:我跟区长家赶车的老刘一块儿跟着大车进来的,大门口也没有人拦我,老刘答应,一忽儿他装好车,照样把我带出去。

王:区长就在里屋呢,你快走吧,好孩子,别叫妈着急。

百:奶奶叫我来的,有要紧话要跟你老说……

王:什么,快说吧。

百:奶奶说本来不打算告诉你老,怕你老知道了心里着急……

王:唉,这孩子,你跟谁学的,说话吞吞吐吐的,什么事? 快说吧!

百:奶奶叫我这么说,我就这么说。

王:(哄百岁快说)好,你乖,听奶奶的话,快说吧,什么事?

百:我爸爸当劳工在矿上累病啦,病得很厉害。

王:真的吗?

百:真的,头好几天咱家对门老李家就捎来信了,奶奶没有叫你老知道,今儿个隔壁老刘家又捎来信啦,老刘说:他亲眼瞧见了,我爸爸躺在一个空屋子里的破草席子上,他说,爸爸上气不接下气,嘴里说胡话不能吃东西。他说,爸爸不光是累的,挨了打才病的,要不赶快把爸爸抬回来,怕是保不住命了。那里好多劳工累病了,没人管!

王:(半和百岁说半自语地)你二叔去年叫抓去当劳工,到现在没音信,死活不知;你三叔刚当劳工回来,身板儿也累坏了,做不了什么,唉!谁能替换你爸爸呢?花钱找人,咱们把家卖光了也不够啊!

百:三叔要去替换我爹,奶奶看三叔的身板儿挺不住,怕两个人都病倒,后来三叔一定要去,奶奶没法子才答应,又怕验不上,奶奶叫你老在区长跟前儿求求情……

王:好,回家告诉奶奶说我尽量求……

百:家里没什么可卖了,这几天奶奶连领米钱都凑不出来,奶奶说,你老到区长家半年多了,还没使过他家一个工钱,叫你老跟区长提一声,摘兑几个工钱去领米,过了明天就领不成了。

王:好,你先回去吧,下晚黑我请假回去一趟。

(百岁欲下)

王:你回来!你吃了晚饭没有?

百:(□□地)吃了。

王:(不相信地)说实话,妈妈才疼你。

百:没……吃。

王:没吃,赶快把这剩菜剩饭吃上点。

百:(吃剩饭)真好吃!

王:这剩饭连区长家的底下人都吃不上,每顿剩下的都要倒给区长跟日本特务股长养的那五条洋狗吃。

百:狗比人还吃得好!妈!听说他们那洋狗吃思想犯、国事犯,把眼睛都吃红了。

王：谁都知道，那还用说，快吃吧。

百：洋狗在哪儿圈着呢？

王：（指左门）从这门进去，有个夹壁道，通后院，在空屋子里养着呢。

（内室突然爆响，打碎什么东西的声音）内室杨妻声：我不管！我不管！

（王妈，百岁大惊）

王：快跑！快跑！

（百岁跑下）（杨妻从内室出）

妻：你怎么说我也是不管！

（杨敬轩随出）

杨：你看你，慢慢商量，刚吃完饭就生气，容易生病的。

妻：（发现王）怎么？你怎么还没把托盘端走，这半天你在这儿干什么来着？

王：我，（急中生智）我给你老削牙签来着。（递过牙签）

王：太太，老爷……

杨：这儿没什么事啦。

王：（赔笑）太太……

妻：有话快说，有屁快放！

王：我家里百岁他爹在矿上病了。

妻：病了，就病了，跟我说干什么？我又不是看病先生。

王：太太，老爷，想找个人把他替回来。

杨：（觉得有油水，不由得精神起来）唔，你打算花多少钱雇人呀？

王：嗳呀，老爷，我们连领米钱都凑不起，哪儿还有钱雇人呀，我家里三兄弟要去替他。

杨：你兄弟三海不是刚出过劳工回来才十几天吗？

妻:(假慈悲的)听说他身板累坏啦?

王:唉,那有什么法子,累坏啦还不是得去。

妻:怕是验不上吧?

王:就为这个想求老爷给说句话,叫动员股宽宽手。

杨:那么叫他先到我这儿来吧。

王:谢谢老爷、太太,那么跟你老请个假,一会儿抽空儿我回趟家,叫
　　他来。

妻:家里这么多的零碎活儿……

杨:你下去吧,一忽儿我顺便打发人叫他就是了。

王:谢谢老爷太太。

杨:去吧。

妻:你还有什么事呀?

王:还有一句话,不敢跟你老张口,可是实在没有法子,不能不跟你
　　老提。

杨:什么事快说,我跟太太还有要紧的事情要商量呢。

王:家里没有钱领米啦,百岁他爹又病得厉害,想跟你老使唤几个
　　工钱。

妻:家里这几天没钱。

王:太太你老……

杨:你简直是不识抬举,刚答应你一件事,你就顺竿子爬上来了,我
　　跟太太还有要紧事,以后再说吧,下去!

王:老……

杨:出去!不叫你不准进来!(王只得端托盘走)

妻:回来,把屋里几件脏衣裳去洗一洗。

王:是。(放下托盘,入内室去取脏衣裳)

妻:这种人一天到晚就不能叫她闲着!

（王取脏衣裳端托盘欲下）

杨:告诉厨房,到前院烧锅灌二斤原封酒,做两条鲤鱼,一会特务股长广田先生要来。

王:是。（下）

杨:你看酒也预备下了,菜也预备下了,都是他最爱吃的东西,一忽他来了,你陪他喝两盅,那件事在说闲话的时候,你顺便跟他那么一提,他一定答应。

妻:我不是早说过了吗? 我不管! 不管就是不管。叫辆马车,我要出去。（装作要走）

杨:（拦住她）别走别走,他一会到咱们家来叫我怎么办?

妻:（故意拿一手儿）有钱能使鬼推磨,有势能使人磕头,你杨敬轩当着最肥的一个区的区长,兼着协和会的干事,跟特务股长是朋友,又有钱,又有势,仗着你这份势力在广田面前,再多溜须几个钱,有什么办不了的事?

杨:要多出钱,我又不找你啦……

妻:那么你打算出多少?

杨:我打算出多少? 这又不是我的事,是人家裕兴成东家托我的事,钱太多他也出不起。

妻:好,你说是怎么一回子事,他出多少钱?

杨:怎么回子事,刚才我不是跟你说过了吗?

妻:我没听。（燃起一支烟卷抽着）

杨:好,我再说一遍,裕兴成东家张子和的四少爷到了年该出劳工了,他托我找个人顶替。

妻:抓个穷人顶替有钱人家的少爷当劳工,这是你的家常便饭。从

前你跟广田勾着在这上边也吃了不少的钱了。还用得着我跟
他说!

杨:从前别说一个,十个也有办法,可是现在劳工要的数目越来越
多,连小孩子老头子都抓了不少去,你走在街上没看见? 除了
"官相儿"吃得红光满面挺着胸脯走路,那些老百姓都像三天没
吃饱饭,没病带着三分病。

妻:哼,病,有病要抓还不是照样抓? 以前经你手下人要过的病人又
不只一个。

杨:你老提以前以前的有什么用啊? 现在比不得以前啦,现在劳工
要得这么多,这么紧,是日本人下了紧急命令,要在满洲各省大
大盖房子,限期到月底非完成不可,下个月日本人就要大批地移
到这儿来住,情形是这么紧,在广田面前就不像以前那么好说
话啦。

妻:刚才你说的现在人是那么难抓,我要是说妥了,你抓不着人顶名
字还不是白搭?

杨:人? 哈哈早抓到了,一忽儿他就亲自送上门来啦。

妻:抓的谁?

杨:就是王三海啊!

妻:咦! 刚才你不是答应王妈,叫王三海替他哥哥王大海去吗?

杨:替他哥哥,哼,做梦呢! 我答应她的时候,心里早就打好了这个
主意了。

妻:我说呢! 你刚才答应得那么痛快,好,替死鬼找到了,那么裕兴
成张子和交给你多少溜须钱哪?

杨:看一半面子,八千。

妻:拿来!

杨：干什么？

妻：待一忽儿广田来啦，我交给他呀！

杨：人家答应给八千，等事儿成了交钱。

妻：你不用瞒我，谁不知道，在杨区长面前办事都是先交钱，快拿出来吧！

杨：那八千也不能都给广田呀！

妻：那么给多少？

杨：有你的面子一半就不少了，要我亲自跟他说起码得六千。

妻：好，一半就一半，给我多少？

杨：看你，剩下的一半在我手里还不就是你的，夫妻两口子还有什么分争的！

妻：在你手里是我的？哼！全县的人谁不知道你食亲财黑六亲不认，都说你上炕认识老婆，下炕认识鞋，其实你是"上炕认识钱箱子，下炕认识钱柜子"，上次我在广田面前帮你办了扣卖配给品的事，你答应我做一件花大呢的夹大衣，到现在还没做，你这个人，怪不得人人都说你用着别人的时候，管人叫爷爷，用不着的时候立刻一脚踢开，过了河就拆桥。哼，这一次我不上你的当了，说个数目给我多少？

杨：得啦得啦够了吧？

妻：看你那个缺德样儿。

杨：够了，还有两件事，德胜永东家的大少爷，福顺兴东家的三少爷也都到劳工年龄，你一块给说了吧！

妻：多少钱呀？

杨：一样数目。

妻：给我的呢？

（电铃响,外边人声"特务股长广田先生来了"）

杨:他来了,我从后门出去,你就说我一早就出去忙着搜集情报去了。（戴帽子急忙欲走）

妻:（扯住杨）钱钱……

杨:（慌忙的）给你给你,这是一万二,三份。咱们俩回头再算账,这次亏不了你。（他急忙从左门下）

（杨妻忙打开手皮夹用镜子照照自己的脸,用粉扑扑了点粉,又点了点口红,作了一个俏笑,一个娇嗔的表情,听到门外脚步声,她忙把皮夹掩起,斜倚在沙发上,头枕着臂）（广田上）

广田:（以下简称广）他的没在家,好的好的。

妻:唔,是你,请坐,请坐!（指沙发）

广:他的没在家吗?

妻:一早起来就忙着给你搜集情报去了。

广:（假心的）你的怎么样?

妻:吃完了晚饭有点头疼,不要紧的（好像真的头疼,此时才打起精神来似的立起）,我给你沏壶茶。

广:不要,谢谢!

妻:你找区长,公事,是不是我打发人去找他?

广:不要,你的我的两个说话挺好挺好的。

妻:他出去的时候说广田先生要来了赶快叫人找他去,他还有事要托你办。

广:你的说挺好挺好,不要他! 坐,请坐!（拉她坐）

妻:他的事咱们待会再说,你要不忙先说咱们的事吧!

广:我的不忙,不忙,不忙……

妻:上次区长没在家,你在我这儿坐到半夜十二点才回家,广田夫人

没骂你吗？

广：没有——

妻：我的不信。

广：真的，真的，没有骂，我的对她说，公事挺忙的，哈哈，她的不明白。

妻：那天晚上临走的时候，你答应送我一件使我心爱的东西，这次你带来了没有？

广：带来的带来的。（指口袋）

妻：给我看看！（去摸他的口袋）

广：慢慢地，那天晚上你的我的两个这边说话，新京溜达溜达你的去的不去？

妻：我的不去。

广：新京挺好，你的怎么不去呢？

妻：去那大地方像我这样没上过台盘的人，就得仗着个衣裳。我连像样的衣服都没有，知道的，人家说是给杨敬轩现眼，不知道的，人家还是觉得我是你的什么人，岂不给你现眼！

广：新京去吧，我的一定给你做衣服，你新京去吧，将来大东亚圣战完遂，我的你的一块儿去，从日本东京出发，去南洋，去美国，去苏联，去全中国，你的星期一穿南洋衣服，星期二穿日本衣服，星期三穿美国衣服，星期四穿苏联衣服，星期五穿中国衣服，哈哈……

妻：得了，得了，这话你对我说了五六遍了，老是慢慢地慢慢地，将来谁料得到是怎样的呢？

广：（露出特务面孔）你的不信大东亚战争日本的胜利？

妻：（有点怕，娇笑）那我怎么敢？那我不成了最大的思想犯了吗？

284

哈,哈,哈!

广:(狞笑)哼,哼,哼……

妻:我是说将来谁料得到你的心是怎样?

广:将来我的心坏了我的切腹!

妻:好!将来再说将来的吧!眼下我求你一件事行不行?

广:什么事情你的快说吧。

妻:裕兴成的东家,德胜永的东家,福顺兴的东家,他们三家有三个
　　儿子到了劳工年,请求你给免了行不行?

广:这个?

妻:这怎样? 免了行不行?

广:从前的行,现在大大的房子的盖,日本人民大大地这边来,劳工
　　不去不行!

妻:你平常对我说日本国里怎么好怎么好,为什么还劳民伤财地搬
　　这么远的家,到这来住呢?

广:我们的朋友德国,德国的明白? 德国战败了,苏联太厉害了,所
　　以日本增加满洲的军队。

妻:不是说日本粮食缺,把日本老百姓搬些来吗? 你怎么又说往满
　　洲增兵呢!

广:天皇陛下的命令(立正)房子加紧盖,劳工多多的没有关系。

妻:抓人顶替呀。

广:现在的时期,非常的时期,房子的要紧。

妻:那么你是说他们三个人不能免,顶好再多抓几个。

广:为了将来大东亚战争大大的胜利,我的你的去大东亚溜达溜达,
　　劳工多多的挺好,挺好!

妻:又是将来,眼下到新京去我还没衣服穿呢!

广：我的做！

妻：（紧接）现在就做！

广：新京去的钱大大有，现在的没有。

妻：你的撒谎！

广：真的真的，没有撒谎。

妻：钱就摆在你眼扎毛底下，你可看不见。

广：钱的哪里有？

妻：你答应我刚才提的那件事，不就是钱吗？

广：困难困难！

妻：求你这点事都不行，那么让区长亲自跟你说吧！（故意地）王妈
　　叫人找区长去！

广：不要不要，我们的商量商量，他们钱的多少给？

妻：每家三千，三三见九九千，正好给我到新京去做的衣裳。

广：钱的先交给我，我的给你这个（拿出一个戒指）。

妻：给我看看！

广：钱的给我！

妻：不看了！

广：（给她）好，给的，好看？

妻：金的。

广：金的，金的，我给你带上。

　　（杨妻伸出手，广田正要给她带上）

　　（杨敬轩上）

杨：广田先生来了，失迎失迎！（有意地问妻）什么好东西呀？给我
　　鉴赏鉴赏。

妻：不给你看。广田太太送给我一个金戒指，叫广田先生捎来的，还

286

说要请咱们两个人明天到他家吃广田夫人亲手做的日本料理。

杨：谢谢谢谢！可不敢当,可不敢当！嗳,怎么不把预备下的酒菜拿

上来？王妈,拿酒来！

王：(在外)是,老爷。

广：(向杨)你的忙？

杨：请坐,请坐,我一早就忙着出去搜集情报去了,多亏我出去得早,

有一件重要的消息……

广：你的报告我明白。

杨：大沽屯盖房子的劳工跑了很多,有一个就是我这一区的,叫王二

海,有人看见他了,没抓着。

妻：王二海这小子跑回来了？跟他家里要人。(王端托盘上)

妻：(向王)怎么进门也不言语一声,随便就闯进来了？你打算偷听

话是不是？

杨：快把酒菜摆好。出去！不叫你不准进来！

王：是。

妻：给端个凳子来。

王：是。(端凳子给杨妻)

妻：下去！

王：是。(下)

妻：刚才的话不知道她听去了没有,(向广)她就是王二海的嫂子,要

叫她走了风声可不好办。

杨：她听去了也不要紧,咱们"满洲国"的王法赛过天罗地网。他长

上翅膀儿也跑不出这个笼儿去。抓王二海的事包在我身上,我

已经派贾二秃子抓上他了。二秃子手疾眼快,别说他一个王二

海,他十个王二海也跑不了。哈哈哈哈,请,请,干一杯！哈哈,

吃菜吃菜。

广：好的好的。现在盖房子大大的要紧，劳工的不在，也要抓的，"逃亡"的处罪送回。到了年，找人代替的不行。

妻：怎么？你说话不算话？刚才你不是答应我……

广：那，我得往上边花钱的。

杨：唔，他们三家都出了钱的。

广：多少？

妻：刚才不是跟你说了吗？三三见九，九千。

杨：九千？

妻：可不是九千，他们先交七千，后交二千。

杨：唔，你还没把钱交给股长吧？那叫人家怎么往上边去说呀。

妻：你看，刚才我要给他，你就来了。

杨：那么你赶快拿出来吧。

妻：（给钱）给你，这是九千。（广田数钱）

老张：（上）李牌长要见区长。

杨：先叫他在下面等着。

老张：是。（下）

（外边老张声：先叫你在下边等着，区长有事呢）

外边李声：唔。

杨：这酒是上次扣下的配给粮造的，特给你留下的原封，味道怎样？

广：（喝了一大盅）顶好，顶好。

杨：这次的配给粮过了明天就算完了，这次的账你看怎么个算完呢？

广：这次扣下的粮，统统的要交上去。大日本下月移民要吃。

杨：咱们这是用大秤进小秤出呀。过时间不给领呀，不合手续不给领呀，再加上扣除劳工的粮，用了这么许许多多的法子才剩下

288

的粮。

妻:这上边怎么能还要呢?

广:那些法子上边就知道的,我每次分的扣卖配给品的钱要往上交一半的,太君的爱钱,跟你我的一样的,你的不是不明白。

妻:这次照样不就是完了吗?

广:不行的,上边爱钱跟你我一样一样,现在圣战越到了特别紧急时期……(老张上)

老张:区长,李牌长送铜来啦,他说交给区长,他还要去搜呢! 要不到了期限怕搜不了多少。

杨:(不高兴的)叫他先等等呀。

老张:是。

广:铜的,叫他进来,叫他进来。(向杨)铜的要紧要紧的。

老张:是。(下)

　　(老张声:叫你进去)

　　(李牌长上提着一筐子铜器)

李:特务股长,区长,太太。(对每个人鞠一躬)

杨:就搜来这么一点呀,(问妻)你拿秤把它"约"(音腰)一"约",够分量,就先把它放在里屋收起来。

李:这是五斤六两九钱,这铜收了几次了,现在可实在不好搜了。

广:拿来,我的看看。(李把铜交广田)(广田,杨妻看铜)

李:这几天我派下人去挨门挨户,翻箱倒柜,几里喀哒,都搜到了,这不才搜到这一点,要不我怎么着急呢?

杨:事关军用,你可要催得紧一点呀?

李:我不但催,我还亲手下去搜呢!

广:这些古铜钱我的要的。

妻:(向杨)我们要这个铜香炉吧,跟我先扣的那些就够五个啦,整整够一堂。

李:要除掉那个香炉,那分量可少多了。

妻:一个香炉才有几两。

李:嗳呀,现在一两铜都不好找。

广:(向杨妻)香炉的放下。(向李)铜,造炮弹的要紧要紧的,你的,你的不尽心,衙门的拉去!

李:是,是,(向杨妻)你老"约"一"约"(称),我赶着去搜。(杨妻下)

杨:(向李)等一等,我还有话跟你说。(贾二秃子带王二海上)

贾:杨干事,(向广)哦,股长,我把王二海抓回来了,(向二海)二海子,这不是股长干事都在么……

杨:二海子,你当着好好的劳工,为什么跑回来了?

二海:(以下简称二)区长我不是跑回来的,我听说我大哥在矿上病得厉害,我请假回来的。这不是贾先生刚才跟我说请假回来不要紧,他说我到区长你老这儿先挂个号,等看了我大哥的病回来再在你老这儿挂个号,照常回去当劳工,就行了?

贾:哈哈,我不这么说,你怎能顺顺当当地跟我来呀? 哈哈!

杨:请假回来的? 现在盖房子的事情这么紧,我就没听说哪个劳工能请假的。

二:我,我跟同伴借上了一百块钱,花上了请的假。

贾:你叫人家骗了,不能请假,你一百块钱白花了!

广:浑蛋!(拔戛)劳工的不能请假。

贾:听见了没有? 股长都说不能。

李:当劳工还有请假的?(转回广田)嘻嘻!

杨:当劳工没满期私自逃跑黑人！我押起你来！

二:嗳呀,贾先生刚才你带我来的时候,你不是说到区长跟前挂个号就行了吗？区长！区长！

贾:不是告诉过你了么,不这么说你不肯来呀！

二:贾先生,你老害了我啦！

贾:我老贾就凭这套本事吃饭,谁不知道！

杨:这次逃亡的不只你一个,你当我不知道！

二:是有"逃亡"的,可是,我跟他们不一样,我实在是花了钱请了假才回来的。

杨:把他押起来！

贾:送到警察署去吗？

杨:不用,就把他押在后院空房子里！来人啊！

二:区长,区长,你老放放手吧,区长！（老张上）

杨:把他押到后院空屋里去！

　　（老张抓二海）

二:区长,区长,你老开开恩,叫我见见我嫂子,我问问我大哥的病。

杨:没有这么大工夫,押下去。

二:区长,区长……（老张抓二海从左门下）

贾:这小子一见我他还遛遛躲躲的。

杨:老贾把二海抓住,这事,就更好办了。

贾:什么事？

杨:我不是叫你去抓王二海来顶替我朋友的儿子去当劳工吗？你等会儿就和老李一起去,就说是二海逃亡了,要他三海去顶替！

李、贾:对。

杨:那么你们两个人去吧,看事行事,务必把三海抓来！

李：是。（二人欲下）

杨：等一等，二海押在我这儿的事儿先不叫外人知道，就说没抓着。
（电话铃声）

杨：（接电话）你哪儿呀？唔，协和会张会长。雨亭兄！怎么大沽屯修盖房子的劳工跑了很多？我这区上只有一个叫王二海的，我保险抓着他过了电再送去，叫他知道知道厉害，怎么，送回去还不行，是的，盖房子还要加快，还要五百劳工。我这一区出一百，能行能行，明天就要，那么咱们连夜就抓，哈哈，承蒙你老兄过奖啦，我办事向来是干脆的，什么？这次配给粮要留给军用？唔，什么？特务股长（扭上电话）他问股长在不在。

广：在的，在的。（要接电话）

杨：特务股长，在，在，在，副会长要找股长说话，好，就来，（向广）（把听筒交给广田）张雨亭说副会长请你老说话。

广：（接听筒）喂喂，呵呵，我是广田，呵，呵，呵，呵，我就回去，再见。（慌忙放下听筒，向杨）劳工大大的要，粮食先不配给，铜的大大的要，（慌走）我的紧急会议。（李殿臣给广田拿帽子手杖）

杨：（跑向内室）喂，喂，广田先生走了，你也不出来送一送，（退出向广）喔，她睡着了，对不起！（广田下，三人行礼）（老张上）

老张：押起来了。

杨：好，把通后院的门锁上。

老张：是。（门锁下）

杨：（向李）今晚上叫下边人辛苦点，别睡觉，连夜抓人，你那一牌出二十个人，明早交来。

李：区长，现在年轻的劳工可不好抓，我那一牌除了老头、小孩……

杨：别废话，赶快去，你没听见现在是什么时候呀，叫老贾帮助你。

贾:有我呀。

李:好,我就去。

杨:喂,等一等,德盛永、裕兴成、福顺兴三家的少掌柜的不准抓,把王三海一定抓来。

贾、李:是。(下)(杨入内室,拿上一只手枪急上)

外边杨声:王妈,把桌上的家具拿到里屋收拾起来。(王上,拿起酒瓶)

王:(走向内室开门)我再跟太太请个假,(王声)太太太太,(王出)她睡着了,(把家具放在托盘里端着,走向左开欲下)(一惊)谁把这门给锁上了?

二声:谁呀谁? 谁?

王:你是谁? 谁?

二声:是我,是我。

王:你大点声我听不清。

二声:你是大嫂吗? 我是你二兄弟,他们把我押在这儿啦! 我大哥的病好点没有?

王:病得更——(摇头)唔,他好点了。

二声:大嫂,你别告诉妈我叫他们押起来的事,这群狼心狗肺的东西,大嫂你来帮我把这门踹开。

王:你要干什么? 他们把这道门锁上了,我过不去。

二声:我打算出去。

王:你出来也跑不了哇,再叫他们抓住你,就活不成了,你别胡思乱想的了。

二声:我出去也不跑,我去换三兄弟回来,叫他去替大哥,反正咱们不能出三份劳工。(杨妻含着香烟悄悄上,听他们讲话)

王：不行，不行，你出去是找苦吃。

二声：我出去豁出这条命去把他们这群混账王八蛋一个个地宰了！

王：别胡思乱想了，别说宰不成，就是能宰了，咱们一家的命也就都完了。

二：咱们这一家子活着也是活受罪，跟他拼了。

王：活受罪的也不光是咱们这一家，谁家不是一样。等着他们把大伙逼急了，一起反了就好了，你还是耐心等一等，我想跟区长求求情，把你放了。下晚黑我回趟家，还是叫你三兄弟去替你大哥。

妻：哼！

王：呀！太太。

二声：大嫂！大嫂！

妻：好呀！你们要造反呀，要造反思想犯，把你们喂洋狗。

王：太太！你老人家发发慈悲，我们是叫事情逼得说话走了嘴了，下次是再不敢了。

妻：他也要跑你也要跑，我看你们能跑到哪儿去！二海跑回家，你妈不把他送来，我还要跟你家要人呢，（跑出正门）老张！老李！你好好看着大门，别叫底下人出去。要是你们不经心，我可把你们押起来！（外声）是。（百岁上）

百岁：妈！

王：这孩子你怎么又跑来了？

百：奶奶叫我跟你说——

妻：（上）哪来的孩子？

王：太太，这是我的儿子，百岁。

妻：他跑来干什么？滚！滚！滚！（将百岁推出）这么"埋汰"的孩子

跑我家来了!(向正门对外)老张把他给我赶出去,走!

张:(外声)去,去,滚!哪来的"埋汰"孩子?滚!

妻:(转身向王)你今晚要是敢回家去通风报信啊,小心你的狗命!

（杨妻急由内室门下）（幕急下）

第二幕

时:当日晚上。

地:王老太太家中。

景:一排土炕,破席子烂毡,临炕是秫秸扎成的窗户,糊着阳光晒黄
   的日文报纸和残缺不全的眼药、香烟广告。

   炕头靠墙放着一张用铁皮包着拐角,报纸糊住裂缝的大柜。旧
   瓶烂罐,锈钟破匣子摆满柜顶。

   柜上布满蛛网的土墙上,挂了一幅被积年累月的煤烟所熏黑的
   黄底蓝边家谱,蒙着一层灰尘。家谱两侧的红纸对联上写着"祖
   宗功德深似海,父母恩情重如山",横联是"慎终追远"。

   右面一张三条腿的大板桌,桌上七横八竖地堆些破旧杂物,桌下
   塞着一张东拼西凑起来的烂凳子。

   右边一门通外间,门上悬着草编的帘子。两侧均已残缺。

幕启:三海坐在炕上,望着窗外,不断地咳嗽。

   王老太太拿着一个铜碗,揭开草帘子进来。

王老太太:(以下简称老)窝窝头蒸上啦,等熟啦你就装起来吧,明儿
   在道上好吃。

王三海:(以下简称三)嗯!

老:待会儿把这铜碗给你老齐家大婶儿送去。铜器搁在家里又得惹

祸。（坐到桌边,把铜碗放在桌上）

三:嗯!（咳）

老:告诉她,借的这一碗苞米面赶明后天你嫂子领回工钱来就还呀。
　　别忘了给人家谢谢啊!

三:嗯!（一阵剧咳）

老:怎么的啦?

三:不怎么的。外面又起风啦,日头都落啦,百岁儿怎么还不回来?

老:怕是进不了杨公馆的大门,没见着他妈吧?

三:看样子今儿个晚又要刮大风啦。（又一阵剧咳）

老:你到是怎么的又咳嗽呐?

三:不要紧……

老:你转过来,让我看!

三:（转过身来）妈!

老:瞧,你脸怎么焦黄? 是不是有点不自在? 许是闹病了吧!

三:不,没有。

老:唉! 你这副身板,怎么挺得了? 我真不放心你去……

三:妈,我能挺,你别发愁啦。大哥在矿上病成那样子,我不去替他
　　回来,他哪儿受得了,再说,大嫂跟百岁儿,也天天都惦着他,盼
　　他回来。

老:（热泪盈眶）三海,你过来。

三:妈。（走向她）

老:（捏着他的手）老爷子死啦,留下你妈一个寡老婆子,掌着这个破
　　家。叫你们跟着我吃苦受罪,过着这没尽头的穷日子……三儿,
　　你说,你怨不怨你妈?

三:（摇其膝）妈,妈,不,我不怨你,我只有恨,恨……

老:(点头)对！只有恨,恨咱们太穷！要出荷,要劳工,样样都临到咱们头上,叫咱们一家人年年三百六十天没有一天团圆过。

三:只要我能把大哥替回来……(为一阵急咳所塞)

老:怎么的?

三:呛的。

老:三儿你跟妈说实话,你出劳工满期回来才十几天,还没喘过气儿来,又去顶大海,你这身板呛得了吗?

三:呛得了。

老:不,你说实话！妈不愿意让你硬咬着牙去受折磨。大海的事,我再想别的法子。好不好?

三:不,我一个小伙子,有点儿咳嗽,算啥呀！过两天就好啦。还是救大哥要紧。

老:咳！你们哥三个,数大海长得结实,怎么就会闹起病来了呢?

三:今儿我去大婶子家借苞米,又遇见那个大个儿老李啦。

老:他说呐些啥?

三:他说大哥躺在破席子上,茶饭不进,头上汗珠子跟大豆粒儿似的直往外冒。没钱,请不起先生。

(王老太太跑到炕边裂缝里找什么东西)

三:妈你要干啥?

老:你别管。(摸出一个纸包来)

三:这是啥?

老:(战战兢兢地打开纸包)你看,钱！

三:钱?

老:钱！一百五十块钱。

三:妈,你哪儿弄来的?

老:昨儿个我把你爹的那件旧袍子和一些破烂,拿去托人给卖来的一百五十块钱。你把它带去,到了矿上请先生啦,抓药啦,给"二把头"买个人情什么的都便宜。

三:妈,你跟百岁儿都是几天没见米星儿啦,你还是留一些买点米吧!

老:唉。我不要。我一个土埋半截的人,眼时有点饼呀,苦菜呀塞满了肚子就行。百岁儿等他妈领下工钱来再说吧。

(外面推门声)

老:快搁起来,有人来啦!

百岁儿:(以下简称百)奶奶,奶奶……(撩开草帘跑进来,喘气,汗流满面)

三、老:(同时)见着你妈没?

百:见着啦!

老:叫你三叔去顶替你爹回来治病,区长答应了没有?

百:不知道答应了没有。

三:那工钱呢?领下来啦?

百:妈也没说。

老:唉!看你这孩子真不中用。

百:妈又哭啦,脸发青,可怕人哩!

三、老:(同时)她倒是说了些什么?

百:嗯,嗯,她说……她说……什么也没说。后来杨区长太太进来啦,就把我撵出来啦!

老:一定出事儿啦!(三海戴上帽子就往外跑)三儿,你干啥去?

三:上杨家找我嫂子去。

老:你别去!你去啦准给你嫂子惹祸添麻烦。百岁儿,你再去杨家,想法子找到你妈,叫她今晚上说什么也得回来一趟。奶奶有话跟她说。

百:嗯!(欲走)

老:回来!把帽儿戴严!小心点,我跟你说的话,不兴对旁人说。

百:嗯!

　　(三海送百岁儿下)

老:(猜度)脸发青,这是怎么回子事儿?

　　(外面狂风一阵紧一阵。电线发着鸣叫,远处一个孩子在嘤嘤地悲泣)

三:(进来)外面刮大风啦,天都黑啦。

老:(喃喃)脸发青,又哭啦……这是怎么回子事呢?

三:妈,你说,嫂子在杨家不会出事情吧?

老:谁知道?许是侍候活阎王又不顺心,挨了骂哪!(怨)唉!真不懂事,说啥也得给个话影嘛!你看,这叫家里多着急呀!

　　(一阵捶门声,"开门!""开门。")

三:有人叫门!

老:问他是谁?

三:谁呀?哪一位叫门?

声:我的声音都听不出来啦!

三:(哑声)李牌长来啦!

老:快开门去!嗳!慢点!慢点!真该死,老齐家的铜碗都忘啦藏起来啦。(急藏入柜中)

三:(在外间)嗳呀!是李牌长!快进屋里憩憩。

贾秃子:(以下简称贾)(在外间)怎么这样慢吞吞的?

三:(在外间)实在是外面风大,没听见。

（三海揭起草帘,李排长和狗腿子老贾摆进来）

老:喔! 是李牌长跟贾先生来啦……

李殿臣:(以下简称李)怎么这么黑? 灯呐? 点起来! 待在黑屋子里捣什么鬼呀?

老:三海快点灯! 李牌长,实在是穷啊,一两油得点十天半月的……

李:少来,见面就哭穷,真他妈不嫌丧气!

老:李牌长! 您老请坐呀,贾先生请坐!

李:你倒在行。装得挺像。人呢?

老:李牌长,您老说啥?

李:人!

老:人?

贾:你装什么洋蒜? 把人交出来!

老:李牌长,您可真把我绞糊涂啦,倒是把谁交出来呀?

李:你家老二"逃亡"啦,你把他藏在哪儿哪?

老:(惊)二海"逃亡"啦? 没回来呀!

李:当真没回来?

老:我老婆子说瞎话,天打五雷劈!

三:李牌长,是真没回来。

李:你怎么知道没回来?（向老）你知道私藏黑人违犯国法是该当何罪?

老:我就没见着他的面嘛! 我有什么罪?

李:(强词夺理)咦! 儿子不是你养的? 他"逃亡"啦,不是你的罪,倒是我的罪?

贾:(边腔)真他妈笑话! 操!

三:(压不住)李牌长,你不能那么说……

李:(顶)不能这么说,该怎么说?

老:三海,你少说话……

李:(向老)我要是搜出来怎办?

老:(铜铁)搜? 好! 搜吧! 要是搜出来,我全家子的命都给赔上!

李:(向贾挤眼)搜!(里里外外搜一遍,没有洋财可发)那柜子里是
    什么?

老:破烂!

李:(走上去,揭开柜盖,发现铜碗)龟操的! 把铜碗藏在柜子里,为
    什么不缴?

老:那不是我们家的,是老齐家的。

贾:老齐家的怎么进了你家的柜?

三:今儿借齐家的苞米,盛苞米的!

李:早就规定下"金属回收",你为什么隐而不报? 你不知道这是
    铜的?

三:李牌长,上回收铜,我家可是铜盆,铜镜,铜勺,铜……都缴干净
    了。这实在是齐家的东西。

李:(狞笑)缴干净啦?

老:(心怯)再没铜啦!

李:真没啦? 那大柜上"柜饰件子"是什么做的? 你把它用墨涂黑
    了,我看不出来,我还摸不出来?

老:那是烟熏的。

贾:他妈的! 揪下来,(上去)咦! 怎么揪不动?

李:连板子拉下!

老:您老手下留情! 我家就这么个破柜。

李:(唬)军用! 告你,这是军用!

（贾二秃子啪的一声，把柜板扯破，里面的东西滚满一地）

贾：（大发现）李牌长，你瞧，这柜底还藏着个铜香炉呢！

李：一块带上！这种人欺诈成性，不治一治要上天喽！

老：李牌长！你老高抬贵手，积积阴功，这是上辈子传下来供祖宗用
　　的。你不能拿走哇！

李：少废话！还是趁早把人给我交出来吧！

老：您都搜过啦，人没有回家，我们拿什么缴呀？

李：缴不出人来，就得找个人顶替。

老：我上哪儿去找人顶替？

李：雇呀。

老：您老真是说笑话，家里穷得连水都快喝不起啦，拿什么去雇呵？

李：这好办嘛！叫你老三去不就结喽哗！

老：（没想到……）不，不，不，老三要上北矿上顶老大。

李：不是顶老大。

贾：是上南边修房子顶老二。

老：（急）不，不，不，老大在北矿上病得都快死啦！你老高一高手，我
　　老大就过去啦！我老婆子给您烧香，念你老一辈子的好处。

李：别装疯卖傻的……

老：我老三才出了劳工回来，气儿还没缓过来，要不是去替老大，我
　　说什么也不能让他走！

李：今儿晚上就非走不可！

老：（哀求）李牌长，我大海要是没有人去顶替，就活不了啦！我今年
　　六十三岁啦，你看在我这张老脸上，救一救他吧！一个人从吃奶
　　到长大不容易，一颗汗珠子掉在地下都摔八瓣。救人活一命好
　　比修下几代的阴功，您老高高手……高高手……做事要凭天良

呀！来！我给你老跪下！

三：妈！妈,妈你起来！

李：起来！起来,别死皮赖脸的……你装什么疯呀！明告诉你吧,我
　　早就知道你老二还没敢回家,今儿我就是专为来抓你的老三。
　　谁家拉下的空子谁家补。没说的。老贾！把他带走！

贾：走,走。免得老子把你绑起来不好看。

三：不用你绑,我自己会走,妈,快起来！（扶她）还看不出来？这红
　　圈已经划定了,说破了嘴唇也翻不过来呀！

　　（大海妻上）

李：你怎么回来啦？

三：妈,嫂子回来啦。

李：不行,你嫂子回来也得他妈走！

大海妻：（以下简称王）妈,我三兄弟要是身板呛不住,还是别叫他去
　　替他大哥吧！

老：孩子,你哪儿知道,他们说二海"逃亡"啦！抓他去替二海的。

王：替二海？ 二海不是叫你……

贾：叫我怎么样？你说,你说,他"逃亡"了没有？

王：他"逃亡"了没有？那我怎么知道！反正是已经叫你们……

贾：叫我们怎么样？你说,你说……

王：叫你们抓起来了,就关在杨区长后院空房子里。

三：我二哥也叫抓去了？

老：我二海叫他们抓起来了？天哪！我二海犯的是什么罪呀？

贾：你怎么知道？你看见他了吗？

王：我没有看见他,我隔着远远的。可是跟他说话了。他给关在空
　　房子里。

贾：是他？是鬼！你跟鬼说话来着。没影的事，老李！咱们把他带走。（推三海）

李：走，走，走，别麻烦，找着不好看，可是现成的！

老：贾先生，二海既然叫你们抓着了，照样把他送回去当劳工就是了。还是叫三海去替他大哥吧！

贾：区长后院空房子里，死过人，闹过鬼，你儿媳妇白天见着鬼，跟鬼说话来着，你也信？！

李：二海如果叫我们抓着了，要办你们的罪，你随便跟犯人说话，你也有罪，你说，你刚才跟谁说话来着？是不是跟鬼说话来着？你说，你说，是不是跟鬼说话来着？（逼得大海妻不敢对答）

贾：李牌长，不跟她废话，咱们快把他带走吧！

李：走！

老：李牌长！不能这么办呀！不能……

李：这是杨区长的命令！你们谁敢违抗？

老：啊！是杨区长的命令！

贾：走，走！

老：李牌长！歇一宵，明儿走不行吗？让我娘儿俩落一落。

李：不行！马上就要集合。有什么可落的？三言两语一交代不就结啦。

三：（无奈，只得……）妈，别说啦！人心是说不软的。要走就走，反正这年头谁家的命也由不了自己。

李：你知道就趁早，省得我再麻烦。走！

老：（没法）唉！百岁他妈，去把蒸的窝窝头装好，给你三兄弟带上。

王：嗯。（下）

三：妈，我顶二哥是往南走，见不着大哥啦！这个还是给你留下，你

另想法子托人捎给他。（交纸包）

王:（上）三弟弟给你。

老:带上这个,（一捆破毡子和旧棉衣)看还缺什么？

三:（咳嗽)行啦。

李:走啊!

老:(抱着三海)三儿! 出门在外,自个儿疼自个儿。别任性。万事忍着点。只要我不死,能看到你平平安安地回来,就是你妈的大福……（泪水夺眶而出)

三:（忍着泪安慰)妈,放心! 您这大年纪了我不能守在您身边侍候你老!

李:(轻佻的)这自古就是忠孝不能两全,没说的……没说的……

三:大嫂,你别难过,大哥是个铁打的汉子,翻不了船,过几天就会好的。妈老了,百岁又太小,你还是给杨区长说说,让你晚上回来住,好多照应妈。

王:(隐泣)这你放心,妈有我呢。

贾:这拖拖拉拉,哭哭啼啼的就没个完。你给我走啊! (推三海出)

（王老太太,媳,紧跟送出去)

李:老贾,你把他带到街公所去,交给那个协和会的麻子老张就行。我待会儿就回去。

老声:一路平安……

王声:捎信回来……

（李牌长在屋里踱了两转,拿起香炉,审视,思量,少顷老、王进来)

李:(拿起香炉)这个是你家祖传?

老:嗯! 代代人都仗着它供祖宗。

王：李牌长，你大发慈悲给咱们留下吧！

李：要说嘛，我姓李的吃的是"满洲国"饭，当的是"满洲国"差，我要是眼看着铜器不收，个人的责任就没尽到。收吧，人情上也说不过去。这么办吧，别的我拿走，香炉给你们留下，你们找个可靠地方藏起来，就算我没看见。

王：你老真是个好人！

李：本来就是个好人嘛！要不怎么叫模范牌长……刚才你老三的事，也不能怨我，咱们是端人的碗，受人的管，照着命令去办事，要不我犯得着跟乡亲们结这门怨做什么？嗳！听说你老大病倒在矿上啦！是不是？

老：嗯！

李：（猫哭耗子）该想法子给他治一治。

王：在矿上一没亲朋，二没钱，是死是活谁管！

李：这好办嘛，北矿上日本掌柜的跟"二把头"我都相好，去一封信，叫他们照顾一下，小小的没有问题。

老：这就多劳驾，您老费心给照应一下吧！

李：（难色）我写信没问题，只怕空口说人情不顶事儿办。

老：唉！那怎办呢？穷啊！我老婆子几天都没见着米影儿啦。

李：（突然）你身上那个纸包里有多少？

老：这个……

李：有个千儿八百的吧？

老：没，没，总共才一百五十块钱，还是当尽卖绝，东拼西凑起来的。

李：才一百五！这叫我给人家送去多寒碜！

老：（入了套）李牌长这就全仗着你的大面给美言两句。只要能把大海的病治好，我就感恩不尽。

306

李:没说的……没说的……我是一牌之长,应尽的责任,(伸手)拿来吧!

老:(双手送上)您老点一点。

李:没错。

王:李牌长,是好是歹,叫他们给个信,别石落海底听不到一点音声。

李:唉! 看你说的……这"得人钱财,与人消灾",人家还能图这两个钱,跟你们结怨结恨的。

老:但愿大海平安无事,就是仗着你老的鸿福……

百声:奶奶……奶奶……

王:百岁儿回来啦。

百:(上)奶奶……我……

王:(堵住)别吵,奶奶在跟李牌长说话哩。

李:好,我回去啦。

老:您老慢走,不送啦。

李:没说的,没说的……(下)

百:奶奶,我爹回来啦。

王、老:(不敢相信)什么?

百:杨家那个赶大车的老刘告诉我说,我爹回来啦。

王:在哪儿呐? 你怎么不早说!

百:你不让我说嘛!

老:什么时候回来的? 是老刘亲眼看见的?

百:我上区长家去,两块大门关得严严的,进不去。我就在门口等,等着等着老刘就出来啦,喝得醉呼呼的,冲着我说:百岁儿你爹回来啦!

王:这醉鬼,他怎么知道的?

百:他说他亲眼看见的。

老:唉！这真是老天爷有眼睛,救了我大海啦！

王:妈,让李牌长这三角眼把钱给拿走啦。

老:憩一会儿,我去取回来。

声:屋里有人没有?

王:有人叫!你找谁呀?

声:送王大海的!

百:(喜)爹回来了!

老:可盼回来啦!可盼回来啦!(奶,媳,百,三人拥出)

百:(声)爹!爹!(号啕大哭)

老:(声)这是大海吗?喔!天哪……(泣不成声)

声:大嫂别伤心哪!能回家就是万幸!好!你们当面收下,我走啦。

老:(声)不!不!不!他大叔,我求求你帮我搬进屋去,(老进来,撩起草帘)我求求你……

王:(在外)妈,妈!不能进屋!不能进屋啊!进屋不吉利!犯忌的呀!

老:谁说不吉利?(咬着牙)我儿子回来了!大吉大利!

王:(急)妈,妈,你别糊涂啦!不能进门哪!不能破忌!

老:(坚持)进来!进来!(蹬脚)我不怕破忌!我不怕冲喜!人死财散,我还怕个什么?我早横下心了……大叔!我求求你帮我搬进来!

刘大叔:(以下简称刘)(搬着一个白木板钉成的四方匣子进来,匣子上贴着白纸条,写着"遗骨匣第叁佰陆拾捌号"和"第六大队第四中队第九小队故王大海",边走边说)这年头……什么也谈不上喽……

老:(导引)放桌上吧!

　　(大海妻泪痕斑斑地拥抱着百岁儿跟进来,祖、孙、媳三人移向桌前)

老:(凝视遗骨匣,突然扑到匣上,老泪盈面)大海! 大海! 你去得太早了……你! 你! 你……不该撩下你妈就死呐……

刘:大嫂,别哭啦! 骨头都烧成灰了,哭也不中用,这都是怨咱们的命不济。

老:大海,你回来啦,妈连张纸钱都烧不起……喔! 百岁他妈,你看柜顶上是不是还有几根香? (大海妻找着香)到灶里弄点小灰(即高粱灰)给你男人供上。(大海妻拿着香炉出去)

百:奶奶,奶奶! (哭抱奶腰)

老:别哭! 心肝……奶奶疼你。

　　(大海妻上,把香炉供在匣前)

老:大海,你受那群阴□们的遭害,死得冤,死得屈,这都是你妈命里带来的灾星……妈对不起你,家里没米,连一碗倒头饭也供不起。冤魂不散,是我老不死的罪过……

王:百岁儿,来! 跪下! (俩人跪在匣前)跟你爹说,供不起倒头饭不怨你奶奶……

刘:大嫂别哭啦! 你这大年纪了……来炕上憩着吧。百岁儿起来吧! 别哭啦! (抱百岁起)把你妈也拉起来吧!

百:妈起来吧。

刘:大海跟我在矿上是住的一个号儿里,死得真惨哪!

王:你说他得的什么病?

刘:什么病? 气病! 活活给逼死的呀! 大海丢了"领灯证","二把头"要扣工钱,说恼了,大海顶了他们两句,上来三四个"二把头"

不分青红皂白就用胶皮棍子把他臭打了一顿,打得那身上青一块紫一块的。第二天照样拉出去上工,你们想这一天十五点钟两头见星星的活,铁打的身子也受不了呀!这门的,一气给气病了。"二把头"硬说是装病,拉出去又用镐把子揍了一顿。赶抬回来就不会说话啦……

老:天呀!我王家遭了什么孽啦?

刘:就这门的成天价躺在破席子上了,滴水不进,一气不哼,足足熬了三天三宵才断的气。

王:就这门死啦,矿上没有人说话……

刘:谁敢说话!这样死的哪天也有呀,这次矿上派我们送回来的遗骨,光这一区就是三十二箱。

王:这叫人怎么活下去?

刘:本来嘛,这年头,就有享不了的福,有受不了的罪,哪有咱们穷人活的份!矿上死了的人,扳着指头也数不清,可是"二把头"说"死了活该,三条腿的金蝉找不到,两条腿的人还不好找"!

老:(切齿)谁不是爹妈养的?我大海就吃他们这样收拾!

刘:这就是一笔债,一笔血债,也不知道是谁该下谁的!

老:这日子可怎么过下去……

刘:大嫂,这两天你心眼儿放灵动一点,就怕一灾没了一灾又来呀!咱们都是同命人,话说在前头也好有个提防。

老:我三个儿子,死的死,走的走,我还用提防个啥!

刘:就怕在死人骨灰里也得熬出油来!

老:刘大叔,你要是听到什么风声,就给我明说,我老婆子任怎么吃苦受罪也不能叫我儿子的冤魂再受他们糟蹋。

刘:我不是不给你明说……实在是我也担着一份关系。你想,这年头谁不怕惹是生非。

老：你尽管说吧，大叔，要是我给你走了风，害了自己人，我老婆子五鬼分尸不得好死……

刘：大嫂，这话就说远了。告诉你，是这门会事：今儿我们把箱子一送到区上，杨区长就把我们几个秘密地叫到他家去了。这活阎王下了请帖，谁心里不提心吊胆的，你猜叫咱们去干啥？（轻声）他把这三十二箱"死亡诊断书"全都扣啦去啦。关照咱们告诉各家，就说是矿上没发下。要是说了实话，漏了风，就当思想犯办，轻则上电，重则喂狗。这杨家私设刑法，连三岁孩儿也知道呀！有钱的王八都大三辈！谁敢不低头！

王：嗳呀！这敢许又是盘算着要人花钱买埋葬许可……

刘：难说……别家都送到老爷庙里，叫各人自己去领，就是老金家，小吴家跟你们大海是指定下的专送，（谈虎色变）大嫂！切不可跟人说呀！我这老胳膊老腿可吃罪不起活阎王的收拾！

老：我还能给你召祸？

刘：扯半天啦！该走啦，你们也该料理料理后事。我清一清手续，明儿还得回矿上去呢。

老、王：再坐一坐吧……

刘：不啦，（走到门边，放心不下）记住呀！明枪易躲，暗箭难防！小心没错。我走啦……（下）

老：你慢走，百岁他妈去送一送。（熄下）

刘：（声）不用送啦，别出来，外面风可大呐……快回去！（渐远）

（随风吹来一个男人的歌声……隐隐约约如泣如诉：

新满洲便是新天地，顶天立地，无苦无忧。

纵加十倍，也得自由。

重仁义,尚礼让……

家已齐,国已治,此外何求……

歌声中混合着一个女人的悲泣)

（王老太太坐在桌前凝视遗骨匣,百岁儿站在她身边,大海妻上）

老:（向大海妻）孩子,打你过门到咱们王家十几年啦,妈妈没拿你当外人看待吧?

王:（泪欲下）嗯!

老:是不是? 拿你当亲生的女儿看待? 孩子你说是不是?

王:（哭）妈!

百:（哭）妈!

老:孩子别哭,听妈和你说。

王:嗯!

老:你男人叫人折磨死啦,就留下这块骨肉。二海三海都没成家,百岁就是咱们的命根子。你可要痛他,百岁人小又是没爹的孩子,错了少打他两下,少骂他两句,我跟装在匣子里的人都感激你。

王:妈,你放心,我同你疼我一样疼他。

老:天下母子一般亲,我放心,我放心,百岁他妈,你说,二海真的叫他们抓起来了吗?

王:你老累了,歇歇吧! 百岁给你奶奶拿个枕头来!

老:我不累,孩子你说,你跟二海说话,他说了些什么?

王:妈,你还是歇歇吧,百岁劝你奶奶歇歇吧!

百:奶奶给你拿来枕头了。

老:好孩子,我不要!（向媳）孩子你过门十几年,妈有对不起你的地方没有?

王:妈,你老别说这话了。

老:那么我问你一件事,你要实话实说,你别跟我折柳子了。

王:妈,我实话实说。

老:你要不实话实说,妈就白疼你了。

王:你老说吧。

老:二海是不是叫人抓去啦? 你说实话,是不是真的?

王:是不是真的?

老:说!

王:我说,我说不是真的!

老:那么刚才你为什么跟李牌长他们说得真真亮亮的?

王:我想糊弄他们,好把三兄弟留下。

老:你可是实话呀? 妈可再惊不起了,二海要真叫他们抓去了,我
   可就……

王:你老别说这短气话,明儿我就想法子辞了杨家的工,好来侍候你
   老人家。

老:唉! 这日子什么时候才到头啊……

百:奶奶奶奶,今儿对院的小妞儿跟我说,有个白胡子老头,听见天
   上的鹤唱什么:

   “你别看我脖长,今年不拿出荷粮,你别看我脖短,到了秋天就
   反!”奶奶奶奶,你说这是怎么回事?

老:喔! 这个……这个是小妞儿跟你胡说的,可不兴跟别人说。

   (捶门声:“快开门! 快开门!”)

王:妈,有人来哪!

老:谁呀?

声:快开门!

老:百岁儿去看看。(百下)这会是谁呢?

　　(百岁奔进,投到奶奶怀中)

百:奶奶奶奶……

老:(大祸预兆)谁? 谁?

　　(李牌长进来,撩起草帘,向外弯着腰)

李:杨区长请进!

杨敬轩:(以后简称杨)(用手帕捏着鼻子踱进来,狗腿子老贾打着玻璃灯笼跟在后面)真臭!

老、王:(一惊)杨区长!

杨:(向媳)谁叫你私自回家的? 啊?(去照王脸)

王:(心慌)我……

老:她听说她男人死啦,没来得及跟您老告假。

杨:你知道你儿子怎么死的?

老:听说是病死的。

杨:病死的"死亡诊断书"呢?

老:(忐忑)没有!

杨:为什么没有诊断书?

老:杨区长,(低头)不知道……

杨:不知道? 告诉你,矿上来信啦,说你儿子在矿上胡作非为,鼓动罢工,畏罪自杀的!

老:(吃哑巴苦)是!

杨:堂堂"满洲国"国民毁身自杀,逃避工役,违反国策,该当何罪?

老:(无言可答)……

杨:这简直是给我当区长的丢脸嘛! 矿上说他工期未满,不能发"死亡诊断书",我这里也就不能给"埋葬许可",户口登记册上的"民

314

籍"也就不能消,明白不?!

老:杨区长,没有钱啦……

杨:谁问你要钱来着?找个人到矿上去续工。

老:(硬着头皮)杨区长,我大海骨头已化成灰啦,老二老三也给您老出力效忠去啦。我一个寡老婆子再到哪儿给你找人去呀?

杨:(一瞪眼)什么给我找?

李:什么给区长效忠?你儿子当劳工是"满洲国"国民应尽的责任。人家区长不辞劳苦为了大东亚战争早日完遂,关心受累,还不就是为了咱们黎民百姓!

老:(哭)是!

杨:(装红脸)你是本区住户,家里没人没钱不能续工,我当区长的还能说眼看着不管,是不是?

老:全仗着你老的金面……你老给……

杨:我的给你这门办……我给你拿三千块钱雇上个人去续工。我也不要你的利钱,就叫你孙子到我家去放猪,作抵押,多会儿你的有了钱,多会儿把你孙子赎回来。

老:(晴天霹雳)杨区长你大开天恩,饶了他吧!百岁儿是我王家的命根。他不能去,他不能去呀!

杨:(翻脸)啊!给脸不要?不识抬举……

王:杨区长,百岁人小,也不能干那活,他受不了呀!

李:不能干?你也不搬块豆饼照一照你儿子那铸像!杨家的猪不比他身上干净?

贾:真他妈穷骨头,有福不会享!

杨:就这门的,不行也得行!老贾,把他带走!(向老)听着!明儿你带上戳子到我家去立借条。走!

老：杨区长，你不能带他走！不能带他走！

贾：（来拉百岁儿）走哇！

百：（拉住王）妈！妈！（甩开王，死抱住老）奶奶，奶奶我不去……我不去……（哭）

老：杨区长，我祖孙媳三代都给你跪下，你饶了他吧！你饶了他吧！

杨：你真他妈的是个死脑瓜骨……你说出活神仙来也不行呀！

老：李牌长，你帮我求求区长吧，你老说的"得人钱财，与人消灾"……

李：（大声）你说什么？你发疯啦！杨区长，这老绝户有疯病，疯啦！

老：（抓杨衣）杨区长……杨区长……

杨：（怒）你敢，松开手，老贾，你个死木头，站在那儿吹什么泡！还不快抱走！（贾拉百，百死揪住奶）

老：他爹死了还没有戴孝，你让他在家住几天摔了丧盆子再去吧。

杨：不行，不行，走！走！

李：走！走！

老：（匆促的）百岁儿！来，快，跪下！给你爹叩头。

百：（跪在地下痛哭流涕）爹，爹……

（李殿臣向杨敬轩指一指香炉）

杨：（发现香炉）好大胆，私藏铜器，你不知道这是军用？（把香拔出摔在地下，香灰扣在匣上）（向李）带上！（向贾）把他抱走。

（贾二秃子抱起百岁就往外跑）

百：奶奶，奶奶，救救我……（嘴被堵住）

老：百岁儿，百岁儿……

大媳：百岁儿，百岁儿，杨区长，我……

杨：你，你还不给我滚回去，走！快快的！（逼其下）

316

老:(追上)百岁他妈,百岁他妈……

李:(拦住)别死心眼儿! 知点好歹,他妈的!

(拿着香炉下)

(老一人立台中,木然)

[风传来百岁从手缝中漏出来的凄惨的哭声,他妈在后面追着喊:百岁儿百岁儿,你妈也来啦……渐渐远去。远处一个男人的歌声隐约,如泣如诉:新满洲便是新天地!

……无苦无忧……(女人哭声)

只有亲爱,并无怨仇……

家已齐,国已治,此外何求……]

老:(喃喃自语)"是儿不死,是财不散""是儿不死,是财不散"……
(转身直视遗骨匣)大海! 大海! 你死得早! 死得该! 区长、狗腿、官公吏、王八、兔子、贼! 不杀穷人不富,我们活着,活着就是活受罪……(抬起头来)家破人亡! 我几根朽骨头还留着干什么?(从炕上找到一根麻绳,凝视良久)大海! 妈就跟你来了……

(寻梁自尽)

(二海满脸灰汗,急上,抱着老)

老:谁? 谁? 你是谁?

王二海:(以下简称二)妈,妈,是我! 我是二海,你醒一醒,我是二海!

老:(视他)你! 你是二海? 啊! 二海(抱他)你怎么回来的? 你妈好苦喔!(泪流满面)

二:妈,我花了钱请了假回来想去看看大哥的病,贾二秃子把我骗到活阎王杨区长家里,他们把我当犯人押在后院空房里,我偷着跑出来啦,妈! 我成了黑人啦。

老：二海，世上没有咱们活的份，你妈不想活啦！

二：不！妈！要活着！能活一天是一天，活着看这群王八蛋能有多
　　长的寿……

　　（打门声）

二：有人来啦！我在街上遇着贾二秃子抱着百岁儿，敢许他已经认
　　出是我，妈，我走啦，你老别寻短见，明儿……

　　（打门声，"死老婆子快开门呀！"）

二：可不就是贾二秃子！妈！明儿我再想法子来看你。

　　（门被踢开。二海破窗而逃。老贾冲进来）

贾：人呢？人到哪儿去啦？

老：在这儿。

贾：哪儿？

老：就是我！你们要杀就杀！告诉杨区长，我老婆子活够了！活厌
　　了！活腻了！你把我带走吧！

贾：你穷疯啦？咦？我看着他进了门，怎么就不见了呢？（发现窗户
　　已启开）跑啦！（跳到炕上向外看）跑得了吗？（向老）老绝户，
　　你小心你那几块死脑瓜骨分家呀？（急下）

　　（风声一阵紧一阵）

老：(手中麻绳落地)他大叔说，这是一笔债，一笔血债！也不知道是
　　谁该下谁的，我知道，这是他们该我们的！大海、大海！你妈老
　　了，要不回这笔债了，可是我还有儿子，还有孙子，我要子子孙孙
　　跟他们要！他们该的是血债，也要他们拿血来还！也要他们拿
　　血来还！

　　　　　　　　　　　　　　　　　　　　　　　　（幕急下）

　　　　　　　　　　　　　　　　　　　　　　　　（第二幕完）

第三幕

第一场

时：日本投降以后一星期，下午九时左右。

地：杨敬轩家中。

景：同第一幕，但室内零乱，桌上放着三只开了口的酒瓶，桌上地下
　　满是灰尘、烟头、乱纸，不知是谁，扫地没扫完，就把笤帚扔在地
　　下不管了。

　　（幕启）杨妻从内室上。她的头发蓬松，未施脂粉，脸上显出苍
白□肿的本色，她拖着拖鞋，无精打采地走到沙发前，颓然地坐下，
无力地抬起眼睛，毫无目的地往周围一扫，无意中发现桌上的酒瓶。
拿起一只，荡了荡——空的。换了一只拿起荡了荡——空的。换了
一只拿起荡了荡——还有一点酒，她嘴顶瓶口，一饮而尽。

妻：（忽然发现笤帚）这是谁扫的地呀？没扫完就撂下跑了？王妈！
　　王妈！王妈！

　　（王妈领百岁从左门上。他们虽还穿着原先的衣裳，可是看得
出是经过一番整理——比得过去整洁。她的头发梳得很周整，百岁
的脸上也洗得特别干净。母子二人的脸上，"活力"不时地浮现出
来，压也压不住）

王：太太你老是叫我吗？

妻：不叫你叫谁呀！这地是你扫的吗？

王：不是。刚才我看见老张扫来着。

妻：反正你们底下人都是一样，"事变"了，你们也变了，这几天连屋
　　子也不好好地打扫，瞧瞧这桌子上、沙发上、椅子上、地下，到处
　　是尘土、乱纸、烟卷头……这些乱七八糟的脏东西，就没人管！

你把房子收拾收拾,叫百岁把地扫干净。

王:太太还是叫他们别人扫吧,我领着百岁这就打算回家,正想跟太
　　太辞行。

妻:怎么,你不干了,回家?

王:是,太太,我来的时候就是因为拿不起"飞机献纳金"杨区长逼我
　　来的,后来东摘西借好容易凑够数缴上了,还是不让我走,
　　后来……

妻:得啦,得啦,别多啰嗦啦!

王:百岁,咱们走。

妻:你□走? 你这就走?

王:嗯。

妻:(跑到门口)老张!(没有人答应)老李!(还是没有人答应,失
　　望地便回来向王)你等一等,我跟你有几句话说……自从你来,
　　我还没给过你一个工钱,今晚上我手里又没钱,你慢走一忽儿等
　　区长回来,叫他给你。

王:工钱? 我从来没有从太太你老嘴里听说过这两字儿,这还是头
　　一回,可是我不打算要了,百岁,走。

妻:我跟你先算一算,你要多少钱等区长回来给你!

王:咱们的账,我跟太太你一个人是算不清的,也不是拿钱能算清
　　的,以后再说吧!百岁,走。(王领百岁下)

妻:(绝望后的发泄)走!走!给我滚!都给我滚!没有你们我也死
　　不了,(困脑地)唉!天这么黑了,眼看着就到九点了,还不回来!
　　(打电话)喂,我要国民党县党部,就是以先的协和会,喂,协和
　　会——唔!国民党县党部吗?杨区长在那儿吗?不在?到哪儿
　　去了?(杨敬轩上,手里拿着个电筒)

杨：党部里公事忙嘛，我现在是国民党啦，你看这不是委任状下来了。

妻：封你个什么官儿呀？

杨：国民党县党部的委员，中央第一先遣军第一旅旅长。

妻：什么第一先遣军？

杨：你看你这记性！昨天我不是告诉你了吗？从前的警察原封不动改名"中央军"。

妻：这倒是没白闹！唉，听说进国民党不要花一万块钱买个党证吗？

杨：买党证？我是本县的党部委员。卖党证的钱我还要捞他一票呢，我还买什么党证？像我在广田手下当过特务的人，国民党打着电棒儿满街找还找不到呢。协和会张会长到奉天高级党部一联络，把我过去干过的差事一提，上边的长官见着我这个人才，很高兴，就算我是一年前进的党，不但没罪，还有功劳呢！

妻：怎么张敬亭从奉天回来啦？

杨：你看，说了半天你还……他不回来这委任状哪来的呀，人家现在是县党部的书记长，"党高于国"，将来什么都要叫他的，从先当协和会会长还"打么"咧！

妻：你也不坏呀，又是党官儿又是军官呀，当着两份差事，嗳呀，你看我这个人，我要是知道你当了国民党的委员，说什么我也不能叫王妈走。

杨：对了，我还要问你呢，你为什么把他们放走啦？

妻：她一死要走，我喊老张老李又喊不着，没法儿制她。

杨：把他们放走，人家还以为现在咱们制不服他们了呢！大家伙儿要都这么一想，那不糟了吗？"党高于国"不给他点颜色看还行！

妻：怎么你把他们抓回来了？

（伪警声："走,走,走,屋里去!"伪警甲押王妈百岁上,百岁戴着一个孝帽子）

杨：你别以为日本投降了,你们就想怎么的,告诉你,我现在是国民党本县党部的委员,照样地办官事儿,照样地管人!

妻：（向百）过来!

（百岁知道没好事儿,踌躇不前）

妻：叫你过来还不快过来!

（百岁递逰地走到杨妻前）

妻：（一把抓下孝帽,劈头就打）我叫你给我送丧来啦! 戴着孝帽子进我的房子……戴着（打）戴着……（打）（百岁哭）

王：太太你老饶了我们吧,他爹死了这么多日子,百岁在你老家里都没敢戴孝,今儿出了你老家的大门才敢戴上,刚才警察老爷把我们抓回来,忘记摘了,你老饶了我们吧!

妻：快把这丧气东西给我烧了!

王：太太,我不叫他戴就是了,孝帽子还是给我们留下吧,大孝穿不起,我们穷人家缝个孝帽子都不容易呀!

妻：烧了,我叫你亲手给我烧掉。

王：那个孝帽子是把他奶奶买来一件破衣裳扯的布呀! 太太! 你老宽宽手吧!

妻：不烧? 你不烧我就打他。（狠狠地打百岁）（百岁哭）

王：我烧! 我烧,我烧!

百：不烧! 不烧!（从杨妻手里抢过来孝帽子）

妻：怎么? 你还敢抢!（与百岁争抢孝帽子! 百岁抢不过,用牙咬杨妻手）

妻：嗳呀,你还敢咬我!（把百岁按倒沙发上发疯似的打）（百岁

　　大哭）

杨：把小猴儿兔仔关起来！

伪警甲：是。（奔向百岁）

王：老爷，百岁是没爹的孩子，你老饶了吧。

杨：快关起来。

　　（伪警甲挟起百岁从左门下，百岁哭叫"妈""妈"，王木然不语，两眼发直，精神已经错乱）

妻：过来，把这丧气东西烧掉了！（王不动）

杨：叫你烧还不快烧烧烧烧！

妻：烧！

杨：烧！

王：（狂笑）哈，哈，哈，哈，烧，烧，烧！烧个干干净净，嘿，嘿，嘿，（转笑为哭泣）烧，烧，烧，（用火把孝帽烧着，两眼含泪，望着火焰）大海，大海，日本投降了，我满想着咱们的仇能报了，哪儿知道……连你留下的儿子还是照样儿受他们的折磨，连孝都不让给你戴，大海，大海我问你，咱们什么时候才能抬起头来呀？

妻：你胡说什么？

王：大海你为什么站在那儿不说话呀？大海，你满身是血，手里拿着个大煤铲子，你两眼发直，直瞪瞪地看着我……

妻：（惊骇）嗳呀……鬼……吓死我啦！（狂奔入内室）

王：大海，大海，你为什么站在那儿不动，活阎王杨敬轩就站在你的面前，你为什么不□□□□的大煤铲子打死他……

杨：浑蛋！你胡说。

王：大海，你那一身血，是他们欠下的，你为什么不打死他们？你为什么不打死他们？你，你，你呀！（闭住了气，倾倒在地）

杨:来人,来人哪!

（伪警甲上）

杨:她昏过去了,把她拉到后院空房子里去——

伪警甲:是。（拉王从左门下）

妻:敬轩,敬轩,我害怕。

杨:怕什么,她是吃饱了撑的,乱说胡话,过一会就会好。

妻:你来你来呀!

杨:我没工夫,我还有紧急事儿要办呢!

（伪警上）

伪警甲:放到空屋子里,她明白过来了,在那儿哭呢。

杨:别管她,你到外面站上岗,无论是谁也不准进来。

伪警甲:是。（下）

（杨拿起电筒走向左门,外面远处一声枪响,杨急速退回）

杨:哪儿打枪?

伪警甲:（在外）听着是在粮食库那疙瘩儿,大概是看守粮食仓库的
　　　警察打的。

杨:什么警察警察的? 不是早说过话了,告诉你们改成中央第一先
　　遣军了嘛,连你也是"中央军"。

伪警甲:（在外）是!

杨:留点神,别叫人进来!

伪警甲:（在外）是!

（杨从左门下）

伪警甲:（在外）谁?

老张:（在外）我,老张。

伪警甲:（在外）区长的命令不准进去。

老张:(在外)我压根儿就没打算进去,□□□□去呢?

　　(杨上,回头向门内摆手)

杨:外面是谁?

伪警甲:(在外)老张,我没叫他进来。

杨:对!

　　(杨引广田上,广田现在已经换上了中国便衣,不仔细看几乎认不出来是他)

广:门上站岗的可靠?

杨:可靠!可靠! 晚饭的"米西"了?

广:早早地"米西"了。

杨:在地窖子里闷得慌吧?

广:哈哈,大大的好。地窖里黑黑的秘密秘密的,天天在无线电旁边
　　工作(掏出纸烟,燃着)一"淡巴菰"的大大米西,不寂寞的。你的
　　请我出来有什么事吗?

杨:张书记长从奉天回来了,事情都办妥了。奉天高级党部有命令
　　来,命令咱们"中央军"第一先遣军赶快消灭大沽屯的民主联军。

广:大沽屯?

杨:就是劳工盖房子的那个地方,离城三十里,三个钟头就能赶到。

广:不必多说了,我的明白,明白……

杨:奉天党部给你也下了委,请你作参谋长,和藏在山里的皇军配合
　　一起打民主联军,你看能行吗?

广:能行,能行,大大的能行,哈哈哈哈。

伪甲:(外)谁?

　　(广田像一只老鼠似的窜入内室)

妻:(在内室,惊叫)嗳呀,谁跑进来啦?

张敬亭：（在外）我，张书记长。

广：（欲从内室出）我的见他，商量军事计划。

杨：（拦住广）你等一等，先别见他。

广：我的跟他当面的说话。

杨：他跑上了几趟奉天，跟那些党官儿们学了一身习气！吃硬不吃软……嗳呀，他到门口了，你赶快到后边去，叫我先给他说，（推广田入左门，关上门回身向外，张敬亭已经出现在门口，后边跟随着伪警甲）听见是张书记长还不快"请"进来！敬亭兄，请，请进！

伪甲：委员不是说谁也不准进来吗？

杨：浑蛋，去吧！

伪甲：是！（下）

（张敬亭，穿着一身中山服，一顶黑呢帽，胳膊上挂了一条弯脖儿手仗，装腔作势地走进来，全身绷着个劲儿）

杨：敬亭，坐嘛！咱们是踢破了门槛儿的交情，你还客气什么？

张敬亭：（以下简称张）你请广田先生出来，我有要紧事跟他谈。

杨：他有事，不能出来。

张：什么事也没有我找他谈的事要紧呀。你快请他出来！

杨：（机密地）他正在地窖里收一件机密的电报。

张：（刚才神气劲儿完全没有了）唔，唔……那么我等一下，也许有什么好消息。

杨：商量打民主联军的，我跟他提过了。

张：他一定很高兴。

杨：他说要有一百万块钱解除他的困难。

张：什么困难？

杨：山里秘密皇军没有给养……

张：上头已经交"双头太岁"，张大包到屯子里去"征发"了。

杨：张大包不是个土匪吗？

张：敬轩，我不准你以后说话这么随便，什么土匪，人家现在是中央第二先遣军的司令。照你刚才那个说法，到了奉天就叫"侮辱党国"，"侮辱党国"懂吗？

杨：懂懂懂，嘿嘿，懂！

张：快请广田出来吧！

杨：他提的那一百万，不光是解决给养……我看你应当亲自跑去见他，叫他跑来见你，岂不显着……

张：显着怎么样？国民党，"党高于国"，我是本县党部书记长，叫他来见我显得怎么样？

杨：要不我去请他来。

张：对嘛！

（杨向左门，欲下，广田上）

杨：广田先生，张书记长正叫我请你出来，他有话跟你说。

广：我的挺忙的，叫他等一等，"淡巴菰"的有？

杨：有有，我去拿。（入内室）

张：（立起，向广田鞠躬）广田先生，我正要去拜见你老，听敬轩说你老正忙着，没敢去打搅，你老请坐。

广：我的不坐。

张：我有几句要紧话要跟你老说，那一百万块钱……

广：（看手表）再等三分钟，你的下来见我。

（杨敬轩拿着一大包纸烟出现在内室门口，见张和广的情形，又退回，隐蔽着偷听）

张：你老先请坐。

广：（坐下）你的刚才说什么国民党"党高于国"？

张：那是咱们国民党对黎民老百姓说的话，至于在广田先生你老面前，嘿嘿，有什么不到的地方，你老别见怪！对了，奉天高级党部已经给你老下委，请你老作中央第一先遣军参谋长。（把委任递给广）说是你老如果嫌名义不合适，我这里还带着空白的委任状，请你老随便填官衔，我盖章就是了。

广：哈哈哈哈，你的摆架子的不行，你们的听我指挥，服从我的命令！

（杨拿纸烟上，交给广）

张、杨：（同时）是，是！

广：你们今晚把党旗党徽军装统统地送给山里秘密皇军。

张：叫他马上装汽车。

广：汽车声音太大了，秘密地送，要用胶皮轮车子大车的。

张：大车好，咱们就用大车。

广：不送去，皇军的不能出动。不换上衣服出动，老百姓的看见，苏联红军的明白了……

杨：苏联红军在铁路线上，离这儿还远呢。

广：苏联红军行动快快的，大大的厉害！

杨：你老不是说再等三分钟吗？一忽儿再仔细研究打民主联军的计划吧！

广：哈哈！我的跟他玩笑的。（向张）你的派人今晚送去。

张：敬轩，你用我的名义写封信叫第二中队长带人装车送去。

杨：对！（杨写信）

广：（向张）你的派一个中队打大沽屯的民主联军。

张：广田先生，一个中队去了还不是白送死。

广:打不了就退的,(拿出地图,指给张看)从这条路退到这里,皇军的打埋伏。送军装要快快的。

张:唔,我明白了,好计划好计划。信写好了吗?

杨:好了好了。

张:交广田先生看看行不行。我就打电话给赵队长下命令,(拿起电话听筒)喂,中央第一先遣军司令部,喂,警察署……

（杨写好了信,交广田看）

广:能行,能行。

张:(掏出图章给杨)盖上我的章,喂,赵大队长吗? 你派一个中队……

广:立刻出发。

张:对,立刻出发。

广:去打大沽屯的民主联军。

张:去打大沽屯的民主联军,什么打不了? 打不了你们就往……

广:三道河山沟边沿那条道路的退却。

张:对,就往三道河山沟边沿那条道路的退却。什么? 那你就别管了,军事秘密,越快越好! 唔,对,唔,对! 对!

（在张打电话时,杨已叫伪警乙把信送走）

广:招兵的事情怎么样了?

杨:贾二秃子还没回来,不知道怎么样。

张:我想招得一定少不了。

杨:再说贾二秃子这小子朋友多眼界宽,捧场的一定少不了。

张:我现在就愁着人招得太多了,枪炮子弹不够,想请广田先生给帮帮忙。

广:皇军埋藏的有,我的给你一个地图,照着去挖,多多的多多的。

（把一个地图交张）

张：有机关枪吗？

广：有的有的，城里的粮食仓库要紧要紧的。

张：我已经派一排人把粮食仓库四面把守住了。我今天回来听说全城的穷人没饭吃的吵着要分点库里的粮食，简直有点"人急要造反"了，我跟敬轩在党部里商量了个办法，每家送给他们一个通知，贴到大门口，就说每家配给他们五斗，先骗一骗他们，稳住他们的心，等咱们"中央军"扩大了，我派他妈的一营人把守，看他们怎么办？哈哈哈哈……

广：你们两个人的聪明，聪明，哈哈哈哈……

杨、张：（同时）承广田先生过奖了过奖了。

广：你们的聪明，一定发财发财的。

杨：不杀穷人不富嘛，哈哈哈哈……

张：广田先生你这几年可"发上"了。

广：没有，没有。

张：咱们打开窗子说亮话，咱们谁愿意光当官不捞钱呀！奉天党部里的委员跟咱们一样捞钱！钱从哪儿捞？得打老百姓身上捞，可是他妈的民主联军，不但自己不捞钱，还给老百姓撑腰反对别人打老百姓身上捞钱，简直是咱们的死对头，不消灭他们可不成……

广：哈哈，你的大大的明白，来，请你跟我到下边的说话，有秘密的消息告诉你。（广田引张向左门，杨随在后）你的不必来！我的今晚出城去，你的找个可靠的人送我。

杨：一忽你跟送军装的车一块走，不更保险吗？

广：不用，我的到城外还要办别的事情的，你的快快找人。（广、张从

左门下）

（杨妻从内室上）

妻：张敬亭刚才说了一些什么？又什么党国呀，捞钱呀，吵得我睡不好。

杨：你懂得什么，人家跑了几趟奉天懂得的事儿可多哪，广田先生可器重人家哩。对了，广田先生要出城办事，你送送他，有人问话，你回答，别叫老百姓认出是"他"来，认出来，他的命就不保险了。

妻：我的命也不保险了，我不去！

杨：你去吧，送他出城你也算有一份功劳。

妻：我又不是国民党员儿。

杨：你想当国民党员还不容易？我明天到党部里替你填上个名字，弄回个党证来不就行了嘛。去吧，去吧！

（广、张边谈边从左门上）

张：对，你的计划很好，就应该这么办！

广：人的找到了？

杨：找到了，就是她！（指妻）

广：挺好挺好，有人的问话，你的回答，呵？

妻：送你出了城我可就回来！

广：我的出城，你的回来。

杨：（交给广一只手枪）带上这个家伙防身。

广：哈哈，挺好，谢谢！

（广欲从正门下）

杨：以后从后门走，保险！

（张、杨送广田杨妻从左门下）

（张、杨从左门上）

伪甲：（在外）谁？

贾：（在外）我，贾先生。

伪甲：（在外）门口那些人是干什么的？

贾：（在外）招来的新兵。

伪甲：（在外）贾先生先别进去。

杨：叫他进来吧。

贾：（上）杨区长，张书记长，兵招来啦，（向外）老哥们，进来吧，这是杨委员家里，都是自己人。

（外面人声："走，走，老贾叫咱们呢。"）

张：招来那么多人，这屋里哪儿装得下，先别叫他们进来。

贾：那么，请你老出去看看。

杨：对，咱们看看。

（杨、张走到正门口，往外看）

贾：请看，都站在院里哪，（喊口令）立正！

（杨用电筒照着看）

张：往后照照看还有没有？

杨：才这么几个人呀？还不到十个人呢，贾二秃子你怎么越活越缩回来啦，出去那么多天才招来这么几个人？

贾：这都是我的相好相厚的，我"会"他们来的哪。大沽屯的劳工，好多都参加民主联军啦，听说是王三海领头参加的。

杨：什么？王三海带着头参加民主联军！

张：咱们是他妈的"中央军"，他们为什么不参加？

贾：那，那我怎么知道呢？

张：去！再去招！招不来就"抓"！走的时候你还说你能招一营人，你当个营长呢，照这样子你排长也当不成！

贾：发给他们军装吧。

张：没有。带他们去见赵队长去！

贾：杨委员这屋里有外人没有？

杨：没外人，就是我跟张书记长。

贾：（把门关严）我报告你老一个重要的消息……

杨：什么？

贾：大沽屯我有一个老朋友，他特为这件事儿跑了四十多里来送信
儿，这小子真有两手儿，这么重要的消息都叫他探着了。

杨：你快说吧！什么消息？

贾：咱们城里不知道是谁坏的事！

杨：你别啰嗦了，坏的什么事？

贾：跑到大沽屯民主联军那儿去报告，说是杨委员你家里藏着广田，
跟张书记长你们三个人计划着打民主联军呢。

杨：民主联军听到这个消息怎么样？

贾：大沽屯的民主联军马上就开走了。

张：嗳呀，那他们要是跑远了，咱们派出去的那一中队人打不着他
们，那广田的计划不是白费了吗？

贾：跑远啦？哼，说不定离城更近了呢。

杨：你怎么知道离城更近了？

贾：我是猜呀！

杨：去吧，喂，还有什么消息没有？

贾：没有了。（下）

张：我得赶快打电话给老赵，问他队伍派出去没有，喂，敬轩，你把贾
二秃子叫回来。（拿电话筒）喂，警察署……

杨：叫老贾干什么？

张：叫他追广田回来！喂，喂，警察署……

杨：老贾！老贾！回来，有事。

贾：（上）杨委员还有什么事？

杨：我们家里杨太太送广田出城办事刚走，你把他们赶快追回来！

贾：是。（下）

杨：回来，从后门走，他们一定是出的北门。

贾：是，（从左门匆匆下）嗳呀！（又返回向正门走）

杨：叫你打后门走嘛！快！

贾：我那些老哥们还等着我呢，我带他们一块去，四下里找，保险找回来。

（从正门匆匆下）

张：唔，已经派走啦，再派人追回来吧，什么？等一等！唔，唔，什么消息？唔。（等着听着）

杨：怎么回事？

张：（向杨）正有人跟他报告消息，等一等，（向听筒）唔，唔，唔，什么？城北五里，民主联军正打那儿过呢，有多少呀，还不到一百人？哈哈，你怎么不派人去打呀？什么？你已经派人出南门绕到西边，打他们的后卫，对，你的计划好，这完全符合高级党部的意旨，对，对，对，打得好，这不打还等什么呢？听你胜利的消息呵，好，好。（放下听筒）前些日子我一拉老赵进国民党的时候我就跟他说，将来咱们中央先遣军扩大了，委他个旅长，不想这句话真给他上了一把洋劲。

杨：老赵足智多谋，是个人才，人才。

（枪声忽起）

张：打起来了。

杨:老赵真行！嗳呀,广田他们怕是出不去城了。

张:那更好嘛,贾二秃子把他找回来大家商量,更好办事。

（枪声渐远,电话铃响）

张:（接电话）喂,唔,我是呀,赵队长呀,什么? 打得很顺利,还有什么? 再来电话? 好,我等着,好,好。

杨:好,好,哈哈哈哈,你听,枪声越来越远了。

伪乙:（上）报告,二中队长带着人正装车呢,民主联军从东南角上来了,已经上了城墙了。

张:守城的队伍呢? 他们为什么不打呀?

伪乙:我也不知道哇!

张:叫二中队长不要装车了,带上队伍去打!

伪乙:是!（欲下）

张:回来! 叫二中队长派些人到这儿来。

伪乙:是!（下）

杨:嗳呀,这不糟了吗? 广田他们也不知道怎么样。

张:他不会找个老百姓家里藏一藏吗?

杨:找老百姓家藏一藏? 老百姓认出他来不打死他才怪呢。你看你看,我真不该叫我太太陪他一块儿去。

张:怕什么? 你不是还给他一只手枪吗?

伪甲:（上）报告,城北面东面上来民主联军了!

张:叫周队长去打,我的命令。

伪甲:北门已经叫民主联军打开了。

张:他妈的为什么不早来报告呀?

伪甲:他们说民主联军一露面就到城跟前儿啦,火力太猛,来不及呀!

张:去,叫周队长带人打出去,打不出去要他的脑袋!

伪甲:是!(下)

张:粮食仓库危险。

杨:打电话问一问。

张:(打电话)喂,喂,粮食仓库,喂,张主任吗?我就是书记长呀,我
　　找的就是你,仓库怎么样?什么?民主联军已经把仓库包围了,
　　那儿不是有一排人守着吗?什么?跑了一半儿?他妈的,剩下
　　那一半儿呢?守不住啦?

杨:什么?仓库守不住啦?

张:别吵嘛!喂,守不住了你就叫他们把汽油倒到粮食上边,点着
　　火,烧!烧!烧!烧!我的命令!

杨:对!烧,烧!

　　(二人惊慌、急躁)

杨:叫二中队长派人来,到现在还不来。真把人急坏了!

张:你急,你急,我比你还急呢!

伪乙:(上)报告,仓库起火了!

张:不要紧,我叫烧的!去,到外边大门口站岗!

伪乙:就我一个人呀?

张:可不就你一个人嘛!去,不去我毙了你!

伪乙:是。(下)

　　(火警信号响了,夹着铜钟乱敲声)

杨:什么响?

杨:怎么火警信号响了呀?消防队这时候救他妈的什么火呀!

伪乙:(上)报告,民主联军带着消防队救火车往仓库那边跑,去救
　　火呢。

336

张:你,你,你怎么不开枪打呀?

伪乙:在大街口那边呢。

张:去你的吧!

伪乙:是。(下)

张:他妈的,消防队真混蛋!

杨:消防队一定随了民主联军了。

张:(打电话)喂,喂,警察署,警察署,中央第一先遣军司令部,警察
署……怕是断了! 喂,喂,喂,喂——(失望地放下听筒)可不是
断了嘛!

杨:(颓然坐下)这一下可闷在葫芦里了,门口就是一个人,也不敢派
他离开。

张:他妈的,叫二中队派些人,到现在还不来!

杨:到这时候了,还不是各顾各。

张:他妈的谁也靠不住!

杨:喂,咱们走吧!

张:到哪儿去呀?

杨:到乡下我老丈人家里去,以后找到广田再说。

张:对!(二人欲逃)

　　(贾二秃子上)

贾:嗳呀,张书记长,我想到你们这儿躲一躲,心想也许保险,谁知道
大门口连一个站岗的都没有!

张:怎么? 门口那个小子也跑啦?

贾:我不知道。

杨:你们找到广田没有?

贾:没有,民主联军带着消防队救火,老百姓往家背粮食,街上人可

多呢,哪儿找得着哇,再说我招来的那些老哥们一听见枪声都溜了。

张:你出去再看看,大门口外边情形怎么样。

贾:我不敢去。

张:乏货!(看杨,杨也表现无法)好,那么,我自己去一趟吧。(掏出一只手枪,顶上子弹,从正门下)(外面枪声)

杨:嗳呀! 枪! 这么近!

贾:(战战兢兢走到门口)嗳呀,张书记长叫人家打死了,大门口,墙头上满是民主联军,咱们下地窖去吧!

杨:下地窖不行,还不是叫人家搜出来? 咱们从后门跑吧!

　　(二人欲逃)

　　(民主联军战士甲、乙、丙、丁上)

战士:(同时)不许动!

战甲:你认识我是谁吗?

杨:你是……

战甲:我是王三海!

（幕急落）

第二场

景:杨敬轩家中。

幕启:右边隔扇上挂着一条大红布,上面写着"有冤申冤,有仇报仇",墙上贴满了红绿标语"打倒大汉奸杨敬轩""拥护民主政府"等等。室内已布置成清算大会,大红布下站着主席,县长和记录坐在侧面。后面立着王三海等五六个民主联军的战士,室内室外挤满了参加大会的群众,有工人、农人、学生、教员、商人、小贩、男的、女的、老头子、老太太,每个人的脸上都洋溢着兴奋和仇恨。在议论,在叫喊,在相互倾吐自己十四年来压塞在胸头的苦水,杨敬轩、李殿臣和贾二秃子在群众的包围之下低头了。幕启时口号声不绝:"有冤申冤""有仇报仇""打倒罪大恶极的大汉奸杨敬轩""拥护民主政府给我们做主"……

主席:喂!请大家静一静……静一静……刚才已经有十几位老乡讲过话了,控告杨敬轩,总计起来他一共逼死十六条人命,吞吃了十几匹配给布,扣下配给粮开烧锅……他的罪恶一定还有很多,哪一位还要讲话?

群众:还有谁要讲?

这小子的坏事三天三夜也说不完……

群甲:主席我要说话,(分开众人站出来)我是本街四成小学的教员,我叫李明杰,在去年,杨敬轩私自盗卖了学校修盖房子的木头三十六根,还有前年他吞吃了校方的公款一万四千多。各位乡亲父老说,是不是该叫他吐出来?

群众:吐出来! 叫他吐出来!

工人群众:喂喂,主席,该我们说话……

张大哥你出去,替我们大伙儿说!

群乙:对,我来说……喂,大家都静静,听我说:我们是木匠,去年杨敬轩逼我们来给他修盖这房子,整整做了两个月零六天的活,没有给我们一个工钱,你们大家看这房子多么好看呀! 住在里面有多舒服呀! 可是我们连进来都不叫进来,杨敬轩! 还我们工钱!

群众:还工钱! 还工钱! 还工钱!

群众丙:我说这工钱我们不要了,现在还要那几个穷工钱干什么? 这房子不是咱们盖的吗! 就该咱们搬进来住! 你们说对不对?

群众:对呀! 咱们搬进来住!

群丁:我丈夫当劳工死了有三年了,家里就留下一个十五岁的小儿子跟我一个寡妇两个人卖点烧饼油馃子糊口。今年杨敬轩派下贾二秃子说是要紧着给日本人盖房子,硬把我儿子给抓去当劳工! 你们大家看把我儿子折磨成什么样啦! (拉出一个面黄肌瘦的小伙子让大家看)

群众:日本人是你哪一代的干爹! 寡妇的儿子你也抓! 叫他出钱养! 不养胖了就不成!

群丁:还有,还有啦! 我儿子去当劳工了,我只好一个人去卖油馃子,有一天走到大街上叫杨敬轩给看见了,指着我鼻子问我:"你不知道现在粮食统制吗? 谁叫你出来卖油炸馃?"我说我这就回去,再不敢卖了。我话还没说完呢,他就把我的篮子抢过去丢在地上,油馃都滚到阳沟里去了。末了,他还狠狠地打了我两个嘴巴才走的,乡亲们,你们说我现在该不该打他两个嘴巴?

群众:打! 打! 打! 打!

(群丁走上去打杨两嘴巴)

群众:打得好! 打得好! 打得痛快! (鼓掌)

刘大叔:(分开众人挤进来)让我说,让我说,我家里没亲没故的就是我这么一个孤老头子,我当过几次劳工啦,在去年的时候你逼我来给你修盖这房子,我没来,你就派贾二秃子这个混账王八蛋抓我的劳工,把我送到矿上。临走的时候,你还说

"去了就叫你回不来"，那个时候也没想到有今天,驴粪蛋也有发烧的时候! 杨敬轩! 我们劳工解放啦! 我回来啦! 今天我还要在大会上告你,你不但逼死人命,你还在死人的骨灰里炸油呀! 王大海在矿上当劳工身子骨叫日本子活活地折腾死啦,遗骨匣是我送回来的,你扣下死亡诊断书,不发给埋葬许可证,硬把大海媳妇儿子孤儿寡妇的逼到你家里去白白地给你老婆使唤!

群众:他老婆呢? 他老婆到哪里去了?

群丙:这个事儿我知道! 他老婆那天送广田出城,半路上广田叫我们给打死了,他老婆不知跑到什么地方去了,广田的尸首我们已经交给政府。

群众:广田的尸首在哪儿呀? 抬出来,我们看看。

主席:广田的尸首在,将来抬出来给大家看!

群众:好! 好! 我得好好看看他死了是个什么样子。

刘大叔:喂,我还没说完! 没说完! 杨敬轩,今天我要亲眼看着枪子儿打你后脑勺进去,前脑门出来,不看清楚,我不回去……

（群众高呼! 对呀! 枪毙大汉奸杨敬轩）

刘大叔:乡亲们! 我刚才说的都是实话! 都是实话呀!

群众:是实话! 是实话。

刘大叔:我说也该让王大海他妈出来倒一倒肚子里的苦水!

群众:对! 对! 老太太该你说了……

大嫂……你也说一说……别难过……（众人让出一条路,王老太太走出来,后面跟着二海、王妈和百岁儿）

刘大叔:大嫂,你出来说一说……

王老太太:杨敬轩! 你和你日本干爹也有今天,今天我能看到你的下场,我心里真痛快！杨敬轩你还认不认识我,你抬起头来看一看我！

群众:抬起头来！抬起头来！（群众丙跑上去把杨敬轩的头扳起来）

王老太太:我就是被你踩在脚底下害得我家破人亡的王老太太……今天我要告你,我要审你,我要亲眼看见你死……

群众:对！ 亲眼看见他死！

王老太太:你和你日本干爹害得我们好苦呀！害得我们吃不上、穿不上,不能说话,不能喘气;把我们的麻袋铜器什么都抢光了。去年因为我们家拿不起飞机献纳金,逼着大海媳妇给他当使唤人,逼着百岁儿给他家放猪,你打他们,骂他们,“八一五”以后你当了国民党的委员你照样地欺侮人……

大海妻:他不许百岁儿给他爹戴孝,把我们娘儿俩关起来,要不是当天晚上民主联军把咱们救出来,他不定把我们折腾成什么呢！

王老太太:还有我二海……

二海:乡亲们,我请假回家看我大哥的病,杨敬轩硬说我是黑人,派贾二秃子把我抓起来,关在他后院空房里,后来我偷着跑出来,要不是民主联军进了城,到现在我也不敢露面。

王老太太:他说我二海是黑人,他就把我二海给卖了,卖给福顺兴了,顶了福顺兴的少掌柜的劳工,完了,他又抓我的三海,说是去顶二海。其实他也是卖给德盛永的少爷去当劳工了,他在这里边吃了很多的钱……

三海:杨敬轩,“满洲国”一倒台,我就参加了民主联军,要不我今天还回得来！

王老太太：杨敬轩你好毒的心呀！就剩下我一个孤老婆子吃苦菜过
　　　　 日子。杨敬轩你跟你日本干爹专靠喝人血发财呀！今天我要
　　　　 宰了你，剥了你！剐了你！毙了你！你欠下的血债也要你拿血
　　　　 来还！（打杨）

群众：打！打！打！枪毙杨敬轩！

　　（群众拥上打杨敬轩、李殿臣、贾二秃子）

主席：杨敬轩、李殿臣、贾二秃子说……他们说的是不是事实！

群众：说！说！说！

杨、李、贾：是！是！是！

主席：大家公断他们三个人怎么办？

群众：枪毙！枪毙！

　　 李殿臣，贾二秃子陪绑！

主席：好！现在请县长给我们讲话！

群众：（鼓掌）拥护民主政府！

　　 请县长给咱们老百姓做主！

县长：各位乡亲们，今天的大会开得很好，正像刚才那几位老先生所
　　 说一样，他们活了五六十岁，第一次开这样的大会。在这个会
　　 上大家把心里的话都说出来了，把肚子里的苦水都倒出来了，
　　 把汉奸杨敬轩的罪恶都报告出来了，这是咱们老百姓的胜利。
　　 杨敬轩是个罪大恶极的汉奸，八一五以前，他帮助日本法西斯
　　 压迫老百姓，八一五以后，他又帮着国民党反动派压迫老百
　　 姓。也正像乡亲们所说的一样，杨敬轩的罪恶就是说个三天
　　 三夜也说不完的。我们民主政府是为老百姓办事的政府，我
　　 们一定接受大家的意见，一定要为大家报仇。

群众:(口号)拥护民主政府!

县长:杨敬轩用逼迫、压榨种种毒辣手段从大家身上刮出来的土地房子,他的全部财产,要交给你们自己组织起来的清算委员会一笔一笔地清算出来,从谁身上刮去的要还给谁!

群众:(喊口号)杀人的偿命! 欠债的还钱!

县长:杨敬轩逼死过十六条人命,根据民主政府的法令,要判决他死刑,我们要枪毙他!

群众:(口号)枪毙大汉奸杨敬轩!

县长:乡亲们,今天咱们老百姓算是翻了身了,大家都很高兴。可是国民党反动派就不高兴我们翻身,现在他们正在靠着美国的帮助,拿着美国的武器,来打我们东北老百姓,他们要把我们已经翻了身的老百姓,再翻过去,踩到他们脚底下,受他们的压迫,他们要把我们老百姓已经得到的好处,再夺回去。乡亲们,我们大家想一想,我们能够允许他们这样干吗?

群众:(喊)不允许,不允许!

县长:是的,不但到会的乡亲们不允许,就是全东北,全中国的老百姓也不允许。这些天全国各地的老百姓和民主人士,都在派代表,打电报,要求国民党反动派不要打内战,不要向人民进攻了,可是他们不听,倒越来越狠心了,在这种情况底下,咱们老百姓就只有自己起来保护自己。所以,我们老百姓要扛起枪来,参加民主联军,才能保卫已经得到的好处,才能保卫民主自由的生活。

群众:(口号)参加民主联军,保卫家乡!

　　　粉碎国民党反动派的武装进攻!

县长:好了,现在宣布李殿臣、贾二秃子叛徒刑五年,杨敬轩当场枪毙!

群众:(欢呼鼓掌)枪毙大汉奸杨敬轩!

要王三海亲手枪毙!

要王三海亲手枪毙!

(枪声)

群众:好!痛快!

打得好!王三海打得真准!

(歌声起)有冤的申冤!

申冤!申冤!申冤!

有仇的报仇!

报仇!报仇!报仇!

十四年的血债要清算!

枪毙战争罪犯!

镇压汉奸走狗!

如今我们抬起了头,

抬起头,这是申冤的时候!

如今我们抬起了头!

抬起头,这是报仇的时候!

(幕在歌声中落)

(全剧终)

东北书店 1946 年 9 月

◇ **东北文艺工作团第一团创作组**

评工记账[①]

前　言

为了密切联系与即时宣传当前的各种政策、任务,提高群众思想觉悟,使政策迅速为群众掌握,所以决定编印实验戏剧丛刊。

实验戏剧丛刊与实验剧团的任务是一致的,是发动群众性的戏剧运动的两方面:一是进行组织力量,一是供应"武器、弹药"。

在初期打算主要供给中学,完小和一般市镇业余剧团用,以后,希望逐渐也能供给群众剧团用,在初期,只能编选少数职业工作者的作品,以后希望能够搜集编选些群众自己的创作。

因为要求即时,迅速,艺术成品难免有粗糙简陋的地方,我们希望作者们努力,也希望大家多提意见多批评,使我们的艺术成品与群众的戏剧活动共同前进。

---

① 本剧由王哲实执笔。

时间:一九四八年春。

地点:东北解放区某农村。

人物:王大芒子——翻身后的青年农民,雇农,二十三岁。

　　老王二姐——芒子的媳妇,二十二岁。

　　老李二乐子——芒子的岳父,四十多岁。

　　二成子——二乐子的儿子,十八岁。

　　王忠——芒子的叔叔,三十多岁。

　　王大婶——王忠的媳妇,三十多岁。

　　刘大爷——老邻居,五十多岁。

　　张代表——屯代表,三十多岁。

　　老赵——邻组小组长,二十五岁。

　　邻组组员五六名。

第一场

时:午后。

地:大芒子院里。

　　(舞台正面,偏左方两间新草房,前边一个谷仓子。舞台右侧是牲口圈,里边拴着马,旁边夹着半截高的秫秸障子。地上放着小缸,里边盛的豆饼水。后方一棵很高的大树。院里堆放着糠耙,农具)

　　(第一曲,主题歌)(加合唱队)

忠:(唱)千万树枝一条根,

众:(合)哟咿哟嗬哟嗬,

忠:(唱)亲上加亲一家人,

众:(合)哟嗬嗨嗨,

　　房连房来地连地呀,

钢刀割不开，

鱼帮水来水帮鱼呀，

亲靠亲，靠得紧，马合套，人合心，

亲戚合心土变金。

忠：（唱）千万树枝一条根，

众：（合）哟咿哟嗬哟嗬，

忠：（唱）天下穷人一条心，

众：（合）哟嗬嗨嗨，

贫雇中农团结紧，

铡刀铡不断，

翻身分到可心地，

多多铲，深深蹚，粮满囤，谷满仓，

咱们的日子过得强。

芒：（白）咱们几家都是亲戚啦，可不行像在大组里王老五似的，一人一个心眼要奸头啊，得团结一条心，好像一家人才能生产好，你们说对不对？

众：对，对，要同心，土变金，咋也不能像大组王老五啊，八路国家讲的是团结……

成：姐夫，把你这个大枣红马好好喂上！多搁点料，一会儿就上山开耱啦！

芒：（马叫两声）我这马，一天照你们那喂耙搂子的马多喂二升料，讲干活一个顶你们仨，评值也值一百多万，反正皆因啥从大组分出来你们也知道……

忠：芒子！咱们亲亲故故的编到一块儿，还有啥说着道不着的呢？吃亏占"相应"一星半点也算不了啥。

成：二叔说得对，姐夫，咱们还是种地生产紧要啊！

芒：嗯，咱们生产。

忠：早养儿子早得济，早种庄稼多收籽粒，春天把地早早种上，小苗出来"曲绿"，秋天一到谷穗像狼"尾巴"似的，哪一坰地也打几石子啊！

众：那还用说了，生产好啦，过好日子哪！

（唱第一曲前半段）

千万树枝一条根，

哟咿哟嗬哟嗬，

亲上加亲一家人，

哟嗬嗨嗨，

房连房来地连地呀，

钢刀割不开，

鱼帮水来水帮鱼呀，

亲靠亲，靠得紧，马合套，人合心，

亲戚合心土变金。

（代表上）

众：代表来啦！张代表来啦！到屋吧！

代：不啦，你们这是啥事啊？像谁家办喜事的，这么"操把火热"的呀？

众：我们议核团结好，生产大事呢！有事吗？代表。

代：嗯，你们这小组的组长，打头的，老板子，在会上都选出来啦，我还忘告诉你们一件最大，最紧要的勾当……

众：啥勾当？代表，你说说。

代：就是评工记账。

（唱）大组垮台都知道，

主要是因为没记工，

马瘦马肥地有远近，

一样一样要记清。（第二曲）

忠:（唱）大组不记能垮台。

众:（合）咱们小组可不用，

都是亲戚没外人，

谁和谁算账? 谁和谁记工?

（第三曲）

代:（插白）亲戚也要记工啊!

忠:（唱）张大哥你放宽心，

众:（合）咱们团结像一个人，

何必找麻烦，

显着多碃磜。（第三曲闹）

代:（唱）花开不能百日红，

亲戚不能永远亲，

接受大组经验教训，

评工记账是大事情。（第二曲）

芒:（白）老张大叔说的句句是实啊,账目清,好弟兄,省着往后闹半

红脸就不好啦,还是叫咱们组长来记吧!

忠:不……不,我斗大字不认一口袋,决然是记不好啊!

众:大伙拥护你,就别推辞,咱这也没外人。

乐:他二叔,你就担负一时吧,代表为的咱们,就讲不了麻烦点。

代:王忠,你就担负这个责任,一定要坚决地记! 我这要上山干活

去呢!

众:代表走啦!

(芒急拉住代表)

芒:大叔,刚才我们大伙合计一下,咱们这组叫"模范团结生产组",你看咋样?

众:对,对,咱们叫"模范团结生产组"。

代:(微惊)没种完地,也没开选,你们咋能算是"模范组"呢?

众:咱们先规定下了,个人都有坚决心,当模范,起代头啊!

芒:大叔,你看我们这样干行不行?

乐:(唱)赶车老板数着咱。

众:(合)哟咿哟嗬哟嗬,

扶犁种地把土翻。

众:(合)哟嗬嗨嗨。

成:(接唱)三股鞭子抡起来,

(插白)驾!驾!吁!驾!

(接唱)"达喽我何"赶得欢。

芒:(接唱)手拿点葫芦来点种,

棵棵小苗出得齐全。

众:(合唱)你帮我来,我帮你,

乐乐呵呵忙得欢。

婶、姐:(接唱)妇女翻身也当家,

和你们老爷们一样干,

薅苗拔草全都行,

捎代去送饭。

刘:(接唱)别看我老刘头年岁大,

庄稼活计有经验,

干起活来,也不慢。

众:(合唱)亲加亲,抱住团,

齐心合力加劲干。

忠:(唱)人对心情马合套。

众:(合)哟咿哟嗬哟嗬,

自顾两利大生产,

哟嗬嗨嗨,

战勤车马不落后,

勇敢上前线,

保证大田先种完,

蹚三犁来铲三遍,

秋天粮食堆成山,

吃得饱,穿得暖,

争取小组当模范。(第一曲)

芒:(白)这样团结,这样地干,大叔,够个模范组吧?

代:嗯,这样干,不大离。

众:不记工也当上啦,麻麻烦烦的!

代:不记工一定当不上,小组也得垮台,工千万要记!不许马虎啦!

过两天我还来看你们工账来!

众:嗯!代表走啦! 不送了!（代下）

忠:咱们这个屯代表真是"看三国掉眼泪,替古人担忧",咱们几家记

的啥工啊?

众:就是呢,挺麻烦的,不用记啦! 吃点亏,占点"相应",也没吃到别

人跟前。

成:记工那该显着不团结啦! 也叫人笑话。

芒:我看还是记好。

乐:别讨论啦！记工也不是生产,能把地种上? 往后干着看吧。晌午歪了,还能上山干两气活哪!

忠:下晌咱们就给老二乐子糠那点谷子,大伙说咋样? 民主说,我这小组长就是不能包办代替呀!

众:咱们几家还民主说干啥,先种后种能差多少,套吧!

(饮牲口,拌草,整理套,忙成一团)

(唱第一曲,主题歌)(下场)

千万树枝一条根

哟咿哟嗬哟嗬,

亲上加亲一家人,

哟嗬嗨嗨,

房连房来地连地呀,

钢刀割不开,

鱼帮水来水帮鱼呀,

亲靠亲,靠得紧,马合套,人合心,

亲戚合心土变金。

第二场

时:距第一场十天后。

地:村道上。

(幕后二成子叫骂:"赔礼道歉? 那是妄想! 凭啥给你赔不是?"

紧接二乐子声:"二成子,回来! ⋯⋯")

成:(手里拿着鞭上急上)不回去,上火,出汗,好该⋯⋯大芒子你的马咋那么娇贵? 你就是有点不讲理。

（唱）火盆似的太阳大热天，

牲口哪有不出汗？

你拿你的马当宝贝，

我也把我的马高眼看，

王忠老家伙很少有，

硬说我干活干得慢，

好像谁的老太爷，

骂骂咧咧硬装蒜。（第四曲）

（白）哼，阎王爷叫你托生得早，闹个大辈，借好人光你算个叔叔，骂骂吵吵也不好顶他两句，不顶他又没地方出气，我就拿牲口"撒气"！想不到我姐夫的马猎性，叫我一顿鞭子赶出了汗了，不吃草，（稍停）死了也别找我，找王忠去！

（幕后二乐子声："二成子，回来！……"）

成：不回去！就不回去！（顿足，向右欲走下，乐急上）

乐：耳朵聋啦？招呼你听不见？麻溜回去给你姐夫赔个不是去！

成：你愿去你去！我没那份好心眼。

乐：你这小子真混，敢和你爹顶嘴？

（唱）小组编了十多天，

庄稼种完一多半，

一顿鞭子打坏马，

往后亲戚怎么见面？（第五曲）

成：（唱）扶个大犁往前看，

说话不能心眼偏，

一替一下没偏向，

他的马猎性才出汗。（第五曲）

乐:(插白)那牲口还是一替一鞭子打的?

（唱）我当老板三十年，

跟不上你这小浑蛋，

赶套哪能挨排打，

不拉轻轻撩一鞭。（第五曲）

乐:(白)走! 麻溜给你姐夫赔不是去!

成:不去。

乐:(怒)你爹一辈子就是个炮筒子脾气,养活你还是扭头蹩棒的不听话,可你爹遇个大事小情,心里还能回个弯,(小声)下晌还得用你姐夫的马扣地呢!

成:马是大伙斗争地主斗出来的,不叫使唤就不行,你就说的公鸡下蛋,也不能给他赔不是。

乐:你喝迷魂汤,吃枪药啦? 又混又"冲",村主席也说过:"分给谁就算谁的啦!"（又重复一遍）下晌还得用你姐夫的马扣地呢!

成:不给使唤不扣。（走下）

乐:(大叫)养活你这么个大逆不孝的混兔羔子,回去我砸碎你的骨头。（追下）

（二道幕开）（启幕后反复奏第六曲直到芒子唱）

地:芒子院里。

（芒子打着口哨饮马,马未喝,嘿嘿叫）

芒:草也不吃水也不喝,你要吃活人心哪? （向屋）香料快点拿来呀! 干啥没个"洒脱"时候。

姐:(端瓢料急上)来啦! 来啦!

芒:快点! 再"蘑菇"一会牲口就饿死啦!

姐:(和蔼地)这不拿来了吗。

芒：（忽想起什么似的）嗳！你快进屋把糊的咸盐豆"拐"一碗来！

姐：嗯。（端瓢又急向回走）

芒：唉！洋灰灌的脑瓜，料先放这儿再取去呀！

姐：瞧，你都把人指使蒙啦。（姐进屋，芒舀水拌草）

芒：（唱）瞪两个眼睛看着我，

　　拌好的草料不动弹，

　　你也和人一个样?！

　　有病也是懒又馋？

　　草不吃、水不喝。

　　为啥上了这大的火？

　　草不吃，水不喝……

　　怎能上山去干活。（第六曲）

　　（姐端豆子倒槽子里）

芒：（稍停笑）嗳！吃啦！（马吃草）

芒：（唱）香料搁了一大瓢。

姐：（唱）盐豆搁了一大碗。

　　（合）看它一口一口吃得欢，

　　咱俩这才心放宽。

芒：（唱）一会儿上山扣苞米。

姐：（唱）秧棵地里把豆角沾。

　　（合）只要马好能干活，

　　包饺子喂它也情愿。（第六曲）

　　（马又不吃，蹄刨槽腿声）

芒：咦！咋又不吃啦？寡把盐豆吃了，草一点也没动弹，（怒）你是我
　　的八辈活老祖宗，不吃草，等着给你上供吃饺子啊？

芒:（唱）三垧多地等你种，

　　　小组等你套大犁，

　　　不想活来愿意死，

　　　我就一棒子打死你。（第六曲）

　　　（举起棒子欲打,姐急抢下）

姐:（白）哑巴畜牲也不会说话,你打它干啥?

　　（唱）做牛做马多少年，

　　　共产党来把身翻，

　　　分了房子劈了地，

　　　枣红大马分给咱。

　　（更气地）

　　　你种地时候瞎了眼，

　　　牲口累坏没看见?

　　　一顿棒子再打死，

　　　你拉大犁把活干?（第六曲）

芒:（唱）小二成子赶的套，

　　　死活乱打全不管，

　　　说他几遍全不听，

　　　还和王忠把仗干。

姐:（白）那你拿马"撒"什么气?

芒:唉,我能舍得打吗?!

　　（唱）不吃草料不能干活，

　　　又恨又气没办法，

　　　马是我的命根子，

　　　命根子哪能舍得打……（第六曲）

（稍停万分难过地）

（插白）八路国家讲团结。

（唱）亲戚事情最难办，

亲戚心眼更是偏，

马耍出了差和错，

（插白）老二乐子，小二成子。

（唱）找你们拼命把账算。（第六曲）

姐：（白）多咱也熊是熊，龙是龙，在大组里吃亏，小组里都是亲戚该

　　团结好啦？编了十多天，还是受人家高草压着……

　　（幕后钟声响，边喊："下地了！干活啦！……"）

姐：又下地啦，牲口刚吃两口草，可不能使唤哪！

芒：皇上他二大爷，皇亲国舅来也不能叫他使唤，再使唤就吃得马

　　肉啦。

姐：你也长长志气，变个龙，硬着点，人越老实越骑咱脖梗上拉屎。

芒：念啥三七，我不跟你老娘们，去！再"拐"点料，拌点草！

　　（姐取料拌草，王忠上）

忠：芒子，马吃草没？不太紧要吧？！

芒：刚吃了一"合"。

姐：有啥事吗？二叔。

忠：我想……嗯，有点事。

　　（唱）去到家南二截地，

扣点谷子和苞米，

吃草吃料不紧要，

我就牵去套大犁。

芒：（难心地）嗯，二叔……

358

忠:（唱）本来当组长不该抢先，

　　我想趁天晴赶紧种完，

　　庄稼人都是见苗三分喜，

　　早种早出来早日开铲。

芒:二叔，我的马不……

忠:你这孩子，

　　（唱）咱们叔侄亲又亲，

　　何必前退两为难，

　　牲口实在不能套，

　　我就晚种一两天。（第七曲）

　　（芒进退两难地看着姐）

姐:二叔你还是晚种两天吧！

　　（唱）头晌把马累上火，

　　草不吃来水不喝，

　　刚刚嚼过两口草。

芒:（合）不能上山去干活。（第六曲）

忠:嗯，浆养两天也好，若一连气接二连三地干，真累倒台子，也是个

　　糟心事。

　　（二乐子提个鸡蛋筐上）

乐:王姑爷，你的马咋样啦？好没好呢？

姐:爹！你又来干啥来啦！

乐:我……（瞪姐一眼走到槽前）好多了！也吃草了，汗也没啦……

芒:嗯，没啦。

乐:王姑爷，你别生气啦！

　　（唱）扣地活重累出汗，

我这拿来二十鸡蛋，

掺上白矾灌两回，

两天就能复了原。

姐：（插白）爹，你拿回去吧！

乐：（插白）我们家小鸡有多是，咱们两家也不是旁人，拿几个鸡蛋也

算不了啥。

（唱）二成这孩子不听话，

赔礼道歉他不来，

气得我浑身都打战，

回去狠狠打他一顿。

忠：（插白）唉！一个小孩子，还打他干啥？

乐：（唱）咱们亲戚不"许"外。

一星半点磨不开，

别人马要掉根毛，

也得给人家扶起来。（第五曲）

忠：李亲家，这话就远啦。

（唱）亲戚好比一家人，

一家人就得一条心，

八路国家讲团结，

啥事不能分得清。（第七曲）

姐：（白）一头炕热乎，一辈子也团结不好。

忠：不管怎么说，亲戚也是比外人近一层啊！对啦，芒子的马可得浆

养两天才能用啊！

乐：嗯，可……可也不要之紧哪！

（二成子提着鞭子急跑上）

成:犁杖套好啦,姐夫,我牵马去啦。

忠:牵马? 二成子,你们下晌还套?

成:扣苞米吗,咋不套呢?!

乐:他二叔,你要用牲口吗?!

忠:不……不,你们用我就不用,不是,我说是大芒子的马怕不能使唤吧?!

乐:(对成假气地)真他妈的混,头晌打你一顿还四六不懂?

成:你打谁啦?

乐:挨枪崩的,你屁股不疼啦? 牵马怎么不问问你姐夫呢?

成:问啥? 谁来牵我姐夫的马也没问过呀!

　　(成欲解马缰绳,姐气冲冲地急拦住)

姐:二成子,

　　(唱)你不傻来又不疯,

　　你这个作祸害人精,

　　马叫你打得累出病,

　　再想牵走万不能。(第六曲)

成:(唱)姐姐你先别发横,

　　有理才能讲倒人,

　　有我姐夫来当家,

　　用你跟着叽咕啥?(第六曲)

姐:(唱)不吃草料累倒台,

　　套你上山把地种?!

成:(接唱)小组全靠你的马,

　　反对种地就不行。

姐:(白)你说反对种地,就反对啦! 今个儿说啥也不能叫你套!

成：我偏要套。

忠：你们亲姐两个叽咕啥。二成子，马是你姐夫的，不叫你套也没迫
　　着的权哪！再说你们要套这……哼，看叫谁……不，谁套也没外
　　人哪，谁套也没外人哪。

乐：咱们小白人一个，啥事也不敢迫着啊，王姑爷，这是二十个鸡蛋，
　　掺点白矾灌两回就好啦！

姐：咱们家有多是鸡蛋，十个马累垮台也够灌啦，你拿回去吧！马，
　　说啥也不能叫你们牵。

成：马是翻身大伙儿出力，斗争地主分给你的，也不是你评筋力挣
　　的，花钱买的，不叫套，能算团结吗？

姐：马叫你们打倒台啦，捆不起来也叫你们套去，那才叫团结？

成：你们的马眼下不是没爬旦吗？八路国就是不同意不团结，讲的
　　是互助。

姐：我们就不讲。

成：不讲，你们就有点独裁脑瓜筋。

芒：嗳……讲团结，别叽咕，谁爱套谁就套去……死了拉倒……

姐：你这个熊，多咱也变不了龙，马不要啦？

芒：（所答非所问）我……脑浆子疼，不去啦！（急进屋）

乐：嗯，不去人也够手啦！（成牵马去）

姐：（气吁吁说不出话，半天）你……你……你这个挨千刀不得好
　　死的……

成：（顽皮地）有我姐夫当家，你不是多余上火。

姐：（急转身对成大叫）二成子！

　　（唱）岁数小，心眼坏，

　　得了便宜还卖乖，

马身上碰掉一根毛，

叫你跪着扶起来！（第六曲）（不要过门）

成：（笑了笑）行！

乐：（插白）这还上这么大火。

（唱）这回把它套当腰，

保管一点累不着，

下晌二成子来扶犁，

我老头子去赶套。（第五曲）

乐：（白）你们的马和我们的马一样，哪能不上心使唤呢！晚上回来

再灌点鸡蛋？

姐：拿回去吧！

乐：王亲家，不下地吗？扣苞米还短把手。

忠：嗯，铡两捆草随后就到。

（乐，成，牵马下）

忠：（冷冷地）哼，"你们的马，就是我们的马。"说的比唱的都好听，姑

爷老丈人，当然比亲叔叔侄近面得多啦！（下）

姐：（指忠背影）甜嘴蜜舌的，你们脑瓜子都削出尖来啦！（转对屋）

你死屋里啦？不出来？马都叫人牵走啦！

芒：（急出，大声地）不愿意过就给我滚，催命鬼，你想要我命咋的？

姐：我要你的命？是你要马的命！

（唱）为啥叫二成子把马牵？

惹咱二叔说闲淡。

要硬就该硬到底，

不行谁也别使唤。

芒：（唱）都从农会分的马，

一个大钱也没花，

不叫使唤就说你，

封建独裁脑袋瓜。

咱是哑巴吃黄连，

心里有苦也难言，

八路国策不能违反，

亲戚不能撕破脸。（第六曲）

姐：（插白）眼看草料剩不多啦！长了，草料也搭不起呀！

芒：长了？长了说啥也不能干，找地方说理去。（转身欲进屋）

姐：你不上山干活啦？

芒：不干啦。

姐：不去，马再累"剔腾"啦，可咋办哪？

芒：唉，去吧！

（唱）套我病马拉大犁，

叫我怎能忍得看，

不去马要累"剔腾"，

活活逼我见阎王。（第六曲）

芒：（白）把棉袄给我取来！（顺手提个棒子）

（指着那院）你们都是寡奸，不傻的搓口。

姐：给你棉袄！啊！拿棒子干啥？

芒：看我的马去。（急下）

姐：可别和他们打起来呀！（转回）咳，养活个好马，搭了多少草料，

操心费力还得罪人。（进屋）（第二场完）

第三场

时：距第二场的三天后。

364

地:村道上。

（姐急上）

姐:（唱）东邻西舍都找到,

前街后街也喊遍,

不知芒子哪里去,

连个鬼影也不见。

槽里枣红大儿马,

也能上山把活干,

草料眼看要喂净,

地到现今没种完。（第八曲）

（白）这么个断肠子人,大清早起来说是栽土豆,扔下饭碗就不知道上哪儿去啦。

（向右幕后）老刘大爷,刘大爷,你大侄儿到你们这儿来没有?

（内白）没有,两三天没来啦!

（向左幕后）老张大妹子,今个儿早上你大哥上你们这儿串门来没有啊?

（内白）没来呀! 夜个后半晌来坐一会儿就走啦,到屋啊? 老王二嫂。

姐:不啦,可急死人啦。

（唱）东边太阳都冒红,

犁杖糠耙全上山,

急得我头昏心发焦,

到处找他找不着。（第八曲）

（二道幕开）

地:同第一场。

姐：（上）（唱）前天和东院吵了架，

家里的伙计不爱干，

一天到晚嘬着嘴，

土豆不栽地不种。

半夜不睡去喂马，

一直喂到东方红。

（马刨地嘶叫声）

姐：（插白）叫唤啥？

（接唱）不叫昨黑下过雨，

早套你上山去种地。

（到草筐边，埋怨地）

姐：（插白）出去就不回来啦。

（唱）筐里只剩半筐草，

囤里还有半斗料，

三天两天全喂净，

没草没料地咋种？（第八曲）

（给牲口添草）

姐：（白）眼瞅剩七八天就芒种啦，咱们是磨房驴，净听人家喝，四垧地到而今，还两垧没种上。今个支到明个儿，明个儿支到后个儿，还不得支到猴年去呀？土豆子还没栽，（望了望）不回来，死在外头啦？一会儿我自个儿栽去。（收拾土豆栽子，芒扛捆青草上）

姐：可倒好，大清早上你就走啦，刮风下雨不知道，地没种，土豆没栽不知道？

芒：（把草捧在姐面前，气冲冲地）我不去割草，回来把你铡了喂

366

马呀?

姐:(缓和地)你走了也不吱一声,惹得我"吉拉各拉"都找到了。

芒:带胳膊带腿的大活人,用你找?

姐:找你不是栽土豆吗?

芒:栽你! 地都瞎啦。

姐:(惊问)地咋瞎了?

芒:还用问!

（唱）都是你爹老家伙,

心眼搁在胳肢窝,

谷子榣得不够苗,

高粱精浅哄弄妥,

马胖缺苗垄又浅,

马瘦苗好垄到深,

苞米如今不给扣。

他们安的什么心? （第六曲）

姐:(插白)不够苗,可咋整啊?

芒:(插白)毁呗,不毁上秋西北风也喝不上溜来啦。

姐:(唱)要栽土豆要扣苞米,

谷子短苗要毁地,

一天哪能种三样?

也要拿个好主意。 （第六曲）

芒:(白)先栽土豆,下晌毁地,明个儿扣苞米,你到那院把牲口牵来!

就说咱们要栽土豆!

姐:能在家吗?

芒:刚下过雨不在家能上哪儿去? 别蘑菇,快去!

姐：嗯。

芒：（收拾土豆，难过，气愤地）

（唱）小组编有二十天，

吃亏地方说不完，

累病我的枣红马，

病了下晌还使唤。

搭了多少高粱料，

二百谷草喂净干，

土豆没栽地没种，

两垧苞米没扣完，（更气地）

吃亏星点不好说，

得了鼻子上了脸，

都是爹妈肚里养，

我是傻子就你们奸。（第六曲）

姐：（慌张急上）我爹他们犁杖套好了，要扣那垧半黄豆去。

芒：啊！扣豆子？好，套咱们一个马栽去！

姐：一个马哪能套大犁呀？又该累"剃当"马啦，不行啊……

芒：不行，等他们扣完还不得驴年马月呀?!

　　（刘大爷上）

刘：你们两口子回来啦？

芒：老刘大爷来啦，进屋吧！

刘：不，我清早上来，你们谁也没在家。

芒：嗯，上旬子割捆草，有事吗？刘大爷。

刘：嗯，大侄儿，我想借你的马压点黄米面。

姐：大爷……

芒:(和蔼地)老刘大爷,

　　(唱)你老张嘴没为难,

　　偏偏今个儿要使唤,

　　场院南地里栽土豆,

　　晚上回来再压面。

姐:(唱)不是咱们不愿意借,

　　事都赶到节古眼,

　　大爷你要着急用,

　　把我叔叔白马牵!(第六曲)

刘:(唱)我老头子五十三,

　　多咱也不讨麻烦,

　　我和东院没来往,

　　闲着也不能借给咱。(第二曲)

芒:(白)大爷,不打紧,你要等着吃打我们这儿先取点去,晚上我回
　　来,一会儿工夫就给你那点黄米推完啦。

刘:唉!不用啊,咱们一个屯住多少年的老邻近亲,没啥说着道不着
　　的呀,好说啊!

　　(李二乐子上)

乐:咦!你们这土豆……这是干啥?栽土豆?

芒:(冷冷地)嗯,栽土豆。

乐:这不碰当当了吗?我要扣豆子呢!

芒:你扣你的,我栽我的,也不用你们的牲口怕啥。

姐:(对乐不耐烦,向芒)这么点土豆栽子,你快装啊!

乐:王姑爷,那三个"软拉吧唧"的马,搁一块儿也顶不住你这一个,
　　套糠耙还能将就,可套大犁……还得用你的马呀!

姐:用! 今个儿先别用啦。

　　(幕后王忠喊:"李亲家,李亲家。"急跑上)

忠:(疯似的)李亲家你在这哪,不行,不行,今个儿还是给我先种

　　去吧!

乐:牲口都套好啦,这么一会儿,你又反盘子,那能说得出吗?

忠:亲家,你先别发叽歪,这大伙儿也都在这儿呢!

　　(唱)万里无云天头晴,

　　种我的高粱正相应,

　　一共不到半垧地,

　　顶多用了半天工。(第七曲)

乐:(插白)种也是你,不种也是你,横过来竖过去都是你,你是一棵

　　高草,是事要压三分点。

　　(唱)组里事情都不管,

　　谁种谁扣不计算,

　　工也不评账不记,

　　啥事都要咬个尖。(第五曲)

忠:(唱)组长也是大伙选,

　　民主通过没意见,

　　代替包办咱不会,

　　组长也要大生产。(第七曲)

刘:(插白)我老头子轻易不说话,可你们逼得我非说不可了。

　　(唱)你们庄稼都种完,

　　我两垧还剩一少半,

　　没有芒子大红马,

　　(插白)哼,种地,

都得变成撂荒片。（第五曲）

忠：你这老头子，

（唱）要马你也没有马，

草料一点也没拿，

共总不到四亩地，

你也跟着搅混啥？（第七曲）

刘：（白）没拿草料，是编小组时节，你们大伙说的："老街坊邻居啦，拿啥草料。"也不是我不拿呀！

（成急上，婶随后上）

成：爹，取个牲口，你还嘞嘞这半天。

乐：这不是有事吗，你姐夫要栽土豆，你刘大爷要种地，你二叔要种高粱，大伙这正合计给谁种呢！

成：合计啥？今个儿咱们种，挨班来！

忠：别独裁，挨啥班？今个儿说啥也得给我们种去！

乐：你们当组长的，"倒嘴抹舌，流奸流滑"的，要压力派啦？

婶：李亲家，有话慢慢说，可不兴血口喷人哪，啥叫压力派？你看谁要啦？

乐：压力派就叫压力派，你……你们耍的，你一个老娘们跟屁股后边流啥缝？

忠：嘴干净点！有理讲倒人，棒子打不倒人，哈不倒人。前个二成子把芒子的枣红马打上火啦，仗恃你们是近亲，下晌"连项"套的。三四天啦，就打挨班也挨到我的名下啦！

乐：你当组长的，不懂民主大道理，乍一编小组，代表扒着你耳朵告诉你："记工，要记工！"你像耳旁风似的，到而今你也没记。头两天代表来检查工账，你还是没记，你说你这算是八路国家的组长吗?

忠:老二乐子,你别给谁配药吃,那是大伙儿说的:"记账不团结,亲戚不好看,亲戚更得互助。""脑瓜顶上扣酱斗篷",你凭啥给我戴这么大帽子?

乐:记不记,还是小事,你当组长抢尖,要先种,谁不要先种?谁不怕闹天头?谁不知道早种早收成?你当组长就得宽宏大量,谦让点。

婶、忠:组长也不该死,我们也要多打粮,过上好日子哪。

成、乐:挨班来,先给我们种!

婶、忠:挨啥班?说得天花乱坠,也得先给我们种去!

成、乐:得先给我们扣豆子!

婶、忠:说啥也得给我们先种高粱去,你们扣豆子赶趟。

　　(争吵中,芒喂牲口,边听。听到这忍不住将手中的香料瓢霹雷似的摔在地上,大叫着)

芒:你们都是王爷,都是英雄,今个儿你们谁种也别使唤我的马!

　　(唱)逼得公鸡下了蛋,

　　逼得哑巴说了话,

　　谁是英雄谁就种,

　　别想用我的大红马。(第八曲)

　　(插白)你们谁动我一根马毛也不行!

众:——

刘:(插白)争了半天,没人家的马,还是得瞪眼睛瞅着,能把脑袋插地里拱去?

成:大芒子!

　　(唱)去年斗争大地主,

372

分给你的大红马，

不叫大伙来使用，

独裁脑瓜就不行。

芒：你……你啥人！……

姐：啥叫独裁脑瓜？二成子,你怎么满嘴胡咧咧呢？

成：大伙都这么说的呀！团结就是国策。

芒：（大叫）狗死鬼！

（唱）你打错主意找错门，

大芒子不是好惹的人，

八路国策就违反，

生产组里不能干。（第八曲）

（插白）我出组。

成：出组？人出去马留下！

芒：你满嘴喷粪！

（唱）穷人当家就有权，

我的马就归我来管，

剁他八段喂鸭子，

和你一点不相干。（第八曲）

（芒到槽前解缰绳,姐急拉住）

姐：你……你有嘴不会慢慢说吗?！你要出组,地咋种？

芒：不种撩荒着,滚你妈的蛋！（顺手推姐一跤）

姐：（急站起）你……你……你真狠心！（又忍回去）

刘：（拦住芒子）大侄儿,你听大爷说,

（唱）大侄儿你先别生气,

远近还都是亲戚。

芒:(插白)亲戚更邪乎。

刘:(接唱)咱们大伙都不对

先种后种打叽叽。(第二曲)

姐:(唱)吃亏就算吃了亏,

打牙先往肚里咽,

二十四拜全都有,

种地还没对付完。(第六曲)

芒:你劝啥我?

(唱)你要活来你要死,

老爷们事情要你管,

不愿意跟我过日子,

咱们趁早两分散。(第八曲)

芒:(白)臭娘们,你不愿跟我过咱们就散!

姐:你……你疯了啊?

成:你皆因啥这么欺负我姐姐? 骂死你这个兔旦玩意!

芒:打死你这小鳖羔子!(芒被刘拦住,成被姐急拉住)

成:姐姐! 他这么无法无天地欺负你,你还拉着我干啥?

姐:(推开成)拉倒吧! 都愿你这小冤家!

婶:侄媳妇,你别跟他生这么大气,那算完蛋一个,一点话也不听啊,

他叔叔你……

(芒急到槽前解缰绳)

姐:你要干啥?

芒:我卖去。

姐:(吃惊)啊! 卖去? 你……

(唱)受苦受罪多少年,

共产党来见青天,

穷人也能养活马,

卖了怎能去耕田?(第八曲)

芒:不卖,没草没料,喂你呀?

姐:(白)明儿个买去,我打草喂也不能卖马。

芒:(插白)起来! 不卖! 我找代表出组。(急下)

姐:出组?(欲追,婶急拦住)

婶:侄媳妇,他在气头上,别跟他一般见识,气坏了身子咋办哪!

姐:(忽忽转向乐、成)都……都是你们逼的!

(唱)净顾你们自个儿好,

别人的事情就不管,

他找代表出了组,

把马卖了怎么办?(第六曲)

乐:(插白)怕尿炕还不睡觉了呢! 出组,爱上哪儿就上哪去。

姐:爹! 你……你……

刘:侄媳妇,

(唱)芒子总耍牛脾气,

等他回来劝一劝,

打死他,马是不能卖,

代表一定把他拦。(第二曲)

忠:(白)得了,忙种地的时候,咱们别在这儿放"促"啊,出组,卖马,反正谁也反对不了生产大事。千不对,万不对,都是我当组长的不对,过往不究,一了百了,地要种不上,我组长的责任可就重了。咱们合计合计,讨论讨论,下晌咋种地下种的事吧!

众:——

乐：合计啥？哼。

刘：你们都不好说，出头蘑菇先捡，我老刘头说说，大芒子，要他的命马是不能卖，出组的事，回来我劝劝他，也就拉屁倒啦。老二乐子的犁杖套好啦，还是你们先种……

成：对，这就套去。

刘：别忙啊，我话还没说完呢。明个儿咱们都给大芒子干来！

姐：干啥来呀？草料都没啦。

刘：好，明个儿你们拉草去，回来种！完了王组长和我那点儿，有半天就"鼓捣"利索啦。再过上个七八天到了芒种就开铲啦！

乐：对，就这么的，种完好开铲！

（成牵马）

姐：别牵走！回来又该冲我要马啦！

刘：侄媳妇，我先当步家，叫他牵去吧！

姐：回来我可搪不了他。

刘：天大事都有我。

（乐、成，牵马下。忠无精打采的）

忠：嗯，谁叫咱当个组长啦?！就得吃点亏呀。（下）

婶：你到那院坐一会儿啊？

姐：不！回去呀？大婶。

婶：嗯哪，回来可别跟你女婿打吵子啊。

姐：嗯。（婶下）

刘：放心，你女婿回来，有我承当，进屋吧！我连抽袋烟，在这等他一会儿。

姐：嗯，烟笸箩在北柜盖上呢。

刘：我这带来啦。（刘进屋，姐收拾土豆）

（二道幕急关上）（芒急上）

芒：（唱）急急忙忙找代表，

代表种地上了山，

黑天再把代表找，

小组里换工不能干。

太阳出来当头照，

急得我心里似火烧，

赶紧回去栽土豆，

一个马也把大犁套。（第九曲）

（二道幕急开）

芒：（大惊地）咦！马呢？谁牵走了？你说！

姐：（惶恐地）我……我……种地上山啦。

芒：老娘们干不出好事来，你管干啥的？

（唱）怎叫他们把马牵走，

没马怎能把活干，

日子要咱自己过，

你爹不能养活咱？（第九曲）

芒：妈的，找他们去。

姐：早到山上啦。

芒：都是你老娘们的馊主意，别管我，我揍死你！

姐：刘大爷！你大侄打人啦！刘大爷！

刘：（急从屋出拦住）大侄儿，

（唱）牵马我给当的家，

犁杖已经快到山，

明天你去拉谷草，

回来先给你种大田。（第二曲）

芒：没人听那套甜言蜜语。

刘：不打紧，我当家做的主，反盘子，有我。

姐：（唱）打牙先往肚里咽，

　　　对付着大田全种完，

　　　明天起早拉谷草，

　　　还要快点转回还。（第六曲）

芒：（无法地）拉草，对，拉草杂种"馅"的，我就把马卖了！（看看土豆袋子）说的比唱的好听，没马套什么栽土豆？

姐：拉草回来，大伙都帮咱们栽来呀！

芒：土命人，心眼真实。你等着吧！我拿镐头刨着栽去。（拿镐，背土豆袋子）

姐：不行啊，什么少，刨不了啊！

芒："四两硬捧汉子"啥干不了，你不去我去！（指东院）哼，你们等着吧！（走下）

姐：咳！（拿锄头随走下）

刘：瞧，年轻人都这样，我帮你们栽去！（自语着）这两口子，多咱也没红过脸，一打编到小组里，几家都是亲戚啦。因为马的事，可是没少叽咕啊！（随走下）

　　（第三场完）

第四场

时：距第三场三天后一个早晨。

地：同前。

　　（天气阴沉得厉害，闪电，雷声，时大，时小，时远，时近，二姐慌

张地盖好酱缸,把锹、镐头急忙地收拾到屋里去,又出来向阴沉最厉害的一角空中望去)

姐:(唱)黑云密布阴了天,

　　打过雷来又打闪,

　　庄稼地里不缺雨,

　　芒子拉草没回还。(第十曲)

　　(东院二成子喊声:"姐姐,姐姐,我姐夫拉草回来没呀?")

姐:没回来。

　　(成:"去了好几天,还没回来,死在半道上啦?")

姐:大清早上没起炕呢,就又问又骂,该回来还不回来!

　　(闪雷大作)

姐:(唱)半路遭上大风雨,

　　哪里躲去哪里藏,

　　烂泥道路不好走,

　　人马浇个流流光。(第十曲)

姐:(稍停)云彩像往东南转过点啦。老天爷,你有眼睛可别下雨呀!

　　真要下啦,人,马,谷草,活活地都浇在半道上啦!

　　(乐上)

乐:你女婿还没回来呀?

姐:嗯,没回来。

乐:这小子是爹死娘嫁人,个人顾个人哪,一去三天就算不回来啦?!

　　我还一垧豆子没扣完呢!兔羔子"操"的,这套混蛋杂种玩意,死

　　在半道上啦?你是想要坑谁咋的?

姐:夜黑个骂了小半夜,大清早上扒开眼睛又骂,又犯你那个老脾气

　　啦,骂起来就没个完。

乐：我的嘴，我愿意骂，我那两个瘦马本来就像瘦龙似的，这回拉草
　　去，大芒子这小子他也不能给我上心喂呀！准是饿死在半道
　　上啦。

　　（刘，忠，成，婶，陆续上）

姐：饿死你也没亲眼看见，跑这来磨叨啥？

乐：回来，给我的马累"剃当"啦，就要你们的命。

姐：我们的大红马叫你们使唤个"臭屎够"，头晌给打倒台，下晌还
　　套。你们那有头晌没后晌喂耙搂子的倒台龙马，别说死不了，死
　　了赔你们一个够啦！

乐：怕你们赔不起。

刘：大兄弟，都是亲戚叽叽咕咕也不好看，芒子早晚还不回来？！

乐：那小子还有准头啊，这两天就"不拉"个脑袋，像八辈活冤家似
　　的，要出组，个人干，怕吃亏，地种完了愿意出组就出他的。（指
　　姐）反正今年我豆子扣晚了，秋天叫你们给我打粮！

姐：也不该你们的，你别混横！啥事不都有个道理吗？！

乐：啥叫道理？（大声地）我就是理，马给我累倒台就是理，这就是大
　　道理！

　　（代、赵、邻组员，甲，乙，丙，丁，陆续跑上）

众：你们咋的啦？吵吵啥？老二乐子，二嫂，你们是咋一回子事？

代：老李大哥，是怎么的啦？

乐：老张大兄弟，活活都把我气死啦，大芒子到平安村他老娘那屯子
　　拉谷草去啦！

　　（唱）道轻路熟又不远，

　　拉草去了三四天，

　　瓢泼大雨下起来，

两个瘦马就倒台。（第五曲）

姐：（唱）没有天梯上不了天，

马没草料活咋干？

三天不见转回还，

半路一定有灾难。（第六曲）

乐：（唱）三天不喂一棵草，

一定饿死在半道。

姐：（接唱）没抱谁孩子下过井，

饿死你也没看着。

乐：（接唱）一垧黄豆没种完，

拉草一去不回还。

姐：（接唱）谷子苞米也没种，

去找你们诉大冤？（第五曲）

乐：（插白）没种完，活该！

姐：（插白）你们才活该呢！

众：（唱）穷哥们本是一条心，

爹和女儿是一家人，

有事两家商量办，

吵闹起来不好看……（第二曲）

刘：（唱）芒子老实又忠厚。

众：（合）百里挑一的好青年，

半路不能有灾难，

你们都把心放宽。（第二曲）

赵：王忠，

（唱）你们模范团结组，

为什么常常打叽咕？

地少马壮人又多，

为什么庄稼没种完？（第十一曲）

姐：（插白）成天每日打吵子，闹饥荒，这辈子也种不完。

忠：老赵，你们小组大田都种上了吗？

赵：（唱）秧棵大田全种上。

组甲：（合）小苗出齐就开铲，

　　　　昨黑开了半宿会，

　　　　小组的工账全算完。（第十一曲）

乐：（怒白）你们种完你们好，上这儿"显摆"什么来？（大喊）他妈的，大芒子这小子算不能回来啦，咱们小组的地，可得多咱种完哪？

众：大哥，大兄弟，你别吵吵啦！

乐：爹妈都管不了，你们更谁也管不了我！

姐：谁敢管你，谁说，你和谁来，嗓门大上大庙敲个钟骂去！

乐：养活大了，出门子，就向着婆家，不用你管！（大喊）大芒子！这套混兔羔子出门就不回来，叫雷劈死在半道上啦？牲口不能给我喂，回来赌等着吃马肉吧！（对众）黑天都到我家去吃马肉！

众：老二乐子，你快别吵吵啦，大芒子一会儿就回来啦！

姐：（欲哭地）我的亲爹，你埋怨他干啥？他比你着急呀！

　　（幕后芒子招呼牲口声："吁！吁！吁！"）

姐：这不回来啦，赶后场院去啦。

　　（乐，成，急下。乐声："三四天，才滚回来？！"芒声："不回来，外边又没养老院……"芒急上）

芒：嗳，你爹大芒子长，大芒子短，不三不四骂些个啥？

姐:(惶恐地)没……没说啥呀,是合计生产的事。

芒:离屯子二里地,我就听见啦,你咋还说没骂呢?

姐:信不着,问问大伙! 问问老刘大爷,确是没骂呀!

众:大芒子,是没骂呀!

刘:(善意地)你老丈人能说啥,他是一份好心,他想马就说,真"剃 当"了马,吃马肉。

芒:啊! 吃马肉? 哼,叫他们吃吧! 走,回屋去!(进屋)

众:这老头子,你咋说了呢?

刘:咳,我这口快心直,不说也瞒不过去呀!

(成、乐,急上)

成:姐夫! 你的马呢?(芒,姐出屋)

芒:我啥马?

乐:怎么套回个老黄瘦马呢?

芒:瘦? 马肉也够你们吃半个月啦!

乐:我问你的大枣红马哪去了?

芒:(顿足)卖了。

众:卖了? 真卖了?

姐:(怀疑地)你真卖了吗?

芒:嗯,卖了就是卖了,谁还哄弄你。

姐:(更怀疑地)钱呢?

芒:(拿出钱)给你!

姐:(伸手把钱打在地上,大喊)你……你疯了吗?

(唱)有了房子有了地,

不愁吃来不缺粮,

要你卖马的作孽钱,

买个棺材把你装。(第八曲)

众:(气愤地)你为啥卖马? 你为啥卖马?

(唱)你是疯子你是傻?

枣红大马卖了钱,

马是穷人的命根子,

没马怎么能种田?

对不住咱们共产党,

对不住全村众百姓,

为什么把马卖了钱,

没马怎么能生产?(第五曲)

众:你说呀! 说呀! 说!

赵:芒子,早起根那子晚,咱俩在一块儿给大地主扛大活,挨冷受冻,披着麻袋片,几辈子也没趁个马大腿。如今翻身,家家都分了地,有了马,咱穷人也说话算话啦。分马那天,咱俩一块儿打农会牵出来的,你还说:"有这个大红马,啥也不怕,往后种上地就该发财啦! 马比我的命根子都邪乎啊!"(气地)大芒子,命根子,你怎么还卖呢? 你要当二流子吗?

成:(抓住芒胸膛)你……你不是我姐夫,你皆因啥卖马? 说! 我揍死你! (众拦住)

芒:(大喊)你! 你们大伙逼的!

众:啊! 大伙逼的?! 大伙怎么逼的呢?

代:芒子,你多咱都老实厚道。恨不得包饺子给你的马吃,那样喜爱你的马,哪能卖呢? 这里定有缘由,你起根发脚慢慢说!

芒:大叔,我屈呀!

(唱)自从小组把工换,

吃亏地方说不完，

都是亲戚坑了我，

只好打牙肚里咽。（第六曲）

众:别有话搁在心里呀！话不说不透，沙锅不打不漏，亲戚是咋

　　的啦？

乐:谁逼的你？你说清楚啦！

芒:（大喊）你！你！就是你们！

　　（唱）我的马硬实肥又圆，

一个顶你们三个干，

重活都套我的马，

又搬杆子又驾辕。

你们庄稼都种上，

我两垧苞米没扣完，

逼得我土豆用镐"沟"，

打坏了牲口还使唤。

香料高粱搭多少，

二百谷草喂净干，

朝天每日给你们干，

我地到现在没种完。

逼得哑巴说了话，

逼得公鸡下了蛋，

都是你们逼的我，

逼得我把马卖了钱。（第六曲）（中间过门不要后面过门可短）

众:还是这么回事啊！（纷纷议论）

代:王忠,事怎么闹到这个份上了呢？你们没评工,没记账吗？把工

账拿来我看看!

刘:哼,要记账还没这码子事呢!

忠:(拿账给代)咱小组寻思,地多地少差不个上下,又都是没红过脸的近亲,得团结得好,用不着记……嗯,后依我还记了两笔呢!

代:(看完账气的)这是本啥账啊?一编小组我就告诉你们,千万要评工,要记账,坚决地记,头些天我来看工账就是这两笔,到今个儿动也没动还是这两笔,你们大伙儿听听!(大声地念)

"二乐子男工,两个,一天。王忠,马一个,干活两天整。"

这是给谁干的呢?这不是一本糊涂账吗?

代:(唱)千嘱咐,万嘱咐,

要评工,要记账,

怎样评?怎样记?

告诉你们,详详细细,

自以为,是亲戚,

糊涂账,记两笔,

有吃亏,有沾光,

小组垮台,地没种上。

组甲等:(合)生产小组不记工,

天好亲戚也不行,

谁干活就谁发财,

你我财产要分清。

组甲:(白)夜黑个咱们小组都把账算了,不算账,多咱也团结不好啊,你们今个儿也把账算了吧!

忠:我还是说,算也差不太多,也显着不团结互助,算不算我看都行。

乐:算哪一道的账呢?还像封建"满洲国"派头,大地主剥削人呢!

代:老李大哥,算账怎么能说剥削人呢?

组甲:换工就得评工记账,是应该应份的事,你的脑瓜咋这么不通

　　路呢?

乐:应该就应该呗! 算我不会说话说走嘴啦! 你们还能鸡蛋算出骨

　　头来啦?

刘:我老刘头说句公道话吧,算不算也是大芒子吃亏呀,大芒子的马

　　该多硬实……

成:吃啥亏。

　　(唱)都从农会分的马,

　　一个大钱也没花,

　　团结互助大伙用,

　　为什么拉草卖了马?(第四曲)

芒:代表。

代:芒子,你说吧!

芒:我……说不出呀!

姐:怕啥,还能要脑袋啦!

众:怎么回事?

姐:(唱)开犁扣地头一天,

　　二成子把马打爬蛋,

　　草料不吃水不喝,

　　下晌硬逼着套上山。

　　他说咱们不团结,

　　又说咱们犯国策,

　　逼的卖了大红马,

　　咱们有话不能说。(第六曲)

姐：（插白）再这么讲团结互助。

芒：（合唱）咱们翻身当白翻，

　　分劈果实全退还，

　　房子田地全不要，

　　捞青扛活也情愿。（第六曲）

姐：（白）大叔，你常到区里开会，还有这么讲团结的吗？

众：也得团结。人家不叫使唤也不能算违反国策呀！（都纷纷议论，

　　不敢决定哪一面对）

代：二成子，掉个个儿，旁人给你的马打病啦，不吃草，不吃料，下晌

　　紧跟腱套上山干活去，行不行？

成：那……那……我的瘦马也没人牵，我要真不叫人家套，也算不

　　团结。

代：二成子，这么团结不对劲。

　　（唱）地主阶级消灭净。

众：（合）封建势力都打倒。

代：（唱）砍倒大树见晴天。

众：（合）穷哥们翻身掌大权。

代：（唱）房地果实分到穷人手，

　　永远就归穷人有，

　　只要劳动大生产，

　　挣个金山也给咱。（第二曲）

众：对，对，谁挣就是谁的，挣个金山，大元宝也给咱们哪。

代：（唱）一人盖不了天王庙。

众：（合）一人造不了洛阳桥，

　　插犋换工力量大，

要和土地来斗争。

代：（唱）谁劳动就归谁有。

众：（合）评工记账要算清，

穷哥们力量要团结，

你我财产要分清。（第二曲）

代：（白）咱们穷苦百姓翻身啦，分了房子地，给自个儿干，就得猫腰下"力"地干，多打粮也是装自个儿仓子里。谁多干活，谁就多发财，工账要记得算得一清二白才是真正的团结、才是八路国策，说评工记账是不团结、违反国策的人，都是二流子，坏蛋，造的谣言！

成：（害怕地）大叔，我……我不是造谣，是听西街老孙家说的。

众：孙二草帽是个二流子，也不是正经庄稼人哪，现在正改造他呢！

成：嗯，叔叔们，姐夫，我先前的团结不对劲啦，你们看在我岁数小的份上，别怪恨我，我……我承认是独裁脑瓜，大地主思想，今后我改。

众：不怪恨你，往后别信二流子、坏蛋造谣，好好地干活！

忠：我有个小意见，不大，咱们不团结，地没种上，芒子卖马，都是没听代表的话和国策的言语，没记工，这都是我当组长的不对。咱们马上就算账好不好？

众：（齐声地）好啊！早算早就好了！

芒：算算，看到底谁吃亏。

乐：你们大伙儿都同意算吗？

众：咋不同意呢？

乐：算啥呀？晴天露日不下地干活，算什么账？怎么算还不是一加两等于三。

众：大伙都同意算，你咋不同意呢？

乐：我是说都差不多，可你们都同意，算就算呗，反正一个人得服从大伙。

众：对，咱们算！

组甲等：好，我们有经验，帮你们算。

忠：（唱）代表给咱们开脑筋。

众：（合）哟咿哟嗬哟嗬，

好像打开两扇门，

哟嗬嗨嗨，

咱们小组来算账，

坚决来算账，

我们大伙来帮忙，

一碗水，平平端，

仔细评，仔细算，

公平合理要算清。（第一曲）

（刘暗下）

乐：算，你们就快算，一会儿我还扣豆子呢！我看你们是诚心和我找"别扭"。

赵：老二乐子，你这么不爱算，一定是亏人家工，亏得多！是不是？

乐：（抢白地）你怎么知道我亏得多呢？我地多是不假，可我的牲口也多，人也多啊，我说是怎么算也差不多少，我是着急上山干活，你们要算，就算呗！

□□□□□□

芒、姐：（不好意思地）算过去就拉倒呗，吃点亏，占点"相应"又能咋的。

乐:不,不,该咋的是咋的。

代:五一倍作二,六七四十二,马按八分核,欠王忠八个工,核钱两万四,欠芒子九个工,一天四升,核粮三斗六升,加上二斗料的牛犋钱是五斗六,一半是二斗八,上秋二分利核,三斗二升六,现在给二斗八升料,二百草就对!

乐:嗯,二成子,你回家把东屋墙角搁着那麻袋苞米,量出二升拿来!

成:嗯。(急下)

　　(组甲背一麻袋高粱急上,刘亦随后上)

组甲:散开,散开呀!老刘大爷拿好东西啦!油着!油着!

众:背的啥呀?大爷,大爷,老金,这是干啥呀?啥玩意还怕油着?

刘:(唱)春天种我那两垧地,

　　都说草料不用拿,

　　听了代表一番话,

　　打通我的脑袋瓜,

　　种地上秋多打粮,

　　不能无故给你们,

　　谁干就该归谁有,

　　我也不能占"相应"。(第二曲)

刘:(白)春起草料就备办妥了,也没动。大侄儿,这是四斗料,还四百草,这算是牛犋钱。

芒、姐:大爷,不用啊,都是多少年的老邻近亲啦,哪好这样啊?!这咋叫人过得去呀?!

刘:(唱)大侄儿你就别谦让。

众:(合)拿草拿料理应当,

　　谁的就该归谁有,

姓刘不能算姓王……（第二曲）

忠：（唱）共计欠你八个工，

这是两万四千整，

一天工夫三千块，

这笔工账算结清……（第七曲）

芒：（白）嗳呀，这叫咱心里怎能下得去呀？

忠：该咋的，是咋的，你快拿着吧！

芒、姐：（唱）何必这样认真算？

又给粮食又给钱。

众：（合）给钱给粮理应当，

换工一定要算账。（第六曲）

（成背半麻袋苞米上）

成：姐夫，姐夫，这是二斗八升苞米，谷草随后就给你们拿过来！

芒、姐：（激动地不知说什么好）咳，咳，不，不用啊，不能要啊！

姐：二成子，你快背回去吧！

成：姐姐，姐夫，放心吧，这回不能说你们独裁，不团结啦！

芒：咳，你背回去吧！

乐、成：（唱）芒子不要再谦让。

众：（合）快把粮食往屋扛，

劳动换来的果实，

果实应当归自己。（第六曲）

芒、姐：（白）咱们搭几个马工，就搭几个呗，哪能要啊！

（婶把钱塞在麻袋里，赵，组甲，各背起一袋）

赵：芒子，推让啥，你要欠人家工，也是一样给人家呀，这才叫作两不
吃亏呢！

乐：王亲家这是两万四千块，全给你。

忠：忙不了啥呀！（接过钱）

姐：（埋怨地）你真是个活死人，是事都得叫你弄糟啦，挺好个大枣红
　　马就卖了。

赵：（叹息地）谁不说的是呢，那个马太好了，在咱村都抱特字号的，
　　太有点可惜。

　　（大家都在叹息）

芒：代表，叔叔们我不对啦，你们别后悔，明个儿我就把马牵回来。

众：（惊）马卖了怎么还能取回来呢？没卖呀？

芒：嗯，没卖。

　　（唱）马瘦马肥一样干，

　　左思右想不合算，

　　平安村去拉谷草，

　　把我老娘的黄马牵。

姐：（接唱）没卖钱从哪里来？

芒：（接唱）你脑瓜咋还想不开，

　　两千谷草五万元，

　　我才买回二百来。（第六曲）

芒：（白）还是打家拿去的谷草钱呗，马还在我老娘那儿搁着哪，早知
　　道这么算账，我早套回来啦。

众：可把人急坏了，挺老实个人，还会撒谎。

赵：（拍芒肩头）对，马是命根子，没卖那就算对啦，真卖了，我可就拿
　　你当二流子，懒蛋处理啦。

众：（大笑）

代：没卖更好了，明个儿赶紧牵回来！没种完的地麻溜种上，打这地

往后可要坚决地记工算账啊!

众:对,这回都变成水晶石脑瓜啦,记工算账才是八路国策,叫谁多干活也不白干,不吃亏呀!

刘:这都是咱毛主席为咱着想,叫咱发财过好日子啊!

赵:对啦,咱过上好日子给毛主席接来住两天,他可喜爱咱庄稼百姓啦!

众:哈……哈……哈,你知道毛主席在哪儿呢? 能接来吗?

(幕后雷响,天晴,钟声响,边喊:"天晴了,下地了,干活了!")

众:对,天晴了,麻溜上山干活啊! 套啊! 套犁杖啊!

芒:(唱)太阳出来万道光。

众:(合)哟咿哟嗬哟嗬。

芒:(唱)劳动钟声响叮当。

众:(合)哟嗬嗨嗨,

　　换工记工要算账,

　　记工要算账,

　　谁多劳动谁吃粮,

　　账目清,好弟兄,

　　劳动好,最光荣,

　　五谷丰拾好年景。

("天晴了,下地了,加把劲,秋天好收成啊! 评工要记账啊!"幕前幕后钟声、人嘶马叫声忙忙乱乱连成一片)

(结尾,乐队继续演奏主题歌一遍)

(全剧终)

齐齐哈尔东北书店 1948 年 8 月初版

存　目

395

赵云华

姑嫂做军鞋

胡青

李有才板话影词

胡莫臣

兄弟

昨非

机智英雄丁显荣

侯相九

灯下劝夫

铁石

铁石快板

奚子矶

义气

高水宝

自找麻烦

黄红

治病

黄耘

新小放牛

崔宝玉

翻身

鲁亚农

百战百胜

丁洪、陈戈、戴碧湘、吴雪等

抓壮丁

正平、维纲

捉害虫

合江省鲁艺农民组

王家大院

军大宣传队

天下无敌

祁继先、侯心一

演唱戴荣久

苏里、武照题、吴因

钢筋铁骨

张为、吴琼

翻身年

雪立、宁森

坚守排

398

韩彤、赵家襄

破除迷信

敬　告

　　《1945—1949 年东北解放区文学大系》为展现东北解放区文学的整体风貌而编辑出版。丛书选取此间最具代表性的作品，以纪录这段波澜壮阔的历史时期内东北解放区所发生的翻天覆地的变化。由于丛书所收录的作品众多，时代不一，加之编辑出版时间有限，至今尚有部分收录作品未能与原作者或继承人取得联系。为保护作者著作权益，我社真诚敬告：凡拥有丛书所选录作品著作权的，请与我们联系，我们将按照国家规定及时付酬。

　　感谢社会各界对我们的理解与支持。

黑龙江大学出版社